五指塬

鲁万宏 著

文匯出版社

序

高 鸿

万宏是我的乡党。我们都是陕北人，一个县，一个乡，两个村子相距不到十里地。站在我们村的沟沿上可以看见他们村的苹果园，可谓一衣带水，是真正的老乡了。因为万宏比我小几岁，我们不是同学，所以也素不相识。

2009年冬，有人对我说陕北有个年轻人鲁万宏，小说写得很好，你知道吧?我摇摇头。他说这个人是富县人，你的老乡呢。——富县人?我怎么没听说过?他说想不想见，相见的话就约一下。

于是我们就相见了。

万宏来的时候带着他的长篇小说。说实话，就他的相貌来说，很难看出他的职业是做什么的。攀谈中，我知道他在一家影视公司做编剧，经常写栏目剧在电视台播放。栏目剧不好写，这我知道，几十分钟的戏，短小精悍，需要把故事交代清楚，有起伏，有悬念，有高潮，有结尾。篇幅虽短，容量很大。这类作品我就写不了。闲聊中，得知他初中辍学，回家劳动。后不甘于一辈子像父辈那样面朝黄土背朝天，重复他们的老路，于是就走了出来。这个经历和我是那样的相似。我高考落榜后，也是背着铺盖出去打工的。在陕北一家企业待了十多年，然后到西安来了。万宏到西安的时间似乎比我还长，认识的人比我更多。特别是在影视圈内，他已经是知名的编剧了。他写的电视短剧《东营村杀人案》、《母亲进城》、《不该望的风》等四十多部在陕台和其他电视台播出，获得了极大反响。

他带给我的长篇小说叫《五指塬》，我看了一下，有30多万字。现在写小说的人不少，能让人看下去的却很少。特别是一些业余作者因为没有任何文学基础，一开始便写大部头的作品。这些作品洋洋洒洒几十万字，没有结构、没有约束，几乎是想到哪写到哪，小说故事平淡，语言更是缺乏色彩。一些人敝帚自珍，对作品倾注了很大的期望，结果投到出版社没人要，自费出又没钱，于是便尘封起来，成了一块心病（一些经济条件稍好的人花钱买来书号，然后自己在印刷厂制作，出来后有门道的通过关系可以收回成本，没门道的几乎全送人了）。遇到这样的作者，我们真是爱莫能助。

带着一丝好奇，我打开这部长篇小说，刚看了开头，便被吸引住了。小说的开头是这样写的："太爷在脑袋飞离脖子的那一刻，看到了他爷说过的那颗老槐树。多年以前，一个春日暖暖的正午，打碗花和水畦草悄悄在涝池边和涧畔肆无忌惮衍生的日子，他在自家宅院门前的场坪上就家族的起源和这颗树之间的关系，和他的爷爷进行过深刻而耐人寻味的探讨……"

这个开头和《百年孤独》有着异曲同工之妙。由此可见，作者是喜欢读书的，并且涉猎广泛。他想象力奇特，语言很有弹性，富有文学色彩！接下来往下看，我便被跌宕起伏的故事所折服，书中的人物性格特点鲜明，神情并茂，给人留下深刻的印象。然而毕竟是初次书写长篇，作品还存在一些问题，比如文字不够精炼，叙述有些罗嗦，用词不够恰当等，作为老乡我就提了出来。万宏很虚心，于是就做了认真的修改。这一改作品紧凑了许多，也丰满了许多。我推荐给地处上海的文汇出版社，编辑乐渭琦老师看完后很激动，给我打电话要联系作者。这部书于是被纳入正式出版计划。

在网上查了一下，《五指塬》已在不同的网站连载，点击率数十万次，反响很好。《天涯读书》编辑认为这部书是"一部中国的《百年孤独》，陕北人的抗争史、创业史、英雄史。作品围绕民国时期陕北五指塬上鲁，杜，杨三大家族三代人之间的恩怨情仇，展开一幅陕北风情的原生态生活画卷，讲述一个辉煌家族由盛兴走向衰落的悲情故事，让我们在吃之艰难和爱之痛苦中，感受心灵的战栗和历史的残酷。”我以为评价很中肯，在此引用，也是我想要说的话。希望《五指塬》出版后能引起各界的广泛关注，成为万宏通往文坛的一个翘板。万宏的生活阅历非常丰厚，文字富有灵性，加之又非常勤奋，我相信他有实力创作出更多更好的作品。

在此，我送上自己美好的祝愿！

楔子

家族像一把伞，祖先就是伞顶子，儿孙则是一根根伞骨，合起来浑然一体，打开来可以遮风挡雨。

看看我们家族今日粗布糙食，颓废破败的潦倒相，你很难想象他往昔的辉煌。就像一把破旧的伞，伞布已烂得千疮百孔，伞骨一根根散了架，有的甚至生锈变形，完全起不到支撑的作用。往日祖上那宅第连云、田倾千族、高骡子响马气势腾腾的旺盛势派，只能作为一种“妈妈的，老子曾经阔气过”的可怜虚荣，被儿孙们挂在舌胎上，以求得些许与那些曾经对我们家族充满无尚羡慕敬畏，今日却又不肖甚至下看的暴发户们的心理平衡。但这一切，毕竟有如受潮倒掉的糖塔一样，只剩下一堆灰色的尘粉，一切的晶莹剔透、巧夺天工都如过眼云烟，谁还会在乎一堆粉尘呢？只有野老遗贤们在茶余饭后或酒馆中充满向往却又不无惋惜的谈及，才会使人们的心头偶尔掠过一瞬间短暂的光亮，滋生出许多莫名其妙的想法和感慨。

关于我祖上的故事，不像别的家族需要查族谱，靠遗老们的佐证和回忆才可弄明白，我们鲁氏家族就像一张挂在太阳下的蛛网，每一根经线和纬线都清清楚楚，玻璃一般透明。这种透明来源于那些曾经发生在已经作古了的家族成员身上，惊心动魄，让人敬佩、感叹、恶心、疑惑；仰回泪泗长流的故事，被家族和家族以外的世人不时咀嚼，而且越嚼越出味，使得每一个男人、女人、大人、孩子都像亲身经历过一样充满向往和鄙夷。

但一切的故事都起源于我爷爷的爷爷，我的太爷。关于太爷之前的人和事，都是模糊的，就像打着手电筒在黑夜里行走，光亮所能波及的地方是明亮的，光亮的尽头却是黑暗的。世人们，就连我的族人们道及家族往昔的风光，在太爷之前也是手电筒照不到的黑暗。关于祖上是在谁手上兴旺起来，又由谁得以发扬光大，却很少有人去注意；相对而言，人们更注意一个家族由兴盛走向衰落的过程，因为精美的瓷器损坏时那种的阵疼，总能给人以悲剧上演的快感。

一个人，无论你是男人女人，贵族或者贫民，都把生命看得高于一切。没有了生命，一切的一切都像没有了骨骼的皮肉无所依附，而延续生命的方式却只有一个：吃！吃，生命只有在对食物的不断摄取中才能得以延续。吃是保存现有生命的事，性是保存永久生命的事。而人要吃就离不开粮食，民以食为天，粮食是每个生命都不可或缺的。我的祖上大概正是看到人要生存就离不开粮食这一事实，才开始从事粮食生意的。经过几代人不懈的努力，到了太爷手里，已经买断五指塬鲁家庄大片土地，鲁记粮行在鄜州城也已成为粮界一块响当当的金字招牌，几乎垄断了鄜州所有的粮食生意。位于五指塬上的老庄，几十方大青石磨和十多方青石碌碡碾子，日夜不停地运转，碾压得地动山响。十多辆胶轮子马车每天往来于通往县城的官道上，把雪白的面粉运到城中东南西北四个粮行；南来北往的粮商粮贩子，把宁夏的大米，关中道的麦子、杂粮，一驮驮贩过来。如此日复一日，年复一年，钱票雪花一样挡也挡不住地以波涛汹涌之势涌入鲁家。上百只牛驴骡马产出的大便运到地里，使得鲁家每一块土地都像吸足了水的海绵，长出的庄稼茂盛得看了就使人眼红。十几个长工丫环老妈子及族中男人女人们日夜不停地劳作，使得太爷和他的儿孙们犹如坐在莲花蓬上，有享不完的福气。那时候，鄜州往上的泔水、延府，往下的洛南潼关，谁不知道鄜州的鲁家，谁不知道我太爷鲁正川的名号。在鄜州，无论工农商官，鲁家就像一棵茂萱萱的大树，枝枝稍稍都有扯不断的关系。

作为鲁氏的子孙，我有幸目睹过老爷鲁尚文的尊颜。这张现保存在长房子孙鲁玉樗家供桌上，已然发黄褪色。在这张看得见岁月痕迹的照片上，老爷宝相庄严地坐在一清式高背雕花椅上，头上不是羊肚子手巾，而是一顶缀着珠宝的瓜壳小帽。一条足有二尺多长，锅台极大的烟杆横放在他屈起的双腿上，他胡子微翘，腰杆笔挺，神情专注地看着前方，浑身都透射出一种大家掌柜毋庸置疑的威严和坐拥财富的骄傲自得。隔着只细腿儿高机，老奶双手平放在膝盖上，一只手里好像捏着个手帕什么的，露了半只角在外面。她穿着那种长及膝盖的宽边大袄，头上包着黑布头帕，面色矜持，微微向后仰着身子。看样子她好像想要把腰杆挺到同老爷一样的程度，可是她做不到。她的笑容因此看上去有些勉强僵硬。也许她在那一瞬间曾经想要拉近与老爷之间的距离，可无论怎么看，她都像那瓶摆放在高机儿上没有生气的绢花，是一个切切实实的陪衬。

第一章

祖先

太爷在脑袋飞离脖子的那一刻，看到了他爷说过的那棵老槐树。多年以前，一个春日暖暖的正午，打碗花和水蛙草悄悄在涝池边和涧畔肆无忌惮衍生的日子，他在自家宅院门前的场坪上就家族的起源和这棵树之间的关系，和他的爷爷进行过深刻而耐人寻味的探讨。

“爷爷，我们家从哪来？”

“老槐树下。”

“老槐树在哪？”

“山西。”

“山西在甚地方？”

“在河的那边。”

太爷精赤着身子，肚皮上裹一红色小肚兜，光光的小脑袋中间留着撮桃形黑发，眼睛清澈明亮看着他爷。

他爷圪蹴在太爷对面一碾场用的碌碡上，或者是一根倒放着的横木上，嘴里叼着烟锅子，一只手食指勾起，挑逗着孙子腿中间的鸟雀，眼神迷醉，似乎在看那雀儿是不是会长上翅膀飞起。

这是一个春日的正午，我说过这是一个春日暖暖的正午，太阳像一个白烙饼，斜斜挂在天上。场坪边上，一只母鸡带着小鸡在悠闲觅食。孙子听完爷爷的话，扭头向原野上望去，可是他看不到爷爷说的那条河。

若干年后，当太爷的头被西门成亮用飞快的镰刀掳去，在脑袋飞离脖子的那一刻，太爷看见了爷爷说过的那棵老槐树，枝繁叶茂，像巨大的华盖，挺立在故乡的原野上。其实在这之前，太爷早已经明白，关于老家在山西老槐树下的说法，就是许多家族敷衍子孙们的一句套语，而不只是自家一个的专利。当初爷爷对他说这话时，其实他自己也不知道老槐树到底是在什么地方。后来，太爷有了自己的儿孙，当他们向他询问起家族的起源，太爷也会用他爷当初说这话时的口吻，告诉他们说，自家是从山西老槐树下迁徙过来的。他在还没被西门羊那个腰上扎着根麻绳的儿子砍去脑袋之前，曾不止一次在祠堂里翻看过自家的族谱，族谱里也是这样写的。

其实太爷在倒下去的那一刻，也分不清自己看到的那棵老槐树，究竟是山西老家的那棵，还是自己庄上现在的这棵。太爷家门前，距离涝池不远的这棵老槐树，据说是太爷的爷爷栽的。在太爷被杀害的时候，它已经有一搂多粗，得两个人手拉着手，才能合抱过来。槐木生长期慢，十多年以后才能成材，且木质坚硬、细发，是上好的木材。当地人做门窗、打家具、解门扇板子，大多用它。据说太老爷在他的父亲去世后，曾想把这棵槐树锯倒，请解板的解匠解成薄板，更换自家已经有些破败的门窗。没想到解匠叫来，开工锯树时，却遭到了村上人的集体反对。那时候，太老爷才意识到，这棵一搂多粗的老槐树，已不仅仅是他们鲁家个人的财产，而被村上人当作了整个家族共有的东西。当他意识到了这一点时，就打消了锯掉这棵树的想法，一直让它保留到了现在。把根留住，把根留住啊！以便有一天，当儿孙因为天灾人祸，不可抗力，不得不背井离乡到别处繁衍生息时，他们也会轻松地对自己的后人说："我们家是从某个地方老槐树下迁徙过来的。"而不必为一代又一代后人无止无休没完没了的提问大伤脑筋。

当初鲁家第一代当家掌柜带着家人逃荒来到五指塬，距地头还有七八十里路时，全家人只剩下最后活命的一把炒面（一种面粉炒成的能当干粮的食物）。掌柜的捧着这把炒面，挪到消瘦得只剩下一张蔫皮的母亲跟前说，妈，吃！母亲说，我不吃，我都这么大年纪了，活一天算一天，你吃吧。掌柜的看着母亲的眼神，知道她不会吃，又挪到几个孩子面前，把手伸到他们嘴边。已经饿得昏昏沉沉的几个孩子，面对这捧巨大的诱惑，看着父亲，却没一个人张嘴伸出舌头去舔一舔。这是一个秋天寒冷的下午，一轮巨大的日头，正从远处的地平线往下坠落，天边布满红彤彤的晚霞，原野上空洞洞的，不见一个人影，连鸟雀也没有一只。这家人的身影，连同他们身后那棵被雷劈裂烧焦的、光秃秃没有叶片丫杈于荒原上的老榆树，像一组凄凉的剪纸画，剪贴在空旷的原野上。那时候，他们正在为一捧能活命的炒面，做着生命和价值的推让，谁也不肯享用这全家最后活命的希望。最后，眼看是不行了，但仍然顽强地坚持着的母亲发话了。母亲以她年轻时守寡教导儿子毋容置疑的口吻说，这面谁也别吃，你吃，你是家里的顶梁柱，只要你活着，咱家就有希望，吃，把它吃了。儿子看看母亲，又看看他的儿子及同他一样已经饿得奄奄一息、脸颊如同刀剐一样的婆姨，流着泪，在这个落日的秋天的黄昏，一口口把那把炒面吞了下去。这是一次刻骨铭心的、极其艰难的吞咽过程，以致这个掌柜的多年以后，每次吃饭都有一种得了噎食一样的难受。而后他就抹了把脸，爬在地上给他的母亲和妻儿磕了个头，站起来，背起母亲，带着全家继续向前走去。

在最后几天艰难的逃亡过程中，这个掌柜的像一个重新被充了气的猪尿泡，被一种坚强的信念和巨大的责任支撑着，终于来到了五指塬中指塬上，并且在这里定居下来，开始了新的一轮繁衍生息。而他的母亲，那个普通得不能再普通的乡下老太太，也因为她的那个秋日黄昏里不平凡的决定，一直活到了一百多岁，而且在死了若干年后，还被子孙们当作一种传奇，不断地讲述，并且越讲越有传奇色彩。

鲁家掌柜到了中指塬现在居住的这个村子里时，村子里只有一户人家，姓王。

村子原来也不叫鲁家庄，叫王家坟。据说这个村子原先是一户王姓大户人家的集居地，王家祖上因为贩卖皮货发了大财，在口外、山西、内蒙等好多地方都有自己的皮货行。发了财后的王家，也没有摆脱陕西商人千百年来对土地的束缚，抽调出大批资金，在老庄上买田置地，形成了陕西商人固有的农商结合的特定模式，成为五指塬乃至整个鄜州首屈一指的盖县财东。后来，随着时事变换，新旧更替，王家也没能逃脱富不过三代的陈年老规，外面的铺子全部在兵荒马乱中灰飞烟灭，留下的只有庄上的田地和空落落的房屋。所有这一切，就更让王家掌柜坚信了祖上农商结合做法的正确。但他的这种看法没过多久，就被另外一个残酷的现实彻底地粉碎了，那就是在动荡的年代，任何财富都没有办法得到保障。繁荣茂盛的王家和它巨大的财富在百年以前一次回民运动中，在五指塬上彻底消亡，而后就被当作一种传奇在鄜州乃至鄜州周边流传。到了鲁家掌柜拖妻带子来到五指塬的那个年代，关于王家在五指塬消亡的原因，已经代代相传，衍生成好多种版本。而这些五花八门的版本中，最让人信服的说法无外乎两种。一种说法说，王家在那次规模宏大的回民运动中，举家逃荒到了山东济南，后来就在那儿买房置地，繁衍生息，再也没有回过五指塬来；而另一种更让人觉得煽情和信服的说法是，王家在那次跑回回时，压根就没离开过五指塬，而是窖藏了所有银子和值钱的家资，在家中坚守。结果寨子被打破，全村人尽皆死在了那次战乱中，无一人能够幸免。后来，王家消亡后关于那些让人垂涎的财富的去向，就成了鄜州甚至鄜州以外那些妄想一夜暴富的探寻者一个充满诱惑的梦想。你如果不相信这些梦想，说它们是扯谈，那些人就会和你急，指着村巷上一个足有磨盘那么大，主杆早已被锯去，只留下一个根须突兀在地表上的盘根错节的老树桩子给你看，并且念出一首被他们背得滚瓜烂熟的歌谣："七老盆，八老罐，二十四条金水担，若要不相信，老槐树作证。"以证明他们说法的正确。

鲁家掌柜带着他的家人来到这个过去叫王家坟的地方时，是一个有着一轮冷清孤月的夜晚。村上的人在最近的一次蝗灾中，全部逃离了村子，只留下这户不愿离去的王姓人家在这空落落的村落里坚守。突然看到了人，王家人显得特别兴奋，掌柜的从自家的山墙上，扳下两块风干的洋芋砸成的土基子，熬了一锅香喷喷的洋芋糊糊，招待这户马上就要饿死的人家，并且劝说鲁家掌柜和他的家人在村子里留下来。满脸忠厚的王姓男人看着喝下洋芋糊糊、稍稍有了些活人颜色的鲁家掌柜和他的家人说，老弟，别逃了，这年月，逃到哪都一样，就在这住下来吧，有我这面山墙，饿不死咱，熬过这个冬天，明春就好过了！鲁家掌柜盘算着没有说话，他明白，这年月，谁都不容易。王家掌柜之所以没去逃荒，完全是因为有这堵不知几时用洋芋蛋蛋打成的山墙作为依靠，自己住下，人家吃甚。好久未见人迹的王姓男子为了坚定鲁家先人的信念，证明自己说法的正确，在这天晚上与鲁家掌柜抵足而眠时，就给他讲了这个村庄的由来，和王氏家族的故事。不知是出于对王家那些窖藏在地下巨大财富的诱惑，还是别的什么原因，鲁家掌柜最终做出决定，和他的家人在五指塬上安顿下来，开垦种地，开始了新的一轮艰难的创业历程。后来，他在传说中曾经属于王家人的这片土地上，虽然没有发现那些七老盆、八老罐，二十四条金水担的诱人宝藏，但他却在翻来覆去的耕作过程中，经常在地垅里，土坎边，发现过一些巨大的砖瓦、雕刻精美的石壁，以及残缺损坏的屋脊构件，这足以让他相信，王姓男子所说一切的真实。

第二章

子孙

鲁家祖上在五指塬扎下根来，经过几十年的繁衍奋斗，到了第二代当家人手中，虽说在鄜州站稳了脚跟，但整个家族依旧穷困潦倒，挣扎在贫穷和饥饿的边沿。当第一代当家人心力憔悴，闭起眼睛离开人世时，他的儿子毫不犹豫花大价钱从城里请来了戴着二轱辘眼镜的风水先生，在村里的山山峁峁齐齐转了一天，给自己的父亲踏摸了一处好风水，然后用二寸多厚的柏木棺材，把父亲的尸体装殓起来，葬进二轱辘风水先生称作常娥奔月的墓穴里，以求得他的家族在以后的岁月里能够财运昌旺，摆脱贫穷和饥饿的折磨。尽管二轱辘风水先生在为鲁家选中这块墓穴时，曾毫不隐讳地对第二代当家人说过，这块墓穴好是好，但却有一个致命的垢病，那就是财旺人不旺。鲁家第二代当家人还是毫不犹豫地把他的父亲埋进了墓穴中。饥饿和贫穷实在是把人弄怕了，他只想着在自己手上尽快发家致富，至于别的，他根本就没多想。后来，当鲁家的家业终于像滚雪球似的越做越大，当初二轱辘眼镜先生的忠告却也以同样的速度应验了他的那句谶言。先是掌柜的一个已经嫁人的妹子，没来由地着上了猫鬼神，经常大白天把衣服剥得精光，丢人现眼，满村子跑，并且爬到树上，上树的速度比一个男娃，甚至比一只猫还要利落。婆家请了几个法师禳治，不见起色，就把她休了，送回了娘家。掌柜的为这，跑去闹了几回事，把男家屋里能砸的东西都砸得粉碎，最后也没能使对方回心转意。那时候，他的奶奶，那个叫做鲁常氏的女人还在。她与她那因为她的一把炒面而担负了过多责任、操劳过度早早离开人世的儿子不同，越活越有了返老还童的迹象。每天把自己收拾得干干净净的，拿着烟杆，盘腿坐在自家窑洞里的土炕上，默默注视着这个院里子孙们的一切，指教他们做事，规范教导着他们的行为，以期把她的子孙培养成一帮能使她感到满意和骄傲的人。通常，鲁常氏很少说话，也很少有笑的时候，在她的眼里，时常充塞着一种忧郁的神色，似乎儿孙们的所作所为，很难有让她满意的时候。这种忧郁的神色，也许是从老槐树下逃难来五指塬的路上，就定格在了她和她儿孙的眼睛里，以致这种有着明显忧患意识和淡淡哀愁的忧郁，成了这个家族不同于任何家族的一种标识，一直随着岁月的流失，在历代鲁氏儿孙身上蔓延生息。到了我爷爷这辈，鄜州的大人小孩，仅凭着这种神色，就能认定，这个人肯定是鲁家的子孙。

掌柜的从男家回来，气没处发，一个人圪蹴在土窑门口的石台上，黑着个脸，和谁都不招言。婆姨做了饭，先盛了碗，调好辣子和盐，尝尝咸淡可口，给鲁常氏送到窑里，出来时顺便叫了声："掌柜的，吃饭了！"见男人没招声，也就没敢再叫，进屋给他也端了碗，送到跟前。她一句"有功了，吃饭都叫不动"还没说完，男人一扬手，连饭带碗打到了地上，引得几只正在院里啄食的鸡一齐扑了过来。女人好心好肺，没来由挨了这么一下，眼泪在眼眶里打着旋子，却没敢吱声，扭身回屋里去了。鲁常氏人虽在屋里吃饭，眼睛却时刻留意着外面的动静。听见老碗摔在地上的声音，就放下碗走了出来，看着圪蹴在窑门口的孙子，口气严厉地说："跟谁执气哩？自个没球本事，跟谁执气。你就是说得人家把你妹妹接回去，他们放心，我还不放心哩。吃饭去，往后别再管这事。"掌柜的站起来，张了张嘴想说啥，一看奶奶眼里的神色，就把嘴闭上了，扭头回了自个屋里。自打妹子回来，疯跑疯走，爬房上树，谁也拿她没有办法，但只要鲁常氏一出来，马上就收敛起来，变得和正常人一模一样，甚至有些害羞，像一个做错了事被大人发现的孩子，乖乖穿了衣服，跟鲁常氏回了屋里。直到有一天，鲁常氏去上茅房，女人趁她不在的时候溜出屋子，独自跑出了村，掉进了村口的池塘淹死。

这件事过去的第三年，一个夏日早晨的阴天里，掌柜的女人担着担和她的身体不成比例的水桶，到院门外的井台上打水。井台上的石板落着一层露水，稍稍有些滑湿。女人握着同样落着一层潮露湿淋淋的辘辘把，把箍匝着三道铁箍儿的木桶吊在绞索挂钩上，慢慢放进井里，又摇动辘辘把，把打满井水的木桶吊上来。就在她一手扶着辘辘，一手去提桶时，不知怎么脚下一滑，一个屁墩摔倒在井台上，一只鞋连同木桶一齐掉进了井里。女人坐在井台上，看着辘辘把打着转儿，咕噜噜转动，绕在上面粗大的索绳一点点放净，脑子里一片空白，半天没有了思想。

天色刚刚放明，村巷上静悄悄的，没有一个人影。谁家的猪醒了，在圈里哼哼着拱食，空气中沾着湿漉漉的水气，吸进肺里凉丝丝的。女人看着还在摆动的辘辘把，慢慢站了起来，探头看了看井里。井里黑咕隆咚的，什么也看不到。她就抓住井绳，把腿伸进了井壁。

那天早上，掌柜的在女人去井台打水的时候被尿憋醒，朦朦胧胧中，有一种想干点啥事的冲动。通常他每天早上被尿憋醒时，都会有这种冲动。这个时候，他就会不打任何招呼，把女人拉过来，压在自己身下，草草几下，将一个晚上积聚在体内应该排泄的东西排泄干净，然后起身，精神抖擞地从槽头上牵上牲口去了地里。当然，这样的机会并不是每天都有，通常女人都会起得比他要早。在全家人还享受清晨甜蜜美梦的时候，女人就早早起来了，轻手轻脚在屋里穿梭，忙她应该忙的事。那时候鲁家人口众多，一家人的吃喝拉撒，大人小孩的洗洗涮涮，全都要她操持，她的日子就像一头套在磨上的驴，周而复始围着磨道转着圈子，似乎永远也没有停歇的时候。

掌柜的这天早上醒来，又有了想要排泄的冲动，迷迷糊糊中，把手伸向了身边的被窝。他的手在光席上摸了个空，知道女人已不在炕上，心里就有些失落，而后他就醒了，翻身爬在炕沿上装了锅烟，默默地抽起来。一锅烟抽毕，还不见女人回来，掌柜的就磕净烟灰起身去穿衣服。当他穿上衣服，下炕倒踏着鞋去了茅房，把本该丢进女人体内的积攒物在茅房里排净，他的身体就有了一种射精后的酣畅。而后他把大腰子裤在腰上撵了几撵，用破布条拧成麻花状的裤带勒紧，去槽头上给牲口添了草料，就向大门外走去。

掌柜的一只脚跨出门槛，一只脚还没来得及抬起，突然听到一声女人凄厉的尖叫，而后是噗的一声，好像石头砸进池塘的巨响，马上又平息了。男人在门口愣了半晌，突然想起什么，拔腿就向井台上跑去。他在往井台奔跑的过程中，看见一只箍着三道铁箍的木桶放在井台边上，辘辘把像一个飞转的车轮，骨碌碌转动着，发出惊天动地的巨响。男人的头就嗡地一下大了，动作夸张地用一种从来没有过的速度跑到井边，爬在井沿上，把头伸进黑咕隆咚的井壁，撕心裂肺地吼叫了一声。巨大的轰鸣一圈圈从井壁缠绕上来，震得他的耳膜嗡嗡疼痛，可他除了看见一片隐隐的水光，什么也没能看到。

这件事发生后，就连一向非常沉稳的鲁常氏也坐不住了，觉得家里是真的出了问题，该请个法师来给击杀击杀。于是她在一个天气晴好的日子里，打发他的孙子出门到小拇指塬去请塬上有名的法师有绅来家。孙子背着褡裢子，赶着自家的毛驴，早上出门，经五交镇，过食指塬，上山下洼，徒步走了四十多里路程，于中午时分上了小拇指塬，来到法师住着的下马村，呈上礼品，说明自己的来意。身体肥胖，一只眼瞎着的法师看了看礼品对掌柜的说，没事，回去吧，明天晚上，在正屋窗台上准备一碗清水，碗上架两根红筷子等我。掌柜的有些疑惑地问，我来牵了毛驴，你不跟我走？法师就有些不大耐烦地朝掌柜的摆摆手说，叫你走，你就走，照我说的做就是，哪来那么多废话。掌柜的没敢再多说，出门牵了驴就回去了。天色黑净，掌柜的一个人回到村里。鲁常氏问法师哩？他就把法师的话原原本本告诉了他的奶奶。鲁常氏听了这话，说，既然这样，照他说的办就是。

第二天晚上，掌柜的遵照鲁常氏的吩咐，端了碗净水摆放在正屋窗台上，将两根崭新的红漆木筷子，筷头超南，程八字形摆在碗上，碗边置一小铜炉，点了一柱高丽香，让袅袅的香烟在窗台飘荡。做完这一切，掌柜的就蹑手蹑脚退回了自己的房中，透过窗户，双眼一眨不眨地注视着对面窗台上的水碗，等待着眼胖法师的到来。他听人说过，这些本事超人的大法师，不但能画符捉鬼，治病救人，而且还会奇门遁甲，来去如风。掌柜的今晚就想目睹一下，那个身体肥胖的大法师，几十里路上，是怎么腾云驾雾来的。

鲁梁氏手拿一串暗红色的梨木念珠，端坐于窗台里铺着芦席的土炕上。窗子早被孙子遵照她的意思掀起，用一只烧炕用的个柯杈支住，使得她一抬头，就能看见窗台上的香炉和水碗。这是一种奇妙的等待，鲁梁氏的心里，此时正有一种同她的孙子一样的期盼。

是夜正值这个月的十六，一轮有些稍稍残缺的明亮月光，静静照着庭院。夜凉如水，凉凉的夜风吹着，一缕青烟徐徐飘进窗户。鲁家院里所有的人，大人和孩子，都爬在各自住屋的窗台上、门缝后，等待着那个曾被五指塬人传得神乎其神的神秘法师的出现。想象着他是像神话传说中那些神仙，脚踏祥云从天而降，还是像民间传说的那样，骑一条草龙突然出现。

但最终的结果却让所有人都大失所望，直到二更天过，他们所祈望的这种奇迹都没有出现。再也忍不住疲倦的大人孩子，包括掌柜的都瞌睡打盹，以为法师失约不来了，纷纷上炕去睡觉。

鲁常氏年纪大了，到这时也有些坐不住，放下念珠，拿起放在一边的烟杆，打算抽一锅烟提神。就在她把锅台巨大的黄铜烟锅塞进烟包装好，正要打着火纸引燃时，有一只大狸猫，悄无声息地窜上窗台，把一只爪子搭在碗沿上，似是要去舔碗里的水。鲁常氏一惊，担心猫儿弄翻了水碗，抬起手照狸猫腰上就是一下。狸猫“喵呜”惨叫一声，窜下窗台，掠过院墙就不见了。鲁常氏抽了一袋烟，还不见院里有任何动静，就放下烟杆倒在炕上睡了。

第二天，法师还没见来，鲁常氏就让孙子到小拇指塬去问问咋回事。

掌柜的牵着毛驴，日头过午再次来到下马村，找到胖法师家。走进屋里，只见胖法师靠着被卷躺在炕上，脸色蜡黄，萎靡不振，似是正在害病。见掌柜的进来，只将身子略欠一欠，又回到他的哎呦声中去了。

掌柜的在炕边一条板凳上坐下，看着胖法师说：“先生咋了，说好昨晚到庄上来为我家击杀院子，为甚没来？”

胖法师喘着气说：“昨晚我去了。”

掌柜的说："去了，那我咋没看见你？"

胖法师瞪着只独眼怒气冲冲地看着掌柜的说："你见我个甚，我走了一夜的路，口渴难受，刚上窗台想喝口水，被你们家老太太一烟杆打折了腰，如今连炕也下不了，你还问我。"

掌柜的听了，一脸惊异说："甚，你来了，而且让我奶给打断了腰？这不可能吧？"

胖法师看了他一眼，不愿再多说，回过头又回到他那让人极其难受的哎哟声中去了。掌柜的见他不愿再理自己，坐了半晌，自己也觉没意思，就放下东西起身走了。

掌柜的事没办成，路没少跑，天擦黑时牵着驴回到家里，走进奶奶房中，顾不上喝水，就把他到小拇指塬见了胖法师的情况一字不漏告诉了鲁常氏。

鲁常氏坐在炕沿上，嘴里噙着烟锅，一条腿压在屁股下，一条腿吊在炕栏上，一声不吭，默默听孙子说话，脸上越来越不是颜色。末了地抬起烟锅，照孙子头上就是一下，口里说："没用的东西！"

掌柜的正讲得眉飞色舞，没想到被滚烫的烟锅敲了一下，没抽尽的烟灰带着火星儿烫得他不由自主地跳了起来，满脸委屈地看着他的奶奶，口里哇哇乱叫。

鲁常氏余怒未消，跳下炕瞪着大孙子，眼光在阴暗的屋里显得十分可怕。掌柜的不知自己犯了啥大错，竟惹得奶奶这么震怒，一时忘了头上的疼，一动不动望着他的奶奶。

"叫你去请法师，你请了个猫鬼神回来！没用的东西，嫌家里太平咋的？"

掌柜的看着他的奶奶，面无表情站在那里。实际上，他是被"猫鬼神"这三个字给吓住了。打穿开裆裤时起，他就听老人们说过，有一些心术不正道行浅薄的法师，为了贪人钱财，把刚刚出生的婴儿剁去脑袋，然后将狸猫杀死，拧下猫头，乘着血热，将婴儿头按在猫脖子上，供养起来，以为生财的手段。这种人首猫身的怪物，就叫所谓"猫鬼神"。这东西性淫，且极喜女色，若进谁家，此家必有女人遭殃，状如中风，无因可查，丢人失态，闹得一家不得安生。没奈何，主人必得请了该法师来。那法师趁机敲诈勒索，百般刁难，必得了大量钱财，方肯收了法术，将怪物收回，因此人人惧怕。那胖子不用说，就是个奉养怪物的法师，原本想乘这当儿，送怪物进入鲁家，不想鲁家祖荫深厚，鲁常氏福大命重，无意间一烟杆，打折了其腰，令全家免了一场祸灾。鲁常氏人老成精，听了掌柜的话，自然明白是怎么回事，免不了骂他几句。掌柜的却是惊出了一身冷汗，心里直叫好险。此后全家谁也没再提请法师的事。

但事情却没就此停止，而且逐渐由女人演变到了男人，症状千奇百怪。到了第四代人手中，大儿子身强体壮，取了几个媳妇，却没一个能为家里添一丁口。眼见长门人要绝后，掌柜的把全部希望都寄托到了二小子的身上。但二小子也只为鲁家添了一男丁，此后不管男人怎么努力，女人平坦的肚子却像沙漠上种庄稼，只见下种，没有收成。若干年后，鲁家靠着介入粮食贩运，逐步兴旺起来，开始扩大规模，在村上买田置地，走上农商结合的发家道路，人丁的短缺，就逐渐凸显出来，成为阻碍家族兴旺和事业发展的一大障碍。当家人就想着求神问卦，给祖上迁坟，解除风水先生所说的可怕魔咒。事情一提出来，却遭到了鲁常氏的反对。鲁常氏父辈曾做过明王朝的末代大员，出身高贵，后来虽家道衰落，但血管里流的血不一样。她原本心性特高，嫁鲁家后，虽说年轻守寡，此后又经受了那么多磨难，但也曾有过一段幸福的日子。从丈夫到儿子，到孙子重孙子，她是亲眼看着一代又一代人从身边溜走。生活的苦难，把她磨砺成了一个百炼成钢的人精，那些神神道道的东西，她早就看得十分透彻。生老病死，天灾人祸对她来说，就像刮风下雨，没什么稀奇，只要你一辈子行端走正，完全可以百无禁忌。掌柜的见太奶奶反对，本想从家族的长远出发，开导开导他的太奶，没想到话一出口，反被太奶教训了一顿，只好在他的有生之年，把这个想法压了下去。直到鲁常氏死后多年，第五代鲁家子孙虽然竭尽努力，依旧还是单传，这个计划才得以实施。但那次迁坟，却让鲁家第五代掌柜为自已的愚蠢叫苦后悔了一辈子。

鲁常氏就像一颗常青树，用常人难以想象的旺盛精力和让人惊异的巨大努力，在她活着的一百多年里，把鲁氏家族和他的子孙从一个纯粹的泥里扒食的乡下农民，改造成了一群农商结合半商半农的人种，给他们的血统里注入了些许新鲜的活力，从而使她的子孙在整个五指塬和鄜州城成为一群略略比别人显得高雅一些的人。她死后十四年春，天气上好的一天，鲁家掌柜从城里请来了二轱辘眼镜风水先生的儿子。二轱辘的儿子戴着二轱辘留下的眼镜，身样、举止和当年的二轱辘没啥两样，下巴上留着撮花白山羊胡的二轱辘胡子，在村里踏摸了几天，为鲁家选了另外一址好风水，又选了一个春暖花开的黄道吉日，在太阳升上头顶时，洒酒祭奠了神灵，吩咐鲁家的人开始刨坟。经过两个多时辰，祖坟被刨开来，露出挡在墓道口的石板。掌柜的亲自下到了坟坑，移开了石板。随着一股腐朽潮湿的气息窜出，一个比这股满含令人窒息的腐朽气更让人窒息的情景，把掌柜的给镇住了，一屁股坐在了湿地上，眼睛睁得老大，张着嘴，一任那难闻的朽气顺着嘴巴灌进肚里。在墓道的沿口，一丛巨大的芦草根，像一条条白盈盈的丝线，从墓道口垂下来，形成一个巨大的珠帘，严严实实地把整个墓道口都封住了。那白白的根须，再有一二寸，就扎进了墓底的土里。二轱辘先生儿子的眼镜轱辘滑到了鼻尖尖上，眼镜片后的眼睛因为惊诧而显得特别地怪异，用他瘦骨嶙峋的手，不住拍着干柴似的大腿，一个劲叫着可惜。

此后二轱辘风水先生的儿子告诉鲁家掌柜说，他父亲当年为鲁家勘测的这个墓穴，风水得天独厚，非同一般。鲁家显然葬在了地脉之上，已成气候。再过两三个年头，一旦那丛芦草根接连到了地表，便会天地合一，脉气通灵，后辈子孙必将出将入相，大富大贵。可这一开坟穴，散了地脉，坏了风水，实在是可惜。阳光越过围站在墓穴边的后人身上，明晃晃照到墓坑，那丛蓬勃生长的芦草根，很快变成一节一节的灰柱，而后咔咔嚓嚓断裂，在所有参加那次搬迁的人的注视下，掉到了地上，成了一堆灰烬。事后，掌柜的从地上爬起，搬动大石板，把它重又堵在了墓道口。爬出墓穴，他以一种快得不能再快的速度，和所有帮忙的族人一起，重新把翻出墓坑的湿土回填，把坟包堆成更大的锥形。妄图用可怜的行动，来挽回因为自己的愚蠢所造成的重大损失。但直至今日，我们家族也没有人在官场有过一官半职。虽然我的二爷在民国十九年，曾有过一次当上鄘州临时代理县长的时光，可那个荣耀和辉煌毕竟犹如昙花一现，太过短暂。我的一位叔伯也有过一段当生产队长的经历，但那只是个芝麻豆，算不上的官衔，甚至连官场的门也不能算进入，以至于后来的小辈们，没有人记得住这段历史。所以二轱辘风水先生那段谶言始终没有能够打破，至少到我这辈没有，而且我的儿孙辈目前也看不到任何迹象。

第三章

尚武

时光一天天过去，世事更迭，物是人非。到了太老爷手上，历经了好几代人的努力，鲁家靠着经谋粮食生意，完成了艰难的原始积累，真正算是在鄘州强大起来。

太老爷在他事业最辉煌的顶峰，曾经最想做的事是，娶三四个婆姨，生一炕的娃娃，在自己的手上，彻底改变家族子嗣不旺的局面。然而这个宏伟的计划刚一开头，还没进行到一半，就在第三个老婆娶进门的那天夜晚，七十二岁高龄已经腰干的太老爷，在做了无数次反反复复的努力和尝试后，终于如江河决堤，一泻如注。而后他就像金瓶梅里的西门大官人一样，倒在了比他小了整整三十多岁的三婆姨身上，再也没有起来，把若大的家业和未能完成的希望丢给了他的两个儿子。

太老爷死后的第二天，太爷身穿孝服，戴着吊有长长尾巾的孝帽，一大清早就在长工鲁三的引领下，挨门挨户到村里去给村上的人磕头，回来后还打发族里年轻的人去鄜州各处报丧，请来了风水先生，为他的老子勘测坟茔，把他的父亲葬在了老坟靠近上一代当家人的边上。

那个时候，鲁家在鄜州和五指塬上，仅仅是一个靠粮食贩运发了家的大户，还没有现在这么大的规模。太爷在太老爷死后，与二太爷分家另过。太爷作为长子，分到了鄜州的粮行，二太爷作为小儿子，分到了五交镇的粮行，牲口土地也都一分为二。

分家另过的第二年，太爷花钱请了一帮子附近村庄的石匠，到洛河川对面的山上，开凿了大块的石头，凿了八方巨大的青石磨盘和三方青石碌碡碾子。在自家专门用来喂养牲口的马房隔壁，建起一院磨房。从山东买来十多匹专门拉磨的驴和健骡，开始了从单纯的粮食贩运走上贩运加工相互结合的转变过程。随着这个过程的日益完善，家里磨房和碾子的不断增多，这个当初从山西老槐树下逃荒过来的家族，真正在鄜州和五指塬上显赫起来。但是就是这样，那种从骨子里渗透出来的忧郁表情，也没能在太爷和他的子孙身上抹去。相反，在大老爷尚武得了异病死后，反倒更加显现和突出。

春末初夏的一天，太阳火辣辣挂在天上，空气干燥得使人嗓子冒烟。五指塬鲁家庄村子里静悄悄的，不见一个人影，连猫和狗都卷在树荫下吐着舌头。鲁家位于村子中央三进三出的大宅院里，在这个寂静的夏日正午，突然传出一声女人撕心裂肺的叫声。那声音尖而细，钢针一样冲出高大的院墙，刺破正午寂静的村子上空，带着颤悠悠的铜音在庄道上飞翔，一条村的人都给从午睡中惊醒了。

有人猛地从炕上坐起来问：“咋……咋了？”

“怕是正川的大小子殁了！”有人说。

太爷闷坐在正厅的太师椅上，一锅接一锅抽烟，太奶由尖锐慢慢变得衰竭的哭声断断续续传入他的耳膜，使他心如刀搅，一阵阵疼得难以忍受。一种悲伤、空虚、沉甸甸的忧虑罩住了他，令他心烦意乱，胸闷气憋。

鲁家自祖上一根扁担两只筐，挑着一公鸡驮得起的家当，从山西老槐树下迁徙到五指塬，就一直陷入二轱辘风水先生财旺人不旺的可怕魔咒，几代单传，子嗣不旺。到了太老爷手里，娶了三房姨婆，才生了大太爷鲁正川、二太爷鲁正扬两个儿子。正川为大房所生，正扬为二房所生，虽是同父异母，无论太老爷还是大房二房三房，都视为已出，毫无远近分别。兄弟二人，也好似一母同胞，同出同入，形影不离。

太老爷死后，两门人分家另过。大太爷念及兄弟年幼，将老宅让予兄弟居住，自己在村中另建一宅。古话说：“有牙的没锅盔，有锅盔的没牙。”世上的事奇奇怪怪，谁能料定。上至王侯将相，下至黎民百姓，无论贫福贵贱，决难十全十美。正所谓家家有本难念的经。鲁氏家财万贯，可惜人丁单薄。大太爷还好，生有两个儿子，养有一个闺女，倒也安安乐乐一家人。二太爷却就可怜，两房婆姨，一无所出，求神吃药，全不灵验。眼看着诺大的家业无人继承，整日唉声叹气。弟弟急，太爷也急，私下里就和婆姨商议，决定将二小子尚文过继给兄弟，也好使他老了有个依靠。二太爷一听太爷肯将二娃过继给自己，十分高兴，当天就将尚文接到自己家里。张王两氏一见，左亲右爱，就像是自己亲生的一样。

冬去春来，年复一年，日子一天天过去。眼看着尚武长到了十八，尚文也已经十六，一个个生得高大俊郎，识理懂事，村上谁不羡慕，都说鲁家前世不知积了啥德，祖先埋了好风水，人有人，财有财。太爷二太爷高兴自不必说。谁知去年冬，尚武晚上从鄜州回来，路上见一火球，其大如拳，似一盏小灯，忽明忽灭，不远不近地在前方飘动。年轻人好奇，紧走两步，向前追去。说也奇怪，任他走多快，那火球始终在面前十多步远的地方移动，就是追之不上。如此追追赶赶，不觉回到村口，那火球突然停在路边不动。尚武赶到跟前用脚踢去，火球就突然不见，脚下磷光闪动，却踢在一土堆上，放眼看去，分明是一坟堆。尚武认得这是村上狗赖子婆姨的坟，坐月子难产死了不久。正自心中害怕，不防坟堆不远处一颗老槐树上，一只猫头鹰被突然惊动，展开大翅，"呜呼"一声从头顶上掠过，把尚武吓得毛发倒耸，拔脚就向回跑去。

尚武气喘如牛回到家中，太奶见儿子脸色腊黄，神情惊恐，急忙扶他在炕上躺下，摸碗讨了一碗水，拿了三根筷子，在大老爷头上左三圈，右三圈，绕了六圈，口中念念有词：

屈死鬼，吊死鬼；
渴死鬼，饿死鬼；
骑马的，坐轿的；
扛枪的，背炮的；
遇见男人拉下马，
遇见女人发迷糊。
送起身；送离身，
送到十字路口另等人……

太奶念毕，把碗放在地上，将筷子立在水里说，是谁？是谁你立住，我给你拿米拿面，莫要祸害我娃。说毕试着一松手，筷子失去重心，倒在了碗里。太奶就将它重新扶起，又说，是他奶不是？是不是他奶想娃，回来了？你孙子年轻，可别吓娃。见筷子还是立不住，又说，那是不是他爷？如此猜来猜去，最后猜到狗赖子媳妇身上，那筷子就突然拧成一股，直直在水里立住。太奶舒了口气，直起身子骂道，死鬼婆姨，你不回去看你家狗娃，蹲在坟头守你那一撮土，祸害我们尚武干甚！让丫环到厨房抓了把米洒在碗里，把水碗又在大老爷头上绕了绕，用中指蘸了点水抹在大老爷额头上，端着水碗向外走去。一边走，一边吆喝："尚武嗷回来，尚武嗷回来。”两个跟在她后面的丫环就一起应声说：“回来了，回来了。”

如此在村里齐齐转了一圈，太奶领着两个丫头回到家里，把筷子放在大老爷睡着的窗台上，将碗扣在筷子上。回到屋里，她见儿子脸色稍微好转，方才放心了些。

但大老爷的情形并未见好，那晚回到家后就精神恍惚，浑身没劲，从此卧床不起。太爷太奶请了无数先生，神婆法师，吃药画符，都如用在了石头上，一点也不管用，拖了半年多，还是撒手去了。

第四章

尚文

大老爷尚武过罢头七后不久的一天，老爷尚文到洛河川自家地里去看庄稼的长势。正是四月天气，风轻柔柔地吹，绿油油的麦子厚实得像一片一眼望不到头的毛毡，被风吹拂着，波涛起伏，一浪浪直涌到远处黛青色的山脚下。

老爷背着手，站在田埂上正看得起劲，不知几时，大路上过来一队兵，扛枪背炮，鱼贯地从他面前不绝而过，有一个骑马的竟然把马骑到了麦田里。那马见了绿油油正在扬花的麦苗就肆意饕嚼起来。老爷看见了，就“喂”了声说，马吃麦苗了。那骑马的军官看了老爷一眼，未加理睬，任马在麦田里咬嚼，依旧大声指挥队伍快行。老爷又喊说，喂，马吃麦苗了。军官像没听见。老爷就生了气，风一样从田埂上一跃而下，一把扯了那人衣服，将他从马上拉了下来。就在他还没落地的当儿，提起拳头，一拳打在那人的脸上。老爷看见那人鼻子向一边歪去，一股鼻血夹着鼻涕喷出来糊在脸上。他又一拳狠狠擂在那家伙天灵盖上，那人就像一滩稀泥从他手里滑落，倒在了麦田里。

这时田埂上就发了一声喊，正在前进的队伍突然停了下来，无数人影窜下田埂，乌鸦一样聒噪着向老爷扑来。

老爷没有犹豫，拔脚穿过麦田，飞快向前奔去。身后喊声如雷，人马所过之处，麦苗一片片倒下。

天蓝格英英的，风轻轻地吹，年轻的老爷在麦田里兔子一样奔跑迅速，耳边响着呼呼的风声。麦浪一簇一簇欢快地拥簇着他，远远望去，他就像是在波涛中随波逐流，一直涌到地头的山脚下去了。

当那些兵丁追到麦田的尽头，我的老爷已经窜下几道土塄子，正在飞渡洛河。他那穿了千层底便鞋的脚，踢踏得河水哗啦啦响，激溅起一丈多高的水花子，在阳光下碎玻璃渣一样闪亮。当这些碎玻璃渣一样的银片消失了以后，老爷的身影也墨点一样隐没在大山海一样的墨绿里。

老爷这祸可闯得不轻。一个布衣平头的老百姓，竟敢向队伍上的长官动手，并且打歪了人家的鼻子，这还了的。不到半天，老爷的身份就被查了出来，队伍的头领当下派了一队人马气势汹汹地开到五交镇上，将二太爷的粮行团团围住，嚷着要捉了老爷严办。

其时老爷自知祸事不小，未敢回家。二太爷迎出粮行，把带队的头儿迎进家中置茶。头儿不肯喝茶，嚷着要二太爷将老爷交出来。二太爷说儿子压根不曾回来，要头儿网开一面。说着拿出几十块大洋，交给头儿给被打的军爷看鼻子，招呼同来的兄弟喝茶。头儿不肯收受，说既然你儿子跑了，那就请你跟我们走一趟，到头领面前去说吧。二太爷就叫伙计套了自家的马车，在兵丁的簇拥下向队伍的驻营而去。马车经过自家麦田，二太爷在车上看见田里大片被践踏得不成样子的麦子，刚才还有些发虚的心渐渐踏实了下来。

到了行营，走进中军帐篷，见一五十开外的胖子，深眼勾鼻，坐在帐中喝茶。二太爷知是头领，也不言语，也不拜见。头领心中有气，就咳嗽了一声说，鲁正扬，你可知罪？二太爷说小老儿不知身犯何罪，劳将军这么兴师动众。头领说你儿子鲁尚文竟敢在众目睽睽下扰乱行军，拳打带队军官，你还敢说不知？二太爷说，你说我儿子扰乱行军，打了带头的军爷，我可没见，我只看见我家麦田被你的兵丁践踏得不成样子，在下倒要与军爷讨个说法。头领说，你这老汉，实在刁蛮，不认罪也就罢了，还敢强词夺理。当下就叫了那被打的军官让二太爷看。二太爷说，这位军爷被别人打了是事实，但是不是犬子所为，只有抓住他才可以弄明白，这种事按理应归地方上的老爷管，你我在这行营里哪能分辨的清？你是队伍的长官，手下有的是人马，如果想治老汉的罪也行，但那样只恐坏了军爷的名声，让人说你滥用职权，欺压善良，也让老汉心中难服。

二太爷可算得上是个临危不惧、聪明绝顶的人。他深知儿子犯下此事，是秀才遇上兵，有理也说不清。到了军营，不但死不认账，反将话来拿住了那头领，使他不能拿自己怎么样，好将事情解到县衙里去。二太爷在鄜州地面上人缘儿好，事情到了地方，自然变被动为主动，好办多了。

那头领到也不是个刁蛮的人，听了这话哈哈一笑，说，你这老汉，倒也是个人物！好，到哪就到哪，难道到了地方上我还怕你不成。当下骑马随了二太爷的马车一同往县衙而来。

但二太爷却将事情看得有些简单。他原以为，这样一桩子事，到了县衙，由县太爷出面说合，再给那头领使上点银子，事情自然不了了之。谁知那头领也不是个等闲角色，对县太爷的说合和二太爷的银子无动于衷，反倒拿出了五十块大洋扔在二太爷面前说，我的手下踏了你家的麦苗，自然是他们的不对，也是在下带兵无方，对下属疏于管教。我这里先向你老汉陪个不是，这五十块大洋是在下对你所有损失的赔偿，我想也足够了。你到地方上来，不就是想公事公办吗？你儿子因区区一麦，竟然殴打军人，干扰行军，延误军机，罪不当赦，一定要捉了严办。

汗当时就从二太爷的头上流了下来，到了这时，二太爷才明白自己聪明反被聪明误，拿地方上的一套来应付队伍上的事是多么愚蠢，犯了一个致命的错误。望着头领那自鸣得意的脸，二太爷挺直的腰杆却硬是不肯弯下来，竟然糊里糊涂地说了一句更糊涂的话，那就请军爷拿他法办好了。

头领哈哈一笑，用手拍拍二太爷的肩膀说，老汉，你是我见过的老百姓中最有胆识的一个，我佩服你的胆识和气魄，但我要提醒你，你个乡下老汉想和我们这些行军打仗的玩心眼，毕竟还是有差距的。我手下有的是人马，用不了多久，我就会将你那胆大妄为的二杆子愣娃抓住，到那时候罪加一等，你可别后悔。言罢，大笑三声扬长而去，留下二太爷一屁股瘫坐在椅子上。

二太爷没蹶子尥了，急忙回家来寻太爷。太爷听了二太爷的话说，你个灵灵醒醒的人，咋能做下这等糊涂事？屁大点事，低声下气给人家陪个不是，花点银子不就了结了。民不跟官斗，现在啥世道？你倒好，和人家耍心眼。那是些什么人？军人，成天研究兵法的。这下事情弄僵了，咋办？

二太爷愁苦着脸说，我是怕在行营里被人家绑杆子上杀驴，才想着把事弄到县衙去。

太爷说，这屁大的事，他能把你咋？人都跑了，他真要和你计较，十人五马大动干戈去捉尚文，到是他们理亏气短，人家会那么做吗？你呀！

二太爷说，事到如今，咱只说晒毡，不说尿炕，咋办？尚文真要给他们抓住了，不死也得褪层皮啊！

太爷倒背着手在地上来回转了几圈，突然用手一拍脑门，想起什么说，我倒想起了一个人，或许他可以救尚文。

二太爷像落水的人看见了救命的稻草，眼里立刻有了光彩，抓住太爷的衣襟问，谁？

太爷说，走，咱俩立刻去圣保罗教堂去寻珂马神父，求他到军营去给说情，就说尚文是他的教徒，以教会的名义求人家宽恕。如今洋人说话放屁比咱响，没人敢不买他们的账。随后便吩咐伙计带了三百大洋，老哥俩坐着马车风风火火往城中的教堂赶去。那个叫珂马的外国传教士与太爷很熟，他刚来鄜州修建教堂时，太爷还捐了不少银子呢，并且他还曾帮过二太爷的大忙。

二太爷头房婆姨到屋，没有添丁加口，几年以后，二太爷又为自己办了一房。二房婆姨进家，二太爷在女人丰硕肥沃的土地上辛勤耕作了两年，还是没有一丁点儿收成，就意识到问题可能不在婆姨身上。私下里，他也曾偷偷找几个郎中看过，可人家却都说他四肢健全，身体没任何问题。后来珂马神父来鄜州传教，听说二太爷的事后，给他推荐了一洋医生。洋医生给二太爷检查后，告诉二太爷说，他得的是一中罕见的先天性的疾病，不具备生育的条件。他的阴囊里只有一个睾丸。二太爷听了后很是震惊，从此也就放弃了再做努力的打算。

黄头发蓝眼睛、满脸络腮胡子的法兰西传教士珂马听了太爷的话后，立刻骑着他那腿儿细长的大洋马去了军营，一直把马骑到中军帐篷。经过他的周旋，那个头领最终收下了太爷送来的银子，答应不再追究老爷的过失。但他要珂马神父传话给老爷，希望老爷能到他的队伍里来吃粮，他说他很欣赏老爷这小子。

鲁尚文
友良乡土

第五章

儿子

老爷出事后不久的一天，太爷对太奶说，他想把老爷接回来。

太奶听罢吃了一惊，看着太爷说："这恐怕不行，老二他能同意吗？"

太爷说："不把尚文要回来，这么大的家业谁来料理？你我都这把年纪，半截身子入土的人了，身边没个儿女咋行？"

太奶说："咱要把尚文要回来，正扬身边就没人了，兴一家，败一家，老二他会恨你的。"

太爷说："那有啥法子？咱是长门，祖宗的香火不能在咱手上断了，让尚文一子开两门算了。"

太奶听了，没再说话。自从大儿子尚武死了，她成天以泪洗面，一夜一夜地地睡不着，儿子对她来说，如今是多么地重要啊。

太爷当天就备了车马往交五镇去了。

五指塬像一个伸张开来的巨手，五根指头形成五个塬面，各自独立，却又相互连接。叫塬，其实只是一些面积较大、比较平坦的山梁。五交镇坐落在五指塬的掌心中指塬上，是上通榆林、内蒙；下通西京、关中的交通要道，自古商贾云集，往来不断。尤其到三六九逢集时，更是热闹非凡。五指塬各处的村民，男男女女吆猪赶羊，提篮抱娃，到镇上来逛街交易，嘈杂的人声，把一条街都能抬起来。

在陕北，五交镇算得上是个大镇，一条月牙形的街，弯弯绕绕，颇有几分古风。二太爷的粮行就坐落在镇上最显著的路段。临街六间门面，翘檐立柱，气势恢宏。房檐正中高悬一匾，金字黑底，上书“盛旺粮行”四字，几乎垄断了五交镇的所有生意。

老庄距镇上仅有七八里地，太爷坐着马车到了镇上，把马拴在粮行门前的拴马桩上，拍拍身子走进后院。

二太爷长袍短褂，坐在后院一把吱呀作响的圈椅上，手里搂着把宜兴壶，看着一只在笼里打转的八哥出神。见太爷进来忙起身说：“哥，你来了。”

太爷透过开着的后门，看着前堂里进进出出的人说：“人挺多的？”

二太爷说：“还行。”起身把太爷领进屋后，招呼丫环上茶。

太爷端起茶碗却又放下。

二太爷看见太爷心事重重，向前倾着身子说：“大哥今天来有事？”

太爷叹了口气不说话。

二太爷说：“大哥，有啥事你说，自家兄弟，有啥不能说的？”

太爷说：“正扬，我想把尚文接回去。”

二太爷以为他哥大侄子死后身边空落，想接尚文回去住几天，就说：“行，我给你叫他去。这孩子自出了事后再没出过门，我怕他憋着，回去让他住上几天也好。”又起身来到店里，对正在给顾客盘粮的老爷说：“尚文，你大伯来了，想让你回庄上住几天。”

老爷停住手说：“这几天人多的太，等忙过这几天再说吧。”

二太爷说你大哥不在了，你大伯大妈心里难过，你回去陪他们住几天，这里有我。

老爷说了声：“哎。”他放下斗就随二太爷来到后院。

太爷见了老爷眼里就有些潮润，叫了声：“尚文！”

老爷说：“大伯，你刚来？”

太爷用手抹了下脸说：“刚来。”

二太爷就对姨婆说："做饭，做饭，多炒几个菜，今儿我和哥喝几杯。"

太爷本想给二太爷把话挑明，又怕二太爷一气之下不放儿子走，便起身说："不要忙乎，做了我也吃不下，我回呀。"

二太爷说："急甚？吃了再走吧。"

太爷已经出了屋子，说：我吃不下。"

二太爷起身把他哥送到街上，看着儿子和太爷坐上马车走远，叹了口气，转身回屋去了。

二太奶在刚才太爷进屋和二太爷说话时，一直站在丈夫的身边，见二太爷进屋，一脸忧心地对二太爷说："你发没发现，大哥今天有些不大对劲？"

二太爷一愣说："咋了？"

二太奶说："我看他今天怪怪的，你让尚文跟他走了，怕就回不来了。"

二太爷说："你闲得没事到石头上把牙磨磨，胡说甚哩？尚武死了，大哥大嫂心里难受，叫尚文回去陪他们住几天，我不信他就不让娃回来。"

二太奶奶忧心忡忡地说："儿子是人家的，不叫回来就不叫回来，你能咋？"

二太爷的心一下子让婆姨给说乱了，眉头皱成了一疙瘩，就再也舒展不开来。

老爷一进门，太奶一见就哭了，把他搂在怀里，再也舍不得放手。太爷眼里也湿淋淋的，扭头不去看他娘俩。太奶哭了一阵子，就说："尚文，妈给你做饭去，我娃你想吃甚，妈给你弄。"

老爷过继给二太爷时，已经快七岁了，知道让他到二伯家去是给二伯顶立门户。过去以后，二太爷一家爱得不行，但老爷就是改不过口来，依然叫二太爷二伯，见了太爷太奶，依旧叫大妈。直到一年多后，才开始叫二太爷大，但对太爷太奶依旧改不过口。二太爷就由了他，但太爷太奶却说，孩子如今过继给老二，不比以前，亲归亲，以后见了娃让叫大妈，大伯，免得正扬多心。所以太爷太奶与老爷说话，都说大伯咋，大妈咋。如今太奶忽然改口说让妈给你做饭去，老爷立马听出了其中的深意。

老爷回来，太爷太奶一下子有了精神。太爷第二天就领着老爷到地里去看庄稼的长势，指着地沟说，这块是咱家的，那块是咱家的。第三天又带老爷到城里两个粮行齐齐转了一圈，回来就对老爷说，你哥如今不在了，大和你妈不指靠你指靠谁？这地里的庄稼，店里的生意，以后都靠你了！

老爷说：哎！

第五天，二太爷打发人从镇上到庄上来对太爷说，店里的生意忙活不过来，让老爷回去。

老爷站在当地没言语，太奶说："尚文，你不能走，你走了，留下这一大摊子家业靠谁啊？你不能走！"

老爷说："妈！"

太奶就哭了，拽着老爷一只衣袖说："你哥他要在就好了，妈和你大就有个指望了。你走了，让我和你大咋活呀！"

老爷说："妈，我不回去，五交镇那边咋办？"

太奶说："让你二伯回来吧，他回来有你大你妈吃的就有他吃的。"

老爷说："我二伯他能同意？"

太奶没回答他，扭头对来人说："你回去，回去就给正扬说，尚文不过去了。"

来人回去没多久，二太爷一脸火气来到庄上，一见太爷就说："哥，你不让尚文回来咋的？"

太爷红着脸没说话。太奶走出来说："正扬，尚武殁了，这一摊子家业没人管，你能看着它们就这么倒了吗？"

二太爷脸上像罩了一层霜，说："没人管，没人管你看咋办？你把尚文叫回来，那我那一摊子咋办？让我的倒塌？"

太爷说："老二，你把五交镇的摊子撤了，回村里来吧，有鄜州的生意和庄上的地，饿不着咱老哥俩。"

二太爷听了脸更黑，说："你说得轻巧，我辛辛苦苦几十年，五交镇的粮行才有了今天的规模，我容易吗？"

太爷说："摊子再大，总要有人承当，咱家人丁单薄，如今尚武又扔下我和你嫂走了，人都没了，你和我挣再多的钱又能做甚？你把摊子撤了，咱两家合成一家重过，你我都好有个照应。"

二太爷说："掰开的馍馍还能捏到一起？叫我撤摊子，你咋不把你的摊子撤了？"

太爷说："鄜州城的摊子是祖上的产业，咋能轻易就撤呢？再说鄜州摊子大，五交镇摊子小，要撤肯定是撤五交镇的。"

二太爷说："人心都是偏的，叫我撤摊子，我累死累活的为了谁？"

太爷说："正扬，如今咱人都没了，要那么多的家业有什么用？你搬回来，我把鄜州的生意分你一个。"

二太爷不愿意再听他说，过来拉住老爷的手说："回，回可。"

老爷说："大！"

太奶见二太爷拽老爷，就过来拽住老爷的另一条胳膊说："老二，你想看我和你哥死呀？"

"你们看着我死呀！"二太爷说。

太奶说："尚文是我生的，我不让他走。"

二太爷说："你放屁，放屁还有个响声。给出门的儿，泼出去的水，今天既然想要回去，当初就不要给我啊？我没指望就不指望了。你们如今拿刀捅我的心！"

太爷说："正扬，尚武他不在了！"

"尚武他不在了是你命不好，你怨我个甚？你把尚文要回去，你想让我死呀？"

太爷瓷在当地，张着嘴不会说话。

二太爷一拉老爷说："回，回咯。"

太奶抱住老爷的一条腿，死活不放手。

老爷拉着哭腔说："大，你就把五交镇的摊子撤了吧，有我在，你要那些东西干甚？”

二太爷说：“叫我撤，你咋不叫他撤？他撤了，我养着他。”

老爷哭着说：“鄜州的粮行是祖业，撤不得呀。”

二太爷说：“尚文，我这十几年白疼你了，你说，你回不回？”

老爷看见二太爷这一刻眼里复杂的不能再复杂，他低着头不说话。

二太爷的眼睛越眯越小，缩成了两条可怕的细缝，最后一跺脚，扭头走了。

太爷跟在后面叫了声说：“正扬！”

二太爷不回头，也不说话。

太爷又叫了声：“正扬！”

二太爷走得更急了，出了门，跳上马车，不等赶车的上车，劈手夺过马鞭用力一抽，那马受惊，猛地一跳，向前窜去，险些将赶车的碰倒，拉着车子荡起一路黄尘出村而去。

那一鞭，仿佛抽在太爷身上，太爷只觉得脊背一阵阵发冷，就把眼睛闭上了。

第六章

新人

老爷回来，太爷太奶就商量着给他成婚。

老爷的媳妇是从小就订的娃娃亲，拇指塬马财东的女儿。

富甲一方的老爷婚礼的那份排场，至今仍令老人们津津乐道。当那千娇百媚如西施转世、弱不禁风的姓马女子被三班子吹两班子打迎进老爷家三进三出的大宅院，在头一个新婚的晚上，人们突然听见一声撕心裂肺的叫声。在外房伺候的丫鬟听到叫声冲进房间，一眼就看见了让她难堪也让老爷羞愤的一幕。那刚刚迎娶回来的新媳妇赤裸裸蜷缩在炕角，身下是一滩红光刺目的鲜红。哪个舌头底下压不住个米颗的丫鬟后来对人说，她看见老爷的东西像毛驴的一样，足有三四根纳鞋针那么长。那刚刚娶进门的新媳妇，此后就下身肿胀，精神恍惚，恶露不止，不出一月竟郁郁而死。而关于老爷那无与伦比的阳物的雄壮也不径而走，被好事的人们嚼在舌胎上，后来竟然编成了一首下流的歌谣：

鲁尚文的 ×，三匝露一头；
隔山打木瓜，过河把桥搭。

新媳妇躺在床上起不来，而老爷内心的伤害却要比她大得多。人生仅有的一次失败性经历，使他的内心长时间处于一种深深的自卑，对自己的身体也产生一种难以名状的厌弃。这种深深的自卑和厌弃，对于一个刚刚涉世的少年来说，是致命的。以前很少喝酒的老爷，从此把自己关在房里，整天以酒解愁。太爷有一天实在看不下去，就到房中把他的酒杯夺了，训斥他说，别喝了，你看看你，都成啥样了！年轻人，经点事就这样，往后还咋活？别喝了，到外面走走，这样会憋出病的。

老爷放下酒杯就往外面去了。

那天天阴得历害，空气沉闷干燥，老爷自新婚起第一次走出家门。村巷上，人家的门楼下坐着不少闲人，三三两两不知在谈论着什么，看见老爷，大家就住了嘴，眼神怪怪地看着他。老爷就红了脸，后悔不该出来。他加紧步子，想从村巷上穿过，不防一群精尻子碎娃见他过来，拍着手跟在后面齐声呐喊：

鲁尚文，娶媳妇，

娶下媳妇种蘑菇，

蘑菇没种成，

丢了婆姨的人。

血当时“轰”地一声就冲上了老爷的脑门。老爷脸色涨红，俯身从地上捡起块土圪瘩，转身就向娃娃们扔去。娃娃们“呜哇”一声，四散而去，但老爷刚一转身，他们马上又跟了上来，拍着小手齐声又喊。老爷就疯了，用手揪扯着自己的头发，嚎叫着冲出村去。

老爷出了村，跑到无人处大哭了一场，心里感觉好受了些，就起身沿着官道，漫无目的兴步走去。走走停停，天黑时分，他发现，自己竟来到了五交镇。

自从被太爷从镇上叫回来，老爷只回过镇上一回。他想去见二太爷，把他劝回村里。但二太爷不想见他，伙计挡着不让他进门。二太爷那天回到镇上就病倒了，连着几天高烧不退，躺在炕上说胡话，盖着几床被子还喊冷，人整整瘦了一圈，失脱得走了形。病好了后就怕见光，听不得声响，成天喝酒，跟变了个人似的，脾气爆燥，动不动就发火，闹得家里婆姨和店里的伙计成天紧张兮兮，谁也没有好心情。

老爷站在王拐子酒家门前，伸手推开酒家店门，想到里边喝口酒。当他迈进店里，一眼看见二太爷坐在酒店一张方桌前，端着个粗瓷碗儿在那喝酒。一个多月没见，二太爷像换了个人，衣服肮脏，眼泡浮肿，眼眶一圈有圈暗青色阴印。老爷结婚那天，太爷曾打发鲁三到镇上去请二太爷一家。鲁三临出门时，太爷太奶一再叮咛他，无论如何也要把二太爷和二太奶请回村。鲁三明白太爷太奶的心思，是想借着这事，和二太爷和一和脾气。凭良心说，太爷太奶也知道自己这事做得不地道，对不起二太爷二太奶，亏欠了兄弟。这种良心上的不安和内疚，让太爷太奶从此生活在一种不知道该咋办的恐慌中。如今儿子要结婚了，太爷太奶就想借着这事，把兄弟叫回来，当面向他赔个不是，看能不能得到他的原谅，不要再受良心的折磨。

鲁三赶着马车来到镇上，把马拴在门口的石桩上，抬腿走进后院。二太爷正独自坐在院内喝酒，二太奶一脸忧虑，站在边上。见鲁三进来，谁也没言传。

鲁三站在院里，心中隐隐作疼，看着二太爷说："正扬，尚文今日结婚，正川俩口子让我来请你们回去。"

二太爷看了他一眼，端起酒倒进嘴里没有说话。

鲁三又叫了声："正扬！"

二太爷正在倒酒的手停在空中，扭头看着他说："人家给娃娶媳妇，我去干甚？我没儿子，给娃娶不成媳妇，看人家娶媳妇，不去！"

鲁三说："正扬，你听我说……"

二太爷说："三哥你走吧，回去告诉鲁正川，我鲁正扬没儿子，给娃娶不成媳妇，也不看别人给娃娶媳妇。"

鲁三没走，看着二太爷说："正扬，我是个下人，本不该说甚，可看着你兄弟俩这样，我也心疼啊！说句下人不该说的话，其实你哥嫂他们也怪可怜的。你老兄弟俩，平时好得跟甚似的，村上谁不羡慕，就因为这事闹得失了和气，谁看了都心疼。尚文是个好娃娃，他也挺想你们的，今早上迎亲走时，一再叮咛我说，三叔，你今儿无论如何要去镇上把我大和我妈接回来。你俩就和我回去吧，弟兄们有甚不能商量的呢。"

二太爷把酒杯拍在桌上说："回去，那是别人的家，不是我的家，我回去看别人的脸色吃别人的擦皮子饭，不去。你去告诉他鲁正川，从今往后，他没我这个兄弟，我也没他这个哥！我的脚再也不会踏进那个门槛半步了！"

鲁三说："正扬，这又何必呢，好好的一家人，闹得跟仇人似的，老死不相往来，这又何必呢。"

二太爷就有些不耐烦，一摆手说："去去去，别在这儿磨牙了，我不想听这些话，你走吧。"

鲁三还想再劝，见二太爷脸色铁青，只好躬身退了出去。他一走，二太奶就忍不住对二太爷说："老爷，人家把娃要回去，欢天喜地给娃儿娶媳妇结婚哩，我们两个老瓷猴，活得这叫什么人啊！”

二太爷脸色十分难看，端起桌上的酒壶就向嘴里倒。二太奶忙夺下酒壶，劝他说：“老爷，别喝了，你这样糟蹋自己，喝坏了身体咋办。”

二太爷把头垂在桌上，一句也不言传。

二太奶见他不言传，叹了口气，又说：“要不，咱们趁早打问的再要一个吧？这么大的家业，不能没有人承当啊！没个儿子，以后谁给我们养老送终呢。”

鲁三回去把事情对太爷太奶一说，太爷太奶嘴上当时虽没说什么，但内心深处却翻江倒海，他们知道，自己与二太爷一家的裂痕从此再也愈合不了了。

老爷走进王拐子酒家时，二太爷显然已喝了多时，有些醉了，坐在那里，也不吃菜，只把酒一个劲往嘴里灌。王拐子好心上去劝他，他一句也听不进去。老爷当时就鼻子发酸，胸口像给什么东西堵住，憋胀得难受，扑过去就把二太爷手里的酒杯夺下了，拉着哭腔说：“大，别喝了！”

二太爷看见老爷脸上一紧，愣了愣，伸手去夺酒杯。老爷躲过身子，又叫了声大。

二太爷说：“把酒杯给我，给我。”

老爷说：“大，你已经醉了，不能再喝了。”

二太爷醉眼朦胧看着老爷说：“你是谁？为啥要管我？”

老爷说：“大，我是尚文啊，你喝多了。”

二太爷说：“你把谁叫大？我不是你大，鲁正川才是你大，亲大！走开，我的事不用你管。”

老爷哭着说：“大，我错了，我知道我对不住你们二老，我求求你，别再糟踏自己了，跟我妈把粮行盘出去，回老庄吧。尚文会像亲儿子一样孝敬你老，跟我回去吧。”

二太爷神经质一笑，不理老爷，眼睛直勾勾看着桌面，嘴中喃喃念道：“亲哥哥，亲儿子；亲哥哥，亲儿子！”突然仰头看着屋顶，猛然一阵狂笑，把老爷吓了一跳。

“大！”老爷说。

“亲哥哥，亲儿子！啊哈哈哈哈……”二太爷哑哑笑着，夺过酒壶就向口里灌去。

老爷心中一阵绞疼，大声让王拐子拿酒，王拐子不想拿，老爷就发了怒，抬腿把一把椅子蹬翻。王拐子无法，只好取了酒来，并且给老爷上了一盘花生米。老爷接过酒就一通狂饮，结果那晚老爷和二太爷都喝醉了。

新媳妇那晚初次行房引起大出血，太奶从五交镇给她请来了先生。先生姓杨，留着撮山羊胡子，戴着个瓶子底似的眼镜，脸色凝重，坐在床边给新人号脉。新媳妇躺在床上，脸色黄蜡蜡的，闭着双眼，一口口向外送气。太奶站在边上，忧心忡忡地问先生说：“先生，我媳妇的病要紧不？”

先生抽出手，扭头看着太奶摇头叹了口气说：“咋说呢，你媳妇这病，说要紧也不要紧，说不要紧也要紧啊！”

太奶脸色变了变，说：“先生，我这媳妇到底得的甚病，请先生直言。”

先生说：“年轻人，初次行房缺乏经验，容易做傻事，这本不足为奇。但你这媳妇精神恍惚，脉象紊乱，下体有损伤痕迹，出血过多，且有大量恶露排溢，情况不妙啊。”

太奶就有些急，问先生咋办。先生说这个病说不要紧也不要紧，只要今后不让新人再行房事，用药调理静养一段时间，说不定就好了。说要紧的话，此病可能引发新媳妇阴道痉悸性收缩，从此对房事产生恐惧，行房时发生疼经，甚至发生生命危险。太奶就问先生可有法子。先生说法子到是有，但你这媳妇体质太差，恐怕吃药不应啊。我给你开几付药先试试吧。当下就开了处方，让太奶照方抓药。太奶千恩万谢，让鲁三把先生送走了。

太奶打发人照先生开的方子抓了药，用药罐子熬了，伺候新媳妇服用。谁知这新媳妇口太细，药一沾嘴就全吐了。太奶实在看不下去，说了她几句，新媳妇强忍着喝了一次，结果太奶还未出门，她又吐掉了。太奶见她脸都绿了，又气又心疼，也拿她没办法。如此反反复复，未出一月，新媳妇连病带抑郁，就走了。

鲁云扬
友良

第七章

桂兰

刚刚做了不足一个月的新郎就失去了新娘的老爷，从此郁郁寡欢，不再愿谈论自己的婚事，一有说媒的上门竟然连推带打，将人家赶走，时间长了就没有再敢上鲁家提亲的。

儿子不肯再继弦，岂不是要断了鲁家的香火。太爷又忧又急，可面对牛一样倔强的儿子却无计可施，只好随他而去。

而老爷经过几次磨砺，人反倒沉稳了许多，一门心思经谋起自家的光景日子，这倒让太爷和太奶感到些许的安慰。

鲁家的粮行磨房，规模宏大，为鄜州的酒律饭铺、衙门妓院、达官贵人，以及贫民百姓提供了优质的粮食和面粉。而这些面粉都要靠几十台大石磨石碾子日夜不停地磨碾。鲁家的粮行磨房供养了许多没有土地没有生存技能的人。

每天天一亮，老爷就起了身，先去茅房解手，送水火。解罢手洗了脸就起身到各个磨房去查看，催促伙计们干活。也该老爷命里注定有一段好姻缘，一天早晨，他走进后院第三间磨房时发现，原来磨面的老妈子不见了，代替她的是一个十六七岁的年轻女子，穿着件补着补丁的夹袄，在阴暗的磨房里磨面。毛驴拉着厚重的石磨在磨道里不紧不慢地走动，磨盘上下扇咬合发出的声响轰轰隆隆。额头上梳着一排细密刘海，脑后垂着油亮大辫子的女子，低眉垂眼站在大青石板边上罗面，细茸茸轻尘似的面粉粘在她头发上、眉毛上。鲁家雇的丫环老妈子你来她去走马灯似的换动，所以当老爷走进磨房时，发现换了个人也没太在意。

当他照例在磨房转了一圈要出去时，那头正在拉磨的毛驴不知为啥突然无缘无故停了下来。老爷见毛驴停下，反身过去就拍了驴一巴掌，说："嘚。"老爷的手劲大，毛驴给打得屁股一歪，叉开双腿尿起来。刚刚上工的年轻女子，一眼瞥见驴胯下那黑昂昂的厌物，突然想起外面风传的关于鲁家少爷的那首歌谣，忍不住"扑哧"笑了一声。听到笑声，老爷猛地回头看了女子一眼，女子那张年轻的，虽不很美却充满活力和稚气的脸就被老爷锥子一样的目光罩住。老爷当时就有些发怔，甚至有些痴迷。刚刚上工后来成为我老奶的年轻女子，被老爷痴迷的目光罩住，猛然就意识到了自己的失态，突然向老爷莫名其妙地皱了下鼻子，舌头一吐，"哼"了一声又扭身转过头去罗面。那一刻，她的心在胸膛里跳得如小鹿乱撞，一片红晕浮上她嫩白的脸颊，一直浸过脖子。老爷却被她这一充满稚气天真烂漫的动作弄得神魂颠倒，如醉似痴。

老爷见过不少美丽动人的女子，可他就是没见过老奶这样的女子。老奶如同阳光般灿烂的笑容，从此定格在老爷的脑海里。此后老爷每天都要到老奶的磨房去，去给老奶赶驴，去和老奶闲磨牙。

春去冬来，不觉就到了第二年的夏天。一天，当老爷走进磨房里时，他发现一向毫无心思、笑起来如清泉在石板上流淌的老奶神情忧郁，面色凝重。老奶告诉老爷说她要走了，再也不到鲁家来了。她的父母给她订了一门亲，彩礼都收了。过完这个夏天，她就要嫁人了，她得回去准备自己的婚事。

听到这话，半年来像泡在蜜水里的老爷，如三九天被人浇了一盆冷水，热情的火焰几乎一下子给击灭，他抱头蹲在老奶面前说："你有下家了？"

老奶说："嗯。"

老爷说："你跌到福窝里了！"

老奶却哭了，泪流满面。她说她遭罪了，那男人虽说在延府城拥有一片大大的酒楼，可他要比她大二十多岁呢。

老爷却像没有看见她的眼泪，一个劲地唠叨："你要嫁人了，你要嫁人了！"

这时毛驴又停下了，老爷不知害了什么气，跑过去就狠狠拍了驴一巴掌。毛驴给打得尻子一歪，放了一长串响屁，拉起磨子"嗬嗬嗬"地跑了起来。轰隆隆的响声雷一样滚过老爷的心头，老爷毛躁得像一只关在笼中的狼，跟在驴屁股后没命地打驴。老奶立在石板前，默默地看着他。磕磕绊绊中，老爷身子不争气地碰到老奶身上。老奶突然"唉"地呻唤了一声，软软地靠在了老爷身上。老爷脑海里"腾"地起了火，顺势把老奶扑到了。面筐被撞翻，洒了一石板白盈盈的面粉，面箩撞到地上，滚出老远。老奶仰卧在白盈盈的面尘中，伸展双臂，眼神迷离，凄然无助。老爷却忘却了他那仅有的一次云雨经历给自己带来的羞恼和对自己身体的厌恶，有些怨毒地扑倒在老奶身上。老奶的身子白得像剥了皮的葱，软得像一团云，热得像一盆火，饱涨得像一块被雨水沁润的青苔，呻吟得像只吃奶的羊羔，在老爷强有力而尽乎野蛮的催动下，像一只蝴蝶在石板上伸展着翅膀。老爷在那一刻，深刻体验了他作为一个男人纵情的、深入骨髓的、淋漓尽致的活力再现。

而老奶却似包容一切的大海，吸收了他，容纳了他，使他披荆斩浪做了次终身难忘的畅泳。

当一切的喧腾都重归沉寂，磨房里就静得可怕。毛驴静静立定，享受着这片刻难得的悠闲。老奶嘤嘤的哭声在磨房里细细地响动。老爷在那一刻，充分体现了他作为男人的气魄和胆色，劝老奶说，别哭，你如今已经是我鲁尚文的人了，我就是被人大卸八块我也要定了你！

老奶听了这句话，一双花不棱瞪的眼睛就满含了欣慰、敬佩和对老爷的爱恋。

老爷先把自己决定要娶老奶的消息告诉了太爷。太爷听后很高兴，说，好好，只要你愿意，娶谁家的女子都行，我这就打发人上她家提亲去。

名满鄜州的鲁家少爷看上了自家女子，要娶她为妻，这事着实让老奶那贫穷了一辈子也恓惶了一辈子的父母吃惊不小。要是再提前一个月，或者半个月，老奶的父母一定会乐得合不拢嘴，为女儿的福气也为自己生了老奶这个女子而高兴。可坏就坏在恰恰在十多天前，老奶的父母经人说合，把女子许配给了延府城开酒店的贺根权，吃了人家的鸡，喝了人家的酒，接了人家的礼金。老奶的父母深知一言许人的份量，断然拒绝了媒婆的说合，说我女子已经定了亲，这彩礼都收了，见面鸡也吃了，开弓没有回头的箭，请鲁家少爷另谋高就吧。

媒婆不死心，劝老奶娘家大大说，收了就收了，收了退给人家不就行了，那怕加倍地退，鲁家有的是钱，你们不用担心。女子嫁给鲁家吃穿不愁，这是五指塬多少人梦寐以求的事啊，你老再想想吧。

老奶娘家大大说，这不是退婚不退婚的事，说出去的话，泼出去的水，揽也揽不起来啊！我老汉不能这山望着那山高，让人指着脊梁骂先人。

第二天就打发儿子家宝把女子叫了回去。

得到回信的太爷当时气得把一个上好的宜兴壶摔碎了，将老爷骂了个狗血喷头说，你明明知道人家女子是有下家的人，还让我叫媒婆去说媒，让我的脸往哪放呢？我鲁家的儿子寻不下女人，伤人这脸，吃饱了撑的。

老爷站在墙角，面对黑风罩脸的太爷只说了一句话："这女子我看下了，除了她我谁也不要！"扭身就出去了，把门在身后摔出很大的声响。

槐木雕花门很大的响声像一记重锤敲击在太爷的心头，望着扬长而去儿子的背影，太爷跺脚叫了一声："羞先人呢！"就坐在了椅子上。

老爷从此不再到粮行里去，每天骑马走好几十里山路到刘家圪台老奶家软磨硬泡，去求老奶的父母。

老爷刚到梁家时，起初老奶的父母还让他进门，好言好语说了许多掏心窝子的话，希望老爷能明白事理，不要再为难他们这些穷苦无势的人，放弃他那疯狂的打算，回他那三进三出的大宅院去，可老爷一句也听不进去。老奶的父母从此就将老奶关在屋里，紧闭大门，不准老爷再进院子，老爷就耍赖皮，坐在老奶家门前，一天又一天，引得无数相干不相干的人围了看稀奇。太爷知道后，又气又急，打发鲁三带了个伙计到刘家圪台去寻老爷。

鲁三论起族谱，与太爷算是未出五福的堂兄弟。因为家里没地，满年四季就给鲁家打工。鲁三穷，但一辈子活得刚硬，该拿的拿，不该拿的给也不要。地里的活计，耕、种、耙、耱样样在行，提耧下种铡麦秸，扬场使得左右锨。更拿手的是，鲁三喂得一手好牲口，经他手喂养的牛驴骡马，一个个骠肥体壮，毛色光亮。别的长工见了太爷，总低着头，好像啥没做对似。鲁三不，鲁三有理气长。太爷大事小事总爱和他商量，开口总是三哥三哥。别人的事太爷可以不管，但鲁三的事太爷从不放到地上。事实上，几十年的和谐相处，鲁三和太爷之间已经达成了一种默契，彼此的一个动作，一个手势，甚至一个眼神，对方就能领会意图。家里的长工丫环老妈子，对他也没有不恭敬的。鲁三老婆死得早，留下个半大小子的黑驴，和鲁三相依为命。好几次，太爷想给他再办一房婆姨，但鲁三不同意，怕委屈了儿子，太爷只得作罢。鲁三办事，太爷没有不放心的。

鲁三带着那个长工来到刘家圪台时，看见老爷坐在梁家大门外一根横倒的榆木圪节上，正从一个好心老婆婆手里接过一碗拌汤，狼吞虎咽，长长的头发垂下来，几乎遮住了他的半张脸。鲁三心中一阵绞疼，走过去说："尚文，回。"

老爷抬头看了他一眼，低下头又去拨拉他的拌汤。

鲁三就用手去扯他，压着声说："少爷，老爷让我来叫你，咱回吧。"

老爷摔开他的手，没言语。

鲁三还想去拉他，老爷不知为甚就害了气，跳起来嚷着让鲁三走。鲁三不走，他就抱起路边的石头砸马车，把碗掼到了地上。鲁三见劝不住，只好和伙计又赶着马车回去了。

后来有一天，老奶的父母早上起来到女儿的房间看女儿时，发现房门大开，里面空空如也，女儿早跟上鲁家那二杆子小子翻墙跑了。

不见了女儿的二位老人顿感大祸临头，寻到鲁家庄，爬在鲁家大院捶胸顿足，号啕大哭，大骂太爷为富不仁，纵容儿子拐跑了自己女儿，嚷着要太爷还女儿来。

儿子做下如此蠢事，使一向自傲不凡、人面前总高昂着头的太爷气恨交加，却又无可奈何。一再的解释、赔礼道歉才将老奶的父母劝了回去。听到风声的贺家，

桂兰
友良乡土

连夜马不停蹄地赶到了梁家，把老奶的父母骂得狗血喷头。一辈子虽然清苦但活得刚强的老奶父母，老脸通红，狠不得立马找个地洞钻进去，不要再受这割肉扒皮的羞辱。贺家的人气出够了，就把话挑明说，这样的女人他们贺家当然不能再要，让老汉退婚。其时老汉早把到手的彩礼给儿子看了病，无奈只好卖了自家的窑洞和耕牛，自己栖身到村外一处废弃的土窑里，才将贺家的人打发走。

听到消息的太爷亲自上老奶家来，拿出许多银两，要帮老汉重建一座宅院，买两头牲口，以弥补自己良心上的愧疚和老爷给二位老人造成的伤害，但被老奶的父母不留余地地回绝了。老奶娘家大大说，我自己前世亏人了，逢下这么个不要眉眼的女子，怪别人个甚？我跟你不沾亲不带故，凭甚受你的恩惠？让人骂我老汉爱钱不要脸，靠女子过光景。他坚决不肯收受，把太爷赶出了自家的破窑。

太爷走出那老汉烟熏火燎、破破烂烂的土窑时，着实感慨了好一阵子。这大概是他平生遇到的第一个人穷志却不短的恓惶人，太爷对那个身穿破衣烂袄的老汉很佩服，同时也就有些轻看自己。

第八章

亲人

时令进入冬季，地处陕北最边上的榆林城下了入冬以来的第一场雪，气温一下子降了许多，人家的屋顶房脊上，都落了厚厚的一层白，远远望去，平日里因战乱而显得有些儿破败的老城看上去倒有些景致。

老爷头上扎着羊肚子手巾，腰里巾着白老布腰带，满脸胡子，扛着半袋子小米沿着城墙根子向回走。刚才在街上买米时，他看见有个人站在店门外望着自己，模样儿好像在哪见过，具体在哪见过，却怎么也想不起来。自从带着桂兰来到这里，老爷什么苦都吃，什么活都干，一改过去富家少爷的做派，像一个一贫如洗的穷小子，整天为生计奔忙。为了养活自己和老奶，老爷当过脚夫，扛过粮包，甚至给人挑过大粪。生活虽然清苦，但老爷丝毫不觉得累，爱情的火焰炽烤着他，老爷觉得自己是天下最幸福的人。

老爷扛着米袋，踏着积雪不紧不慢走着，不知为什么，他老觉得背后有一双眼睛在盯着自己。这种感觉很糟糕，让他感到极不舒服。当他走到自己和桂兰租住的地方不远处时，他不由自主回头又向后望了一眼。街上空荡荡的，不见一个人影，只有雪花被风吹着，在街道上飞舞。谁家院子里，有人闲得无聊在弹奏古筝，声调悲怆，让人心中隐疼。老爷听了半会儿，就扭过头，扛着粮包回了住所。

成为我老奶的美丽姑娘梁桂兰低着头，正在屋里打扫卫生，见老爷回来，高兴地跑过来帮他把米袋从肩上取下来。她因为有了身孕，身子明显臃肿，行动有些不大方便。原先白净光亮的脸上，出现了点点轻微雀斑，不过这不但丝毫不影响她的美丽，反倒使她看上去平添了几分妩媚。老奶替老爷放好粮袋，从炕上拿起笤帚，把老爷推到门外，将他身上的积雪扫净，回屋将老爷扶到炕上，帮他脱了鞋说："外面冷吧？炕热着呢，你先坐，我给咱做饭去。"

老爷说："不急，等一会再做。"

老奶说："你不饿？"

老爷说："不饿。"

老奶说："哄谁，干了一天活，这么大的雪又去买粮，能不饿。"

老爷说："有你这么好的婆姨，再苦也不饿。"

老奶就笑了，脸蛋红扑扑的，转身想忙，老爷却拉住了她说："上来，让哥亲一个。"

老奶的脸更红了，缩着身子说："大天白日的，没正经，当心让人看见。"

老爷说："看见怕甚，我亲自己的婆姨，看见怕甚。"

老奶娇嗔地用指头一戳他的额头说："自己的婆姨，不嫌害臊！自己的婆姨不敢往家引，东躲西藏跟做贼似的。"

老爷脸一红，说："这不是过渡时期吗？再过一段时间，等娃儿生下来，我就领你回去，看谁敢说你不是我的婆姨。"

老奶脸红红的，低着头不说话。

老爷就说："咋，不相信？"

"相信，咋不相信，你个活土匪，什么事干不出来！"老奶看着老爷，一双瓜子仁仁毛眼眼里亮晶晶的。

老爷一把将她拉到怀里，将手伸进老奶衣服里乱摸，嘴里说："活土匪，活土匪，哈哈哈，这话是你说的，我叫你说我活土匪！"

老奶膨胀的奶子被他抓在手里，在老爷怀里蛇一样扭着身子，求饶哀告，笑得喘不过气来。一种甜蜜的辛福荡漾在他们年轻的心头。

两人正在闹，老爷一抬头，突然发现屋门口不知几时站着一个人。这人年龄不大，顶多二十出头，穿着件烂得不能再烂的翻毛老皮袄，头上包着个肮脏的烂毛巾，一动不动立在门口。

老爷吓了一跳，推开老奶翻身坐起，瞪着那人说："你是谁，跑我屋里干甚？"

老奶也被吓了一跳，待她看清那人的眉脸时，嘴一下张大，叫了声："哥，你咋来了！"跳下炕就把那人给抱住了。

老爷这才知道，这个站在门口的人就是老奶的哥哥梁家宝，脸色变了变，但很快就镇定下来，尴尬地一笑说："是，是家宝哥啊，坐，快上炕坐。"

家宝没理老爷，上前一把拽住老奶的手就向门外拖去。老奶向后缩着身子，用手抓住门框，拉着哭腔说："哥，哥！"

家宝铁青着脸，使劲把妹妹向门外拉，嘴里说："走，跟我回可。"

老爷忙上前挡在老奶面前，瞪着家宝说："放手，你干甚？"

家宝不理他，拽着妹妹不松手，说：“回，跟我回可。”

老奶说：“不，我不回！”

老爷说：“哥，有话坐下说，别这样。”

家宝转身一拳，将老爷打倒在地，脸色涨红指着他说：“小子，爷没工夫和你算账，给我滚一边儿去，别惹小爷发火。”

老爷从地上爬起来，用手抹去嘴上的血迹，挡在老奶的面前说：“哥，桂兰有身子，你别拉她。我知道我对不起你们，可我也没办法啊！没有桂兰，我活着还有什么劲。既然你已经寻到了这儿，要打要骂就冲我来，但你不能把桂兰带走。”

家宝脸色铁青，愤怒地用手指着老爷说：“小子，别不识好歹，给脸不要脸。信不信我告你拐带良家妇女？你知道你这么做，让我们家丢了多大的人，遭了多大的罪？贺家的人堵在门口要人，我大我妈都快被逼疯了！你知道不知道？你再阻挡，别怪我对你不客气，让开。”

老爷一根柱子似站在那里说：“不让。”

家宝气得浑身乱抖，顺手摸起门后的顶门棍，一棍打在老爷头上。血顺着头往下淌，老爷还是一动不动，用身子挡着老奶。家宝见他不动，轮起棍子劈头盖脸就砸了下来。老奶惊叫一声，扑过去用力想把老爷拉开，老爷就是不动。

老奶哭着说：“尚文，让开，让开啊，他会打死你的！”

老爷拧着头说：“让他打死我好了，打死我也别想把你从我身边夺走！”

老奶就哭了，泪流满面，紧紧抱住老爷，哽咽着说不出话来。老爷把她搂在怀里，用手为她拭去泪痕，语气锵锵地说；“别哭，你如今是我们鲁家的人，是我鲁尚文的女人，没有人能把你从我身边夺走！”

家宝举在空中的棍子就再也落不下来，叹了口气，圪蹴到地上，用手抱住了头。老奶见他住手，忙找了块布子，给老爷把头包了起来。家宝慢慢起身，转身向门口走去。老奶见他要走，忍不住叫了声哥。家宝在门口站住，扭身看着老爷，眼神复杂，说：“鲁尚文，你有种，敢做敢当，是个男人！妹子跟了你，我放心。记住，好好待她，桂兰要有个三长两短，我饶不了你。”

老爷说：“哥，你放心，我会好好待桂兰的。”

家宝眼里就有了一丝赞赏和欣慰，默默转身，慢慢向门外走去。老奶在背后说：“哥，你就这么走了？”

家宝顿了一下，没吭气，继续向外走去。老奶撵到门外说：“哥，你就这么回去，贺家的人来了咋办？”

家宝头也不回说：“那是我和大的事，不用你操心！”

老奶就哭了，圪蹴在院子里，一任雪花落了一身。

第九章

奇婚

时光如箭，转眼间就到了第二年的秋天。老奶那更加显老的娘家大大有一天早上起来打开自家破窑的门，打算到外面解手时，院门口齐刷刷跪了一对男女。男的身材高大，女的穿了件碎花夹袄，怀里抱着个娃娃。老汉噙在嘴角的烟锅一下子滑落到地上，嘴张着，好半天合不拢，喉咙里痰响得一进一出，最后不声不响折了回去，将两扇门“哐”地一声关上了。

立刻，已经将头发盘在脑后的老奶和脸晒得黑红的老爷听见屋里一阵响动，老奶的母亲不顾老汉的呵斥，打开窑门冲出来，叫了声：“我的儿呀！”泪流满面，把老奶抱在了怀里。

大红洋芋土里头埋，
大女子养娃娃从那里来？
再不说那些倒灶话，
大女子养娃娃天生下。
白格生生蔓青脆格生生咬，
大女子养娃娃天知道。
稆生生荞麦稆生生麻，
稆生生娃娃活大大。
叫一声妈妈你不要气，
稆生生娃娃是好的。

不管老奶的大大心里有多气，但女儿抱娃回了家，自己那颗一年多来悬着的心总算落到了实处。女儿毕竟是父母身上的肉，老汉最终无可奈何地接受了这一事实，允许老奶抱着她那稆生的（不种自生的）娃娃同老爷进门，坐到自己家铺着烂席的土炕上。

回家的这天对老奶来说，是一生中最快乐，最不寻常的一天。打泼上命跟老爷在那个漆黑的、没有月光的夜里离开家乡，算来已整整一个半多年头，一年半来淤结在老奶心里对父母的担忧、对家乡的思念，以及所有那些盘踞在脑海里对命运未知的茫然，在这一天都全部得到了释放。老奶的脸上，恢复了她做女子时那如同阳光般灿烂的笑容，欢快的身影，燕子样地在屋里跑进跑出，咯咯的笑声脆生生如同银铃。老奶的妈妈脸上，也荡漾着掩饰不住的笑，在案板上擀面咚咚的声音，听起来那么有劲。麦桔杆在灶膛旺旺地燃烧，红红的火苗舔着锅底，盈盈的雾气弥漫在窑里，夹杂着油呛葱花的香味。梁老汉圪蹴在六合基子盘成的盘掌大炕上，眯着眼睛，看着在炕上四处乱爬的大爷抽烟，脸扳得平平的。家宝却像一个刚刚当了父亲的毛头小伙，爬在炕沿边追着大爷逗闹，把大爷抱起，凑到他大跟前说："大大，你看，看这小子多野。"梁老汉本来还扳得平平的脸，就像久旱的苞米根上浇了一瓢水，再也扳不住，漾起暖暖的笑，忍不住伸出手，勾起指头逗了下大爷开裆裤里的小鸡鸡。大爷毫不领情，挺起小鸡鸡就冲佬爷开了火。老奶大大本来还有些做作的笑，一下让大爷这一泡尿浇出哈哈的笑声。见老奶大大终于笑了，坐在一边还有些忐忑的老爷，心一下放回了腔子。

吃饭时，老爷端起酒，敬了老奶大大两杯。老奶父亲什么也没说，接过杯仰起脖子喝了。老爷接过杯，在给老奶母亲倒酒时，老人却没喝，端杯看着老爷说："尚文，你往后准备咋办？"老爷说："大，妈，家宝哥，你们放心，我会给你们个交代。"

离家一年多不知死活的儿子终于领着自己的姨婆回来了，并且养了个白白胖胖的孙子，让太爷太奶欢喜了好一阵子。一年多来对儿子的担忧、牵挂、怨恨、气恼，也因为儿子的平安归来，和大爷向前的降临人世而顿然释怀。太爷太奶将大爷抱在怀里，左亲右爱就再也舍不得丢开。老爷和老奶原本还有些虚落的心，终于踏实了下来。老爷最终以他的狂野，为自己赢得了爱情。

当所有的喧闹渐渐重归于沉寂，一切又回到从前的气氛中，老爷却向太爷提出要大办婚事，比上一次婚礼更体面、更浓重地把老奶娶进家门。

一听儿子这个近乎疯狂的决定，太爷强压着火气训斥他说，你还嫌自己的名声不够响咋的？还嫌我丢的人不够吗？你安生些，让我和你妈过几天安生日子好不好？如今娃都养了，消消停停地过自家的光景，那么张扬干甚？嫌人知道的太少是不？

老爷说，就是，知道的人越多越好，我就是要体体面面把桂兰娶进门。

太爷看出了儿子态度的坚决，他深知儿子的脾性，就没再和他争执，赌气说，你爱咋办咋办，我不管，我也管不了，反正我这老脸都让你给丢光了，再伤一次也没啥。

身穿扎花袄，
手拿丝手帕，
洋莲花，马褂褂，
穿上照人吧。
腰紧纱罗裙，
裤脚石榴红，
扎一副鸳鸯带，
下缀银铃铃。
鞋是绣花鞋，
被中突出来，
夜蝙蝠眨眼睛，
灰老鼠过桥来。
腊月里梅花开，
婆婆家引奴来，
打扮起个小女娃，
坐在轿里抬。

老奶抱着大爷，在吹吹打打的唢呐和霹雳啪啦的鞭炮声中，被风风光光地抬进了老爷家三进三出的四合院子，送进了布置得花团锦簇的洞房。这场别开生面的婚礼，一度被宣扬的沸沸扬扬，成了让五指塬无数男人和女人既羡慕又鄙夷的事情。但说的最多的还是说，我那年轻的老奶着实的不得了，那么娇嫩单薄，水做的似个女子，竟然能容纳了我那极其雄壮的老爷，也真奇了。

被明媒正娶进门的老奶，果然不负众望，在生下大爷向前之后，又接二连三地像老母猪下猪娃一样，给老爷生下了二爷向明和三爷向华这两个壮实的后生，使得世代单传的鲁家在老爷的手上，终于人丁兴旺，彻底改变了因历代人丁稀少而不得不存在的忧虑。这使原先还心有芥蒂的太爷太奶非常高兴，对出身贫贱的老奶日益看重了起来。老奶最终用她自己的不懈努力和巨大付出，为她在鲁家赢得了应有的地位和荣耀，从此昂首挺胸做起了鲁家的少奶奶，心安理得地享受老爷的疼爱和丫环老妈子的服侍。此后再也没有人敢在背后嚼她的舌头，提她当年大女子生娃娃那档事。

第十章

年馑

世间事，风云变幻，或朝为田舍郎，暮入天子堂；或朝为坐上宾，暮成阶下囚。人生富贵贫贱，谁能料定？三十年河东，三十年河西，风水轮流转换，草木一枯一荣。关于我老爷后来将祖上的家业毁在了自己手里，使往昔宅地连片，牛羊满圈，粮食盈仓的鲁家最终如残花凋零，门前冷落车马稀，真得让人惋叹。但这一切都是上苍冥冥中的安排，并非老爷和爷爷们能力不济所致，也非个人能力所能逆转的事。

自古以来，陕北的贫穷和荒凉，自然条件恶劣世人皆知。这块在西汉和两晋时曾游牧为天下丰饶、草肥水美、牛羊盈道的黄土地，后因外族的入侵曾一度衰落。尤其是宋朝与西夏间的百余年战争，使陕北的森林和草地破坏殆尽，元气大伤。后来明清时期的大规模开发利用，曾经使陕北繁荣的景象回光返照，而后便彻底沦落为人烟稀少的半荒漠地区。游牧游猎丧失了基础，陕北人只有用老镢头向这片干枯瘦弱的土地索求生存的权利。

民国十八年那场遍及大西北、赤地千里百年不遇的大干旱，使陕北人深切地体会到了生存的艰难和饥饿的残酷可怕。生命在大自然面前变得如此脆弱，不堪一击。许多地方一亩地打不下四五斤粮食，超常的付出换来的是连种子也收不回来的代价。太阳像一只巨大的火盆，把大地晒烤成一块巨大的滚烫铁板，赤脚板踩上去，嗞拉拉起了青烟，仿佛都闻得见那刺鼻的焦臭。空气里只有干度，没有湿度，弥漫着一股呛人的尘味。人的身上，成天汗津津的，衣服不敢上身。树木也干巴巴的，挂着千疮百孔的零叶碎片，树干上伤痕累累，全是被人用刀剥掉的白茬。山光秃秃的，到处是一望无际的黄土，留下的只是没有生命的石头和土丘。空气里处处能闻到死尸腐烂的臭味，吸附在人的鼻尖上，使人有喘不过来的压抑和难受。跳下一处土塄子，转过一段墙角，没准就会“嗡”的一声，惊起一大群肚子滚圆的红头苍蝇和食尸老鸦。白森森的大人或者小孩的残骸也会冲入你的眼睛，那一窝窝在眼眶或胸腔里蠕动的蛆虫，毛毛虫般龇咬着你的神经，使你浑身瘫软，连站起来的力气都没有。而那些随处可见的、蜷缩在墙角一丝不挂的老人孩子，还有男人女人，眼神茫然无助，静静地等待着上苍的接纳。这些已经不能称其为人，活着的尸首，孩子的小骷髅弯曲变形，关节突出，瘦骨嶙峋。塞满树皮野草的肚子，膨胀得几近透明，像生了肿瘤一样可怕。女人们骨瘦如柴，尖削的屁股上只有骨头没有肉，乳房干瘪下垂，挤干果肉的葡萄皮一样吊在胸前。靠墙站着的男人摇摇晃晃，睾丸软软挂在裆间，像风干的枣。这是最后一个严峻的嘲弄，提醒你他曾经是个人。这一副令人难以相信的画卷，是上苍对人类罪恶的惩罚，是大自然对生命无情的嘲弄，这是连年战争、瘟疫遍野的旧中国最凄惨的一幕。那时，盘踞在人们脑海里的只有一个字：吃！吃，这最简单最残酷的需求本质，延续生命的方式，是那样地深入人心，使人无限向往又倍感艰难。

晒坏了的，晒坏了的，

五谷田苗子晒干了。

龙王的老价呦，救万民！

佛的雨薄玉皇的令，

观音老母的圣水瓶，

玉皇的老价呦，救万民！

鲁家位于鄜州城“盛茂粮行”总号后院，老爷满脸忧虑背着手在粮行里转来转去，粮行老总管沈山提着袍子在边上不安地看着他。街上抢购粮食的人声一浪浪传来，嗡嗡的声音如同亿万只苍蝇在天上飞翔，两个人身上全都汗津津的。

沈山说：“少爷。”

老爷好像没听见。

沈山是粮行的老人儿了，自打十几岁上进入盛茂学徒起，已经在行里干了五六十年，可谓忠心耿耿，劳苦功高。打太爷在世时，他就已经是鲁记盛茂粮行的总管。太爷不在时，行里大事小事都是他说了算，没有人敢对他不恭敬。所以老爷那时虽说已奔六十的人了，沈山见了他，依旧少爷少爷的。沈山见老爷不言传，就又叫了声少爷说：“少爷，如今天不下雨，粮价一个劲疯长，各地的粮行都在涨价，一天能跳几次，行里这半年亏损严重，再不涨价，怕是顶不住了！”

老爷叹了口气说：“再看看吧！”

沈山就有点急了，说：“少爷，这都甚时候了，亏你还这么沉得住气。如今一斗玉米抵得过一个大姑娘的身价，盛旺济民都在涨价，大赚特赚发昧心财，咱们就是不涨，也该保本啊，这样下去，别说是咱，就是沈万山也撑不住啊！”

老爷说：“别人涨让别人涨去，咱管不着，但咱们不能涨。”

沈山还想说啥，老爷挥手止住他说：“山叔，你甚也别说了，天旱成这样，这人都眼看活不成了，还要钱干甚？杨老八和冯德林他们涨，我看是老鼠舔猫鼻子，不想活了。我们家是鄜州的粮食大户，要再跟着涨，会出大乱子的。”

沈山愁着老脸说：“可是……”

老爷说："你的心意我知道，久旱有久雨，咱们还是再等等吧！"说完就转身向粮行外走去。

沈山把老爷送出粮行，老爷看着粮行外乱糟糟排队等着抢购粮食的人群，叮咛沈山一定要注意制序，千万别出啥乱子。沈山说他知道，老爷再没说啥就回去了。

老爷坐着马车往回走时，心情异常沉重。马车碾过路面，悬浮在官道上半尺多厚的浮土在车轮后形成两道深深的辙沟，荡起一股黄澄澄的尘雾。路沟边，龟裂结块的地里，伤痕累累，半死不活的树木丫杈于晴朗的天空。随处可见，横七竖八倒着的尸体和三三两两正在逃难的人影，看起来触目惊心。一群群乌鸦绕着死尸盘旋、飞翔，哇哇的叫声揪得人心疼。老爷望着这一切，本来就很忧郁的眼睛，看上去更加忧郁。

回到村里，走进村巷时，几个老汉正圪蹴在一处断墙下议论着天气，看见老爷就都站了起来。有个白胡子老汉就问老爷干甚去了。老爷说他到地里转去了。白胡子老汉在家族中排行第九，是村里如今年龄最大的老人，德高望重。九老汉说地都裂了口子，光秃秃没一根草，你倒地里转甚。老爷说他坐不住，随便走走。九老汉说天旱到这份上，人没活路了，尚文你得给大伙想办法啊。老爷说天不下雨，我有甚办法。几个老汉见老爷也没办法，一个个摇头叹气。老爷就安慰他们说大家不要熬煎，只要我鲁尚文在，就不会让村里人饿死。九老汉叹了口气说："尚文啊，话虽如此说，可一村人不能都指望你们一家活着啊。得想办法啊！"老爷说："你老年纪大，经得事多，你有什么办法？"九老汉说："祈雨啊。"老爷说："祈雨，这办法能成吗？"九老汉说："能成，咋不成，老辈人遇上干旱都是这么做的。如今村里家家揭不开锅，这事只有你们家来承当了。"老爷说："行，那我这就去做准备。"

老爷回到家里就拿出一百块大洋，打发大爷向前和三爷向华到外面去采购祭祀时必要的东西。

大爷三爷领着长工黑驴出去跑了八十多里地，才采购回来一头猪、一只羊、香烛纸扎等一应用品也都置办齐全。

第二天一大早，鲁家大门外就支起了一口直径足有磨盘大的口大黑锅，锅底用三块石头支成一个灶坑，下面架着熊熊燃烧的干柴。锅里的水烧开后，就升腾起团团乳白色的雾气。这样的年头，这是看着多么让人感到温馨的事啊！

鲁家的这口大黑锅，已很有些儿年份了，每当逢年过节，村里有了红白喜事，这口锅就派上了用场。锅虽是鲁家的，但跟公用的没啥两样。每年到了腊月二十七八，老爷都会叫长工们把锅抬出来，支在大门外，架起柴火，烧上一锅滚烫的开水，把猪羊投进锅中，拔毛取脏，屠宰分割，送到城里分给粮行要回家过年的伙计和管事的，以及家里的长工丫环老妈子，所以每年过年鲁家都要杀十多头猪羊。老爷是杀猪宰羊的行家里手，每当这时，他必亲自上阵。伙计们把嗷嗷乱叫的肥猪抬出来，摁倒在一张方桌上，老爷挽起袖子，嘴里噙着磨得锋利的杀猪刀，健步走到桌前，一手攥住猪嘴，一手执了刀子，把刀尖在猪喉头处探探，手腕一用力，就捅了进去。常杀猪的一刀进去，刀尖儿会正中猪的心脏，挖脏时你会发现猪心尖上会有一小小创口，这样的杀法猪死得快，受的罪少。老爷杀猪就从不犯第二刀，杀过的猪干干净净，一天下来，衣服上很少有污渍泥点。猪杀倒了，就开始烫毛。烫毛前要先试水，这很重要，毛褪得快不快，利不利，全看水的温度。老爷把手伸进水里，试好了水温，才吩咐伙计们把猪投进锅里。看着伙计们拔毛，老爷就趁这当儿圪蹴到一边抽一口烟，一般他不会参与此事的。等到伙计们把猪毛褪净，老爷烟瘾也过足了，把烟灰在鞋梆子上磕净，将烟杆撇在后腰带上，起身拿起刀子，吩咐伙计们把猪吊在事先搭起的木架上，先用刀子将未褪干净的杂毛扫净，然后开始破膛，挖出五脏六腑，板油大肠，把猪尿泡扔给娃娃们。娃娃们高兴得忘呼所以，把猪尿泡吹成一个半透明的大球，在村道上踢来踢去，常常几个孩子为抢一个猪尿泡打得头破血流。这是一年中最开心的时间，大人碎娃脸上都洋溢着笑。

如今老爷老了，这些事都交给了大爷。

二太爷在大老爷尚武死了，老爷尚文被太爷活生生从五交镇叫回去后，唯一一次回老庄去，做了一件关乎整个家族的大事，把先人的坟给迁了。太爷太奶尽管心中不美，可谁也没敢说啥。自己做下的事不赢人，鼻子下来把嘴给塌住了，所以当二太爷带人去祖坟里迁坟，太爷只是到地里看着，一句话也没敢说。

那天天气不好，嗖嗖刮着小北风，太阳躲在云层里不敢出来，帮忙的谁也不敢说话，低着头只是刨土。当坟头被取平，要挖墓道时，帮忙的一锨下去，却啊地叫出声来。大家定睛一看，原来两只麻雀，不知几时，把巢筑在了墓顶上，并且下了一窝的鸟蛋，正在卵小雀。被人惊动，展翅飞上高空，在坟场上喳喳乱叫，盘旋打转，不肯离开。太爷二太爷当时脸上都变了颜色，绷着嘴，仰头看着鸟儿，谁也不说话。这时候，突然不知从哪里扑棱棱飞来一大群麻雀，像一朵朵黑云，扑天盖地，聚集到坟场上空，搅起漫天的尘土，以一种十分吓人的气概，直冲下来，似乎想要阻挡人们的行为。帮忙的吓得四下逃避，坟场上霎时乱了锅，直到二太爷引燃坟场的荒草，巨大的黑烟和乱窜的火舌遮掩了坟场上空，鸟儿才一声声哀叫着飞走。

事后二太爷打开墓室，把先人的骨殖重新装殓到一口崭新的柏木棺材里，埋进了另外一处他勘好的坟穴。太爷当时虽没说啥，但却在事后的第六天，偷偷请教了一个懂风水的行家。行家告诉他，他的弟弟做了一件不可原谅的错事，如果那窝鸟蛋一旦哺育出来，恐扰鲁家多年的所谓人财不能两旺的魔咒，就可完全得到解除，鲁家从此会人丁兴旺，前途不可估量，但现在，一切都晚了！

太爷现在早已记不起当初他听了这话后的心情，他只知道当时自己很难受，而后他就默默地回家了，回去后也没向任何人说他见风水先生的事。虽然太爷在以后的岁月里，尽量迫使自己不再去想这件事，但这件事却像蛇一样盘据在了他的心里，让他有一种吃了苍蝇却无法吐出的感受。直到后来老奶争气地接二连三为家里生了几个大胖小子，让长门的香火终于在儿子这一代兴旺起来，关于祖先风水的可怕魔咒，才完全从太爷心里得到消除。但二太爷，却并没能因为那次祖坟的搬迁，丝毫改变二门人的命运。

老爷的三个儿子中，他最喜欢大爷。大爷的性格像极了过世的太爷，沉稳、刚毅、胸心宽阔而又极有主见，这是老爷欣赏喜欢他的主要原因。还有一个原因是，大爷虽然绝顶聪明，但你从外观上绝看不出来。他对事物灵敏的洞查力，连老爷都自愧弗如。大爷身上兼备了老爷太爷和鲁三身上共有的品质。二爷就不同了。二爷不喜欢做生意种庄稼，他的兴趣在课堂上。二爷自小就对书本有着浓厚的兴趣，以至老爷错误地以为，鲁家的门庭会在他的手中得以改换，但他却让老爷后来极度地失望了。三爷还小，老爷从他身上暂时还看不到什么特别出众的地方。三爷因为是小儿子，老爷和老奶对他的要求相对要宽容些。三爷从小在蜜罐里长大，成天跟在大哥向前后面嘻嘻哈哈，跟个没心人似的，脸上经常挂着阳光灿烂的笑。

第十一章

祈雨

老爷老了，大爷已经开始带替他做很多事情。这天早晨，他起得很早，不等村上的人来，已经和黑驴把锅在大门外支好，连吊猪用的木架子也搭好了。等到村上人陆陆续续赶到门前来，开水都烧好了。

虽是早晨，但太阳一升起来，巨大的光芒就使人感觉喘不上气来。远远望去，空气中好像升腾着一团雾尘，吸进口里就吸附在喉咙里，苦涩而使人难受。大爷精赤着上身，刀子噙在嘴里，叉开双腿用双手把猪腔扳开，将一根二尺来长的木棍塞进猪肚子，把猪腔撑开，让内脏吊出体外。他那宽宽的光脊梁上滚着油亮的汗珠，顺着瓷实的肌肉淌进大腰子裤的裤裆里。村里帮上帮不上忙的都围在锅前，这种年头，如此场景的确太诱惑人了。到了吃早饭时分，买来的猪羊都已料理停当。大爷又带着村民去扎牌楼。

祈雨这天，五指塬鲁家庄的打麦场上，用芦苇和泥巴扎起了两丈多高的龙王牌楼，塑起了龙王老爷的泥像，庄子上所有的村民都出来了，神情肃穆地站在场中。

村巷上公中的碾盘上，坐着白发苍苍的老太婆，裤子搭在碾盘上，头顶烈日，以求得上苍的怜惜和同情。男人一律精赤着上身，女人和孩子都跪在地上，嘴里不停地祈祷。

天红格巴巴的，没有一丝云彩，日头挂在当头，空气干燥得像要燃烧。麦场上升腾着一股呛人的味道，所有的人都呼吸困难，喉里好像粘着个甚，有吐不尽的痰。许多体力不支的老人和妇女已经昏到，甲虫一样暴晒在太阳下。

充当司雨的老爷精赤着上身，光脊背上绑着把宽背薄刃的铡刀，刀刃向肉，面色严峻，大有一种献身的悲壮，双腿叉开，立在场中。大爷和几个小伙抬着块门板来到场上，门板上绑着一头猪，一只羊，过来献在牌楼前。褪掉毛的猪身上披着自己的花油，和肉红色的羊筒子放在一起。羊的下巴还留着一缕胡子。所有祭祀用的一切面食香蜡祭品都是鲁家所出，在这个节骨眼上，只有老爷能挑起这个担子。背绑铡刀，面色凝重的老爷在一阵霹雳啪啦的鞭炮声后，开始向龙王祈祷：龙王老爷在上，不才罪民鲁尚文，谨代鲁家庄五百六十三口村民以及五指塬诸民向龙王老爷祷告。自民国十七年至今，上苍滴雨未下，赤地千里，禾木不生，干旱得没办法。上山吃得没草了，下河吃得没水了！鲁家庄的村民献上生猪肥羊向您祈祷，下一场海雨吧！

所有的村民都静默着，只有老爷的祈祷声充满祈求悲壮在天地间回响。

“下一场海雨吧，下一场海雨吧！”

所有村民高呼着，一起随老爷跪了下来，对着泥像不住磕头。

老爷抬头看看天，天依旧红巴巴的，太阳油盆一样晒在头顶，没有一丝要变天的迹象。老爷叹了口气，站起来抱起供桌上的瓦罐，大爷和几个后生抬着泥像牌楼跟在他的后边，一起向洛河川走去。老爷手拿一跟柳枝，边走边蘸着瓦罐里的水向外抛洒，村民们齐声唱起了祈雨歌：

晒坏了的，晒坏了的，
五谷田苗晒干了，
龙王的老价吻，救万民。
佛的雨薄玉皇的令，
观音老母的圣水瓶，
玉皇的老价吻，救万民！

充满祈求祷告的歌声，从声嘶力竭像要断裂的沙哑喉咙里嚎裂出来，响彻在五指塬的山山峁峁，沿途村庄村民的不断加入，使得场面越来越宏大。队伍下塬到了洛河川时，老爷的亲家，洛河川首富杜文生老太爷早领着本庄人等在村口，两股队伍汇成一股，一直来到洛河边上。洛河因为干旱，水量明显大减，许多河床露在外面，往日波光粼粼的河水也变成细细的一股。老爷俯身讨起一瓦罐水，又领着人们开始向回走。人们一路吼叫着回到场院，精疲力尽地坐在光秃秃的麦场上，任凭烈日晒烤，执着地等着老天爷下雨。

老天爷却依旧无动于衷，仿佛根本就没有听见人们的祈求和呐喊。

正午过后，已经有许多体力不支的人倒在麦场上，老爷再也忍不住了，解下铡刀插在地上，怒吼了一声说：“抬！”

杜老太爷和九老汉等人都吓了一跳，杜文生拽住老爷说：“尚文，使不得！”

老爷看着亲家说：“甚使不得？”

杜文生说：“这使不得。”

老爷说："这龙王球事不管，有甚使得使不得。"

杜文生说："亲家，你这样会得罪菩萨的，使不得啊。"

九老汉也说："尚文，文生说得对，得罪了龙王要遭报应的，使不得啊。"

老爷铁青着脸说"这是个球，这是个龙王！只受香火不理事，要他干甚。抬，把他给我抬到太皇山上，让他也尝尝太阳的滋味。抬！"

愤怒的人们闻言纷纷站起来，大爷三爷和几个年轻的后生上前抬起龙王爷的牌楼，吼叫着向卜卦的方向奔去，其他人都发一声喊，乱糟糟地跟在后面。他们遇山翻山，遇崖跳崖，狂怒得像一群疯了的狼，一副什么也不在乎了的样子。轿子里的龙王爷被颠动得前栽后仰，片刻不得安生。愤怒的人们最后将它抬上太皇山顶，暴晒在烈日下……

祈雨毕，按规矩，祭祀用的猪羊馍花等祭品要挖坑埋掉。但老爷却不顾九老汉和杜文生等人的反对，下令将东西就地烹饪，分发所有参加祭祀的人享用。让几年来没有闻过肉腥味的人们打了一次牙祭。

第十二章

谋略

老天爷不下雨，老爷的心里一天比一天沉重烦躁。连日来，他独自一人坐在大房供奉着圣人坐像的八仙桌前，抽他那足有二尺多长、马茹杆杆玛瑙嘴子、锅台极大的烟锅子，一种深深的忧虑和对以后生活的恐惑恐惶着他。祈雨过后的第三天晚上，他就将大爷和三爷叫到自己房中去了。

二太爷在老爷被太爷要回去后不顾一切，将祖坟搬迁，妄图解开鲁家财旺人不旺，女旺男不旺的魔咒，却没有改变二门的任何命运。为了二门的香火不致在自己手上熄灭，最后，他不得不领养了老虎沟杨敬业的儿杨老八作为自己的义子。二太爷本希望，到了老八手里，情况会有所改观，可事实证明，一切的努力都是徒劳，祖坟风水的变异，并不能让二门人在养子的手上改变现状；相反，到是长门，在老爷手上空前人丁兴旺起来，一连添了三个小子，这不能不让二太爷感到，上天对自己是如此的不公。老爷三个儿子，长子向前，取了五交镇杨先生的大女子，结婚五年，连生几个丫头片子，不曾为家门添一男丁，成了全家人一块心病。次子向明，聪明好学，在县中念书，一家人对他寄于厚望，谁知自个却不争气。同学王建的父亲拉着毛驴进城给儿子送粮，刚进城就被警察碰上，强行拉了老汉的毛驴去支差。王建同向明等一帮同学到县衙去请愿，县太爷权尔汉竟说学生聚众闹事，调来警察弹压，引起学生不满，捣桌子翻案，打得县太爷抱头鼠窜，后被军警冲散。向明被警察追赶，慌不择路，竟跑到了怡春院里。怡春院里有个姑娘叫马小玉，以为他是有钱的阔少，连拉带扯接人自己房中。后来知道他是鲁家的二少爷，就天天到学校来缠他，在学校引起轰动，被学校除了名，无奈之下将小玉领回家中。老爷一生奉信孔孟，最见不得这些乌七八糟的事，一见那女子妖里妖气，怒火中烧，一气之下将儿子赶出家门，断了饮食供给，不许往祠堂朝拜祖宗。向明从小好学，不事农稼，被老爷赶出门后，无处栖身，亏得兄长向前，将村外一处废弃的土窑给他收拾了，背着父亲时常送些米面过来，与小玉在那破窑内勉强度日。三儿子向华自小与洛河川杜文生的女子水仙订了婚，眼看已到了能迎娶的年龄，却遇到了年景饥馑，这事就缓了下来。

面色凝重的老爷望着两个儿子，用一向很少有过的商讨口吻对他们说，如今天不下雨，瘟疾蔓延，饥民遍野，盗匪横行，时局动荡不安，粮食成了比什么都值钱的缺货。昨天又有消息说，拇指塬的冯家，拧条梁的宋家又被饥民拥入吃了大户。我们家恰恰又是做粮食生意的，依你俩看，这种局势下，我们家以后该怎么办？

老爷说完这话，用手理着下巴上的山羊胡子，用一种研判的目光看着他的两个儿子。

三爷不等父亲话音落地就说："大，天不下雨，粮食一天比一天金贵，我们家赶上好时候了，正好借风扬场，父亲还有什么要忧虑的呢？"

老爷原本忧虑的目光听了这话更加忧虑，将烟杆在铜钵中"当当"磕了两下，没有说话，又将眼睛闭上了。

三爷从那两声响中听出了父亲对自己的不屑和失望，思谋了半晌又说："如今非常时期，越是我们这样殷实的人家越不安生，依我看，得赶紧托人再买几条枪，多雇几个本家人加强对粮行和家里的保护，以防不测。"

老爷听了这话，鼻孔里就喷出两团浊气来，"哐"地一声将烟杆重重拍在桌子上，满脸寒霜地站起来，倒背两手来来回回走了几步，猛地在三爷面前站住了，声色具厉地说："你一天都把粮吃到那达去了，榆木脑子啊？我还指望你把家业发扬光大哩，这家只要不败在你和向明手上我就感谢上苍了！"说完又不停地在砖地走来走去。

三爷不知道自己哪儿错了，竟惹得父亲如此震怒，心下恐慌，低了头不敢再吱声。

老爷走了半晌，最后在大爷面前站住了，目光炯炯地看着大爷说："向前，你是老大，你说说看。"

大爷在老爷锥子一样的目光注视下，寻思了好一阵子才说："依我看，三弟的主意行不通。如今正逢大年馑，粮食是金贵，可我们如果乘机哄抬粮价，借机是可大赚一把。可这样一来有亏良心，二来有损我们家几代人辛辛苦苦建立起来的良好信誉，势必被人下看，弄得不好，反会引火烧身。从目前看是个利，从长远看得不偿失。从大处说，一旦引起饥民反感，则也难逃要被吃大户的厄运。拧条梁的宋老七和拇指塬的冯负义就是活例子。”

老爷听了大爷的话，点了点头，重又坐回桌前。

大爷见老爷的神色缓和了许多，继续说：“另一方面，三弟的第二个计划也不可取。咱们这种山高皇帝远的地方，从古到今，民风凶悍，个性张扬。饥民前几天都闹到县衙去了，捣桌子翻案，把县太爷的乌纱帽都掳下来踩得成了牛屎，我们靠几个人，几条枪想保住家里和粮行不出事，挡住那些如狼似虎的土匪和海潮一般的饥民是根本不可能的。”

老爷的脸色终于从三爷给他带来的不快中缓和过来，看着大爷鼓励说：“说下去，依你看我们该怎么办？”

大爷仔细思考了半晌说：“目前这种局势下，想要保全我们的家业只有一条路可走，开仓放赈，在鄜州搭棚舍饭，救济饥民。”

老爷和三爷听了大爷这个石破天惊的建议，当时都有些懵了。三爷忍不住站起来说：“大哥，你这不是要败家吗？开仓放赈，你脑子进水了？把我们家人老几辈的积存泼水一样去救济那些数也数不清的饥民，别说是咱，就是扬州古柳屯，姑苏沈百万也撑不住的，你让我们今后都喝西北风啊，吃老鸦拉下的。”

老爷看了他一眼说：“让你哥把话说完。”

三爷说：“大，大哥他这是败家，那里是在保全家业，使不得啊！”

大爷说：“这样大的灾年，我们家看似安生，其实是放在石头上的鸡蛋，随时都有粉身碎骨的危险。冯家和周家之所以被饥民一涌而入吃了大户，就是太看重眼前的利益，咎由自取，厄运难逃。我们家之所以目前还没有受什么损失，那是因为父亲一向慷慨大方，宅心仁厚。村上不管那家那户断了顿，只要向我们张口，父亲从不驳人面子，如数借粮给他们，又从不讨要。善有善报，村上人受了咱家的恩惠，又保全了自己，心存感激，断不会跟我们过不去的。但本庄人不出事，就不保外庄人不寻事。鄜州九乡四镇十多万人啊，还有那些外县的饥民。说不准那一天，这些饿疯了的人就会涌入粮行，拥到庄上来，到那时，说甚都晚了。

再说即使我们不想开仓放赈，官府迟早也会勒令我们开仓的，到那时，有粉擦不到脸上，是不挨瓦片挨砖头的不明之举。这样的年头，越是有粮越不得安生，弄不好洛河川老林里的土匪说不上那一天也会拥到庄上来。与其难逃这两种下场，何不自己开仓放赈，将城里四个粮行的粮食尽数洒去救人吧。”

听完大爷的话，老爷寻思着说：“话虽如此，但鄜州十几万灾民，没准还有外县的饥民，再有几十仓粮食也不够哇。放完了饥民要还不退咋办？”

大爷说：“粮食放完了不行，就连街上几处门面房也拆卖了吧。到那时，别说是鄜州，就是外县的饥民，也都知道我们鲁家放完了所有的粮食，撒尽家财救济灾民，决不会再有人与我们家为难了，这是舍小而顾大全。只要保全住家里这一摊子基业，我们就是不幸中的万幸。人言久旱必有雨，天旱到这份上，下雨是早晚的事，一旦老天爷开眼，慌了多年的地肥劲儿大，必然又连着有几年好收成，到那时我们再将粮行开起来，用不了几年又可人欢马叫。”

三爷说：“你说得轻巧，粮行是我们家的命脉，就这么毁掉了？”

大爷说：“遇年干，吃茶饭，到甚时候说甚时候的话，贪图太多会反为所累的。”

老爷将烟杆横放在腿上，背靠椅子，头微仰着，好像睡着了。

第十三章

政府

就在老爷和大爷三爷就鲁家以后的景况商议后的第二天，鄜州县县长权尔汉老爷坐着顶蓝尼小轿来到庄上。老爷将他迎进大房正厅落座，置毕茶，老爷问说："权县长突然光临寒舍，想必有事吧？"

留着大背头、戴着幅金丝眼镜的权尔汉放下茶碗，用手将鼻梁上的眼镜向上推推说："我是夜猫子进宅，无事不来啊。如今连年大旱，庄稼颗粒无收，政府内忧外患，又在连年打仗，实在是没有力量顾及这些灾民。这灾民如今都涌进县衙来了，捣桌子翻案，事态一天比一天严重。本官为此是食不甘味，寝难安枕，几次向省府上书，上边发下昭令，政府自已拿不出钱来，只好求助于你们这些当地的财东了。五交镇的杨老八、洛河川的杜文生、槐树沟的李发旺、杜公祠的杜得荣，每家都要出粮二十石，大洋两千块，用于救灾。你是咱们鄜州的粮食大户，你要带头多捐。我今天就是专程来向你通知此事的。"

老爷听了这话，心里不由倒吸了一口凉气，不能不为大爷的深谋远虑和对世事的洞察入微而自叹弗如。县长大人亲自登门，不用商量而直接用通知二字，老爷立马听说这两字背后的含意，当下故意绷着脸试探着说："这样割肉损骨的事，百人百性，要是有人不捐呢？"

权县长看了老爷一眼，眼镜片后就有了两点寒星，说："这是上边的指示，不捐也得捐，谁不捐，我就强赈，到那时，不但捐了粮也落不了好。”言罢哈哈一笑，又看着老爷说：“鲁公富甲一方，又一向开明，如今国难当头，不会为区区几十石麦子和两千块大洋为难本官吧？”

老爷也哈哈一笑说：“如今灾年，有粮谁吃得安生。既然权县长亲自登门，是对鲁某人的莫大看重。我要捐出城里四个粮行的所有粮食，散尽家财，救济灾民。”

老爷的豪气显然令权县长出乎意料，不相信似地问了句：“真的？”

老爷严肃地说：“如此大事，难道我会和权县长你开玩笑。”

权尔汉愣了半晌，就突然起身向老爷深深鞠了一躬说：“鲁公如此深明大义，慷慨开明，着实令尔汗敬佩，是我县的光荣，也是权某个人的光荣，更是全县十几万灾民的福气。权某在这里代表全县饥民谢谢你。”

老爷忙离座扶住他说：“权县长不必如此，分内之事，不必如此。”转身对丫环说：“去，把向前叫来。”

丫环去了不一会，大爷来到正厅。老爷对权县长说：“这是犬子向前，关于开仓放赈的事，由他和你协调着办，不必再向我询问。”

大爷说：“我这里倒好办，不过我有个建议，请县长大人即刻派人到各庄各户去清点登记，造一份详细的花名册出来，到时再派人维护现场，定要让每家每户都领到粮食，不要饱了一家却又饿了一家。”

权尔汉说：“大少爷心细如发，考虑得比权某还要周全。好，我回去立刻差人去办，一定要让你们家的善举得以全致。”

权县长离去之后，老爷和大爷从大门口送他回来，老爷就对大爷说：“看来你是对的，我们如今只能走这条路了！”

第十四章

老八

县太爷权尔汉离开庄子的第二天早晨，洛河川的杜文生老太爷和五交镇的杨老八老太爷相跟着来到鲁家庄上。

老爷坐在大房正厅的八仙桌旁，隔门看见杜文生和杨老八向里走，也没起身。

老爷领着人家女子跑了后，太爷听说二太爷又给自己要了一个儿子。

二太爷自从和太爷闹翻，除了那次迁坟，再没回过老庄来。这期间到是太爷到镇上去了几回，想劝他把摊子撤了搬回老庄。二太爷见了太爷既不问候，也不说话，对他不理不睬。太爷知道二太爷恨自己，只好叹着气回来了。听说二太爷给自己要了个儿子，太爷就备了礼品，到镇上去给二太爷贺喜。

二太爷要的这个儿子本姓杨，老虎沟杨家庄人，大名叫老八，原先也是个财东人家的子孙。他爷杨进财，过去房无一间，地无一垄，一年四季在外给人打短工。有一年，杨进财在桐地梁给一姓王的财东家干活时，牛圈里起走人家的外财，回家后买田置地，勤把苦做，攒下了一份不错的基业。谁知儿子守业，游手好闲，嗜赌成性，他大挣得快没他输得快，进财死后几年，把他大的基业糟蹋了个一干二净，背了一屁股的债，死的时候，竟连个棺材板也没坐上。留下一大摊儿女，个个跟饿狼似的，张着嘴要吃饭。婆姨没办法，正好二太爷儿子被太爷要走，心中气恼，蒙生了再要个儿子顶门立户的念头，经人说合，五斗玉米把老八给了二太爷。

杨老八刚到盛旺时，二太爷和二太奶曾费尽心机，想要把他调教成一个像老爷一样，具备鲁家特征的人物，但随着时间的推移，两人都失望了。老八除了眼睛看上去，有着那种受苦人对生活的忧郁，跟鲁家有些相像，其余的，没一点鲁氏家族的秉性。尤其让二太爷受不了的是，他添碗的毛病。

据说扬进财牛圈里起走了王财东先人埋藏在牛槽下的银子回了老虎沟后，姓王的掌柜有一晚梦见了先人窖藏的银子。他曾听他的父亲说过，他的老爷当初跑回回时，把半辈子的积存窖到了一个不为人知的地方。后来老爷在匪乱中中风，好好的突然不能说话，这件事就成为一个不为人知的秘密。王掌柜曾和他的父亲用了几十年的工夫对自家的院子做了仔细的搜寻，也没得到半点结果。那晚王掌柜突然看见了装在一个大台瓮里的银子。银子对他说，它要走了，要到老虎沟一个姓杨的人家里去。而后就飞起来，向门外飘去。王掌柜用手扳住瓮沿，不想让银子走，就听“嘎嘣”一声，拽下三角型一片瓮片，跌坐在地上。银子飞出院中，霎时不见了踪影。激灵一下醒来，原来是南柯一梦。王掌柜愣了半晌，起身掌灯到牛圈里一看，牛圈里空空如也，地上扔着半截瓮片。王掌柜看着地上的瓮片和草草掩埋的虚土，心里就明白了是怎么回事，第二天就骑着毛驴去了老虎沟。

王掌柜一来，杨进财啥都明白，也不多言，拿出半瓮还未花掉的银子对王掌柜说，别的我都买了房置了地，剩下的你拿回去吧。王掌柜不言语，蹲下身拿出随身携带的半片瓮沿按在大瓮破损的地方，严丝合缝，一点不差。就拍拍杨进财的肩说，我来，你能把东西交出来，看来你还有点良心。这些东西是你的了，我就是将它拿回去，它们也会再次跑来，放心用吧。说完就转身走了。从那，杨进财教训儿孙就有一句话：“把心放到中间，做人不可太贪。”可惜他的儿子对父亲的这句名言一点也没体会，他大死后，光景再次坍塌，从终点回到了当初的起点。以至自己的儿子都成了别人的儿子。

太爷提着礼物到镇上来为二太爷贺喜，二太爷一见太爷气不打一处来，扭过头不理他。

太爷也不和他计较，到上房去看孩子。见老八瘦猴似的一个娃，细脖子上挑着个枣胡大的小脑袋，心中隐隐发疼，出来时忍不住对二太爷说："老二，哥知道你恨我，可我也是没法子啊！你想要娃，哥帮你慢慢打听，要个壮壮实实、灵灵醒醒的，这不是急的事，你慌甚？你看这娃……"

二太爷一听这话就火了，气不打一处来，恨声说："当初我要尚文图得甚，不还是怕这一摊子家业落入外姓人手中？尚文再好是你的娃，我没那命！要这东西有甚用，谁有福谁拿去，你管我娃是好是歹。"

一句话憋得太爷张嘴结舌说不出话来，放下礼物红着脸就出门回去了。

太爷回到家里对太奶学说了二太爷要的儿子，末了说："我看那娃不是个富贵之相，老二他，唉！"

太奶说："好不好是人家的娃，咱操心不讨好。不要再管人家那档子事，老二他如今恨咱，说甚都是红脸事。"

太爷被西门成亮用镰刀杀死的当年，二太爷在回老庄的路上跌下路沟冻死。二太爷死后，杨老八就将姓氏改过来，皇儿堂之姓起了杨。老爷听说后，曾骑马到镇上去质问。

杨老八见老爷进门说："我爱姓甚姓甚，你管得着。"

老爷说："你要姓杨，我二伯的财产你凭甚得？"

老八说："凭甚，凭我给他当了十几年的儿。"

老爷说："你既是他的儿，得他的财，就得给他顶门立户。"

老八说："你鼻子下来把嘴塌住咧，有甚脸来说我？你是看我大不在了，来分我的家财来了？想分家产，当初你就别回老庄去啊？"

老爷说："你……"

老八说："我不是他的儿子，他在世谁养活他？他死了谁给他顶的纸灰盆？谁送他入的土？你有甚脸来问我？"

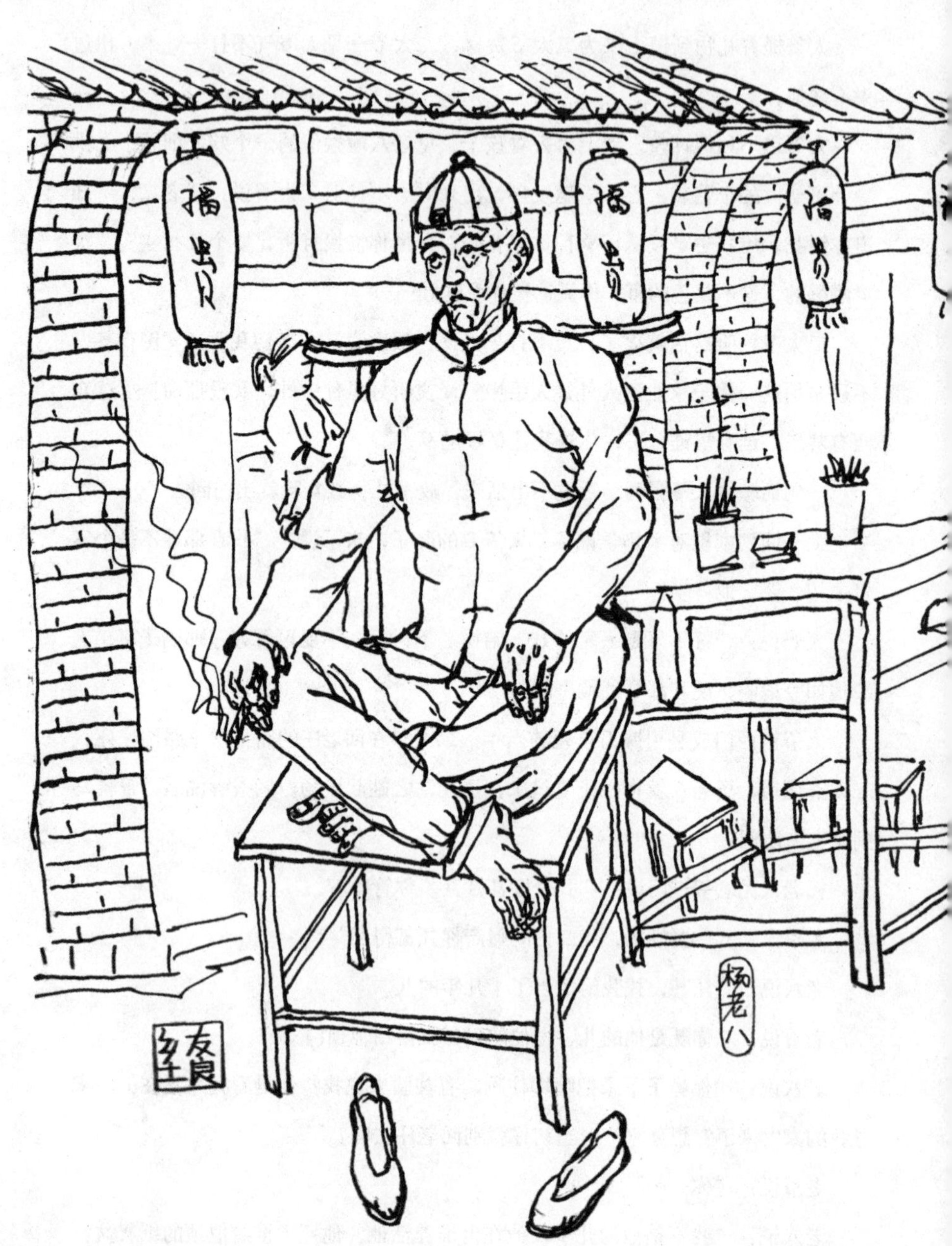
杨老八
友良绘

老爷回到庄上后，就没再提这档事。村里人议论说，老爷没本事，眼瞪着人家改姓，咋能咽下这口气。老爷听见装着没听见，私下对老奶说，我如今说不起这话了，要不是鼻子下来把嘴盖住，我喝他杨老八这一壶，能眼看着二伯绝了门！杨老八把心瞎了，我早看出他不是个好东西。得了二伯的家产，却断了二伯的香火，他不得好死！”

从此以后，两家就彻底断了来往，各过各的，跟路人似的。

第十五章

财主

走在前面的杜老太爷，身材高大，瓦刀脸上麻坑密布，样子凶狠，一看就是个厉害人物。杜家在洛河川，原本是个没有光景的户。杜老太爷年轻时靠强买强卖、耍横弄强慢慢积攒下一点家产。手里有了钱，就结交鄜州的一些强横人物，每年身穿光板老皮袄，身背破褡裢，拄着焦头子棍往来于川陕之间，名为讨饭，实则贩卖烟土。几年下来，光景一天一天瓷实起来，在洛河川买下大片河滩草地，正儿八经做起了财东。每年到了春天和秋天，杜家就雇几十名挠羊工，到榆林、靖边等地挠剪羊绒。掺上黄土细沙盐巴，贩到镇川、外蒙，卖给洋人开办的绒毛店。

天长日久，成了五指塬这一带与鲁尚文、杨老八齐名的大财东。老八身材矮小，形象猥琐，跟在杜文生身后，就像一只穿着衣服的猴子。老爷坐在八仙桌前的太师椅上，看着杜文生和杨老八进来，也不起身，也不招呼。三儿子向华与杜文生的女儿水仙从小订了娃娃亲，论理老爷与杜老太爷算是亲家，但老爷看不下杜文生的人品。那一年老爷被洛河川的土匪头子西门成亮绑了票，老奶打听得杜老太爷与西门成亮交情很深，就告求到杜老太爷门下，求他去救老爷。杜老太爷早就想跟老爷攀亲，几次差媒人上门说合，想把女儿许给三爷，可老爷就是不答应。今日老奶求上门来，杜老太爷当时就多了个心眼，提出只要鲁家答应这门亲事，他就到老林子去救人。老奶当时救人心切，没有多考虑就点头应承了。老爷回来，将老奶好生骂了一顿，这门亲却就这么订了下来。

杜老太爷和杨老太爷进门，不待招呼，自个就在对面圈椅里坐了下来。杨老太爷将腿盘在椅子中，将身子缩得像一只猴子。

献茶毕，老爷放下烟锅子问他们说："稀客啊，二位到府上来有事？"

杜老太爷说："有事，有事。"

杨老太爷只将身子向前凑了凑，似是作答。他第一次上鲁家来，自然不受欢迎，尽量显得很冷傲，以保全自己的脸面，心里却对鲁家的气派豪华赞叹不已，自愧差得甚远。

老爷淡淡地说："甚事啊？"

杜老太爷说："是为县上捐粮的事，权县长没到你庄上来？"

老爷说："来过了。"

杜老太爷问他说："来了说甚？"

老爷说："让我捐四拾石麦子，四千块大洋。"

"你咋说？"

"我答应了。"老爷还是淡淡地说。

杜老太爷看着老爷不相信地说："甚，你答应了？"

杨老太爷的身子不由自主从椅子上直了起来，旋即又缓缓地坐下了。

今天一大早，杨老八从镇上到洛河川来找杜文生，商议捐粮的事。杜文生正为此事发愁，不捐吧，怕顶不住，捐了，又心疼，二十石粮两千大洋毕竟不是个小数目，放谁身上谁不疼。老八一进门，他就知道老八肯定也是为这事而来，就向老八请教。

老八很干脆地说："不捐，一石都不捐。"

杜老太爷说："不捐怕扛不住。"

老八转着眼珠说："一个人不捐是扛不住，都不捐，他也没办法。如今鄜州能拿出粮的，只有你我和鲁尚文了，只要咱三人拧成一股绳，给他来个不捐，我就不信他还强捐不成。"

杜老太爷说："那你赶快到鲁家庄给尚文说一声。"

老八说："我俩家几十年都没有来往了，说不上话，你又不是不知道。你和他是两亲家，你去说合适。"

杜老太爷为难地说："他那人傲得很，自命不凡，我跟他虽是亲家，平日里也无话可说。"

老八说："这是大事，不敢耽误，你不去万一他答应了，你我想抗也抗不住了。"

杜老太爷就说："那咱俩一块去。"

老八犹豫了半晌，用手一抹脸说："走。"

两人到了庄上，没想到老爷已应了下来，顿时像被人放了气的内胎，蔫了。

杜老太爷跺着脚说："你好糊涂尚文。"

老爷说："不糊涂，我连城里四个粮行都捐了。"

两人一听，嘴都张大了，嘴里能放下个木瓜，丝丝地冒着凉气。杨老八的眼珠冻在了眼眶里，半晌转不动。

好半天，杜老太爷才说："尚文，你不过光景了？"

老爷说："不过了。"

杜老太爷说："你把甚都捐出去，水仙进门让她吃甚？喝甚？"

老爷看着他说："我都不知道我明格吃甚喝甚。"

杜老太爷说："你！"站起来一摔袖子就起身走了。

他一走，老八才觉两腿有了知觉，跳下圈椅也出去了。

两人一走，老爷突然仰起头，对着房顶哈哈笑了起来，笑声震得屋顶嗡嗡作响。这一刻，他突然觉得自己很了不起，像一尊神。

出了鲁家蹲着两只石狮子的大门，老八一路小跑，到村口时才将杜老太爷撵上。老八气喘嘘嘘说："疯了，疯了，我看他疯了！"

杜老太爷脸黑得像敬德，脸上的麻子红里透亮，喘着气不说话。

老八跟在他屁股后面说："文生，如今咋办？"

杜老太爷站住看着他说："咋办，有屁办法，捐吧！"

老八哭丧着干枣脸，说："要捐你捐，我不捐，二十石粮，两千大洋呐，要我的命哩！"

杜老太爷望着老八汗津津的脑门，目光像两把刀，看着他说："说对咧，总不能要钱不要命。"

老八脸就皱得像个干红薯，愁眉苦脸说："不捐，不捐，打死我我也不捐，二十石，二十石呐！"

杜老太爷看着他，眼里就有了股轻蔑的神色，没再多言，扭身走了。

第十六章

女人

杜老太爷从塬上回来满脸的不高兴，女儿水仙见父亲心事重重，泡了壶浓茶放在他手边，给他装了一锅水烟，看着他呼噜噜吸烟，问他说：“大，你今儿去塬上见到向华他大了吗？”

杜老太爷说：“见到了。”

水仙说：“向华他大咋说？”

杜老太爷鼻孔里喷出两团浊气，看着女儿说：“我娃，你到鲁家要受苦了！”

水仙不解地看着她大说：“咋了？”

杜老太爷说：“鲁尚文疯了，他把郿州城四个粮行都捐出去了。”

水仙一听，眼都瞪大了，说：“不可能！向华他大不过光景了？”

“我这刚从塬上回来，是他亲口跟我说的，还能有假？”

水仙还有些不相信，说：“我不相信，他怕是和你耍笑哩。”

杜老太爷说：“他那人我又不是不知道，说话一个唾沫点子一个坑，我看不像。”

水仙说：“大，那咱咋办，咱捐不捐？”

杜老太爷说：“捐，为甚不捐，不捐怕也抗不过去，再说我正在活动当五指塬团头的事，权县长已点了头，捐了粮事也好办。”

儿媳麦勤做好了饭，进屋来叫他大吃饭，听公公和小姑子在谈论捐粮的事，就说："人家鲁家是老几辈的财东，就是把城里的粮行捐光，庄上还有几十亩地哩！咱是白手起家，又叫土匪抢了几回，再捐二十石粮，自己的嘴怕都要挂起来。"

麦勤命苦，丈夫炳言没出息，正经事一点都指望不上，老太爷有事从不和他商量，麦勤自己不能不为这个家操心。

麦勤一提家里两次遭劫的事，杜老太爷就心中隐隐作疼，不由自主就想起狗日的马占祥来。

马占祥是个耍猴的，就住在杜家对门的阳坡上，是个从祖上起就穷得叮当响的光棍汉，靠讨讨要要吃百家食过活。后来有一年，马占祥到山下讨饭，从山下不知哪里，逮了一只屁股磨得精光，眼睛像杏仁一样的南山猴回来，成天提着个破锣，开始了他的耍猴生涯，但就这么个穷要饭的，有一年出外讨饭回来时竟领回个俊得疼人的女人。

马占祥领着个女人进村时，杜老太爷正蹲在自家大门口看几个长工伙计清除门前的积雪。

天刚放晴，山洼村道包裹在一片厚厚的银白中，川道里放眼望去，山梁河流风景如画。杜老太爷和几个伙计拄着锨把，看见马占祥背着个破褡裢，帽耳朵耷拉着领着女人踏着厚厚的积雪咯吱咯吱走过来，那只眼睛像杏仁一样的猴子，圪蹴在马占祥肩上，眼珠子小孩一样，清亮清亮。女人穿着打着大片补丁的棉衣裤，腰里挎着个花鼓，提着小小的包裹跟在后边，两人哈出的气雾腾腾的，很快在头发和眉梢上凝结成了白霜。

杜老太爷远远就说："哈，占祥，哪儿拐了个媳妇？"

马占祥站住嘿嘿笑了下说："山下的，逃荒要饭的。"

"这婆姨长得真俊！"

"马占祥狗日的有福！"几个伙计打趣说。

马占祥憨笑着不言传。

杜老太爷看着女人，随手从身上掏出两块银元向马占祥抛去说："给你安家吧。"

银元在空中画了两道亮亮的孤线，马占祥一接没接住，落雪地上去了，将雪地砸出两个圆圆的洞，蹲在肩上的猴子，灵巧一跳，从马占祥肩上下来，用爪将大洋从雪洞里掏出来，交到主人手里，马占祥一手拽着猴缰绳，一手握着银元向杜老太爷深深弯了下腰说："谢谢，谢谢杜爷。"转身又对女人说："快，快谢谢杜爷，杜爷可是咱洛河川的大财东啊！"

女人看了杜老太爷一眼，将腰弯了弯说："谢谢杜爷。"

杜老太爷看着女人虽然憔悴但依旧娇好的脸没言传。

马占祥谢过杜文生，领着婆姨向回走时，女人不住往后扭着头，回望杜家建在村子最高处气派的门楼，马占祥开始没言传，走得远了，见女人还在不住回头，就说："看，看甚哩？那是个大瞎怂，离他远点！"

女人从此就在村里住了下来，穿着破烂的棉衣裤，成天在对面的窑院进进出出，马占祥一年四季难得看见烟火的破窑里，每天开始有炊烟升起，那烟或直溜溜如一根椽，由黑转淡，升入蓝天；或被风吹着，变化成各种形状，在窑顶上飘荡，仿佛在向世人昭示着什么。杜老太爷每天起来，站在大门前的硷畔上，看着那或笔直或弯曲的炊烟，心里就像爬了只毛毛虫，觉得很不舒服。半年多后，有一天早晨，窑院里传出婴儿洪亮的哭声，马占祥婆姨为眼看着要绝户的马家生下了个儿子，名叫马明奎，杜老太爷心里这种不舒服，就变成了一种隐隐的不安。

过罢年，气候一天天变暖，山尖上开始泛活出一点浅浅的绿色，各种各样的植物，苦菜、小蒜、打碗花、山丹丹，以及所有灌木像越过冬季的蛇，开始不安地窜动，随着太阳光一天比一天热烈，完全从冬天的寒冷里缓过气来，一天比一天生机勃勃。生机勃勃的春天，是穷苦人对老天最为感激的季节，尽管这个季节往往使他们的希冀变成失望的泡影，但它毕竟在每个熬过年关的时间，给了他们丰富的幻想和希望，使他们被苦难折磨的频临死亡的心，像已经熄灭的灰烬，被风一吹，又冒出活下去的火苗，给了他们安慰和希望的，是野菜、苦菜、灰条，白蒿芽虽有苦味，但只要用开水一藻，调上盐和干辣椒，就是上好的救命菜。马刺菅不能吃，但手脚要是不小心被割伤，把它的叶片嚼碎，敷在伤处，绝对是上好的止血药。能采到蘑菇当然最好，但千万不敢把有毒的马粪蛋当成和它一样的好东西，尽管它们长得很像，但这东西有毒，吃下去会头昏头晕，恶心呕吐，出现幻觉，而且这东西下面，往往有蛇，弄不好会被咬一口。陕北的蛇，大多是青蛇，毒性不大，一般不会出现生命危险，但人，尤其是女人，天生对蛇的恐惧，被吓一跳，也是极不愉快的事。

家里突然多了张嘴，马占祥家本来就紧巴巴的日子因为这个新生命的到来而显得更加捉襟见肘。天暖和时，马占祥拿起破锣，牵着猴子出门要饭，女人就在春日还不是很热烈的阳光里，背着娃儿到地里寻找野菜。杜老太爷从塬上办事回来，路过地头，见女人一个人在地里就走了过来。

女人正低头挖菜，猛然看见一个男人的脚站在自己面前，吓了一跳，抬头一看是杜文生，忙又把头低下，俯身去揪一撮苦菜。马占祥经常对她说，对面那家不是好人，要她提防着点。所以从她跟着马占祥到洛河川起，她就对这个瓦刀脸男人怀有一种深深的恐惧。看见杜文生猛不丁站在跟前，女人一下子慌乱起来，心中隐隐感到一丝不安。

杜老太爷站在地里，第一次近距离把女人好好审视了一番。女人脸很白，身子很细，处在哺乳期的胸，把破烂的棉袄顶出两坨好看的山包，身上散发出股奶香，被风一吹，钻到杜老太爷的鼻孔里，使杜老太爷的鼻翼不由自主地一个劲煽动。杜老太爷一脸的麻子就一粒粒地闪起红光，涎着脸往女人跟前凑去。女人背上的娃儿，突然被吓哭，哇哇叫了起来，女人没敢抬头。嗷嗷了两声，往地中间走去，想避开杜老太爷。杜老太爷却撵着她说："娃饿了，要吃奶哩！"

女人不言语，走得更快。杜老太爷在后头说："娃饿了，要吃奶奶，你不给娃喂奶跑甚，怕我跟你娃抢的吃咋的？"

顿时女人脸涨得通红，怕他再说出啥更难听的，无心在地里寻菜，提着蓝子快步往村中去了。杜老太爷站在地里，望着女人的背影笑笑，自打女人进村起憋在心里的那种难受感突然就消失了。此后杜老太爷就抹下脸来，看见女人就往跟前凑，吓得女人一见他就躲。如此几回，女人有天就忍不住，把自己的不安对男人说了。马占祥此后出门，就不再带那只猴子，把它留在家里，给女人作伴。后来有一次，杜老太爷到占祥家去时，险些就被猴子挠破了脸。

杜老太爷十分讨厌马家那只穿着红布小褂、会翻筋斗、能用石头砸碎核桃、把里面的核桃肉吃的干干净净的南山猴子，好几次把沾了毒药的母鸡，拌了砒霜的馒头扔到硷畔上，想把它毒死，但都没有得逞。那只灵得像人一样的猴子，似乎天生对有毒的东西不感兴趣，拿起这些东西看看，就把它丢在了一边。后来杜老太爷托人买了支快枪，在那只猴子独自在硷畔上玩耍时，举枪对着猴子的屁股，轰地放了一枪，结果猴子只是向这边看了看，就悠然迈着方步走回了窑院，让杜老太爷光火了好一阵子。

杜老太爷对马占祥女人的牵挂，因为这只讨厌的猴子，磕磕绊绊，一直无法得逞。直到民国初年，逢上饥荒，马占祥外出讨饭，牵走了猴子，几天不曾回来。女人一个人住在破窑里，杜老太爷几乎都要湮灭的心再次春潮荡起，有一晚实在忍不住，趁黑上了阳坡，用手敲响了占祥婆姨的门。

女人听到响声在屋里问是谁？杜老太爷说，是我，你干哥。女人说，占祥不在，黑天半夜的你来干甚？杜老太爷说，干哥早已看上妹子你了，你给哥把门开开，让哥进来。女人在屋里骂说，我都眼看要饿死了，你还有心做这猪狗事，你给我滚，滚远远地。杜老太爷没言语，却将一个银锭从窗户塞了进去，咣当一声扔在炕席上，银锭掉在炕上，正好落在女人跟前，女人猛地停住了叫骂，望着那白花花的银锭吱不出声来。

杜老太爷见屋内没了动静，就从腰上抽出刀子去拨门栓，女人坐在炕上知道他在拨门栓也没动弹。

这是一个清冷的夜晚，月亮像一个廋瘦的豆芽菜，静静挂在天上，马占祥家黑梭梭的土窑里，进行了一场惊心动魄的战争，敌我双方没有哭喊，没有叫骂，有的只是占领和被占领者之间的殊死搏斗。半个多小时后，女人筋疲力尽，无声地妥协了。

女人牺牲自已换来的这锭元宝，在那个野雀子都不知道到哪儿觅食的荒年，帮助马占祥一家度过了苦难。杜老太爷也靠着小恩小惠时不时的施舍，与女人渐渐建立了稳定的感情，一天比一天热火起来，到后来竟不避马占祥。马占祥打领女人进村起，就一直担心的事情终于发生了，并且来得是如此之快，这让穷了一辈子，也怕了一辈子的马占祥再也坐不住了。穷苦人，有个女人不容易啊！马占祥在得知女人与这个村里最强势的男人染到了一起的那一刻，心里被仇恨填得满满当当。

第二年冬，马占祥出门，一连几天不见踪影，直到一个大雪纷飞的晚上，马占祥突然披着一身雪花从外面回来，进门就熄了灯，坐在炕栏上抽烟。女人从被子里探出半截光身子，看着一明一灭的烟火问他说，你不睡觉，这么晚了坐那干甚？马占祥说，睡你的，哪来那么多话。女人听他口气不对，将身子缩进被里没再言传。过了没多一会，村子里突然传来一片狗叫声，有人大声呐喊着说，土匪进村了，快跑啊！村子里顿时沸腾起来，哭叫声奔跑声响成一片，狗的狂吠声，几乎把村子都抬了起来。女人吓得直跳起来，光着身子就要向外跑。马占祥一把拽住她，问她干甚。女人说土匪来了，不跑等死啊？马占祥一把把女人摔到炕上说，睡你的觉！女人立刻就预感到了什么似地张大了嘴，在炕上抖抖索索缩成了一团。上次占祥没在，她和杜文生在窑里偷情时，被占祥回来碰上，马占祥当时没敢把杜文生咋，背后却将她用水蘸麻绳剥光了猛抽，抽得她浑身一道一道血印子，此后马占祥一瞪眼睛她就害怕，一提她和杜文生的事就恨得咬牙切齿，女人常常吓得浑身发抖。爬在被窝里，看着马占祥在一明一灭火光下更显狰狞怨毒的脸，女人浑身冰冷，任凭外面人喊马叫，大气也没敢再喘。

白马氏
友良
乡土

第十七章

父子

那晚土匪进村，洛河川所有人都舍弃家业跑进了沟里，杜老太爷却没有跑。杜老太爷那晚正在炕上和婆姨办事，听见叫声就从婆姨肚子上溜了下来，蹬上裤子跳下炕就出去了，婆姨吓得浑身打颤，袄纽子都没顾上扣严就去隔壁叫醒了儿子炳言和女儿水仙，拉着他们就往院子里跑去，却险些与正要进屋的杜老太爷碰了个满怀，杜老太爷说你干甚？婆姨说土匪来了还不快跑？杜老太爷说，回去，都给我回屋去！不等婆姨言传，进屋就从柜子里拿出了那把过去准备打马占祥猴子买的快枪，提着枪就蹬着梯子上了房顶，杜老太爷蹬着梯子上房时，长工来顺和几个给杜家打活的短工也从后院的马房跑到了前院，杜老太爷叫他们不要乱，搬东西把大门顶死，拿镢锨守着以防不测，自已爬在冰冷的屋顶上，居高临下，向村里四处张望。雪花还在飘，漫天飞舞，打得人睁不开眼。村子里到处是奔跑的人，有几处着了火，哭叫奔走声响成一片。火光中，几个黑影掠上硷畔往这边奔来，随即就听到了大门被磕绊的声音。几个长工站在院里乱成一团，大呼小叫不知道咋办。杜老太爷爬在房顶上，一边大声喝骂着他们，一边注视着墙外的动静，说话的功夫，有个黑影就上了墙头，杜老太爷不敢怠慢，举手一枪，就听"妈呀"一声，窜上墙来的黑影掉到了墙外，随后外面就沉默了，摇晃的大门也重归于沉寂。杜老太爷刚松了口气，想土匪是不是走了，就见自家大门外靠近厢房的柴火摞被点着，火苗子直窜上来，眼看要燎着厢房的椽沿。他忙朝着火的地方又放了一枪，大声喝叫院里的几个长工救火，乘着这当儿，几个黑影窜下硷畔，隐入黑暗中溜走。

那夜躲到山里的村民在外受了一夜的风寒，直到天明才敢回来。大家回来，才发现昨夜的匪祸不过是一场虚惊，虽然好几处人家房屋着火，但大多数人家都没受什么损失。土匪好像有备而来，专门冲着杜家，人数也不是很多，被杜老太爷打了两枪，点着柴禾就跑了。原来那夜进村的并不是什么土匪，而是马占祥邀请来为自己出气的几个平日要好的叫花子，这些人原想借着为马占祥出气的机会，吃杜家的大户，没想到虚张声势没把杜家人吓跑，自己人还险些被杜老太爷的枪打着，只好点着柴禾撂，溜出村子走掉。

杜家在这次闹匪中虽没受什么损失，但也吓得不轻，杜老太爷事后就请人将院墙加高，修固了寨墙，并托人再买了两支快枪。

也就是第三年的秋季，一股土匪晚上不知怎么就悄无声息上了寨子，杜家再次遭抢，杜老太爷带着老婆儿女慌里慌张逃进老鸦沟才保住了一家人的性命。

这次遭劫中，杜家共损失计大牲口两匹，牛两头，羊百十只；绸缎铺盖无数，粮几石，金银玉器若干；一个长工被打死，两个丫环和一个老妈子被强奸。

从此杜家的光景有了败落的迹象，亏得有外面的铺子垫底，才没完全垮塌下去。

这年大年三十日晚上，马占祥照例备了点薄礼，提着油纸包裹的油糕沓子，带着儿子马明奎到杜家大院里来给杜老太爷拜年，也该马占祥倒霉，杜老太爷在接受他的拜贺时，突然从他翘起的屁股后看到他破烂的棉袄下露出一件皮袄雪白的毛边，他的心里一动，脸上就显出一脸疑惑来。

开过年，大年初三，马占祥就背着搭裢子出门去讨要。正月里讨东西容易，这天果然收获颇丰，在塬上讨到了满满一褡裢子年食，天刚擦黑就返了回来。当他走到红崖腰岘时，看见前头站了两个人，走的近了才认出是杜老太爷和他的堂弟杜德荣。杜老太爷戴顶水獭皮帽子，两只帽耳朵奓拉着，怀里抱着一米多长的槐木棍立在路当中，目光阴冷地看着他一步步走近。马占祥心里发毛，不由自主放慢了脚步，突然就扔了褡裢子撒了一地的蒸馍、油糕、糖果在地上，转身向沟底窜去，那只本来蹲在主人肩上的猴子，见主人逃跑，跳下肩膀也跟着马占祥往沟里窜去。他一跑，杜老太爷就什么都明白了，举起大棍撵着脚后跟追来，马占祥做贼心虚，奔跑时被一块埋在雪地里的石头绊倒，顺着沟翻滚了下去。

杜老太爷和杜德荣追下沟底，见马占祥爬在一片乱石中，额头磕在石头上，已死去了。那只猴子吱吱叫着，绕着主人的尸体，四处乱窜，见杜老太爷走来，冲着他一个劲呲牙，样子十分凶狠。杜老太爷挥着棒子把它赶走，过去掀起马占祥袄衿子一看，里面套的果然是自家被土匪抢走的皮背心。

如今麦勤一提家中两次遭了土匪的事，杜老太爷用手一拍脑门说，你这话倒把我提灵醒了，明天我就到县上去，就说家里两次被土匪所抢，实在拿不出那么多的粮来，只捐十石，岂不两全其美？

水仙说：“大，往后咱这日子怕一天比一天紧巴了。”

杜老太爷说：“如今这世道，有粮谁吃得安生？这样也好，咱也免了被吃大户的厄运。”末了又看了看麦勤说：“冬上给你和炳言把事办了，办大，办火红些，让外人都知道我们杜家如今成了外强内干的空壳壳。”

麦勤低头没吭声。

马占祥尸体被发现，从沟底抬上来，人已冻成了冰块。两只眼睛被老鹰啄成了黑洞，衣服粘在身体上，剥不下来。白马氏和儿子爬在这坨冰坨上，哭得死去活来，引得一村的人唏嘘不已。杜老太爷走进窑院，拿出两块大样，打发人去买了张芦席，把人埋在了靠近川道的沟口。女人失去了男人，没了依靠，只好重又拉起了枣棍，领着儿子出门讨要。

杜老太爷自马占祥死后，很长时间没到马家窑院里去，这倒不是他不想去，他是有些怕。那只猴子在马占祥死后，经常悄无声息就窜到了杜家房上，揭下瓦片，扔的满院都是。夜里睡觉的时候，用爪子把门板抓挠的渗人地响，钻进鸡窝，把鸡一个个咬死；跑进猪圈，跳到猪背子上，赶得猪在圈里死命奔逃，把头往墙上撞，直到筋疲力尽，口吐白沫累死。为了对付它，杜老太爷不吃不喝，一连几天肩着枪守在院里，直到有一天，猴子再次窜上房脊要揭瓦时，被几支枪同时开火，打得如同肉球一样，从房顶上翻滚下来，杜老太爷才和家人松了口气。但日子并未因此好过，马占祥的尸体最初被发现的几天，杜老太爷半夜里经常被哭声从睡梦中惊醒，看看家里人，一个个鼾声大作，跟没听见似的。后来有一天，给杜家干活的长工来顺晚上铡毕草回去，路过马占祥家硷畔，看见有个人坐在硷畔上哭，样子很像马占祥，吓得毛发倒竖，回去就病倒了。杜老太爷去看他时，他满脑的头发已经掉光，脑袋成了个光葫芦，拉着杜老太爷的手一个劲说有鬼。杜老太爷开始意识到问题的严重性，亲自去城里找了个法师，名义上说给来顺看病，顺带着给自家击杀了院子，从那以后，村里才安宁了些。

马占祥死后的第五年，逢上了年馑，日子实在是过不下去了，占祥婆姨就领着儿子明奎来到了杜家，求老太爷收下明奎给娃碗饭吃。杜老太爷开始心中不大愿意，嫌马明奎年纪太小，不顶个劳力使唤。女人跪在地上不起来，把头磕得跟鸡啄米似的，杜老太爷才答应了。占祥婆姨千恩万谢的，叮嘱儿子一定学好，哭着回了窑上，明奎从此留在了杜家。

明奎自进了杜家，就跟个半大的小子似地干活，他是从小就吃过苦，经过难的孩子，人勤快又懂事。每天天不亮，明奎就起来了，挑着两个大筐，一点一点从寨子上担了干土回来，将羊圈、牲口圈都垫上土，给牲口上了草料，又摸起扫帚将前后院大门口齐齐的打扫一遍。忙完这一切，牵了驴到磨房套磨，才见杜老爷儿子杜炳言的童养媳麦勤蓬乱着头，眼角挂着眼屎端着尿盆去上茅房。等麦勤洗罢脸梳好了头来到磨房，明奎已经给她把牲口套好了，看着把磨开转，才回去舀水洗脸，吃过早饭就夹着羊铲到沟里去放牧。晚上回来也不空手，总会拾了干柴，用羊幺根捆了回来。一冬下来，杜家的柴摞得上了房檐，一年都不愁没燃料烧。

平平顺顺过了几年，明奎长成了半大小子。有一年杜得荣在老虎沟沟里砍柴，不小心失足掉下了山崖，被一棵碗口粗的木瓜树架在了半崖上，上不得上，下不得下，生命悬于一线，看着深幽幽铺满荒草乱石的沟底，吓得魂飞魄散，杀猪般地直呼救命。他那含着希望悲哀的呼声在山谷里回响，叫得声嘶力竭，却没见一个人来。当时明奎正在山上放羊，听到喊声跑上来，挖了一捆羊幺根拧成了一根绳子，将他拉了上来。杜得荣感激涕零，从此拿他当恩人看，一日在沟里干活时，实在忍不住，就偷偷给明奎说了他父亲的死因。

马占祥死的时候，明奎还小，随着岁月的流逝，早已经将父亲死时的悲痛忘得一干二净。如今听杜得荣一说，才知道父亲死得凄惨，当时就提起钩镰，要去寻杜文生报仇。杜得荣忙拉他说，祖宗，你这不是存心害我吗？夺下了钩镰，拉他在山坡上坐下说："你小小年纪，哪是杜老太爷的对手？其实话说回来，是你大勾结土匪在先，两次血洗杜家，咎由自取，怨不得杜老爷子。谁让他财迷心窍，恩将仇报呢？冤家宜解不宜结，你还是忍了吧，安心放你的羊，别再想这码子事了！弄不好把自己的小命贴上可就不值了。"

明奎听了这话，就像猪尿泡被人戳了一刀，刹了气，抱住头不吱声。

连着几日，明奎心里像塞着团乱麻，堵得难受，一股无法排泄的怨恨郁结在他的心头。望着漫山遍野云团似的羊群，他像头疯狼一样冲过去，抓住一只钩角大山羊，手起镰落，割下羊头，将羊开膛破肚，扒出内脏扔进深坑，把羊筒子在河中洗干净，用沙柳棒串起来，架一堆柴火，放在上面烤起来，熟了，就在沟里就着河水大嚼起来，末了将身子放倒在草地上，仰头望着头上又高又蓝的天，拿根枣刺剔着镶进牙缝里的肉渣，直到天黑才收拾了残局，将没有吃完的肉夹在柴禾里往回走。快到村口时，明奎将羊肉取出来藏到一堆乱草中，将羊赶回杜家。

羊群一进村，立刻引起一片咩咩咩咩的叫唤声。杜家二门打开来，关在院子里一整天的羊羔跑出来，咩咩叫唤着冲进羊群，各自急不可耐地寻找母亲的乳房，咂巴出一片动听的声响，空气里升腾着一股股腥膻的味道。

杜家二门口亮起一盏灯，杜老太爷站在门道里，手里拿着根溜直的白杨木杆子，一杆子一杆子压着涌进门的羊群，口里一五一十地报着数，今天和往日不同，当所有的羊都进了圈，杜老太爷那张瓦刀脸上就阴云密布，压着声问刚刚要进门的马明奎："怎么少了一只羊？"

"少了一只羊？不会吧。"马明奎矮壮的身子停在门口，用手摸着乱草似的

马占祥
友良绘

头发说。

“明明少了一只羊还嘴硬。”杜老太爷的声音好像是从地窖里出来的：“是那只弯弯角的大山羊。”对于自己的财产，他好像对自己的手指一样清楚。

明奎从门口卸下灯笼进了羊圈，装模作样清点羊数，杜老太爷站在栅栏处盯着他，目光像两把刀子。

明奎数过之后沮丧地垂下提着灯笼的手说：“真的不见了那只羊，前晌我还看见它了，咋就不见了？真怪！八成是掉到水窜洞了，我去找找看。”将灯笼交到杜老爷手中就往外走。

这时麦勤巾着围裙，来到后院看着明奎说：“饭好了，吃饭。”

明奎说：“我去寻羊，我不吃。”

杜老太爷没有说话，接过灯笼冷着脸说：“把炳言叫上。”

“吃了再去吧！”麦勤说，在围裙上擦着两只湿手：“饿了一天了，吃了再去。”

明奎不吭气，到前院叫了炳言。炳言极不情愿地跟上他出去寻羊。

第十八章 麦勤

麦勤见两人出去，叹了一口气，转身回到屋里，将玉米面搅团从锅里舀出来盛在瓦盆里，洗了锅，倒上一马勺清水给明奎热在锅里，给灶洞里煨了把柴火，上炕熄灯斜躺在被卷上。如今灾年，杜家吃饭的人少，麦勤晚上睡得早。以前干完一天的活，头一挨枕头就呼呼睡去，如今却有些睡不着。

不知过了多时，塞在灶堂里的柴禾“呼”地一下着了，噼里啪啦燃烧起来，屋里顿时亮堂了许多。

麦勤今年十七了，兄弟姐妹十几个，抓养不活，十岁上就被父母卖到了杜家，成了杜家的童养媳。刚到杜家的时候，麦勤还鼻涕流淌，后脑上吊着根黄辫儿，跟个豆芽菜似的，如今出落成了一个俊美的大姑娘。人人都说麦勤有福气，麦勤自己并不这样看。

锅里的水很快开了，瓦盆煮着鳖似地突突地响，窑洞里升腾着一股蒸汽。自从进了杜家，麦勤就被当成半个小子使唤，杜家家大业大，人口众多，十几号人要吃饭，麦勤每天天不亮就早早起来让明奎给套上牲口，到磨房去推永远也推不完的磨子。磨面是件很苦很累人的活，一天下来浑身酸疼，头昏脑胀。对于女人来说，生活就像永远也推不完的磨子。

麦勤进入杜家比明奎早，明奎被他妈送来时，麦勤到杜家已有一年多，成天跟个野小子似的，爱在沟里洼里跑。明奎却不同，他到杜家来得迟，人又性格内向，成天跟个闷葫芦似的，问一句，哼一声，不问就不言传。加之穷人家的孩子与生俱来就自卑，所以明奎打进门起，就与水仙炳言和麦勤保持着距离。麦勤当时虽然和炳言并未圆房，但明奎却还是把她当杜家少奶奶看，虽然麦勤自己并不这样认为。

但因为一件事，让他们的距离拉近了。

那是明奎进入杜家第一年的夏天，一天明奎在沟里放羊，麦勤领着炳言在河对面的沟洼上摘木瓜。山沟里静悄悄的，羊群在坡上吃草，四野一片醉人的翠绿。明奎抱着羊铲仰躺在河边的石头上，仰望着头顶蔚蓝色的天空。风卷着云，棉絮一样在头上舒卷，变化成各种各样奇奇怪怪的形状，明奎的思绪就随着云的形状变化起伏，渐渐地，他就睡着了，连麦勤和炳言在那边发现了一棵结满木瓜的大木瓜树，兴奋地叫他他也没听见。

不知几时，明奎被一声炸雷惊醒，睁眼一看，头顶上的云团不知啥时候像被人捶了一棍，变得乌黑发青，并且结成了一块巨大的板砖。轰隆隆隆的雷声夹着道道闪电焰火一样在头顶上闪耀，羊群早不知跑哪去了。明奎揉了下眼，翻身起来就去寻羊。他在跑过山洼时，瞄见炳言和麦勤还在对面忘乎所以摘野果，就大声向他们喊了声说："雨来了，还不快跑？"

麦勤和炳言听到叫声抬头看看天，慌忙收拾了战果，想向河这边跑。一声炸雷，雨就下来了，顷刻将两人浇成了落汤鸡，炳言吓得哇哇大哭，麦勤见不远处有个石岩，忙拉起炳言躲到了岩下。

这场雨来得猛，下得大，一直下到黄昏时分才打住。两个孩子蜷缩在石岩下，冷得浑身发抖。炳言被雷声吓得一个劲哭，麦勤咋劝也劝不住，气得直骂他是胆小鬼，不理他。

雨停了后，明奎把羊拢到一起，站在河对面喊麦勤和炳言回去。炳言和麦勤来到河边，发现河水上涨，浊浪翻滚夹着泥沙，汹涌澎湃，俩人都傻了眼。明奎在那边大声呐喊让俩人快些过去，要不天黑就回不去了。麦勤试着走到水边，还未下水就觉一阵头昏目眩，只好对明奎说水太大了，过不去。明奎心中着急，就用镰去砍了一抱羊幺藤，拧成一根草绳。绑了块石头，扔过河岸，要炳言和麦勤抓住绳过。炳言吓得浑身发抖，说啥也不敢过，麦勤气得直骂他是胆小鬼，最后威协他说你不过去我可过了，晚上狼来吃了你我可不管。炳言这才战战兢兢抓住草绳，呜呜哭着慢慢向河中挪去。

河水深猛，炳言一下水就吓得哇哇大叫，明奎大声让他抓紧绳子，用力向河对面拽去。草绳绷得很直，发出咯嘣咯嘣的响声，炳言心惊胆战，好几次栽倒在水里。麦勤吓得直叫，一个劲给他打气鼓劲，直到看着炳言过去，才松了口气。

炳言过去，明奎松了口气，挽了块石头，又把草绳扔了过来。但毕竟是孩子，明奎当时犯了一个致命的错误，没有把草绳检查一下，结果麦勤淌到河中央时，草绳突然断了，麦勤被滔滔河水顷刻卷走。炳言吓得只知道哭，明奎却奋不顾身跳入河中，抓住了麦勤的衣襟。但他人碎力小，怎么也把麦勤拉不上岸，结果两人都被洪水卷走，留下炳言一人站在河岸一声接一声哭嚎。

麦勤和明奎被洪水卷走，一直冲出二十多里地，才在一河流拐湾处被甩上河岸。两人醒来时，天早已黑了，大山里死一般沉寂，只有哗哗的水流声在耳边回响。麦勤浑身发软，连站立起来的力气也没有，明奎只好背着她沿着河岸磕磕绊绊向回走。那晚杜老太爷天黑了还不见儿子媳妇拦羊娃回来，就带着几个伙计提着灯笼进山去找。白马氏跑来要和他一起去，被杜老太爷劝了回去。杜老太爷说路滑得跟甚似的，你个女人家跑去顶啥事，安心在家等着，我去就行了。白寡妇只好又回去了。

杜老太爷和长工们找到山里，看见杜炳言一个人立在河岸上，哭得昏天黑地，羊群绣成一堆。杜老太爷问儿子明奎和麦勤哪里去了，炳言说麦勤和明奎被水冲走了。杜老太爷就打发人将羊和儿子先送回去，自已带着其他人沿着河道向下寻去。

雨后的地上松软泥泞，行走艰难。山风顺着川道刮来，冷嗖嗖的，河水的奔流声在夜晚听来震人耳膜。杜老太爷带人寻出十几里，看见明奎双腿叉开，赤脚陷在泥地里，手里捏着块鹅卵石，与一只狼在那对峙。狼的眼像两盏小灯笼，在黑暗中绿荧荧闪动，麦勤像面条一样爬在明奎背上。那狼见来了人，不情愿地哀嚎了一声，隐入黑暗中溜走，杜老太爷喊了声“明奎！”明奎听到叫声，气一松，人就倒在泥地上。

明奎醒来时，发现自已躺在杜家马房铺着烂席的土炕上，麦勤炳言和水仙守在一边，麦勤眼眶红肿，显然哭过。炳言和水仙也是一脸焦急，见他醒来，大家都松了口气，麦勤脸上就破涕为笑，端了一老碗盖着红烧肉的大米饭让他吃。炳言说麦勤明奎醒了没事了，咱们玩去吧。麦勤说，胆小鬼，以后再也不和你玩了。此后麦勤和明奎的距离就拉近了，明奎出去放羊时，麦勤总要多搭一碗小米干饭在他的干粮袋里。明奎放羊回来，摘了土梨野杏，也是先给麦勤。

后来杜家遭土匪抢，光景有些不景气。吃饭的人少了，但磨房还是她一个人的活。稍大以后就连灶上也交给了她，杜老太爷的婆姨心安理得地当起了婆婆。

瓦盆里的响声慢慢地弱下来，麦勤也要迷迷糊糊睡去时，大门“吱呀”响了一声，她立马就灵醒过来，跳下炕穿起鞋就去院里开门。

门一开，杜炳言就侧身挤了进来，哈欠连天地向前院去了。麦勤向外望了望，见明奎站在门口就问说：“羊呢，寻上了没有？”

明奎不言语，提着灯笼径直向马房走去，麦勤将大门关了回头撵着明奎说：“饭在锅里热着哩。”

明奎还是不吭气，走进马房将头靠在黑油油的被卷上，伸直双腿，四仰八叉躺了下来。

槽头上的牲口在嚼草料，扎咂巴出很大的声音，牲口身上的腥膻味和新鲜的粪便味道充满在马房的每个角落。

麦勤跟到马房来，看着仰躺在炕上的明奎说：“别跟饭生气，寻不见明天再寻嘛，一天不吃饭人怎么受得了啊！起来，我还等着洗碗呢。”

明奎闷声闷气跟谁赌气似地说：“不吃。”

麦勤抓住他的腿就往炕下拖，嘴里说：“起来，耍啥死狗，谁得罪你了？”

明奎害气地一蹬腿，麦勤没防备，被弄了个趔趄，险些跌倒，眼泪就在眼里打转转，害气地将门一摔，走了。

麦勤
友良
乡土

第十九章

命运

夜色如水，灯光昏暗，明奎一动不动躺在炕上，两眼茫然地望着黑漆漆的屋顶。

不知何时，油灯结起灯花，暗淡下来，扑地闪了一下，灭了。马房里顿时陷入一片黑暗。明奎侧耳细听，院子里静悄悄的，除了低低的虫吟，只有牲口的打鼻声和咬草声，他翻身下炕溜出马房，也不走大门，翻墙出了杜家，到了村外的乱草中找着那半只羊拿回了家。

白马氏在睡梦中被儿子叫醒，看着半截烤得焦黄的羊肉顿时惊得目瞪口呆，结结巴巴地说："你，你杀了东家的羊？"

明奎瓮声瓮气地说："你吃你的，莫问。"

白马氏说："好我的娃啊，杀了东家的羊，你会招祸的。"

明奎恨恨地说："以后我还要杀，杀到吃完。"

白马氏望着油灯下一脸仇怨的儿子，半天说不出话来，她以为儿子发现了他和杜老太爷的龌龊事情，就禁口没敢再言语。

鸡叫三遍，麦勤就起来了，洗了把脸就到马房去叫明奎套牲口，明奎到杜家时，成天赤个烂脚片，穿得东一片西一片的，尻蛋子露在外面，光脚片成天不是扎了枣刺就是荆棘，常常来求麦勤帮他挑刺，麦勤也愿意和明奎在一起，她的小手又软又暖和，挑得明奎常常舒服的忘了疼，每次挑完，麦勤总要骂他几句，说他脏得像猪，明奎也不还嘴，把又红又脏的脚直往膝盖下面藏。明奎从山上回来摘个木瓜野杏，第一个给麦勤，麦勤心软，每天吃过早饭，明奎将羊圈打开一条缝来，自己堵在门口，让羊一只一只从胯下钻过，被隔在羊圈里的羊羔就咩咩地叫着左冲右突，想要冲出羊圈，随母羊到青草茂盛的山里去。麦勤听到那一声声凄凉的叫唤，眼睛里就软软颤颤的。

在共同的磨砺中，两个苦孩子慢慢长大，相互好得就像亲兄妹，多少年来两人从未因什么呕过气，可是昨晚明奎却给了麦勤冷脸，麦勤从马房里出来后就哭了，一夜没有合眼。冬里老爷子就要给自己和炳言圆房，她得赶紧给自己准备准备，他知道明奎心里想着什么，本要明天不理他，给他个厉害看看，可一觉醒来，早将昨晚的不快忘掉，屁颠屁颠地到马房来叫明奎给自己套驴。

明奎昨晚一夜未合眼，天亮刚刚睡着就被麦勤叫醒，起来哈欠连天，从槽上拉了驴出来，跟麦勤进了磨房。给驴带上眼罩上好驴具，用手在驴屁股上拍了一巴掌，毛驴就拉着磨子嗬嗬嗬地在磨道里转起来。麦勤将用水捞过的玉米倒在磨顶上，拨了眼棒，不一会儿，面粉就细细地从磨缝泄下来，麦勤用簸箕揽了倒进箩里，就在昏黄的油灯下咣当咣当地罗起面来。

明奎跟在驴屁股后，绕着磨道一圈圈地转，走到暗处就看麦勤一眼。

麦勤的身子在灯光下鼓鼓胀胀，眉头上不一会就落了一层面尘。

明奎没话找话说，再磨几回，你就不用到磨房来了！

麦勤头不抬眼不抬地说：“咋能不来，到几时还不都是我眼里的瞌睡。”

明奎低声说：“冬里你就成杜家的少奶奶了，你跌到福窝里了！再也不用到磨房来了。”

麦勤听出他语气不对，抬头看了他一眼，脸红红地说：“甚少奶奶，我可没有那个命！杜家光景不行了，是个空壳壳，就快雇不起人了。”

明奎说：“瘦死的骆驼比马大得多。”

麦勤说：“明奎，到时候你可要干我的事。”

明奎粗声粗气地说："我不干，我干甚？"

麦勤住手看着他，眼睛里就有些哀怨。

明奎说："杜炳言狗日的把福享扎了。"

麦勤幽幽地说："我早就是杜家的人了！"

明奎说："我穷！"

麦勤都快哭了，说："明奎你太好强了。"

明奎就去打驴，打得驴屁股一歪一歪的，又拉了一滩稀。

鲁家在鄘州城搭棚舍饭的这天，老爷没去，一切都是大爷安排的。那天鄘州城像开了的锅，沸腾的水打着滚儿，冒着泡儿，白腾腾的气儿夹着满天的灰尘弥漫了整个老城上空。人群拥挤的咔嚓声，就像巨人的脚踏在了风干多年的干柴上，脚步的奔跑声，几乎震倒了城墙。从四面八方汇聚来的嗡嗡声，有如无数飞聚而来的蚂蝗，集结成一个巨大的云团，笼罩在老城上。地在颤抖，城在颤抖，空气在颤抖。各种各样因饥饿扭曲变形的脸，曾经濒临死亡的眼，每一双眼睛都如同燃烧的火球，释放着灼人的光焰。就连头顶的太阳，也被这巨大的声音和灼人的光焰遮挡，无法穿透笼罩在人流上毡片似的云团。一群一群的乌鸦、麻雀，扇动着翅膀，绕着城头盘旋、鸣叫，遮天蔽日，纷纷扬扬的羽毛如同二三月的柳絮一样飘荡在人群上空。

东城西城紧挨城门的空地上，并排支起十几口巨大的黑锅，锅下燃着熊熊大火，金黄色的火焰伸着舌头添着锅底，一阵阵青烟从垒在下面支撑着大锅的石头四周窜上来，和白腾腾的蒸汽混合到一块，飘荡在锅沿四周，把站在锅后精赤条条、只穿着个裤衩子的汉子们笼罩在蒸汽中。汉子们手里拿着长把子铁锨，干廋的手臂因为过分用力，像风干的树枝，搅动着黄澄澄咕嘟嘟冒着泡儿的苞谷粒子。一群群带着大盖帽的军警挥舞着皮带、短棒，把想要挤到锅前的人们驱赶到远离锅沿的地方，让他们不得不走进并行排列等待施舍的人群。几十个同样精赤着全身、只穿着裤衩的汉子，趁着当儿，把一桶桶水不断从远处担来，倒进沸腾的锅里。

锅后的汉子铁锨扬起，一条条金色的水线在大锅上突起突落，闪着诱人的金光。大爷裸着怀，手上拿着个亮晶晶的黄铜马瓢，奔跑在十几口大锅之间，大声叫喊着，要人们保持秩序。他的头上冒着盈盈的汗珠，脸盘子被锅下窜出的烟火熏得五马六道，那样子，根本不像一个有钱人家的少爷，倒像一个刚刚从窑里爬出来的烧炭的。

大爷也不记得这种情形持续了几天，直到盛茂粮行所有的仓库全部空当下来，连最隐秘处夹杂着老鼠屎的地方也变得如同人家的饭桌一样干净，他也累倒在余火未熄的锅沿前，那盘踞在城头上空的嗡嗡声和黑色云团才慢慢散了。

关于我祖上那惊天动地的善举，后来被载入当地县志，我老爷鲁尚文的名字也被列入鄘州乡贤的名册里，被鄘州和鄘州以外的人传颂着。权尔汉县长把一个手书的“开仓济世，鄘州乡贤”的烫金牌匾披红挂彩，雇了两帮吹鼓手，吹吹打打，鞭炮不断，亲自送到了鲁家，交到了老爷手上。

老爷在噼里啪啦的鞭炮声中，红光满面，心安理得地接受了这份来自官方的荣耀，将它悬挂在供桌前的墙壁上。从此以后，我们家族在鄘州的名声和地位就更加显赫。

我爷爷满脸油汗在城门口搭棚舍饭，救济灾民的当儿，五指塬上的另一位财东，五交镇盛旺粮行的掌柜杨老八老太爷，却因为不肯拿出粮食救政府的急，被鄘州县县长权尔汉关进了大牢，躺在牢房冰冷的地上，与阵阵袭来的饥饿做着不屈不挠的抗争。老八的吝啬，令权尔汉县长大为恼火，决心把这个一毛不拔的铁公鸡做个样子，杀鸡儆猴，让那些不愿为政府分忧的有钱人看看。鲁家搭棚舍饭结束后，权尔汉听说老八还没有屈服的意思，就亲自到牢里去了。

老八躺在地上，时而清醒时而糊涂，听见牢房的铁门开启的声响，抬眼见是权尔汉进来，闭上眼睛又装起了糊涂。

权尔汉走进牢门，一股由尿水和大便混合起来的恶臭，熏得他差点背过气去。

权尔汉皱皱眉，在杨老八跟前站住，蹲下来，盯着老八灰白灰白的眉脸，嘴角一弯，“啧啧”了两声，不无嘲弄地说：“啧啧，这不是五交镇的杨八爷吗，怎么跑这来了？啧啧，你们怎么把人饿成这了？”

老八躺在地上，紧闭着眼，不说话。权尔汉就扭头看着牢里的狱警说：“干什么，这是干什么，赶紧拿些吃的来！”

牢头“哎”了一声，就出去了，不一会儿，就拿着个木盘，端着只烤得嫩黄的烧鸡放在地上。一股诱人的香气，刺激得老八胃里一阵痉挛。老八咽了口唾沫，瞪着烧鸡不言传。

权尔汉笑了下，也不说话，伸手撕了条鸡腿，递到老八鼻子下说：“杨掌柜，别跟饭执气，吃一块，这可是难得的东西啊。”

老八盯着那鸡，眼睛瞪得很大，绷着嘴不说话。

权尔汉见他还不说话，就调转鸡腿，送到自己的嘴里，大声咬嚼着说：“怎么，杨掌柜不肯赏脸？那权某就只好独自享用了。”

老八脸上不灰不白，就是不言传。

“杨掌柜，不是我说你，你说你都这把年纪了，要那么多的钱干啥？”权尔汉见他还不开口，忍不住说，“人这一辈子，钱挣得再多，死了也带不去；房盖得再阔，晚上睡觉还不只占三尺宽的地方。活人要活出个人样，你看人家鲁尚文，一下子捐出四个粮行的所有粮食，眉头都不皱一下，别说鄜州，就是外县的，谁不竖大拇指？人过留名，雁过留声。你再看看你，家里放着成仓的粮食，柜里压着花也花不完的银钱，成天穿着个老棉袄，腰里扎着个烂草绳，一年四季哭丧着个脸装穷，给谁看呢，你说你累不累啊？我听说你过去给尚文他二大为了儿，得了人家的财，人死了后却改姓姓了杨，鲁尚文硬是拿你没办法，你说你缺德不缺德？我就不明白，尚文天不怕地不怕，咋就不声不响认了这事。”见老八还是不言语，权尔汉更气了，满脸寒霜站起来说：“看来杨掌柜是一点面子都不给权某，决心顽抗到底啊！给鲁家为了几十年的干儿，没继承鲁家一点品行，真是江山易改，禀性难移，不是一家人，强捏不到一块。杨掌柜看来肚子里的油水还不少，既然不开尊口，那只好在这再委屈几日。”一脚蹬翻盘子，转身要走。

老八见他转身，扑过去就抓地上的鸡，鸡却被权尔汉一脚踩住。老八再也支持不住，拉着哭腔，可怜巴巴地看着权尔汉说：“我认，我认栽还不行，给我！”

权尔汉嘴角一弯，突然笑了，看着杨老八，眼里说不上是轻蔑还是同情，当天就传话给老八家里，叫家人来县里赎人。

干儿子继成得到县里的口信，赶着辆毛驴车，把干爹杨老八从县里接了回去。老八回到家，顾不上浑身的伤疼，第一句话就问婆姨给了县上多少粮，多少大洋。婆姨告诉他，为了把他赎回来，家里被县上勒索了三十石粮，三千多块大洋。老八一听，当时就背过气去，几天都没缓过劲来。加之儿子杨大宝老不学好，老八这段时间的确十分闹心。

站在自家后院，杨老八老太爷昨晚一夜未睡。儿子杨大宝昨晚去城里办事一夜没有回来。老八倒是不担心儿子出什么意外，他知道这个儿子的毛病，昨晚上没回来肯定又是去赌博了。杨家出了这个不争气的后人真让老八伤透了心，为这大宝没有少挨他的打，父子俩闹得跟仇人似的。老八一生最恨赌博最见不得赌博的人。自打他一上世上来就深受其害嫉赌如仇，他亲眼目睹了父亲败家的全过程，也亲自经历了创业的艰辛和不易。自从到了鲁家，给鲁正扬为了儿子，从那个让他深刻体会到贫穷的可怕和饥饿的残酷的家庭里蹦跳出来，他知道命运对自己不薄，他非常珍惜命运之神对自己的眷顾，从不敢有丝毫的懒惰怠慢。如今他成了堂堂的盛旺粮行的掌柜的，终于挺起了腰杆光耀了门楣，可是偏偏生下了这样一个不争气的儿子。眼看着儿子一步一步步上了他爷的后尘，老八深深地体会到爷爷那时的痛苦与无奈。

前几天他因为抗捐的事，被县政府强行赈粮三十多石，罚大洋三千，险些把他没心疼死。他把这一切都怪罪到了鲁尚文身上，要不是鲁尚文出风头，断不会使他蒙受如此巨大的损失。三十多石粮食，三千块大洋，那得多少个日日夜夜才能挣得回来啊！论本事，他并不服鲁尚文，但逢下的后人不争气，使他非常痛苦。早上起来不见儿子，气得他把脚连跺几跺说，羞先人呢，杨家的基业非毁在这个瞎怂手里不可！

第二十章

匪祸

转眼又到了七月，七月流火，天热得使人难以忍受，原本就吃不饱精神疲惫的人们在这样的天气里无精打采，一点精神也提不起来，老天爷依旧滴雨未下，对万民的祈祷无动于衷。

捐出了城里四个粮行的粮食，最后连门面房也拆卖了，老爷辞退了所有的长工丫环老妈子，只留下鲁三的儿子黑驴每日干些粗重活计，一家人从此节衣缩食，只盼灾年过去再挽起劲闹腾一番。

七月十七这天晚上，一对足有百十人骑马挎抢的土匪从洛河川老林子里出来窜进了庄子。一瞬时马蹄声、人的奔跑声、呼儿唤女声、土匪短促而凶狠的吆喝，夹杂着呼爹唤娘的哭嚎声，霎时村子成了一锅开水，沸腾不已。火把子四处乱晃，到处打门杀窗一片喧腾。

"土匪来了，快跑啊！"

"快跑啊——土匪——进村了——"

满含惊恐的呼喊从像要断裂的声带迸裂出来，在庄道上空飞翔。

鲁家的人从睡梦中惊醒，慌不择衣，拥簇着老爷奶奶从后门逃到了荒郊外。

黎明时分，土匪遁去，一切才慢慢地沉寂下来。天放大明，老爷领着儿孙们回到家里。大门洞开着，两只石狮子静静地守在门口，院子里狼藉一片，满屋子都是被掀翻的桌椅、打坏的器物，金黄的谷物撒得满地都是，槽头上的牲口一头不见，一副惨不忍睹状。

老爷站在当院，望着这凄惨的一幕，一张沟壑纵横的脸上阴云密布，半晌才艰难地移动脚步，想到屋内看个究竟。当他走到正屋门口，一种可怕的景象把他给吓住了。在正屋门首悬挂着的“耕读传家”的牌匾上，一把特大号的弯镰端端正正地钉在那里，雪亮的镰刃被初升的太阳一照，就有一点米粒大小的寒星上下滚动，刺得老爷不由眯住眼睛。望着这把有着二尺多长的柏木柄子弯镰，老爷的嘴微张着，咝咝冒着寒气，粗大的喉结上下滚动，眼睛就从眼眶里凸出来，喷射出一股吓人的光焰。喉咙里，“呃、啊”响了两声，一口血痰涌上来喷到门板狰狞怒目的门神像上，人就摇摇晃晃地向下倒，跟在后面的大爷三爷惊叫一声，忙上前把他扶住了。

太阳升起来，照着这一切，那灼人的光芒使人不敢抬头看它的确切位置。老爷不愿进屋，大爷只好搬了把躺椅让他在院子里坐下，三爷头上淌着汗，撑了把黑伞站在他身后。

经过短暂的调理，老爷气色好看多了，他躺在椅子上，一眼不眨地望着那依旧钉在牌匾上的弯镰，对院内出出进进打扫残局的人们视而不见。

这把镰正以它那可怕的刀锋一点点在切割他的神经，使他的心再一次像被人撕破的伤痕，痛苦不堪流血不止。他认得这把镰，他太熟悉这把镰了，他一生一世都忘不了它的形状，他的耳畔时时回响着那在磨石上磨擦出的嚓嚓的声音。这把形状似月牙的弯镰是他鲁家的冤家对头，鲁家的万贯家业和子孙的富贵就注定要毁在这把镰刀下，毁在那个握镰人的手中。二十年前那悲惨恐怖的一幕，犹如昨天发生过的一样深入骨髓，从来就不曾在他的脑海中消失过。他的心一阵阵痛楚，他的鼻子似乎依旧能闻到那扑面而来的血腥味，他的心似乎依旧能感受到那阴森森的死亡气息，这种气息使他心口憋胀，出气不均。父亲的头颅滚落在地，沾满肮脏的土垢，双眼睁大到从没有过的程度，眼珠迸出眼眶，好像不相信自己的头颅怎么会和身体分离。

这一惊心动魄的杀人场面，烫红的烙铁一样打烙在老爷的脑海中，他怎么能忘记，父亲的头颅就是被这把镰刀掳去的。

时至今日，当年的痛楚还没有完全消失，这把魔鬼一样的镰，又趁他鲁家最虚弱的时候，给了他致命一击，几乎就要将他整个毁掉，干净利落，风卷云吞，不留一丝一毫的怜悯，似乎只有将他鲁家赶尽杀绝才让他甘心。老爷似乎看到了那个握着镰刀的人，穿着一身黑色的棉衣裤，腰间扎一根烂草绳，清光光南瓜般肉圆的脑袋上，一双狼一样恶毒的眼睛盯着他，想要将他连皮带肉地吞下去的样子。

老爷心里说："西门成亮，我日你妈。"

太爷年轻的时候，与庙头村的西门羊、瓦刚是磕头换贴的好兄弟，经常一块出门，合伙做生意，往来频繁，交情不浅。

庙头村有个叫柳枝儿的女子，人长得俊俏，经太爷做媒，嫁给了太爷一个本家兄弟，这人叫鲁发海，本来好好的，结婚以后却患上一种罕见的败血症，一年后就死了。柳枝儿年纪轻轻就守了寡，从此就觉得自家院里阴森恐怖，到了夜里尤其怕人，风吹草动都似有人走动一般。于是柳枝儿求告到太爷门下，要借住鲁家老宅安身，太爷念其可怜，加之二太爷在镇里经营粮行，老宅久不住人，也快成了老鼠的天下，就同意柳枝儿住了进去。

柳枝儿住进鲁家老宅不久后的一天，西门羊到庄上来寻太爷，太奶说太爷有一房古砚寻不见，到老宅去了，要西门羊坐下稍等，西门羊说他有要紧的事，径直往老宅而来，进了宅院，见一小妇人挽着袖子，赤裸着粉藕似两条胳膊在院里洗衣服。西门羊心中惊异，及至细看时，却原来是自家庄上的柳枝儿。柳氏抬头见是娘家庄上的西门羊，就招呼了一声说："西门来了。"西门羊就用手摸了下鼻子说："我寻正川，他人呢？"柳枝儿说："在窑里。"这时太爷从堆放杂物的屋里出来，手里拿着方落满灰土的兆砚，看见西门羊就说："你咋来了？"

西门羊说："我有事。"

太爷说："甚事？"拿着砚台向外走去。西门羊没回他的话，跟着太爷出了院门，到了门外就说："你咋把她招老宅来了？"

太爷说："恓惶人，丈夫死了，自家院里不敢住，反正这宅子闲着也闲着，就借她住了，全当找了个看门的。"

西门羊听了这话，用手摸了下鼻子就没再言语。

四月里的一天，西门羊闲来无事，请太爷到家里喝酒，太爷就去了。那天瓦刚也在，三人一直喝到下午，太爷才醉醺醺回来，进门不见太奶，就问丫环太奶人呢？丫环说太奶到老宅去了。太爷觉得有些犯困，想要上炕去睡。太奶顺门进来，脸色很不好看。太爷就问她好好的吊着个脸干甚。太奶说咋不问问你自己，交的好朋友，把人都臊死了！太爷被婆姨的话弄得满头雾水，说："说甚哩，咋了，到底咋了？"

太奶说："咋了，西门羊昨晚翻墙到老宅去敲人家寡妇的门，你知道不知道？亏得那柳氏是个正经人，死活没给开，要是碰上个风流的，这事非你一辈子也别想说清，让人以后咋看我们鲁家！"

太爷听了这话，酒就醒了一半，不相信地说："胡说，我这刚从西门家回来，他哪能做那事？"

太奶就赌气地扭过身子说："不相信你去问柳枝儿，人家咋没说别人？"

太爷听到这里，扭身就急匆匆往老宅而来，进了宅院，见柳氏独自坐在门槛上，眼睛红巴巴的，似是刚哭过，太爷就问柳氏到底咋回事。

柳枝儿见太爷问，白生生一张脸就羞得通红，低垂了头不吭声。

太爷心下发急，又问了声，说："说啊，到底咋了？"

柳枝儿这才红着脸道，"古人说，寡妇门前是非多，我之所以搬到你这老宅里来，一来是我那宅院闹鬼，实在住不成；二来是想仰仗老爷你的威望，避些是非。昨儿晚上，我早早上了院门上炕睡了，后半夜里，糊里糊涂中，突然听得院里有脚步声嚓嚓走动，我当时就吓醒了，以为是贼，可贼到这空空的老院里来干甚哩。于是我就支了耳朵听，那脚步声却没了。我正以为自己出了幻觉，那声音却又嚓嗦响起，径直到了门下，有人就用手指在门板上轻轻扣了两下，我惊声问是谁，门外就有个男人说，是我，你干哥。我说，半夜三更的，翻墙入宅，非奸即盗，你给我滚。那人不走，反拿许多不堪入耳的下流话来辱没我，我说我都是血抹脖子的人了，你还欺负我寡妇人家，有脸做这些猪狗事情，再不走，我就喊人了，那人才说你莫喊莫喊，我走就是。脚步声重又缓缓儿往下院去了。我听那人声音有些耳熟，就多了个心眼，用手弄破窗纸向外望了望。昨天晚上正是十五，月亮明晃晃挂在天上，月光下我看得明白，那人正是我娘家庄上的西门羊，后来他就翻墙出去了。我一夜未睡，天明就寻思，要把这事告诉老爷，后来思想再三，那西门羊与你老一向交好，恐怕因此坏了老爷交情，就强忍了没去。前晌夫人到老宅来串门，见我眼泪巴扎的，就问我是咋了，我被问不过，就与她说了。你说我一个寡妇人家，咋就这命苦啊！”

太爷听了，脸上就有些挂不住，说：“你可看清楚了，那人真是西门？”

柳枝儿说：“月亮大得跟盆似的，他又是我娘家庄上的，我咋会认错？”

太爷没再说啥，扭身就往庙头村去了。下了塬，过了红崖崾涧，从几根粗大圆木搭成的桥上过了洛河，就到了西门羊和瓦刚住着的庙头村。走进西门羊家，瓦刚还没走，坐在屋里和西门羊谝杆子。太爷心中有气，进门就冲西门羊扬起拳头，狠狠批了他一记响亮的耳光。西门羊一下给打愣了，就连瓦刚和一旁的西门羊婆姨严氏，也不知发生了什么事，一时都愣在了那里，半天反应不过来。西门羊捂着脸，一脸无辜地问太爷说：“大哥，好好的你打我干甚？”

太爷说：“干甚，干甚你不知道？西门羊，我瞎眼了，平日拿你当兄弟，你不是人！咱俩的交情到此为止，你这号人我交不起。”说罢扭身就向外走去。

西门羊一把拉住太爷说：“大哥，我到底咋了，你把话说明白。”

太爷说：“你做的事你自个知道，你有脸做，我还没脸给人学。”

西门羊依旧拽着太爷的袄襟不放手：“大哥，到底是咋了，你说啊，你不说，我这打挨得也太冤了。”

严氏见状也上前说：“他正川哥，上午你还在这高高兴兴喝酒哩，下午回去没一会儿就二返长安来打了西门一耳光，西门他到底做了甚见不得人的事，你要如此对他？你不说，西门这一巴掌也不能白挨啊。”

太爷说：“这是我和他之间的事，你莫管！”

严氏说：“你打我丈夫，叫我莫要管？”

瓦刚也过来说：“大哥，这到底是怎么啦？你说出来，是是非非也好有个了断。”

太爷看了看严氏，忍着气说：“各人尻子夹屎自己知，你们问他自己，总之，我以后再没这个兄弟了！”说完又要走。

西门羊抢上一步把他拦住说：“大哥，你越说我越糊涂了，到底为啥你说啊？”

太爷眼神犀利地看着他说：“男子汉大丈夫，敢做就敢当，你让我更看低了你，自己做了甚，自个向他们说去。”

西门羊说：“我一头雾水，你让我说甚？”

严氏就拖起哭腔骂丈夫，说：“西门，你个不要脸的，你到底做了甚见不得人的事，不敢对人说，让人上门来欺负？”又扭头瞪着太爷说：“你莫走，今儿不把话说明白，你就走不成。我两口子平日拿你当大哥尊着，你做事不能没有分寸，财大势大罢了，也不能这么欺压西门。”

西门羊瞪着婆姨说：“你号丧啊，我们男人说话，关你屁事，你给我滚远远的。”

严氏依旧不依不饶：“你个软头，让人当软馍捏着，你倒是做甚了，说啊！鲁正川，正好瓦刚兄弟也在这，西门不能这么不黑不白让你打，一巴掌事小，让人说道事大。”

西门羊说：“就是，你说，我到底咋了？你不说，不知底的人还真以为我做了甚见不得人的事呢。”

瓦刚也说：“大哥，有啥你说开，这么着也不是个法啊。”

太爷被挤兑不过，把牙一咬说：“你们逼我说，那我就说。西门羊，你说，你昨天晚上到我老宅子里干甚去了？”

太爷此言一出，如石破天惊，几个人当即都愣在那里。半晌，西门羊才回过神来，说：“昨晚，昨晚我一直在瓦刚家喝酒，这不，瓦刚在这，不信你问他。”

太爷拿眼看瓦刚，瓦刚忙说：“就是，西门昨晚一直与我在家喝酒，后来喝多了，我就把他送了回来。”

严氏到这时，终于明白发生了啥事，顿时捶胸顿足，嚎啕起来：“西门羊，你个牲口毛驴子，你挨打活该！放着自家的光景日子不好好过，去溜人家墙头，那小寡妇勾你魂了？你个骚情货！”

西门羊红着脸冲婆姨就吼了声说：“日你妈你号丧啊，我都说过我没有了。”

太爷到此时，倒真有些后悔不该当着严氏的面把此事说出来，看着严氏不顾一切的泼妇样，他的心里产生了一种极度的厌恶，说：“西门羊，亏我平日拿你当兄弟一样的看待，你爱咋你咋，我管不着，人家柳枝儿搬到我老宅，是拿我当人，谁做这事我都不气，可咋偏偏是你？你叫柳枝儿咋看我？你把我的脸当尻子啊？你这号人我交不起，往后咱俩少来往！”

西门羊满腹委屈，说：“大哥，我真没有啊！你就是不信我，也该信瓦刚吧！”

瓦刚忙说：“大哥，是不是柳枝儿把人认错了？昨晚西门确实跟我在一起喝酒来着。”

太爷说：“喝完酒以后他干啥去了？昨晚那么明的月，柳枝儿咋没认作别人？”

严氏这时好像又回过神来，上来就说：“鲁正川，亏西门平日拿你当大哥敬着，他的话你一句不听，那婊子的话你倒认得真，跟自己的兄弟翻脸，你也太薄情了吧？你把那不要脸的小寡妇叫来，三堂会审，说不出个子丑寅卯我撕烂她的嘴！母狗不摇尾，公狗不上身。西门就是没检点，也是她不守妇道，你倒护她。”

太爷素知严氏刁蛮，见她口无遮拦，不愿与她多言，又怕严氏再胡闹，就拿话黑她，说：“你说话注意点，换了别人，我早将此事捅官府去了，哪来这多核桃稀枣繁？半夜三更，翻寡妇墙头，是为诲淫，这罪你们知道不？你要三头对质，自个寻柳枝儿去。”转身气咻咻出门而去，背后还听得严氏在高声叫骂西门。

太爷回到家里，心里越想越气，就往老宅而来，想再问问柳枝儿，到底把人认清没有。刚到大门口，西门羊随后赶来，站在门口拦住太爷说：“大哥，你真冤死我了！咱俩相交多年，你还不知道我？我是花了点，可我做事是有分寸的，

西门羊
友良
乡土

我能干那让你难堪的事？”

太爷心里也没了分寸，看着西门羊说：“你说你冤，那你和柳枝儿说去，说明白了，算我冤枉了你，我给你赔罪。”

西门羊梗着脖子说：“说就说，身正还怕影子歪？”说着就向门里走去。进了院子，还没走到屋门口，柳枝儿早在门口看见，迎上来就说：“西门羊，我把你咋了，你要这样辱没我？我不和你啰嗦，咱们县衙里说去！太阳大得跟油盆似的，谁做亏人事死了谁！我都啥样了，你还嫌我活得自在，要污蔑我清白？我跟你到县衙里说去。”

刚才还气势汹汹，受了莫大委屈似的西门羊，一看那寡妇一副豁出去的样子，脖子立刻软了下来，往后退着说：“柳枝儿，说话要有分寸，红口白牙口打人，要损阳寿的。多大个事，值得我和你个妇人家上公堂去，我不跟你说。”扭身就出门而去。

第二十一章

纠葛

一连几天，太爷都被这件事烦着，很不是味。内心深处，他实在是不愿意失去西门羊这个朋友，两人相交多年，友情终非一日。如今为了这事闹得不欢而散，太爷很是忧闷。

一日，瓦刚有事来庄上造访，太爷置了酒，两人在厅里闷喝。瓦刚试探着说：“大哥，你真要跟西门兄弟绝交？”

太爷说：“我也不想为这事，失去一位好兄弟，可西门羊干出这等事来，叫我心里如何容他？”

瓦刚说：“先不说这事是不是西门所为，就是西门干的，大哥做事也太欠妥当。”

太爷放下酒杯，看着瓦刚说：“我怎么欠妥当了？”

瓦刚看着太爷说：“如果这事真是西门所为，当然是他不对，但大哥听了那妇人一面之词，又没经过调查，就冒冒失失去寻西门，又当着我和他婆姨的面，打他一耳光，让他颜面扫净，更不该的是，大哥不该当着他老婆和我的面，说出真相，这行为，在妇是为不贞，在友是为不义，你叫西门以后如何立身做人？”

太爷也有些后悔，说：“我与他自小相交，平日里跟亲兄弟似的，别人做出这种事来，我是另一种恨法，他做出这种事，我不是恨是痛心啊！我当时也是气昏了头，有些偏激，可你看他那婆姨，我实在是被逼不过！”

瓦刚说：“大哥，不管你当时心里有多气，咱三人毕竟兄弟一场，你也该把他叫到没人处，就是多抽他几个耳光，与他割袍断义是另一码事，也叫他以后好活人，再说那寡妇虽在你老宅借住，可毕竟是个二闲旁人，你就为此事和兄弟绝交，让人以后咋看你？”

瓦刚的话说到了太爷的痛处，太爷当真懊悔起来，说：“是我有些欠考虑。老实说，西门人不错，就是这个毛病不好。好色不乱，那才叫真君子，他做这事，我能不下看他？”

瓦刚听出太爷语气中的懊悔，趁机说：“为了一个外姓婆姨，和自家兄弟闹翻划不来。”

太爷说：“事已至此，也没办法了。”

瓦刚说：“西门也很后悔，不想与你绝交，兄弟们平日在一起，谈笑喝酒，何等的快活，这突然你到他不到的，让人真不自在，往后碰到一起，你说尴尬不尴尬？”

太爷说：“难道让我去给他赔不是？”

瓦刚说：“这事谁都不能向谁赔不是。按理说，过在西门，要大哥向他赔不是，于理不通；但另一方面，西门也不能向你赔这个理，他要低这个头，即使没做别人也当他做了，所以这话不好说。依我看，这事过去就算过去了，以后大家就当没发生过，谁也别再提及。朋友还是朋友，以前怎样以后还怎样。”

太爷说：“西门还罢了，他那婆姨你又不是不知道，我是不会再上他家去了，让她婆姨拿话来呛我。”

瓦刚说：“你不到他那去，西门也没脸到你这来，我这话说了岂不等于没说。”

太爷端起面前的酒仰头干了，拿起筷子去对付桌上的鸡，闷了头没再言语。瓦刚就寻思了半晌说：“我倒有个法子，大家谁也不向谁说软话，就能和好如初。”

太爷顿住筷子说：“什么法子？”

瓦刚说：“再过九天，大哥不是要给二小子过赎身吗？（为了孩子平安许愿答谢佛祖）到时你像以往一样，也给西门发个请柬，这就表明，大哥并未和他真计较。西门不来，说明他真记了仇，往后大家无话可说；西门要来，那他就并未记恨大哥，大哥也就当啥事都没发生过，一如既往待他，大家岂不又和好如初？”

太爷放下筷子说：“既然如此，就照你说的做吧。”

瓦刚见太爷吐了口，舒了口气说：“这就对了，兄弟就是兄弟啊！”

老爷尚文过赎身那天，太爷就跟从前一样，给西门羊也发了一张请柬。当天，西门羊就提着礼物和瓦刚一块来到了庄上。太爷心有芥蒂，对他就比平时热情了些。在太爷看来，两人之间就少了以往的亲密融洽，没了以前那种随意。在西门羊看来，他从太爷过度的热情里，觉出了不同于以往的客气，自然就觉得两人之间有了明显的隔阂。

老爷赎身后，太爷再没到西门家里去，西门羊也没到太爷庄上来，两人有时在镇上碰上，也只是相互问候一声，寒暄几句，没有话说，有时在朋友家遇上，更是尴尬。

如此过了半年多，太爷心中那块块垒不但没有消除，反倒日渐加沉了，人也变得沉默寡言，少有话说。

太爷和西门羊之间的事，瓦刚一一看在眼里。一日太爷要到榆林做生意，邀瓦刚同去，瓦刚就对太爷说，这次不如与西门羊一同去，一来可让西门羊跟上挣点钱；二来两人搭伙，路上也可把关系发展一下。其实太爷正有此意，只是不好明言罢了。当下就让瓦刚去给西门羊说，看他愿不愿同去。

瓦刚来到西门羊家，将此事对西门羊一说，西门羊听了很是高兴，当下就答应了。严氏却说："你长个什么脑啊，叫别人指拨上转，别人都唾到你脸上了，你还拿他当兄弟？鲁正川为了个小脚女人，当众打你的耳光子，你就一点脸皮没有？是我我八辈都不跟他往来，有钱叫他有钱去，我们又不靠他过光景，叫你出门做生意，谁知他安的什么心。"

西门羊瞪着婆姨说："把你松嘴管牢，嚷嚷个甚，男人的事要你管！"

严氏不依不饶说："男人面软一世穷，你叫人卖了还帮人数钱，吃亏的日子在后边。"

西门羊知道婆姨麻糜，不愿与他多说，跟瓦刚出了门，说："我前世亏先人了，逢下这么个糨子货！"

瓦刚说："婆姨家，头发长，见识短，说让她说去。"

这年秋天，太爷和西门羊结伙去了榆林。太爷原本要以这次榆林之行，来重建他与西门羊之间的友谊。但他万万没有想到，这次长途跋涉，会断送了西门羊的性命，让他和西门家结下解不开的仇恨，最终导致了自己的被杀和鲁氏家族的败落。

太爷和西门羊在榆林赚了不少银子，又相跟着往回走。那天天气不好，黑云布满天空，长满衰草的山像一道道灰色的屏障，四野萧瑟而静寂。道旁的田野里，收获过后遗留的苞谷茬，密密匝匝排在地里，枯黄的苞米杆到处都是，零星的牛羊就在地里啃食。两人骑着马，身上各背一个被卷儿，银两就藏在被卷中。那年月兵荒马乱，路上极不太平，太爷和西门羊各将两把马刀塞在被卷两边，只露了刀柄在外。

过了黄河滩，进了泔水地带，离鄜州越来越近。走到夹皮沟附近，地势变得更加险峻。太爷这时觉得一阵肚胀，有了想要方便的感觉，就招呼了西门羊一声，下马到一处土塄下去拉屎。西门羊将马放在路边吃草，自己就坐在道旁一块石头上，掏出烟锅装了锅旱烟，打着火纸抽起来，等太爷拉完屎上路。这时后边来了一高一矮两个汉子，都穿着翻毛老皮袄，下马来到跟前借火。西门羊在摸火纸的当儿，不小心就被两人一左一右夹住，飞快执了马刀在手，上下乱砍起来。西门羊意识到是着了人家道儿，慌乱中跳起来以双臂和背上的被卷遮挡，想要逃脱刀光的包围。可那两人分明是剪径的高手，拦路的强徒，哪能容他走脱，双刀上下翻飞，没头没脑剁将下来，可怜西门羊人高马大，空有一身好武艺，被人家抢了先着，失了利刃，被砍的棉絮如飞絮般飞舞，双臂尽失，终于不支倒在了地上。

正在土塄下拉屎的太爷，听到西门羊的呼叫，来不及擦屁子就站了起来，等他一手提着裤子，一手举着马刀，狂叫着冲上土塄，两个暴徒已砍断绑带，提起被卷跳上马背隐入山中不见了。

太爷追了几步没追上，回到西门羊跟前，发现西门羊身上全是刀口，血把人都糊严了，有一刀斜斜砍在左脑上，把脑袋砍开一道口子，皮肉翻裂，突突地往外冒着血沫子，整个人都成了个血葫芦。

太爷精疲力尽地把西门羊尸体运回庙头村，严氏号啕大哭，竟把他看作是杀人的凶手，任凭太爷如何辩解，只是一味哭闹，胡搅蛮缠，一句话也听不进去。两个人一同去做生意，一个活着回来了，一个却死于非命。联系到西门过去与太爷的过节，严氏铁心认定丈夫是被太爷所害，说啥也不同意将丈夫死体掩埋，哭叫怒骂，同儿子和几个好事的族人将西门羊尸体抬到中指塬，摆放在鲁家大门口，嚷着要太爷为西门羊顶命。

太爷见事情实在不能脱了干系，不得已，只得通报了官府。官府派人带着仵作来验了尸体，问明情况，下令由太爷出资，强行将西门羊尸体装殓，抬回庙头村入土安葬，又让太爷拿出五十两银子，安顿严氏和儿子生活，等查到凶手，以后再做了断，才将事情暂时平息下去。

那女人此次对太爷结了仇恨，将丈夫的血衣压在箱底，一心要等儿子长大好替丈夫报仇。后来看着鲁家光景一天比一天瓷实，而自己孤儿寡母，失去了男人的维度，衣不遮体，食不饱腹，心里那层仇恨就越结越深。每当西门羊祭日，都要将丈夫血衣从柜底翻出，让儿子观看，给他说他父亲是被塬上的鲁正川所害，要他争气，长大了为父报仇。

第二十二章

穷富

吃了腊八饭，家家把年办。一过腊八，人就忙咧，家家户户推磨子掀碾，蒸糕摊黄，把屋里乱七八糟的东西搬到院里，将积攒了一年的灰尘打扫干净。门神要请，窗花要贴，家里的铺盖要拆洗，大人碎娃的衣服要缝制，糕要做，馍要蒸。女人们茶饭好不好，手艺巧不巧，这时候就显现出来。常常有婆姨因为糕发酸了，馍蒸坏了，丈夫咬着牙给一家人买的布料让婆姨裁剪得四球不像而被掌柜的打得脸肿的跟骟马尻子。这是一年中最让人开心也最让人熬煎丧气的时间，所有的人都急急匆匆，忙忙张张。有钱的人兴高采烈忙着赶办年货，没钱的人愁眉苦脸求爷爷告奶奶熬煎银钱的出处。富人过年，穷人过关。

鲁家这时候家里的长工丫环老妈子就到了放工的时候。放工这天，鲁家大院里就会并排摆上两张方桌，桌上摞着一摞摞码得整整齐齐的银钱。太爷挺直腰杆坐在桌前，看着账房先生打开账本子，摊开算盘，一边拨拉着一边叫着算好了账的人的名字。账房先生手指灵巧地在算盘上跳动，算珠子噼里啪啦的响声听起来是那样让人心动。被叫到名字的人愁苦了一年的脸上洋溢着难得一见的笑，依次排队从桌前走过。每到一人，太爷必要从桌上的银钱里给多加一个大洋的犒赏。这是鲁家的惯例，从上辈人手上就一直这么干。事实证明，这一套行之有效，给鲁家的确带来了难得的好口碑和别人家不能比拟的兴旺人气。

这年，当所有的人都领了工钱走后，太爷拿起桌上一摞银元对站在身旁的鲁三说，三哥你辛苦一下，到洛河川去一趟，把这钱和我给准备的东西给西门家的送去，快过年了，那娘儿俩怕也紧张。

鲁三看着太爷手上的钱和东西说，官府判你给西门家的钱和东西你不是已经打发我送去了吗?

太爷说，那都是该出的，这是我和屋里的一点心意。

鲁三就再没说啥，拿了钱和东西就往洛河川去了。

鲁三下塬走进洛河川庙头村村里时，有个小孩爬在村里一颗老槐树上掏鸟雀，看见鲁三从树下走过，就解开裤子把一泡尿洒下来，浇了鲁三一头。鲁三“呀”地叫了一声跳开，他却在树上开心地哈哈大笑起来。鲁三害气地从地上捡了块土圪瘩扬手要往树上扔，却被一过路的村民拉住了。拉住鲁三的中年汉子说，算了算了，大人家，和个碎娃娃执甚气，算了算了。鲁三说，这谁家的娃，咋这瞎的?中年汉子说，这是杜云基老太爷的娃，百亩地里的狼尾巴草，独苗，把娃惯得不成样子了。鲁三用手抹着头上的尿水说，这娃儿这瞎，将来非招祸不可。两人正在说话，一个八九岁的半大小子，头剃得精光，穿着件棉花套子露在外面的烂棉袄，背着捆超出他体力范围的干柴，从村巷上走来。大冷的天，那小子竟赤着怀，棉袄里连个背心也没有，小肚皮乌黑乌黑，结着层厚厚的垢痂，头上冒着氤氲汗气。

鲁三一眼认出，这孩子就是西门羊的儿子西门成亮，春里他随太爷到西门家时见过。

树上的杜文生看见西门成亮，脸上立刻兴奋起来，大声向树下叫喊，成亮，成亮!

西门成亮听到喊声抬头费力地向树上看了一眼，没吱声，低头又向村里走去。树上的杜文生就有些急了，大声呐喊着说，成亮成亮咱们玩吧，这儿有个野雀子窝。

西门成亮还是不吱声。鲁三就挡住他说，你是西门家的成亮吧?

西门成亮站住看了眼鲁三，低头又向前走。鲁三跟在他屁股后说，咋，你不记得我了？我是塬上鲁家庄的鲁三，春上还到你们家给你和你妈送过银子呢。

西门成亮像没听见，背着柴只走不歇。

“这娃，咋问上不言传呢，”鲁三摇摇头说，“我是给你和你妈送钱来的，你咋问上不言传。我们老爷怕你娘儿俩过年没钱，让我给你们送钱来了。”

西门成亮听见这话还是没吱声。那中年汉子就说，这娃儿从小这样，你别理他，趁紧把钱给送过去吧。难得鲁爷有如此善心，放给别人，谁还记得他娘儿俩。

鲁三走进西门羊家烟熏火燎的土窑，立刻被一股烟火气呛得咳嗽起来。等他看清屋里的一切时，他发现西门羊婆姨严氏坐在灶台下一只用树杈做成的矮凳上，眼泪吧擦地在灶下拢火。通往炕洞的烟道大概被什么堵住，烟火不断从灶口倒灌出来，弄得屋子里烟雾腾腾。严氏头发蓬乱，脸色腊黄，衣服上补丁连着补丁，显现出一个老寡妇被艰难的生活所压迫的那种喘不过气来的憔悴。看见鲁三，她眼光复杂地闪烁了一下，又低下头去拢火。

鲁三说，西门家的，快过年了，我们老爷让我来给你和娃送些钱和东西，你收好。说着把东西放在炕上。

严氏呼地从灶前直起身子，像一头受伤的母鹿，说，把你的钱拿走，我们娘俩再艰难，吃糠咽菜也不用他可怜。

鲁三说，西门家的，我们老爷可是个好人，这方圆几百里，别说五指塬，就是鄜州城，谁不知道，换了别人，事情都过去了，谁还记得你娘儿俩?

严氏咬牙切齿地说，好人，好人能害人？要不是他，我丈夫他能死吗？我们娘俩会落到这步田地！

鲁三说，西门家的，话可不能这么说，你丈夫那是被土匪给祸害的，与我们家老爷没有关系啊。再说这事已经经公，你咋老把仇记在我们老爷头上呢？严氏说，我把仇记在他头上，两人一块相跟着出门，他好好地回来了，我丈夫却被人砍死，你说，不是他害的是谁害的？他仗着有钱，勾结官府强行把人埋了，消灭罪证，如今倒来装好人。如果真是土匪害的，为啥到现在还没抓住一个人？鲁三说，那是官府的事，我咋知道？我们老爷和你丈夫那可是从小磕头换帖的拜把子兄弟，好得跟啥似的，怎么会无缘无故害他呢？你这不是胡搅蛮缠吗？严氏说，我胡搅蛮缠？明明是他勾结土匪害了西门，我胡搅蛮缠？西门被人砍得血肉模糊，他咋好好的呢？你说，他咋连根头发都没伤着呢？他鲁正川就是杀人犯，伪君子，凶手！鲁三说，好，好，我和你说不下名堂，不说了。钱和东西放这儿，鲁爷的心意我送到了，领不领情是你的事，我走了。严氏见他要走，拿起炕上的钱和东西用力掼到门外，疯了似的叫喊着说，拿走！把你的臭东西拿走，我娘儿俩就是饿死，也不用他可怜！

鲁三看了她一眼，慌慌张张地逃出门去，严氏抱住儿子失声痛哭，儿啊，你咋不快些长大，长大了好为你大报仇啊！。

鲁三回到塬上，把严氏的态度对太爷一说，太爷叹了口气说，看来她是恨上我了！

到了第三年的春天，西门家的日子越发艰难，有一日西门成亮坐在家里磨一把大号弯镰，严氏胳臂腕里挎着个篮子从外面挖野菜回来，进门放下篮子就去做饭。饭好以后，娘儿俩坐在桌前用饭。成亮饭量大，一碗苞谷面野菜糊糊，不几下就扒拉得精光。严氏到锅前讨饭，见锅里已所剩不多，就又端着碗坐回桌前。成亮见他妈端着空碗回来，就说妈你咋不吃了？严氏强笑着说，妈吃饱了，把锅里的饭都给你盛上吧，我娃正长身体，多吃点。成亮去锅前讨饭，严氏忍不住叹了口气对儿子说，儿啊，家里就快揭不开锅了，杜老太爷家这几天活忙，要雇个做饭的，妈明儿去问一下，看要妈不。成亮说妈你都这么大的年纪了，身子骨又不好，就在家里呆着，哪也别去。严氏说傻儿子，妈不去寻活干，咱娘儿俩吃甚。成亮说妈你别去，我都十三了，能给人扛活了，明儿我就到塬上给鲁家扛活去，有儿子在，不会让你饿肚子的。严氏说，儿啊，你要去揽工，谁家不能去，为甚偏要去鲁家？我们饿死也不挣他们家的钱。成亮说，妈，我就到鲁家去，我凭自己的力气吃饭，不落他们家的话柄，再说只有到鲁家，我才有机会接近鲁正川，杀了他为我大报仇。严氏听了这话，心里一阵温暖，看着儿子说，亮儿，你有这个骨气，妈为你高兴啊！我儿长大了，你要去，妈不拦你，可你到了鲁家，千万要小心，能下手就下手，不能下手千万别蛮干，我们家就你这么一个后人，妈还指望你给你大传宗接代呢。成亮说，妈你放心，我知道保护自己。严氏打开柜子，拿出丈夫的血衣，拉着儿子跪在丈夫的牌位前，哭着说，西门，你儿子长大了，他要为你报仇了，你在九泉下等着，他要为你报仇了！

第二十三章

上塬

严氏母子正在商量明天去鲁家的事，杜文生却不合时宜地走了进来，说洛河上的冰消了，有许多鱼跑到了冰上面，让西门成亮和他一块去抓鱼。

杜文生因为父母就他一个独子，从小娇生惯养，养成了蛮横霸道、飞扬跋扈的性格，村里孩子见了他都躲得远远的，没人愿意和他在一起玩，所以他平时一个人也挺寂寞。也许是物以类聚，杜文生偏偏爱和西门成亮在一起玩。说也奇怪，他俩在一起，杜文生却一改蛮横霸道的脾性，处处迁就谦让西门成亮，让人啧啧称奇。西门成亮见杜文生叫他，看了母亲一眼没言传。严氏心里高兴，就说亮子文生叫你你就去吧。成亮哎了一声就和杜文生出门往河边去了。

洛河又名葫芦河，属黄河一支，是鄜州境内第一大河。河大，水却清冽，蜿蜒从鄜州境内穿过，庙头村就坐落在洛河边上。成亮和杜文生赶到河边时，已有不少娃儿在那抓鱼。河岸边还未消净的冰面，在太阳下泛着一层白光。孩子们挽着裤腿，拿着木桶笊篱，在河边奔跑跳跃，不时激溅起朵朵水花，在阳光下亮亮闪耀。一个叫马占祥的娃儿抓到了一条大鱼，兴奋地在河边又蹦又跳，手舞足蹈。杜文生见了，旧病复发，跑过去劈手将鱼夺走，马占祥不甘心，跑上来抢夺，两个孩子扭打到一处。结果马占祥不敌，气得哇哇直哭。

天快黑时，孩子们各自回家，杜文生拉着西门成亮的手，让他明天还来找自己抓鱼。成亮说他不来了，他明天要去鲁家庄。杜文生问他到鲁家庄去干甚。成亮说他去扛活挣钱养家。杜文生说你别去，你去了就没人跟我玩了。成亮说我走了，还有占祥、狗蛋、虎子他们，你可以和他们玩。杜文生说我不和他们玩，我就和你玩。成亮说不行啊，我得出去挣钱。

晚上回到家中，严氏用儿子抓的鱼给自己和儿子熬了锅鱼汤，娘儿俩吃了这一年开春来最好的一顿饭。饭后西门成亮在地上磨镰，严氏坐在炕上一边给儿收拾铺盖衣服，一边叮咛他到了鲁家自己要当心，第二天一直把儿子送到村外，娘儿俩才依依惜别。

西门成亮上塬来到鲁家，刚到门口，正碰上鲁三从大门出来，看见西门成亮不由一愣，说娃子你咋来了？西门成亮说我要见你们掌柜的。鲁三说你娘俩不是最恨我们掌柜吗，今个却跑来要见他，有甚事啊？成亮绷着嘴不言传，鲁三见他不说话，就说好好，你在这等着，我去给掌柜的说一声。转身就折了回去。

太爷听说西门羊的儿子来了，忙叫鲁三把西门成亮叫进去，问他来有啥事。西门成亮说他要在鲁家揽工，挣钱养家。太爷就拿出些银元说，你小小年纪，哪里干得了那些粗重活计，把这钱拿上，回去和你妈好好过日子，没了尽管来找我，有我在，绝对不会让你们母子俩挨饿的。都怨我，当初不该叫你大做什么生意，惹下了大祸，他要在，你何必小小年纪就出来给人干活。说罢不免长叹一声。

西门成亮就像她妈当年拒绝太爷一样说，我有手有脚能吃苦，不要你的怜悯，我靠自己的力气能养活自己。

太爷听了那少年这话，脸上立刻僵硬起来，一种深深的担心和忧虑铅云一样压住了他的心。望着小小年纪却一脸世故的西门成亮，太爷最终把头一点说，那好，你要来你就来，能干甚你干个甚，工钱我按大人的一样给你。

西门成亮进了鲁家，他不愿在太爷特地给他安排的房间里住，自个就与鲁三住在马房里。每天天不亮，不等别人叫他，就自行起来，拿了自己那把极快的镰刀，到山上去给牲口割草，早饭时就背着一捆比自己身体还要大的一捆青草回来，扔在马房门口。吃过早饭，独自一人坐在门前端着盆洗脸水，把他那一刻也不离身的弯镰在磨石上磨得火嚓嚓响，雪也似的亮；磨好了，用拇指试试刀锋，吹一口气，铮铮鸣响，就将镰撇在腰带上，起身拿了牛鞭去放牛。晚上天不黑他不回来，回来也不空手，照例会背了捆青草；喝过汤就撑起灯，和鲁三将草铡成寸把长的短节，晚上就和鲁三睡在臭气熏天的牲口棚里。

西门成亮第一天在马房和鲁三睡，鲁三告诉他说自己晚上睡觉爱打呼噜，要他多担待点。西门成亮说没事，他不怕。结果晚上西门成亮睡得跟死猪一样，鲁三却几次被打雷一样的呼噜声惊醒，西门成亮吼得他无法入睡，心里就奇怪这娃儿小小年纪，怎么会有这么大的呼噜声。

有一天夜里，鲁三无意中醒来，听不到成亮的呼噜声，心中奇怪，点亮灯一看，炕上不见成亮，被卷堆一边，心里就有些纳闷，以为他出去撒尿去了。等了半晌还不见回来，鲁三就觉得有些不对劲，一种自打成亮进门起就隐隐的担忧使他顿时紧张起来，顾不上穿衣服就跳下炕往前院跑去。鲁三来到前院，看见西门成亮手里提着那把大号弯镰，正偷偷摸摸向太爷住的屋子摸去，当时就惊出了一身冷汗，跑过去拽住手把他扯回了马房，声色俱厉地问他想干啥？西门成亮低着头不言传。鲁三说我早看你不对劲了，原来你到这里打工是假，想害掌柜的是真，我问你，老爷和太太对你那么好，自从你进这个家门，甚事亏待过你，你还要害他？西门成亮说他害死了我大，我要杀了他给我大报仇。鲁三说你别听上你妈的话干傻事，你大是让土匪祸害的，怎么能怪掌柜的呢？成亮说我妈说了，我大就是他害的。鲁三说，娃呀，你小小年纪，往后的路还长着呢，千万不敢干傻事。你长这么大，到世上来一趟不容易，还没有娶媳妇，生娃娃，干自己的事，一天到晚把仇记在肚子里有甚意思？你以为这就是孝子吗？娃，你太憨了，你有没有想过，你如果有个三长两短，让你大绝了后，让你妈孤零零一个人无依无靠活在世上，那才是不孝呢。娃啊，你不小了，该明白些事理了，你今晚要闹出些甚乱子，看你妈以后靠谁？成亮绷着嘴不言传。鲁三又说，今晚的事就当没发生过，我不会对任何人说，往后你可别再胡来，如果让我发现你再打掌柜的的主意，我可不像这一回轻易饶了你。

这事过后，鲁三晚上睡觉就几乎是睁一只眼闭一只眼。他虽然事后并没有对太爷提及此事，但他对西门成亮的戒备却丝毫没有放松过。太爷之后之所以和成亮很长一段时间相安无事，不能说与鲁三的忠心没有关系。

太爷自打西门成亮进门那天，出于对故友的怜念，对西门家孤儿寡母的可怜，加上自己良心上的自责和愧疚，对西门羊的这个儿子是呵护有加。活儿由他干，从不委派催促，长工老妈子和丫环指派他、欺辱他让太爷看见，必遭一顿责骂。就是同他年纪相仿的少爷与他玩耍时占了上风，老爷也是不允许的。年终分红，太爷总要多加一点工钱给他。太爷对这娃儿如此呵护和照顾，想以此减少西门成亮与他之间的隔阂，弥补自己的愧疚，全然不知道那孩子心怀仇恨而来，一心要杀了自己替父亲报仇。

西门成亮到了鲁家，吃不肯和老爷同桌，睡不肯和老爷同屋，对太爷明里暗里赠送的衣物、鞋袜一概拒绝收受，用一个孩子难见的韧劲，苦苦打发着岁月，全然以一个揽工小子的身份自居。

日复一日，年复一年，冬里穿棉，夏里着单。西门成亮冬天精身子穿棉袄，棉花套子里爬满了一兜一串的虱子，一个个乌黑滚圆，放在指甲上一挤，“啪”的一声成了张空皮。到了夏天，严氏将棉絮抽去，将棉袄改装成一件夹袄，一年四季破破烂烂，裸着怀，肚皮上结着厚厚的一层垢甲，乌油油的亮。冬天里滴水成冰，大人都冻得缩头缩脑的，那孩子手上裂着一道道血口子，红肿透亮如胡萝卜，竟浑然不知，每日冰天雪地里奔跑，人人都啧啧称奇，说那娃皮厚，耐冻。

西门成亮天不怕地不怕，但他却怕老姑。

鲁家一脉单传，到了太爷手上，才要了老姑这个女儿，自然掌上明珠般看待。老姑名叫红玉，性子软绵，活泼好动。可鲁家大院内的孩子少，老姑少有玩伴，成天前院后院乱跑。

成亮进门那天，老姑正在前院玩耍，看见一个和自己年龄相仿的黑矮小子进庄上来寻父亲。那小子敞着怀，小肚皮乌黑乌黑的，肚脐眼露在裤腰带外，穿着双前边露嘴后面没跟的破鞋，老姑觉得好奇，就盯着他看。成亮虽然刁蛮，但是被一个同龄的女孩盯着看，自己也觉难为情，低头一声不吭地往大厅去了。老姑就跟着他来到上房，倚在门框上看他和太爷说话。

成亮向外走时，老姑就用手扯住他的衣服说，咱俩来踢毽子好吗？成亮不吭声，低头到马房去了。老姑跟到马房说，咱俩玩过家家吧？

成亮瓮声瓮气地说，我不玩，你别跟着我！老姑依旧说，玩吧，咱俩玩吧。

西门成亮
友良
乡土

第二十四章

红玉

春天里草儿树木都生了芽，茂腾腾地长成满山遍野的绿色海洋，山川河流，从高处望去，像起伏不定的波涛一浪一浪一直延伸到天边。山菊花、杜鹃、马茹花、山丹丹，还有蒲公英，就在这无边无际的绿色海洋里悄悄绽放。山谷里有白亮亮的带子在闪动，那是河流。有白云一样的东西在涌动，那是羊群。放牛拦羊娃那纵情狂放的信天游整天在沟梁上响亮，而拦羊老汉和后生的歌声，总是显得歇斯底里，满怀对性压抑的宣泄释放和梦也似对女人身体的渴求，使平静的山谷似乎也有了种让人向往的神秘灵性。

这是一年中拦羊老汉放羊娃最惬意的季节，草肥水美，气候宜人，所有的一切都让人感到一种旺盛生命力的召唤，所有的忧愁苦闷，都被大自然那勃勃的的生机驱逐得烟消云散。

正月里，正月正，
正月十五挂红灯。
红灯挂在大门外，
单等我五哥上工来。
五月里来五端阳，
软米粽子包砂糖。

砂糖冰糖都包上，
没我五哥唾沫香。
七月里来二十三，
五哥放羊在北山。
北山头上没有饭，
谷米干粮山药蛋。
八月里来十五日，
家家户户献月哩。
人家献月圆又圆，
五哥还在牧羊圈。
九月里来菊花开，
五哥坐在妹妹的怀。
双手解开绸丝带，
两只手手摸奶奶。
十二月，一年半，
我给五哥算工钱。
二锭银子两吊钱，
零的整的加银元。

这首脍炙人口的《五哥放羊》，唱的是一个财东的女儿看上个拦羊汉的故事。我想这绝不会是一个真实的故事，几乎所有的揽工调都是一个模式，把揽工汉描绘得人见人爱，而财东女儿则个个犯贱，动不动就让满身羊骚味的揽工汉轻薄一回。过去揽工汉生活在社会最底层，遭人白眼，被人下看，许多人一辈子连媳妇也娶不上，孤苦伶仃，郁郁而终。对异性的渴慕以及对女人身体热烈的遐想，使他们在操劳的同时编一些歌谣，以此发泄一些感慨或想象是合情合理的，却不会有五哥那样的好运气。

西门成亮和老姑之间的事就绝不是这样一个令人向往的故事。老姑不是太奶的亲生女，老姑是河南人，随母亲逃荒来到了鄜州，刚到地头上母亲就饿死了，留下幼小的老姑坐在村道上哭哑了嗓子，引来许多围观的人唏嘘不已。有人就去叫了太爷。太爷来了见到这凄凉的一幕当即就动了恻隐之心，打发几个长工将妇人尸体用芦席卷了起来，掩埋在村外的乱坟岗上，将女孩领回家，就在太奶身边做了一个使唤的丫头。

那女孩被洗漱打扮一番后，却是个惹人爱怜的孩子。太奶看着喜欢，就给她起了个名字叫红玉。穷人家的孩子知艰难，老姑从小懂事，人又勤快，伶俐聪明。在太奶身边经过了几年调教，出落成了个可人儿，虽然不十分美，却也薄皮大眼，整整齐齐。时间一长，太奶就觉得再也离不开她。而老姑也将太奶的心思揣摸的透彻，头痒了给她梳头，腰酸了就给她拿捏，小手儿又绵又软，不轻不重恰到好处。太奶心下爱怜，就跟太爷商量说，反正身边就只有老爷一个儿子，就将老姑收作了女儿。老姑一个逃荒的外地女子，被太奶收作了干女儿，不知是哪辈子修来的福气。她深知自己苦命，一点也不骄横、怠慢，每天依旧丫头一般干活，与那些平日里搅合惯了的丫头老妈子、长工伙计们，依旧叔长婶短，姐姐妹妹称呼。全院上下没有人不夸老姑懂事的。

西门成亮进门以后，太爷一心要弥补往日的内疚，从不把他当揽工小子看，隔三差五的，就唤他到大厅里来吃饭，逢年过节定要做一身新衣服，准备些礼物送他与严氏。这明显的，不同于别人的微妙关系，当然被细心的老姑看在眼里。关于太爷与西门家的恩恩怨怨，全院上下没有人不知道的。老姑就多了个心眼，对成亮也不当下人看，同老爷一样称他哥哥，加上两人年纪相仿，又都是贫苦出身，老姑就对他特别照顾，每天放羊准要多塞个蒸馍在他的干粮袋里。见他的衣服又脏又破，就要换下来帮他缝洗。成亮的性子倔，加上心怀芥蒂而来，对鲁家的大人小孩心存疑惧，连老姑也同样防范。见老姑要帮他洗衣服，扭捏着不肯脱下。老姑就有些气恼，说，没见过你这号人，身上脏得能剥件衫子下来，种二亩荞麦都肥地。成天下沟拦羊，也不敢到河槽里把自己洗一洗，衣服都脏成了一把垢甲，咋能穿的到身上？你自个不嫌脏，别人见了还嫌龌龊，咋能走到人前？于是强拉硬扯，剥下成亮的衫子来。一看衣缝里爬满米粒大小的虱子，一个个吃得肚皮透亮，快要撑破了肚子。就皱起眉头说，你看看，这么大个人了，正爱好着呢，这虱子把人都能吃了，你也不怕咬，皮肉倒厚。就坐下来在太阳下一边挤一边捉，弄得指甲上红呼呼的一片。成亮一张黑炭似的脸就成了个紫茄子，低了头不吭气。第二天拦羊到山上，自个就到河槽里脱光衣服拿鹅卵石用力将身上搓洗，直洗得垢甲一片一片地往下掉，身上火热火燎的。晚上回来老姑隔门看见了，就笑着说，留着嘛，咋舍得剥掉了这壳儿？随手将洗得干干净净、缝得平平整整的衣服扔给他说，这才有个人样了。成亮看一眼老姑，红着脸低头向马房走去。

拦羊最怕阴雨天，遇上雨天，赤脚片泡在泥水里，皮肉肿得白嫩嫩的，脚后跟垢甲一层一层往下掉，踩在沙石上就砾得生疼，踩在枣刺上一扎一个中，钻心地疼，走路一瘸一拐的。老姑看见了就撵到马房里要帮他挑刺。成亮躲闪着不肯让她挑，老姑就紧了脸不由分说抓了他一双脏脚按在怀里，捏住伤处从胸衣上取了针，眼睛瞪得珠子般圆，细心地帮他挑，挑一针还问一声，疼不？老姑的手湿湿的，软软的，呼出的气热热地喷在足踝上，身上女性特有的气味通过气流传递给他。成亮不看她又想看她，看着看着就将头扭一边去了。枣刺挑出来，老姑就松了一口气，放开成亮的脚，竟像是完成了一件了不起的事情，寻了老爷一双旧鞋说，莫倔，换上，别再光脚在山上跑了。

一头羊上世来，上帝就给了它一块草地。一个人上世来，上帝就给了他生存的权力和方式。那娃子靠着羊奶子的滋润，风里来雨里去，一天天粗壮起来。老姑对成亮的关心，完全是出于一种女性天性的的慈爱，并非含有其他目的。而西门成亮对鲁家仇恨的火焰，却被这细微的、润物细无声的关怀弄得燃烧不起来。在他的内心深处，本能地不愿意接受也不想接受这种关怀，但同时他的确需要，也强烈渴望得到这种关怀。老姑的好心犹如我们对一个乞丐的同情，但要把这种同情给予一个落魄的英雄，没准会刺伤他的自尊。面对鲁家的高骡子大马，茂腾腾的光景，成亮心里充满对太爷的憎恨。这种憎恨被他的母亲，那个心里早已经被仇恨占得满满当当的女人手里的芭蕉扇煽得熊熊燃烧。骨子里，他不想接受老姑的关怀，另一方面他又无力抵抗这种关怀。老姑那母亲般略带责备的语气，那略带同情又真切自然的神态，葱白般软绵灵巧的小手，美丽娇憨的模样，都使他心灵颤动，难以抗拒。他正像一个落魄的英雄，本能地想用可怜的自尊做成一道脆弱的保护墙，以保全自己不要被诱惑伤害。

但老爷却是的前世的冤家，今生的对头。

老爷从小就有一种天生的、唯我独尊的任性。无论鲁家大院还是村子的庄道上，在同龄的孩子中，他任何时候都是孩子王。物质上的富庶有时能给人以精神上很大的支撑，天性好强的老爷，在同别的孩子玩耍嬉戏时，向来以自己的意志为意志，是不许别的孩子违抗的。而老爷的这种蛮横专断却时时在西门成亮的面前遭到违逆，这时候就难免有一场争斗。两个孩子扭打在一起，在山坡上滚来滚去。起先是老爷占了上风，将成亮压在身下狠揍，但成亮每次总是一声不吭，不屈不挠，直到把老爷放倒。老爷最怕他这种牛一般的韧劲。别的孩子要仗老爷的势，又欺负成亮是外村的，见老爷被放翻，就一哄而上将成亮扳倒，让老爷骑在身上打，把成亮打得鼻青脸肿。老爷这时候总要将他的双手反拧到背后说，拦羊娃，你服不服？

成亮疼得呲牙咧嘴，却倔强地说，不服，就是不服，有本事咱俩单干！

老爷不理他，说，日过羊没有？

成亮咬牙不吭声。

老爷就随手挖起一把牛屎抹在他脸上说，我让你天天偷着挤我们家羊奶，你也吃顿牛屎。

老姑看不过去，过去拉老爷，拉不开就说，我去告诉大去。老爷这才松了手。成亮又羞又恼，爬起来一瘸一拐到河槽去洗脸。老爷就和一群孩子笑得前仰后合，在草地上打滚，拍着手齐声呐喊：

拦羊娃，背口袋，

撵不上奶羊摸奶奶。

成亮明里斗不过老爷，心里憋着气，晚上就将一泡稀拉到了鲁家的碾盘上，推动碾轱辘，碾压得一碾盘橙橙的黄。早上老妈子们来套碾子，看见碾子上糊满屎，就慌忙跑去告诉太奶。太奶出来一看，就气得踮着小脚一跳多高，哪个挨千刀的，绝食鬼，缺德冒烟地骂。

成亮对太爷的仇恨，因为与老爷的冲突和老姑的呵护时而高涨时而软弱。老爷和老姑一个就像干柴，一个却像小雨，时时刺激又制约着他。随着岁月的流逝，一天天地长大，老爷与成亮这对从小的冤家对头，倒成了无话不谈的好朋友，而老姑却与成亮反倒日益疏远起来。老姑出于女儿家的羞涩矜持对成亮的疏远，却使她在成亮心中的分量一天天加重起来，这是情窦初开的少男少女们最纯真最洁净的惦记。老姑虽不很美却十分耐看的容颜，以及她软绵体贴的性格，就像一把烫红的烙铁，打烙在成亮的内心深处。这种由内到外和谐统一的美，菩萨一样充塞在他心中，有着任何人都都无法代替的位置。成亮一天不见老姑就觉得内心空荡荡的，而老姑却像个没心人似的，一如既往地待他。

曾红玉
友良
乡土

第二十五章

冬子

老姑与成亮之间微妙的感情，谁也没有注意。如果太爷有所察觉，也许他会玉成这段姻缘，从而不知不觉免了一场劫难，一段孽缘。也许鲁家和西门家从此就冰释前嫌，和好如初，不会殃及后人。但太爷不知道，全院上下谁也没有注意到这个黑炭一样的放羊小子竟对鲁家大小姐动了心，产生了难以割舍的感情。

老姑长成了大姑娘，慕名而来的求婚者踏破了门槛，谁不想攀鲁家这棵参天大树呢?

但老姑心中却早有了中意的人选。这个人姓石，叫石冬子。

冬子家在小母指塬石家寨。父亲有信老汉老实窝囊，一辈子与世无争，三棒槌打不出一个响屁。母亲余冬香可就不那么简单，她是老虎沟老猎户余天保的独生女，从小跟着父亲在山里跑，撵狐子打狼，练就了一手好枪法，男人见了也会忌惮三分。余老太性子刚烈，做事果断，又爱为人主持公道，石家寨人没有不服她的。冬子虽是个男孩，但性子却一点没随母亲，反而像极了他父亲，从小酷爱木工，学得一手做家具的好手艺，五指塬人家家建屋盖房，打置家具，大多请他。

太爷将老爷从五交镇叫回来，准备给他结婚娶媳妇时，曾向鲁三打听塬上有没有手艺高超的好木匠，鲁三就向他推荐了冬子。太爷就打发鲁三到小母指塬去请冬子。

冬子跟着鲁三来到鲁家，受到太爷一家的热情接待。太爷专门给他空出一间房作为工房，备下上好的木料供他使用。一日三餐，餐餐有肉。过去手艺人少，匠人们走到哪都盘上坐下，受人尊敬。

冬子在鲁家做活那段时间，老姑有事没事就往工房里跑，到工房去看他干活。看看这，摸摸那，渐渐地，她就喜欢上了这个老实憨厚、手脚勤快的小伙子。

有一天，老姑端着茶壶走进工房，见冬子正在干活。他穿着件白老布土褂儿，两只裸露的手臂粗壮有力，躬着身子在那儿推铇子。雪白的铇花随着他的动作一片片地从铇眼里飞出来，飘飘扬扬落到地上，在脚下聚成一堆。冬子神情专注，模样儿非常可爱。老姑把茶壶放在一边儿说，你歇会儿，喝口水再干吧。冬子感激地一笑，说你先放那儿吧，我马上就好。老姑看着已初具雏形的家俱，忍不住赞叹说，你手儿真巧。冬子憨憨地一笑说，巧甚，手艺人，靠力气吃饭。老姑看着他说，有门手艺真好。冬子说好甚，还不是走东家窜西家看人脸色。老姑说，你还看人脸色，这么好的手艺，走到哪不是盘上坐下的。冬子说看你把我说的，我要有姑娘你的福分，生在这样阔气的人家，就不用这样成天出门，一身臭汗给人推铇子拉大锯了。老姑说要手艺有甚不好，凭自己的力气吃饭，谁敢下看你？冬子笑着没言传，拿起推好的木料眯起一只眼睛照着。老姑就说，你有这么好的手艺，家里的房子一定不错。冬子说不错甚，你没听人说，木匠住的磕碜房，医生养的病婆娘。老姑就笑了，说你还怪有意思的。见冬子一头的汗，就掏出自己的手绢给冬子说，看你，一头的汗，擦擦。冬子接过手绢却舍不得擦。老姑就说，擦啊，咋不擦？冬子说你的手绢这么净，我怕给你弄脏。老姑说不怕，脏了我洗。冬子脸就有些红，拿着手绢不知道咋办。

几天后，老姑再次来到工房时，冬子拿出一个雕刻的十分精美、手脚都能动弹的小木人给她。老姑一见，高兴得直跳起来，说冬子你手太巧了。冬子脸红红地看着她，只笑不言传。老姑回去就寻出针线，给木人儿做了个小帽儿和小褂儿，又用毛笔给木人儿画了眼睛眉毛，拿胭脂把小人儿小嘴涂成红色，拿去给冬子看。冬子看了直说好，夸老姑手巧。老姑说，冬子你活儿快做完了吗？冬子说快了，再就一个桌子，几把椅子。老姑说活儿完了你去哪？冬子说哪儿有活就去哪。老姑说那你以后还上我们家来不？冬子说没事就不来了。老姑听了，心里就有些失落。

活儿做完，一家人对冬子的手艺赞不绝口，太爷专门在正厅摆了一桌，为冬子饯行。冬子挑着家什走时，老姑竟有些恋恋不舍。冬子走后，好长一段时间，老姑心里就觉得像丢了个甚，空荡荡的。后来老爷结婚，过了没多长时间又把梁老汉女子领上跑了，家里乱得一团糟，老姑就没顾上再想此事。

老爷拐跑老奶，硬生生从贺根权手里把老奶抢走，一年多后有了大儿子向前，才带着老奶回来；又不顾太爷反对，大操大办，风光体面地把已有了儿子的老奶迎进家。此事在五指塬闹得沸沸扬扬，成了人们茶余饭后的谈资，就连老姑也从最初的感冒，后来竟对老奶由衷地佩服起来。小姑媳妇俩的关系也从开始的磕磕绊绊中渐渐变得和谐。这年七月太皇山庙会，老姑相跟着老奶抱着向前，到山上去逛庙会，没想到在庙会上意外地碰上了冬子。

一年多没见，冬子又壮实了许多，黑黑的脸上多了几颗痘痘，看见老姑嘿嘿地笑。老姑问他在这里干甚，冬子说他给庙里做点活儿。老奶见老姑和冬子说话，说了声我给娃儿去买个东西，就抱着大爷避开了。她一走，老姑不知为啥，和冬子都扭捏起来。冬子没话找话说，你相跟的是谁？老姑说是我嫂子。冬子说是你嫂子啊，你哥真好本事。老姑说他有甚本事？冬子说他都能把别人的媳妇抢走，本事还不大？老姑说你这是夸他呢还是骂他呢？冬子说我当然是夸他了，塬上塬下，你不知道有多少女人羡慕你嫂，夸赞你哥呢。老姑说夸他甚哩？冬子说夸你哥是个爷们，敢作敢当，敢爱敢恨。老姑就看了眼冬子，意味深长地说，其实我也挺佩服我哥的，女人这一生，要有这么个男人撑你，爱你，护着你，死了也不亏！冬子听了低着头不说话。老姑又说，可惜这样的男人太少了，有些人连个媒人也不敢请！冬子脸就一下涨得通红，半晌说不出一个字来。老姑为难了半晌，摸出一个香包儿塞到冬子手中说，我拿了你的小木人，早就想送个东西给你，可一直碰不上，这个你拿去。冬子心里一阵狂跳，红着脸接过香包，没话找话说，姑娘你手真巧。老姑说可有的人心却瓷得很！说着就说时候不早了，我要寻我嫂子去了。转身跑进了人群，留下冬子一人捏着香包瓷猴一样愣在那里。

冬子回去啥也没说，只说自己看上了鲁正川的女儿鲁红玉，要父母打发媒人到中指塬去给自己说媒。石老汉老俩口当时被吓了一跳，用手摸着儿子的额头说，冬子你没发烧吧，胡说甚哩？在他们看来，这是不可能的事，两家门第悬殊，鲁家咋会答应把女子许给自己的儿子呢。冬子说，妈，你和我大别管，只管寻人去就行，成不成我不怪你们。石老太就费尽心思，到五交镇博文书院搬了书院的远房亲戚白先生去中指塬给儿子说媒。

老姑长成了大闺女，上门说媒的把门槛都能踏断。太爷太奶每次征求女儿的意见，老姑都不同意，急得太奶直说，死女子，你到底想要个甚样的人嘛？给你说的后生哪个不是塬上的好小伙，你到底想要个甚样的人啊？老姑就笑，趴在太奶怀里说，我甚样的也不要，我一辈子就和大和妈过。太奶又气又心疼，用手点着她的额头说，死女子，你把妈能气死！

白先生到了鲁家，把事情一说，太爷太奶一听是过去给自家打过家具的那个娃，都觉得那娃没麻达，人好，又有门好手艺，石老汉两口子人品也没得说，就问老姑咋样？老姑只是笑，还是那句话，女儿不嫁，女儿就和父母过。太奶就有些着急，说死女子说甚哩，娘跟前再好，那是你久站的地方吗？老姑就说女儿年少，一切但凭大妈做主。太奶说红玉你说的这叫甚话，大妈做主，大妈这不是问你吗？老爷在边上说，妈你别问她，她早看上人家了。太奶就看着儿子有些疑惑地问，早看上了，这咋回事？老爷说妈你忘了，那小木匠在咱家干活时，妹妹天天往工房里跑，不是看上人家是什么。太奶把头转向女儿说，红玉，你哥说的是真的？老姑就红了脸，说妈你别听他胡说。老奶就说，你哥一满没有胡说，那小木匠之所以敢打发人来提亲，只怕是有人背后给撑了腰哩。老姑的脸就更红，撵着去打嫂子，姐妹俩在屋里闹成一团。太爷就问女儿到底愿不愿意。老姑扭着身子说大你做主。老奶说大你还看不出来，妹子她同意了。太爷就笑了，说大做主就大做主。当时就给了白先生口信。白先生兴高采烈，到石家寨把消息告诉了石老汉一家，第二天石老汉俩口就提着礼当领着儿子到鲁家来给两个娃儿把婚订了。

冬子
友良乡土

第二十六章

新怨

早在太爷为老姑张罗攀亲的那段日子里，西门成亮就像一头被圈起来的狼，烦乱不安起来。好几次，他都想到正屋去对太爷说他喜欢老姑，让太爷把老姑嫁给他，但他最终没鼓起勇气。

老姑与石冬子订婚不久的一天早上，走进西门成亮那充塞着骡马粪便和腥臊味的黑咕隆咚的马房，唤成亮套磨。成亮正蹲在炕下烧炕，火苗在炕洞里燃烧着，被汗渍和肉体磨的光亮的炕席上散发着一股热哄哄的羊羔般的气息。

成亮见了老姑就问，你订婚了？

老姑说，嗯。

成亮说，你有婆家了？

老姑没有言语，从马房门往外走去，她在门口看见一只麻雀在枣树上跳来跳去。

成亮的呼吸忽然变得粗重起来，没头没脑地说，你把我闪了，我怎么办？

老姑愉快的心情就被这句话弄的一时摸不着头脑，扭头看着他说，你说啥，咋咧？

成亮那眉沟间宽大的快要长到耳朵上去的一双牛眼就有些红，闪烁着怕人的光焰，略显扁平的鼻子鼻翼猛地抽搐着，狠狠地说，你鲁家都是瞎熊，一窝瞎熊，你跟别人了，我怎么办？

老姑这才回过味来，心里就有些气恼，脸红红地看着成亮说，你说啥？

成亮看着脸上长满细密绒毛的老姑，心跳得跟打鼓似的，气喘得一进一出，一种被伤害了的恼恨夹着股野兽般热哄哄的的东西迅速涌上他硕大的脑袋，使他浑身燥热难当，有一股克制不住的、快要炸裂的膨胀。他说，你是我的，你是我的婆姨呀，你咋能说跟人就跟人了？

老姑忽然感到一股野兽般、热呼呼、毛刺刺的气息扑面而来，由汗味、肉味和受潮的羊皮袄在太阳下晒烤出来的气味混合而成的气息，使她感到心慌气憋，呼吸不畅。这种极不安全的气息使她忽然产生了想要马上逃离马房的想法，但她的一双脚变得软弱无力，好像支撑不住她单薄的身体。她本能地骂了声混球，想要逃出马房，但她的腿却拉不动，事实上，她已经被成亮那可怕的神情吓懵了。

成亮忽然疯了一样抱起老姑，重重地扔在烧得烫热的火炕上。老姑的头重重地磕在成亮那又黑又脏、既当被子又当袄的皮袄卷上，羊毛毛哄哄地摩挲着她那娇嫩的脸，皮袄上散发出来的霉潮味，刺激得她的胃一阵阵痉挛，有一种想要呕吐的感觉。这时成亮已经跳上炕来，山一样把她压住了，热哄哄满是臭味和烟草味的嘴巴猪一样地在她脸上、脖子上、嘴上乱拱乱咬，沾湿的唾液弄了老姑一脸。

老姑一阵眩晕，天和地在一瞬间飞速旋转，一种从来没有过的羞辱咬住了她。她将头本能地左右扭动着，想要躲避那人狼一样的进攻，一双手胡乱地抓挖，喉咙里"啊啊"地想要叫喊，想要把压在她身上熊一样的身体推下去，可是她做不到，也喊不出。

厮打中，老姑的袄被扯开了，胸衣被撕破，两只白面馍馍一样的奶子鸽子一般扑入成亮眼帘，这使他的血液就像要迸出血管一样。冬日冰冷的气温拂过裸露的胸脯，终使老姑"啊"地叫了一声。

最先听到叫声的是太爷，太爷当时正走到后院来，打算到磨房去看看。他刚穿过后院的圆形拱门，就听到了老姑的叫声。

太爷当时愣了愣，以为自己听错了，站了半晌正要走，马房里又传来了一阵响动，这回太爷听得清清楚楚，旋即转身向马房走去，还没走到马房门口，就听到一阵粗重的喘息和扑打声。推开马房的门，一个始料不及的画面呈现在他的眼前，女儿披头散发，被那猪一样的揽工汉压在马房臭烘烘的炕上。一股怒火忽地窜上太爷的脑门，他一个箭步窜到炕边，伸手抓住成亮的足踝将他从炕上拉下来，顺手就批了他一个重重的嘴巴。太爷怒急中的这一巴掌劲极大，“叭”的一声脆响，在那马屁股一样的脸上留下了五个清晰的手印。成亮一个趔趄倒在草料堆上，一丝血丝挂在嘴上，半边脸立时肿了起来。老姑跳下炕，捂着脸疯了一样逃出了马房。

事情发生后，太爷打成亮进门起第一次打了他，向他发脾气，骂着要他滚，滚得远远的。成亮又羞又恼，夹起自己的铺盖当天就回了庙头村。

过了几天，太爷从震怒中缓解过来，这才想起成亮的工钱还没给算，就叫账房算清了，又多拿了二十块大洋，叫老爷到屋里说，你到庙头村走一趟，把那货的工钱给他，另外这二十块大洋算是他这些年来在咱家的犒赏。给他把话说明白，是他自己不争气，做下了这伤天害理、猪狗不如的事，不是我鲁们家不容他。

老爷说，我不去，这种东西不揍他一顿都便宜他了。

太爷说，你不去让我去？我要不是和他大是八拜之交，我才懒得理他呢。咱家和他的缘分也就到这了！

老爷没再言语，拿起银子就出去了。

老爷来到庙头村成亮家破烂的窑院时，听到一个尖酸的女人在骂成亮。看到老爷进来，那女的就禁了口，坐在灶火前一个用树丫做成的矮板凳上，却把一双眼锥一样在老爷身上扫来扫去。老爷从怀里掏出钱来放在炕上，看着四仰八叉躺在炕上的成亮说，这是你的工钱，我大让我送给你。另外还有二十块大洋，算是对你的惦念。从今往后，你与我们家再无关系。

成亮仰头看着被烟火熏成黑色的窑顶不言语。

老爷说，亏我平日拿你当兄弟，你不是人，你是猪。

老爷向地上吐了口痰说，你这种人我交不起，从今往后咱俩一刀两断，各走各的。

成亮从炕上坐起来，双眼赤红看着老爷说，尚文，咱俩个好，你跟你大说一声，把红玉给我吧，没有她我活不成。

那个矮小的老太婆听了这话呼地从矮凳上站起来，扑到炕前说，你个不争气的，你忘了你大是怎么死的，他是被鲁正川杀死的呀！你个不成气的东西，你竟想娶杀父仇人的女儿，你也不洒泡尿照照自个，你个干球打的炕栏响的拦羊娃。

老爷吃惊地看着成亮说，你疯了，你不知道红玉她已经许配人了吗？你有这心思咋不早早地给我说？

成亮跪在炕上说，你给你大说，尚文我求你了。

老爷说，要说你自个去说，我嫌败兴。

成亮听了这话，当真就下炕向外走去。严氏要拦没有拦住，跳着脚在背后骂，你个孬种，不争气的货，你给我回来，回来！然后捶胸抹肚坐在地上号啕大哭起来。

成亮走进鲁家大院时，太爷正闷坐在太师椅上抽烟。成亮进门就扑通给他跪下，把南瓜似的脑袋在砖地上碰得乒乒直响说，掌柜的，把红玉给我吧，就当我求你啦。

太爷被他的举动吓了一跳，“啪”的将烟袋拍在桌子上，站起来说，西门成亮，你这脸也太厚了，八老锥子都扎不出血来。我没有打断你的腿，把你送到官府去，对你已经够开恩的了，你还敢胡言乱语，蹬鼻子上脸。你早干什么去了？你不知道红玉已经许配人了吗？你早干什么去了？

西门成亮不回他的话，只是趴在那里一个劲把头往砖上碰，碰得血肉模糊的，嘴里不住念叨，我求你了，没有她我没法活呀！

太爷再也控制不住自己的愤怒，一头白发根根立起，胡子高翘，大声地呵斥道，混账，你把我鲁正川当成甚人了？我那是给人说话，不是放屁，说收就能收回来。我前世到底欠了你什么，遇上你这个不通世理的混球。你大刚强了一辈子，咋就逢下了你这么个后人，羞先人哩！

成亮猛地抬起头，红着眼瞪着老爷说，你就是欠我的，你欠我大一条命，你把红玉给我。

太爷听了这话，就像中了枪似的，突然定在那里，嘴微张着，圆圆的肚子起起伏伏，喉咙里咕咕地响，半天不能说话，最后一屁股坐在椅子上说，你这是在要挟我？你父亲的死是与我有关，可我并没有杀他。你信也好不信也好，但你休想在这事上要挟我！没有人能够要挟我！

成亮呼地从地上站起来，瞪着太爷说，你把红玉叫来，红玉她喜欢的是我，你为什么把她许配给别人？你还不是嫌我穷。你嘴上说得好，骨子里一样看不起我这个拦羊娃，你当我看不出来。你把红玉给我叫出来，她要不跟我，我立马走，从今往后再也不踏进你们鲁家大门半步，她要跟我你就挡不住。

太爷猛地用手一拍桌子，差点将茶碗打翻，厉声说道，放肆，你再胡说八道，我就对你不客气。你还嫌害得她不够？你给我滚——滚——滚——

成亮瞪着眼睛不肯退缩，一老一少都面红耳赤，彼此听见对方的呼吸像负重的牛一样。

不知几时，老姑却走进门来，站在门口对着西门成亮说，西门成亮，我好心当成驴肝肺，嫁猪嫁狗我也不会嫁给你，你死了这条心吧！

老姑的话，一字一句，铁锤一样击打着成亮的神经。在这以前他曾对自己充满自信，现在这种自信倒塌了，只剩下一堆满怀羞耻与恼恨的粉末。一种深深的、被欺骗和伤害了的怨恨蛇一样咬住了他的心，使他几乎昏厥。他双眼赤红，青光的头上青筋条条蚯蚓般的凸起，狼一样地嚎叫着冲出门去。

不知几时，外面起风了。北风冷萧萧的，带着尖锐的呼啸卷起地上的落叶、尘埃，在天地间随意奔走，世界顿时变得浑浊起来。

第二十七章

复仇

伤心、绝望、羞耻、愤怒的西门成亮回到了家里，又被母亲严氏狠狠地奚落了一番，恼恨交加地将所有的不幸都怪罪到太爷头上，从此更加勤奋，没日没夜将他那把总不离身的弯镰磨的霍霍作响，雪也似的亮，立下毒誓，如果太爷敢把老姑嫁给别人，他就要用这张镰割下太爷的头。

因为有了这层原因，老姑的婚事提前在这年的腊月十二就举行了。

老姑出嫁那天天气很冷，天公也不作美，飘着大片的雪花。五指塬上白茫茫的，就连狗叫也听不到一声。

鲁家大院里却是另一番景象。院内搭起了帐篷，门口挂着红灯笼，人进人出。几名厨师正在忙着准备酒席，飞火炉子烧得旺旺的，炉子上架着翻腾的油锅，冒着阵阵青烟，满院子都是油炸食品的香味。

下午申时，所有的宾客都在帐篷里落坐，酒宴开始，行令猜拳声此起彼伏，一声比一声响亮。吹鼓手也停止了吹打，被安排在一边用饭。喝完这场酒，新娃娃就该起身了，路还长得太。

月儿弯弯照九州，

新女婿欢喜新娃娃愁，

送亲的饮酒在楼上，

吹鼓手等在门外头。

这天天还未亮，西门成亮就起了身，对她妈说今儿要去找鲁正川，为父报仇。严氏听了这话，乐颠颠地起来为儿子准备饭菜，杀了家里唯一一只下蛋鸡，并且拿出了一坛早就为儿子准备好的老酒。昨天晚上，她听见儿子一夜未睡，坐在地上磨镰，那火嚓嚓的声音一直响到半夜。

娘儿俩这顿饭吃得很慢，把一坛酒都喝光了，从头到尾谁都没说一句话。饭毕，成亮将腰里的草绳紧了紧，看着满头乱草似白发苍苍的母亲，趴在地上磕了三个响头，声音发涩地说，妈，儿走了，从今天以后就再不能在你跟前尽孝了，你要保重，我在炕席下给你藏了一些银子。

严氏扶起儿子，爬到炕上取出那些银元，塞在儿子怀里说，儿啊，你要跑路，用得着的，妈老了，用不上了。妈甚也不要，只要你杀了狗日的鲁正川，给你大报了仇，也不枉妈养你一场，妈就是死也心甘了。随即去柜里拿出一双崭新的千层底布鞋说，穿上，上路利落。

成亮双手接过布鞋换上，强忍着不让眼泪流出来，哽咽着说，妈，儿子走了，你咋办？

严氏凄凉地一笑说，妈刚才已经喝了一老碗洋烟水，洋烟水就烧酒，妈活不过今天了！妈提前给你大报个信，去与你大作伴，你放心去吧！

成亮叫了声妈，跪下来把他妈抱住了，眼泪禁不住夺眶而出，下雨一样啪啪落下，滴滴有力地砸在地上。

严氏扶起儿子说，莫哭，莫哭，男儿有泪不轻弹，妈等这一天等得太久了。你要是能跑出去，要娶个媳妇，给你大留个后。

成亮咬着牙说，我不，我这一辈子都不要媳妇。

成亮走出他家那吱吱作响的破柴门时，雪下得很大，鹅毛般飘舞着，天地间白茫茫的。村巷上空无一人，只有风呼啸着，夹着雪片子，撕扯着人的衣襟，使人举步艰难。他走出去很远了，回头看去，见他妈还立在村巷上，头发蓬乱，被风吹着，猎猎飞舞。母亲瘦小单薄的身子纸人似的，随时都像会被风吹走。

成亮顶风冒雪赶到鲁家庄上时，酒席已经开始。大门口冷冷清清的，不见一个人影，院子里的哄叫却一声比一声响亮。他在门口凝住了好一会儿，把镰刀从腰里取出来挂在门口的柳树上，抬脚进了院子。一眼就瞧见太爷站在堂屋的门口，一手捋着胡子，一手提着袍子，腰杆笔挺，哈哈笑着在那里招呼着客人。他径直就向太爷走去，他那穿了千层底布鞋的脚有力地踏蹬着地面，他能清晰地听到那咚咚的声响。

他那穿着破烂羊皮袄的身影在门口一出现，太爷就看见了，像是有什么预感似的，太爷的眼里就有了异样的神色，嘴微张着，丝丝地冒着冷气，心里就一阵阵颤动。

成亮走到太爷跟前，从怀里掏出个早就准备好了的红纸包，双手举过头顶说，掌柜的，这是我的一点心意，请掌柜的收下。

太爷紧绷着的脸听了这话立马活泛开来，忙走到台阶下接过红包说，来了就好，来了就好，还送什么礼，我给你安排个位子坐下。

成亮向老姑的绣房看了一眼说，不了，我还有事，我走了。

太爷忙用手扯住他的衣袖说，你这娃，来了也不喝杯酒就走，坐，坐。

成亮又向老姑的房间看了一眼，隔着帐篷他什么也看不到。

“我真的有事，我走了。”他说。

太爷就松了手说，那好，改天我再单另设宴请你。

成亮没再言语，转身向大门外走去。太爷跟在后边，一边把他向外送，一边说，你这娃，来了也不喝杯酒。

出了大门，风夹着雪花扑面而来，太爷在门口停住了脚步说，改天再来啊！

成亮已经到了柳树下面，飞快地执了镰刀在手，扭头叫了声：“鲁正川。”

太爷刚转过身就听见成亮异样的叫声，猛地回过头，成亮一个箭步窜上来，一把楸住太爷的头发，就势往怀里一带，挥起镰刀，在空中划了个很大的弧线，劈风夹雪，扑地一声勾在太爷的脖子上。一股血雨喷薄而出，雪花一样在空中喷溅出一抹鲜艳的红光，点点滴滴落下来，在洁白的雪地上打抹出一片触目惊心的颜色。太爷高大的身躯被巨大的力带得就地打了个转，才轰然倒在地上，满头雪似的白发的头颅飞离脖子滚出老远，眼睛瞪得很大，眼里一片茫然，那镰依旧钩在脖子上。院子里依旧热热闹闹，猜拳行令声不断，村巷里静悄悄的，一只杂毛子老狗毛发肮脏从庄道上蹿过，雪花依旧铺天盖地落下来。

太爷的身体倒下时，成亮给惊得猛地向后一跳，瞪眼看着那冒着血泡的尸体半晌，用手一抹溅到脸上的血滴，突然转身向村外奔去。他那穿了新布鞋的双脚，在雪地上留下了一连串凌乱的脚印，不久又被漫天的雪花盖住了。

太奶在女儿房中和几个老妈子给女儿绞脸梳头，老爷敬完酒回到屋里，不见太爷就问鲁三太爷哪去了。鲁三说他好像看见太爷送西门成亮往大门外去了。老爷一惊，说西门成亮来过？急忙到大门外去看。老爷到了大门外，见太爷仰躺在地上，头滚在一边，惊叫一声扑过去就把太爷抱住了。老爷的叫声惊动了院里所有人，大家都停止了吃喝跑到门外来。老姑出来爬在太爷身上哭得死去活来，太奶刚出大门，一阵天旋地转就昏倒在石台上。老爷顾不上地上的太爷，和几个族人手忙脚乱把太奶抬进房中，又是灌水又是掐人中，折腾了半晌太奶才缓过气来，一缓过来就捶胸抹肚号啕大哭，眼泪扑扑往下掉。石家迎亲的人急得团团转，谁也不知道该咋办。

天色渐渐发黑，眼见时候不早，老姑依旧趴在太爷身上痛哭，谁也拉不起来。鲁三到太奶房中把老爷拉出来，问他咋办。老爷用手抹了把脸，果断地说，立刻散席，收拾东西送小姐走！鲁三应了声我这就去，匆匆转身去安排，老爷就向大门外走去。冬子跟在他身后说，哥，红玉哭成这样，要不……老爷扭头看了他一眼，眼神严厉地说，走你的，这没你的事。冬子发现，这一刻老爷突然变得十分陌生，少年的浅薄轻狂在他的身上荡然无穷，他突然变得像一个饱经世事的中年人，眼神犀利，行为果敢，他嘴角动了动就没敢再说什么。

鲁正川
友良乡土

老爷走出大门，分开婆姨女子们，把哭得发乱鞋掉的老姑往起拉。老姑声嘶力竭抱着太爷的尸身不肯起来，老爷就冲同样哭得涕泗横流的老奶和其他女人吼了一声说，哭什么，赶紧把小姐抬房里去，擦把脸让她上路！老奶和众婆姨女子像得到了圣令，架起老姑就向闺房而去。老姑两手乱抓，把腿乱蹬，被老奶和众人强行架入房中，稍事收拾了一下，塞进轿子上路了。

石家娶亲的队伍悄无声息地抬着轿子出了村巷，消失在茫茫雪塬上。雪仍在下，铺天盖地，老姑的哭声一声接一声在塬上轰响，揪人心肺。老爷的心像被刀绞着，支离破碎，咬牙扭头向身后的鲁三和一脸悲戚的村民族人一挥手说，撤帐，搭灵堂！

灵堂连夜搭起，这一夜，五指塬一条塬的人都没睡成觉，从鲁家庄方向传来的哭声惊天动地，彻夜轰响，整个塬上人的心都给搅和乱了！

第二十八章

雪恨

太爷被杀，最震惊愤怒、悲痛欲绝的，当然是作为人子的老爷，他发誓，就是耗尽家财，追到天涯海角，也要将那个黑炭一样的西门成亮揪出来，一刀刀零割碎剐，方雪心头之恨。为此他打发了很多人，带足盘缠往各地去寻找，画下西门成亮的画像，在鄜州各处和邻县到处张贴，告示说：有能提供西门成亮藏身之处的，赏大洋五百，亲自抓住的，赏大洋一千。

但一切的努力都是徒劳，西门成亮像空气一样在世上消失了。所有出去寻找的人找遍了一切可能的地方，最后都一个个无功而返，鄜州也没有西门成亮的消息。老爷不死心，第二年一开春又将人打发了出去，但一直寻找到这年冬上，还是没有任何线索。老爷这才松懈下来，只盼奇迹出现了。

如此一晃七八年过去，老姑膝下已经有了一双儿女，爷爷们也眼看着一天天地长大，往日那割肉挖骨的疼痛已渐渐麻木，就在老爷也已经完全绝望不再想这件事的时候，奇迹出现了。一天，到榆林贩牲口的族人六子回来告诉老爷说，他在榆林发现西门成亮了。

老爷听了这话，神色立刻紧张起来，所有记忆一下子被勾起，如解冻的河水奔流不息，他说，真的？

六子说，真的，狗日的如今把事情干大了，在榆林城开了一家大大的酒楼，我是在那吃饭时认出他的，狗日的发福了，肥头大耳，穿袍戴褂的，变得人都认不出来了。

老爷盯着他说，你看准了，真是那狗日的？

六子说，看得清清楚楚，他在咱庄上干活不是一天两天，我认得他。老爷站起身子来说，你去把某娃、尚兵、茂林、猴娃他们都叫来，咱们立刻动身去榆林。

六子说，要不要通知官府？

老爷说，不要，等抓住狗日的再说。

六子走后，老爷坐下来，把头靠在椅背上，眯起眼睛，努力将情绪稳定下来，然后起身到太奶房中。太奶当时已经七十多了，耳背，说话也颠颠顿顿的，嘴里经常嚼着块软糖，不停地蠕动。

老爷对太奶说，妈，我找到西门成亮了。

太奶说，啥？

老爷说，我找到西门成亮了！

太奶说，啥邪门？

老爷大声说，是西门成亮。

太奶这回听清楚了，看着老爷说，找着了？

“找着了，狗日的躲在榆林。”

太奶说，尚文，你可要给你大报仇啊。

老爷说，妈你放心，我一定将他狗日的捉住，我叫他一辈子没有好日子过！

太奶说，你可要为你大报仇，你大他死得惨啊！

而老爷的心里已有了一整套的复仇计划。

老爷和几个族人骑着马，日夜兼程，三天后就赶到了榆林，租了一套院落住了下来。

老爷当年带着老奶出门逃婚，曾在榆林住过一年半多，这座老城他很熟悉。当年他以一个少年的痴狂，耍二杆子，半晚上撬开窗户，把老奶带上去了榆林。当时他身无分文，但他的心却被巨大的幸福感填充的满满当当。事隔多年，他再一次来到这个曾给了他爱情和幸福的地方，这座曾经让他很是留恋的古老城池，依然还是老样子，并没有多少变化，但他的心境却变了，他预感着，自己要在这里上演一场血腥格斗。

老爷租的这套院落，坐落在城北一条老街上，距离西门成亮开办的东魁酒楼不远。从站在院里的一架梯子爬上房顶，对面的情形一目了然。老爷在安排好一切，第二天和六子上房看时，守了还不到两锅烟的工夫，西门成亮就出现了。与八年前相比，西门成亮从外形上有了很大的改观，穿袍戴褂，肥头大耳，要不是六子指给他看，老爷都认不出他来了。

这是一个清冷的早晨，街道上除了几个早起的小贩，没几个人。西门成亮提着袍子，从住所到酒楼去开门，六子指着他问老爷说：“咋办，做了他？”老爷望着对面说：“别急，看我的。”

老爷没急着去找西门成亮，却花银子买通了他店里的一个伙计。伙计告诉他，西门成亮八年前来榆林的时候一无所有，起先在刘跛子的饭馆帮忙打杂。刘跛子长得奇丑无比，但却有一手绝妙的好厨艺，尤其是做的麻辣肝盖面，那简直堪称一绝。刘跛子长得丑，但却有一个长得非常漂亮的女儿。这女儿不但漂亮，而且风流，见了男人就发癫，浑身的肉都颤动，在榆林城名声大得很，景岳秀都盖不过她。因为这个关系，这老姑娘一直待字闺中，无人问津，险些把她大熬煎死。成亮在饭馆跑堂两年，刘跛子见他人长得虽然有点磕碜，但勤快，肯下苦，就把女儿许配给了他。后来刘跛子死了，西门成亮就成了饭馆的掌柜，后来就越做越大，开起了这间大酒楼。伙计还告诉了老爷，西门成亮那婆姨风骚得很，结婚多年本性不改，后来竟然和店里掌勺的师傅混在了一起。两人在城西租了一间房，经常在一起鬼混，店里没有人不知道，就瞒着西门成亮一个人。

老爷听了这个消息后很振奋，让人一打听，那家伙说的果然不假。一日正当两人鬼混时，就让那伙计去告诉了西门成亮。成亮听了又惊又怒，将信将疑直奔西街而来，结果就将俩人赤条条捉在被窝里。成亮一怒之下，将那厨师狠揍了一顿，赶出了店门。

那女的被西门成亮捉住，自知落不了好，一日趁成亮不备，卷了所有的金银细软同那小厨师跑的无影无踪。

这正是老爷精心安排的结果。

失去了所有积蓄的成亮成了一个外强内干的空壳子，只好把所有心思放在酒楼的生意上。可人要是倒了霉，喝口凉水都塞牙。不知咋的，自从那厨师走了后，雇来的厨师一个个像失了精似的，不是盐放得太重，就是花椒胡椒粉撒得多了，做出的饭让人无法下咽，时不时还能吃出苍蝇。就连那些跑腿打杂的伙计，一个个也突然吃错了药似地脾气见长，对客人爱理不理的，动不动还和客人吵了起来，座椅板凳脏了也不知道擦，弄得成亮天天发火。越发火，事越多，你来了他走，如此几个月下来，往日响当当的东魁酒楼的招牌就成了一块臭得不能再臭的臭豆腐，再也没有人肯来店中吃饭。

成亮倒了灶，生意没得做，花费却少不了，几个月苦苦支撑下来，房钱、粮钱、工钱、油钱、米钱、菜钱就欠下了一大滩，要账讨债的把门槛都要踢破，实在支持不下去了，只好把店盘给了别人，将一些债主打发了，从此沦落成一个穷光蛋，成天无所事事，在街上闲逛。

到了这一步，老爷才带人将他在屋里堵住。

成亮看见老爷，就什么都明白了，望着老爷手中明晃晃的马刀，他自知性命难保，但还是硬着头皮碰翻了几个族人强行往门外冲去。老爷眼疾手快，抽刀一挥，就将他的一条胳膊齐肩斩下，命族人将疼得满地打滚的西门成亮装进了麻袋，驮在马上押回了鄜州。

老爷去了榆林后，太奶就后悔了，后悔自己不该让儿子去。大老爷死了，鲁家如今就剩下老爷一个人，百亩地上的狼尾巴草——独苗，太奶不能不为儿子担心，成天趴在佛像前，烧香磕头，求菩萨保佑儿子千万别出啥事。人常说，做父母的不给儿女操好心，这话一点不假。儿行千里母担忧，太奶自打老爷走后，日夜担忧，本来身体不好的她，很快就病倒了，吃上药也不见好。那时候老奶已经有了三儿子向华，成天挺着个大肚子，提屎端尿，侍奉在太奶身边，全院上下，没有不说老奶好的。粮行的事有沈山，老奶不用操心，家里大大小小的事，就全压在她一个人身上。那时候鲁三已经很老了，早就离开了鲁家。自打太爷被人杀了后，鲁三一下萎缩了，原先随走就跑的老汉，眼里像被人拔了灯，变得无精打采，百病缠身。老爷见他身体不好，就让他回家养老，专门派了个碎女子到家里伺侯他，给他和儿子黑驴做饭。老奶一个人又要伺侯太奶，又要照管家里，忙得焦头烂额，多亏老姑时时过来帮忙，她才没有倒了下去。

老爷一去两三个月，音信全无，太奶思子心切，病情一天天加重，到后来汤药不进。老奶和老姑日夜守护在身边，寸步也不敢离。老爷押着西门成亮往回走时，打发六子先行一步，快马加鞭先回五指塬报信。六子一身尘土赶回五指塬时，太奶已只有出的气，没有进的气。听到六子说老爷已经抓住西门成亮，正在往回赶，太奶眼里亮亮闪了一下，惨白腊黄的脸上竟泛起两片红潮，身子动了一下想坐起来，结果头刚一抬就一歪又倒下了。老奶和老姑惊叫一声，爬过去拼命摇她，但太奶再没醒来。

太奶走得并不安祥，但比起太爷，她还是得了好回收。（当地方言，死得不痛苦的意思。）

太奶死前曾叮嘱老奶，如果老爷抓了成亮回来，让他把成亮交给官府，该杀该剐，让官家自己办。但老爷却违背母亲的意思，到了鄜州，老爷既没有杀他，也没有将他交给官府，却将他送到城里放了，每日派两三个人跟着他。他到哪家去做工，不到一天，就没有人敢再要他。晚上睡觉，没人敢让他在屋檐下过夜，他只好每天睡在大街上、瓦窑里、草窝里。没有人敢同情他，给他一碗水，一块馍。他就像一条无人要的狗，晃着只空袖子，晃晃荡荡的混日子。他实在饿得受不了的时候，就去偷，就去抢。被人捉住以后免不了一顿打，打得他的头上身上成天伤痕累累，没有一处好肉，身上的垢甲有寸把厚，爬满虱子跳蚤，衣服破得难以遮羞。他希望官府能将他抓进大牢，让他在那里待一辈子，可是鄜州那些当差的除了踢他两脚，竟没有人肯管他。

老爷以他特有的方式，比杀了他更严厉地惩罚了他，使他生不如死，深切地体会到了与鲁家结仇的下场。直到有一天，一股土匪突然冲进了县城，烧铺子，抢东西，土匪去了，那个一条胳膊的可怜人儿西门成亮也突然不见了。

老爷坐在躺椅上，盯着牌匾上的那张镰，往事一件件涌上心头。二十多年了，那个鬼一样的人消失了，传说进了洛河川老林子，当了土匪的西门成亮当真还活着，并没有忘记他鲁尚文，在他鲁家最虚弱的时候给了他致命的一击，几乎整个就将他毁了。老爷那早已经结痂的伤口重新被撕裂开来，流血不止。唯一让他稍觉安慰的是，埋在地下的银子没有被发现，老爷盯着那把镰，在心里说，西门成亮，我日你妈！

第二十九章

寡妇

刚刚捐出了城里四个粮行的所有粮食，没想到又遭了匪抢，老爷一下子病倒了。等他的病稍微好转了些，老爷想到的第一件事却是想借着此事，把三爷的婚事给退了。

老爷嫌杜文生老太爷人不地道，根本不愿意和他结亲，如今家里连连出事，就想趁此机会把这门亲事给退了。病刚好，老爷就以遭了匪抢，没有能力迎娶为名，打发大爷到洛河川杜家去退婚。

老姑嫁到石家寨，小两口十分恩爱。每天天刚亮，老姑就起来了，先去茅房送了水火，然后就到公婆房中，端了尿盆出去泼在大门外的粪堆上，回来洗了手脸就去灶上做饭，全然没有大户人家女儿的娇贵。石老汉老两口看在眼里，心下十分欢喜，对这个媳妇自是刮目相看，爱护有加，一家人相处得非常融洽。冬子经常外出干活，老姑就在家里和公婆一块持家种地，日子虽然平淡清苦，但过得很舒心，后来老姑有了儿子，石家人对她就更好了。只是有一件事，使老姑有些不安。这件事与她的婆婆有关系。

石家寨原先有一小寡妇，丈夫也姓石，算起来是冬子家的本家，后来这个年轻后生得猛病死了，他的母亲因为受不了这打击，哭瞎了双眼，小寡妇又刚生产，一家人的艰难可想而知。人们都以为，这个小寡妇会走，或者改嫁，但小寡妇却没走。小寡妇没走，倒不是留恋这个家什么，她是舍不得她的婆婆。小寡妇母亲死得早，从小就缺乏母爱，每当看见别的孩子在母亲怀里打滚。撒娇，她眼里就不由得潮湿，红格巴巴。这种缺失，自打结了婚后，就被她的婆婆填充了。婆婆没有女儿，把媳妇当儿看，婆媳俩关系很好，要她丢下婆婆走，小寡妇说啥也舍不得。小寡妇不走，也不改嫁，就带着儿子和婆婆生活在一起。每天做了饭，小寡妇先要端给婆婆吃，婆婆吃饱了，她才给自己和孩子盛，常常因为饭不够，小寡妇自己饿肚子。有一年闹饥荒，小寡妇婆婆脸色红润坐在门上，村里人说老太太你儿媳妇给你吃啥啊，气色这好的？婆婆说儿媳妇说她给一大户人家当佣人，能挣下钱，家里不缺粮。结果村里人有一天发现，儿媳妇背着娃儿在山上偷着挖草根，挖下草根就向嘴里塞，吃得满嘴的绿汁土沫子。婆婆爱看戏，有一年太皇山庙会唱大戏，婆婆想去看，媳妇那几天正好有病，但她还是背着婆婆去了庙会，走到半路上，她就昏倒了，把婆婆吓得直哭。婆婆荒年因为吃观音土，引起便秘，拉不出大便，老脸憋得像鸡冠子，媳妇就扶起她的屁股，用手指儿给她一点一点往出抠，直到稀屎像露壶一样，稀稀拉拉流出来才罢手。

小寡妇的事迹传出石家寨，传遍五指塬，甚至传到了鄜州城，被家家户户的婆婆当作典范一样教育媳妇。石家寨的村民也因为村里出了这样的好媳妇而脸上有光，走到人前就多了一分谈资和荣耀。小寡妇也被当作节妇孝女，受到村里人的尊敬和爱戴。谁家有了好吃的，都要端一碗给小寡妇家送来，小寡妇家有了什么事，村里人都齐心合力来帮她一把。小寡妇原先还有再招个人和自己后半生一起过的心思，后来不得不把这念头掐灭了。事实上，村里人把她当神一样供起来，把她推到一个她自己也没有祈及过的高度，她不得不把自己心中那种欲望封闭起来。

但就这么一个女人，却被人给毁了。

毁了小寡妇的人名叫王德发。王德发是个光棍儿，村里人都叫他“叫驴”。据说他那玩意儿奇大，而且长着倒勾，娶了几个女人都因为抗不住男人的凶悍而早早翘了辫子，留下他和个八九岁大的娃儿光棍对光棍。王德发有一最大爱好，就是喜欢听人墙根子，村里人都很讨厌他。因为没有女人，常期的性压抑使王德发最终发狂，在一个月黑风高的晚上，铤而走险，把小寡妇给强奸了。第二天，小寡妇就吊死在屋门上。过去王德发敲寡妇门，刨绝户坟，是最让人深恶痛绝的事，何况王德发欺侮的还是这样一个寡妇。村里人一下愤怒了，拿着镢锨就把王德发家房子刨了，把王德发五花大绑绑起来吊到了村里的老槐树上，架起大火，点了天灯。把王德发的儿子赶出村子，分户出去，不准他这辈子再进村子。

事情过去了二十多年，人们渐渐将此事淡忘，谁知有一天，一伙骑马挎枪的土匪就进了村子，领头就是王德发的儿子王狗儿，现在叫王大麻子。

王大麻子一辈子都忘不了二十年前那凄惨的一幕，父亲被五花大绑，吊在村里的照庄树上，下面架着熊熊燃烧的大火。父亲的身躯卷成一团，被割下来的生殖器用麻线吊在脖子上，像一只吊在半空中的槐虫。人油滴滴哒哒滴下来，掉进火里，火苗更加猛烈地舔着他的身子，那惨绝人寰的叫声，二十多年后还在他的耳边回响。这些年来，他生不如死，就为一个信念活着，灭了石家寨，为父亲报仇。如今他有能力了，他回来了。

石家寨所有的村民这一天被押到村里的打麦场上，打麦场上挖下了一个七八米长的大坑，土匪们个个挺胸凸肚，拿着土枪，大刀长矛把人们往坑里赶，哭喊之声响成一片。就在所有的人都以为难逃一死的时候，石老太（那时她还不老）突然出现了。石老太绑着裤腿，穿着兽皮缝成的猎装，腰里绑着沙袋，手里拿着把土梨木把子土枪，一出现就照着前面的王大麻子和土匪开了枪。轰的一声，老枪吐出一条火舌，沙弹成一个巨大的扇面喷射而出，麦场上腾起一股青烟，站在前面的土匪有的中弹栽倒，有的捂着头和腿直跳。王大麻子脸上也中几弹，满是血迹，揭了皮一样火烧火燎。石老太喊了声，老少爷儿们，拼啊！举手又放了一枪。所有的村民就发了一声喊，奋不顾身向土匪冲去。土匪们一下子乱了阵脚，纷纷向后退去，而村民们群情激愤下那种啥也不顾了的可怕和疯狂，也使众土匪胆战心惊，结果是别人没埋成，自己却被撵得抱头鼠窜，狼狈不堪。

这件事后，石家寨人就修了村上破败的寨墙，夜夜派人巡罗，生怕土匪哪一天不备又来。从此石老太在村里自然是威望大增。此后王大麻子虽然又带人来过两回，但是连寨门也没得进，几次都被石老太的土枪逼了回去，再后来王大麻子与石家寨人的恩仇，就变成了针对石老太一人的进攻。

西门成亮在鄜州失踪的第二年，一天夜里，正在睡觉的老姑突然被一阵“土匪来了”的喊声惊醒，她还没有从炕上直起身子，丈夫冬子已穿上衣服跳下炕开门出去了。接着她就听见丈夫在拍公婆的门，等她穿好衣服来到院里，她发现公婆已经起来在院里和丈夫说话。冬子说土匪来了！石老太说慌啥，拿家伙上寨子去。冬子说了声“哎”，从墙角摸了把镢头就出去了。石老太叫老伴拿了土枪沙袋就往外走。老姑张了张嘴想说啥，见老太太眼里一片淡定，就没敢言传。

石老太和老汉来到寨子上，大家见她来了，都主动让出一条道。石老太来到寨墙边，看见寨子下火光闪动，王大麻子骑着匹马，拿着驳壳枪站在寨子下，石老太甚至都能看见王大麻子脸上的麻子在火光下红里透亮，如豌豆一样跳动。她冲下边就喊了声，王大麻子，你阴魂不散，又来了！

王大麻子听到叫声抬头看着上边说，石老太，你没死，我怎能不来？

石老太说，王麻子，我给你说过，你大的死是他自己咎由自取，怪不得石家寨人，你别再来寻事了。

王大麻子说，石老太你少废话，识相的赶紧把门打开，要不然等我打进来，石家寨人一个也别想活。

石老太说，王麻子，只要我老太太在，你永远也别想进村子。再不走，当心吃老太太枪子儿。

王大麻子就命令土匪们攻寨，石老太从石老汉手里拿过土枪，不慌不忙，一枪一个，弹不虚发，打得众土匪抬不起头来。

那晚老姑坐在屋里，听着外面的枪声和人的呼喊吼叫声，心惊胆战，看着两个睡得香甜、对外面的枪声和吼叫声充耳不闻的儿女，不知该干什么好。不知过

王大麻子
友良
乡土

了多长时间，她突然听到一阵脚步声，以为是丈夫和公婆回来了，就急忙跳下炕出屋去看。老姑刚到院中，就见一个脑袋硕大，身体矮壮，一只袖管空吊在膀子上，一只手里提着柄明晃晃月牙形镰刀的黑胖男人带着几个眼神阴鸷的汉子走了进来。老姑当时脑袋就“轰”地一声大了，她一眼认出，那个只有一个胳膊的大脑袋男人正是西门成亮。

第三十章

朋友

西门成亮被老爷放逐到鄜州城里，每日有人看着，跑又跑不了，走又走不脱，以为自己这辈子就死在老爷的计划中了。就在他已经完全都要灰心绝望时，却遇见了救星。这个被西门成亮认为是救星的人，就是杜文生。

杜文生这些年靠着贩烟土，走私盐，巧取豪夺积攒了很大的家业，财大气粗，春风得意，在洛河川成了首富。别人都眼红羡慕，可杜文生自己却很闹心，原因是他的儿子杜炳言。杜炳言从小不管地里的庄稼，不关心铺子里的买卖，只知道吃喝玩乐，让杜文生十分熬煎。杜文生常常对婆姨说，这小子球心不操，将来庙头村第一个饿死的就是他。婆姨却总是不屑地撇着嘴说，说甚哩，放你的一百二十四条心，我们这么大的家业，我娃要饿死了，洛河川早死得没人了。杜文生说你个屋里人倒懂个球，现在这世道，兵荒马乱的，有钱也难保安生，还是早早想办法，要不然我走背时了，这小子都会白条。（当地土话，打光棍）婆姨就说，你要怕儿子打光棍，不如趁早给他买个童养媳。杜文生被老婆一句话提醒，猛然想起，自己城里有个把兄弟，赌博败了家，屋里几个娃娃养活不起，饿得哇哇叫，想把个丫头送人，让娃讨个活命，就想着到城里去看看。

鄜州是座古城，相传为秦时大将蒙恬所建。蒙恬当初建这座古城时，专门请了燕国著名风水师南宫简选了一处好址，把一条红布挂在标杆上作为标识。谁知不知从哪突然跑出一只梅花鹿来，叼起红布就跑。蒙恬南宫简见红布被鹿叼走，打马就追。追到一处开阔地里，小鹿突然不见了，红布却挂在一枞狼柏刺上。南宫简放眼一望，但见四野开阔，地势平坦，不由拍腿大呼，真好所在！于是城址就选在了现在的城址上。因为神鹿显灵，所以鄜州城又有一个好听的名子：鹿城。后来神鹿竟成了鄜州城的城标。

杜文生第二天和杜德荣赶着马车进了城，到了把兄弟家，见那女子长的灵气十足，非常秀溜，心下十分欢喜，就问把兄弟得多少大洋。把兄弟说给甚钱，你看上领走就是，只要让娃有口饭吃就行。杜文生绷着脸说，这咋行，我杜文生可不占人便宜，多少你给个价。把兄弟就说，杜爷要给，就给二十，二十块大洋你领走。杜文生就从怀里摸出二十块大洋放在炕席上，另外摸出十块大洋递给把兄弟说，二十块大洋是娃的身价，另外这十块大洋你给其他娃儿买衣服吃喝。从今往后这女子与你再没关系，你别来烦我。把兄弟乱点着头说，杜爷放心，不会，不会。

杜文生出了把兄弟家，先带麦勤到街上的绸缎庄给娃扯了一身衣裳，又带她去澡堂子里洗了澡，出来就到老李家羊肉馆给自己和麦勤要了两大碗泡馍，看着小姑娘头埋在碗里，大口大口吃着，心里就想把兄弟把光景过成甚了，把娃儿饿成这样。

两人正在吃饭，杜文生觉的裤腿被什么拽了一下，低头一看，吓了一跳，一个衣服脏得看不清底色，头发上沾满草屑土垢，遮得脸都看不见，浑身散发着恶臭的汉子跪在自己脚下，正在用手扯自己裤子。就问了声说，你是谁？干甚哩？那汉子抬起头，满脸祈求地说，文生，是我，救救我！杜文生闻言一惊，用手拨开汉子脸上的头发一看，正是儿时的伙伴西门成亮，就说，成亮，真是你，你咋在这？

自打成亮去了鲁家打工，杜文生就与成亮很少见面。后来成亮杀了鲁老太爷离开鄜州，两人也失去了联系。几个月前，杜文生听说成亮被鲁尚文抓了回来，放逐到城里，本想去城里看看他，想了想又没去，毕竟成亮这么多年与自己没有来往，而鲁家在鄜州城和五指塬呼风唤雨，是自己想极力巴结而不想得罪的人，所以他就没去。他也听说过成亮现在很可怜，但一个别人认为必死的人能够活到今天，而且还一直活着，人家鲁家也够仁慈的了，换作他杜文生，成亮都死了八回了。但今天突然见了西门成亮，杜文生还是大大吃了一惊，心里不得不惊叹鲁尚文的残忍。这也就是西门成亮，换了谁，谁都自己碰死了，还能活到今天？

西门成亮爬在地上，一个劲给杜文生磕头，哭着叫杜文生救他。杜文生左右看看，没看见鲁家监视的人，就小声说，我救你，咋救？

西门成亮不搭话，只是一个劲磕头哀求。杜文生被求不过，就动了恻隐之心，用手指着门外的马车小声说，看见了吗？你就守在那辆马车旁边别走，天黑了我来接你。成亮扭头看看门外的马车，点点头，用一只手拄着地，慢慢爬了出去。

杜文生原以为，救西门成亮会费一番手脚，所以他吩咐杜德荣天黑时一定要想办法引开鲁家两个监视的人，好让自己神不知鬼不觉把西门成亮带走。谁知那晚城里闹匪，一切安排都没用上。

杜文生带着西门成亮回到洛河川，给他剃头洗澡换衣服吃饭，安排他在自己家里偷偷住了下来。杜文生老婆对丈夫的做法很是不满，说你这不是没事给自己找事吗？鄜州和五指塬谁不知道西门成亮和鲁家有仇，这事要让鲁家知道了可咋得了，这么个废人你救他干甚？杜文生说你个屋里人头发长见识短懂甚，饿了给人一口，顶住饱时给人一斗，忙没有白帮的。婆姨说你把他藏屋里，万一鲁家知道咋办？杜文生说，我自有安排，你莫管！过了一天就把西门成亮叫到屋里说，你在我这也不是个事，万一鲁家知道了肯定会和我闹事。洛河川老林子里的王大麻子跟我关系很好，不如送你去他那里，你看咋样？成亮说，我命都是你救的，你说去哪就去哪。于是第二天杜文生就偷偷带西门成亮去了老林子。

西门成亮当初跟杜文生到老林子见王大麻子时，王大麻子见西门成亮只有一条胳膊，不愿意要他，说我这干的都是刀口上舔血的买卖，你一只胳膊能干甚？西门成亮不说话，见柱子上挂着把生了锈的老镰，就过去取了下来，扬手就向不远出一棵土梨树甩去。那镰打着旋子，带着呼呼呼的风响，不偏不倚、钉到了树上，院子里的土匪就喊了一声好。王大麻子也把手拍了拍，说不错不错，我收下了。

这以后，西门成亮就跟这王大麻子当了土匪，打家劫舍，绑架勒索，每次他都冲在前面，成了王麻子的心腹干将。有两次他还救了王麻子的命，在匪群中威信巨增，地位仅次于王麻子。这一次他随王麻子来石家寨报仇，被石老太阻在寨外，进不了寨子，就心生一计，让王大麻子带人在寨外佯攻，自己却带着几个小土匪绕到寨后，从无人把守的缺口摸进了寨子。狡猾的西门成亮进寨后并没有急着到寨子上寻石老太拼命，而是偷偷摸到住户家中，想先抓几个妇女做人质，逼村里人打开寨门。西门成亮也没想到，会在这里遇见老姑。

石老太
友良
乡土

第三十一章

向前

老姑看见西门成亮嘴就张大了，喉咙里“啊”了一声，转身就向屋里跑去。西门成亮一个健步上去就用镰刀把她逼住了，嘿嘿冷笑着说，鲁红玉，想不到在这遇见你，我们俩缘份未尽啊！老姑说流氓，凶手，你放开我。成亮不理她，命小土匪押着老姑往寨子上走。老姑一边挣扎一边骂，说我哥真是愚，不杀你让你出来害人。成亮说你哥要杀了我，不就没戏唱了。到了寨子上，成亮把镰架在老姑脖子上，喝令石老太把枪放下。石老太拿枪瞄着成亮说，把她放开，要不我开枪了。西门成亮说，你开，你开我就杀了她。冬子和石老汉一边一个拽着石老太胳膊，不让她开枪。王大麻子和土匪们趁着这个当儿，冲上寨子把村民们包围起来。王大麻子拿枪指着石老太狞笑着说，老不死的，把枪放下，要不然一个都别想活。石老太说了声，你休想！抬枪猛地扣动了扳机，一枪把王大麻子打成了马蜂窝。众土匪大惊，一阵乱枪，把石老太打倒。村民们愤怒了，拿着火把镢头棍棒冲上去就和土匪们拼命。土匪们哪见过这阵势，顿时乱了阵脚，西门成亮用老姑做人质，和土匪们且战且退，押着老姑退回了老林。

石老太浑身伤痕倒在血泊中，冬子抱着她痛哭失声，石老汉和村民们默默地站在一边，大家脸上都满是泪水。石老太吃力地看着儿子说：“冬子，别怪妈，妈不是不心疼你媳妇，妈没办法啊！不杀王麻子，村里人就会遭殃。去鲁家，赶紧去鲁家，现在只有鲁家才能救红玉。快……快……”然后头一歪，她就闭上了眼睛。

寨子里顿时哭声四起，惊天动地。

老爷听说老姑被西门成亮抓走，进了洛河川老林子，心急如焚，当天就去了县城。

石家寨的事轰动了全县，引起民众极大反应，纷纷指责县政当局是吃粮不管事的样杆子。鄜州县政府迫于民众的压力，就准备派人进山剿匪，正好老爷赶来，县长就向他大倒苦水，说不是自己不剿匪，实在是因为经费紧张，没有钱。老爷就说只要你们派人去，钱我出。县长高兴万分，拍着老爷的肩膀直说尚文开明，尚文开明。于是在老爷的资助下，剿匪的队伍进山了。

剿匪的队伍进山，西门成亮马上知道了消息，带着土匪和老姑避往老林深处。剿匪的队伍扑了个空，匪毛没见一根就又回去了，回去了就说土匪都被打死了，没死的都跑进老林子成了野人。敲锣打鼓，庆祝胜利。老爷几次跑去打听老姑的消息，县上都说没找到，老爷只好失望地回去了。

老姑被劫持到老林子土匪窝，起先西门成亮对她贼心不死，想逼她做压寨夫人，几次欲施暴老姑，都被老姑用剪子吓了回去。老姑说西门成亮，你敢再靠近我我就死给你看！打进匪巢起，她睡觉就没脱过衣服，那把防身的剪子也一刻不敢离身。如此过了一年多，成亮竟对她不得近身，只好把她打发到伙房，去给土匪们做饭。后来成亮就对她完全死了心，打发人送信给老爷，让老爷进山去换她。

失踪了六七年的妹妹终于有了消息，老爷高兴得一下子跳了起来，不顾家里人的反对，只身一人就进山了。家里人不管如何阻挡，老爷就是不听。

老爷到了老林子，连西门成亮都惊呆了，他没想到老爷真的敢来。老爷说西门成亮，你让我来我来了，放了我妹子。西门成亮说，鲁尚文，你算条汉子！就命土匪放了老姑。老姑不走，哭着说哥你咋这么傻啊，你跑来干甚？老爷说你走，快些走！冬子和娃在家等着你呢。老姑不走，哭着说西门成亮你放了我哥放了我哥。老爷就怒了，骂老姑说你求他干甚，快走！老姑被土匪拉出去后，老爷就说，西门成亮，今日落到你手里，要杀要剐随便，皱一下眉头我不算好汉。西门成亮说，鲁尚文，你忘了你当年是怎么折磨我的，想死，没那么容易！我要让你们鲁家倾家荡产，然后再慢慢弄死你。老爷就破口大骂，说我真后悔当初没杀了你，留下你这个祸根！成亮说你怪谁呢？要怪就怪老天生了我这个对头。说罢亲自下座用水蘸麻绳将老爷剥光吊到房梁上抽打，打得老爷血淋淋浑身没一块好肉。老爷咬着牙一声不吭，成亮气急败坏，就让土匪给老爷上老虎凳，灌辣椒水，把老爷折磨得死去活来，然后派人给鲁家送信，让鲁家拿五千块大洋到老林子来赎老爷。

老爷去了老林子的第二天，有个白胡子老头来到鲁家，说他叫杜怀林，受杜文生老爷之托，来给杜文生的女儿水仙提亲的。杜文生老爷对鲁家的人品十分敬仰，想把自己的女儿水仙许配给鲁老太爷的三儿子鲁向华为妻。老奶当时正在为老爷的事熬煎，哪有心情考虑这事，就推托说老爷有事出门没在，自己做不了主，这事等他回来再说。杜怀林说既然这样，那我过段时间再来。

过了两天，老姑回来了，一家人又悲又喜，又为老爷担心。老奶一连几天不吃不喝，哭着给老爷准备寿衣。大爷说妈你干甚呢，我大还没死，你这是干甚呢？老奶哭着说，咱家和西门成亮有那么大的仇，你大落在他手里，还能活着回来？老奶的话把一家人的心都说乱了，一屋的人哭成了一团，连大爷最后都和冬子商量着准备要给老爷打制寿木。

谁也没有想到，事情后来竟出现了转机，西门成亮派人送信来，要家里人拿五千大洋到老林子去赎老爷。

大爷接到信后，二话没说，就开始准备银洋，打发黑驴连夜到城里，让粮行大总管沈山筹钱到庄上。钱凑够了后，大爷就只身一人带着银子往老林子而去。

那时大爷才二十岁，刚结婚不久。大爷带着银子到了老林子里，见了西门成亮，大爷说银子我带来了，你放了我大。成亮就叫人把老爷拉出来。大爷见老爷浑身是伤，身上没有一处好肉，扑过去就把老爷抱住了。老爷恼怒地看着他说，向前你咋来了？大爷说大我来救你。老爷说你好糊涂啊，赶紧走，以后别再来了！大爷转身看着西门成亮说，钱我送来了，你还不放人。成亮冷笑着说，放人可以，但你得跪下来求我。大爷咬咬牙，双腿一弯就往下跪。老爷就怒了，大声说向前你别跪，你狗日别跪！大爷像没听见，给西门成亮跪到了地上。西门成亮哈哈大笑，说鲁尚文你看见了吗，你儿子给我跪下了，你们鲁家人给我跪下了！啊哈哈哈哈哈……老爷双眼赤红，冒着吓人的火星吼叫着让大爷起来。大爷不起来，跪在地上求西门成亮放了他大。西门成亮狞笑着看着大爷说，放了你大，行啊，那你再拿八千块大洋来，拿八千块大洋来我就放了他。大爷就发了怒，骂说西门成亮我日你妈，你不讲信誉。小老虎一样冲上去要和西门成亮拼命。西门成亮就让几个土匪把大爷摁在地上暴打。大爷一声不吭，直到土匪打累了，自己住了手，大爷才说，行，老子给你拿钱，不过你别害我大，我大要有个三长两短，老子饶不了你。成亮说，行，只要你拿钱来，我不难为他。老爷说向前你别听他的，快走，别再来了，他这是要把我们鲁家榨得血尽毛干啊！大爷说大你别管，我无论如何也要把你救出去！

大爷回来，就让黑驴去城里让沈老爷子凑钱，自己也到塬上鲁家平日要好的几户人家去借。那些人家听说大爷借钱是为救老爷，二话不说，都慷慨解囊。第二天下午，沈山和黑驴也回到庄上。大爷问钱凑够了没有，沈山说凑够了。大爷说借没借别人的？沈山说没借，粮行里的伙计老人儿，听说是老爷出了事，把自己平日的积存都拿了出来。这么大的数目，他原以为要费些手脚，没想到这么快就凑齐了。大爷眼就湿了，说爷你回去替我谢谢大家。沈山说谢甚，不用谢，这都是你们家祖上积德行善的结果。你大平日对人好，如今有了事，大家能不帮忙吗？老爷就说钱凑齐了，明天我就进山去救我大，粮行的事爷你多操心。沈山说，向前，你想救你大，这心情我了解，可我看西门成亮说放你大，这事没那么简单，他是想借这事，把你们家榨干啊！你交了钱，他要像上次再不放人，到时你又咋办？大爷说我也知道，可我有什么办法。沈山说，依我看，这事不能蛮干，得另想法子。我听说庙头村的杜文生和西门成亮关系很好，西门成亮从城里失踪那天，监视他的人好像看见他和西门成亮说过话，我怀疑成亮当初可能就是让他给救走的。你不如去求一下杜文生，让他在中间说个话，这事或许会有转机。大爷说爷你这句话把我给提灵醒了，我这就去找杜文生。

大爷到庙头村时，杜文生正躺在院里的躺椅上抽水烟，老婆王氏和女儿水仙坐在他边上做针线。杜文生吐着烟圈对王氏说，不知鲁尚文回来了没有，要不让八老汉再到鲁家庄去一趟。王氏用针向后撩着耳根的头发说，你这么急干甚，咱家女子年纪还小，又没长过椽长过檩，你怕她嫁不出去咋的？杜文生说你懂甚，你以为鲁家和别人家一样？咱不早早给娃占着，让别人家女子订了，到哪给娃寻这样的人家去？王氏停住手里的活说，话虽如此，可人家鲁家二小子还没有对象呢，你给咱娃说人家老三，人家能同意吗？杜文生说，这你就不懂了。鲁家那二小子在县里念书，接受的是新式教育，将来肯定不在家里呆，这种人心高气傲，不一定能看上咱家女子，再说他比咱家女子大，也不合适。老三和水仙年纪差不多，要说就说老三。王氏看着丈夫说，你没看鲁尚文会同意不？杜文生叹了口气说，不知道。王氏说，咱家也算洛河川的大户，和他们鲁家结亲，门当户对，也不辱没他们，再说我们家水仙天仙似的人儿，谁见谁不爱，你咋看上去就没把握呢？杜文生说你倒懂个甚，鲁尚文那人，脾气怪的很，眼睛长在脑顶上，他愿意不愿意和咱结亲，我还真没把握！

水仙坐在一边，听父母在谈自己的事，脸红红的，起身想要离开，这时杜德荣跑进来说，老爷，夫人，鲁家大少爷来了，在门外要见你们。

杜文生俩口相互看了一眼，杜文生有些不相信似地问："你说谁？鲁家大少爷要见我！他人呢？"

杜德荣说："就在门口等着呢。"

杜文生忙从椅子上直起身子向门口迎去，一边走一边说："请，快请。"

水仙听说鲁家大少爷来了，屁股抬了抬，就又坐着没动。

大爷跟着杜德荣走进杜家大院，杜文生迎上来，热情地拉住大爷的手说："大侄子，你咋来了，稀客，稀客，快，屋里坐。"

大爷将手中的东西递给杜文生说："不了，我就坐这，和叔说个事。"

杜文生说："来了就是，咋还给我拿东西。"又把东西交给女儿说："水仙，赶紧泡茶。”

水仙“哎”了一声，就进屋泡茶去了。那一刻，她的脸不知为啥就有一点红。她发现，鲁家大少爷高身大量，长相英俊，鼻子挺拔，鼻梁中间有一道明显的骨节，眼睛大而有神，眼眶稍稍凹陷，脸形白皙方正。情窦初开的水仙当时就有些走神，以致给大爷送茶时，险些把茶水泼到大爷腿上。鲁家看来真是要人有人，要财有财，大少爷长得这么好，三少爷又能差到哪里去呢！

大爷在杜德荣递过来的凳子上落座，杜文生看着他说：“贤侄找我有甚事，尽管说，只要能办的，我一定办。”

大爷说：“我大让老林子的土匪西门成亮给抓走了，我想求你去救他。”

杜文生听了这话吃了一惊，看着大爷说：“这是几时的事，我咋不知道？”

大爷说：“就这几天的事，塬上没几个人知道。”

杜文生说：‘怪不得我前几天打发人到你们家给娃提亲时，人回来说你大不在，原来是大出事了。”

大爷说：“叔，听说你和西门成亮关系很好，明天我要到山里给他送钱，我想让你和我一块去，帮忙说说话。”

杜文生听了这话，脸就不由自主有些红，用手摸着下巴说：“这……这……”

大爷见杜文生有些为难，说：“叔，你要不帮我，我大就没命了，我求你了！”说着就要给杜文生下跪。

杜文生忙扶住他说：“别这样，起来起来。不是我不帮你，只是这事的确有些麻缠，不好办啊！”

大爷说：“叔，我求你了！”

杜文生低头寻思了半晌，看了大爷一眼说：“忙我倒是能帮，不过我有个条件，如果你们家能答应，我就和你进山去。”

大爷说：“甚条件？你说。”

杜文生看了老婆和女儿一眼说：“就是前几天我打发人到你们家去的那事。”

大爷瞅了杜家小姐一眼说：“是这啊？这事我做不了主，得问我妈。”

杜文生
友良
乡土

杜文生说："我知道你做不了主，那你回去问你妈吧。"

大爷就站起来说："那我回去和我妈商量一下，完了给你个话。"

杜文生说："那行，我等你的话。"说罢，他站起来把大爷送出门外。

第三十二章

向明

大爷回到家里，把事情给老奶和姑姑一学，老奶就问大爷杜文生女儿长得咋样，有甚毛病没有？大爷说杜家女子他见了，长得好着哩，没甚毛病。老奶说既然这样，你大不在，我就做一回主，应承了。大爷说，我大回来要是不愿意咋办？老奶说不怕，这事有我。老姑也说，这是好事，向华迟早都要订婚，只要杜家女子没麻达，你大回来不会说甚的。老奶就抹下手上的玉镯子交给大爷说，你把这给杜家，就说事情我答应了，这镯子就算是订亲的礼物，等你大回来，再摆席下礼。大爷"哎"了一声，接过镯子就往洛河川去了。第二天，杜文生就和大爷相跟着去了老林子。

杜文生和大爷到老林子见了西门成亮，送上八千大洋，鼓动如簧巧舌，讲道理，摆利害，磨破了嘴皮子，西门成亮一来迫于自己坏了江湖上收了钱就不能撕票的规矩，以后没办法再在黑道上混；二来杜文生确实于自己有恩，不得不放了老爷。

老爷回到家里，一家人悲喜交加。老姑和老奶见老爷浑身是伤，身上没有一处好肉，眼泪扑扑扑地直往下掉。大爷去镇上叫来了岳父杨先生，杨先生医术高超，为人厚道，在镇上开着间药房，平日与老爷挺合得来。杨先生到了屋里，握住老爷的手说，亲家你回来了！老爷挣扎着直起身子说，亲家啊，我以为我这辈子再见不到你了，没想到咱老哥俩还能见面！杨先生忙按住老爷说，躺着别动，让我看看。拿了个小凳坐下给老爷检查身体，查毕了说，不要紧，虽然伤得挺重，但都是些皮外伤，不碍大事，调理调理养段时间就好了。大家听了，都放了心，松了口气。杨先生就开了药方，让黑驴去自己铺子里拿药。老奶抹着泪说，你看你，跟着你这犟脾气，吃了多少亏，把人快吓死了！老爷说我这不好好回来了吗？老奶说你走了，我心乱的一团糟，不知道该咋办，要不是向前，我都不知活到活不到今。老爷看着大爷说，向前长大了，顶个小子使唤了！

一家人正在说话，二爷向明满头大汗，慌慌张张跑进家来。进门一看老爷躺在炕上，松了口气说，大，你没事吧？老爷说，没事，你不好好在城里念书，跑回来干甚。二爷说，家里出了这么大的事，我能不回来？老奶说，还没事，你大都鬼门关走了一回哩！二爷看着大爷说，大哥，家里出了这大的事，你也不通知我一声，要不是我今日到粮行领生活费，我还不知道呢。大爷说，你在念书，通知你干甚，再说你回来又能帮我甚忙。二爷说你说的这叫甚话，我瞎好都是这个家的人，大出了事你不通知我。老爷说好了好了，你大这不好好地回来了嘛，一万三千大洋，就这么白花花给了狗日的，真让人憋屈！大爷说，大，钱在世上，没了咱再挣，只要你老人家没事，就比甚都好。冬子也说，向前说得对，只要人没事就好。老爷说，我不是心疼那些钱，我是觉得憋屈啊！早知道有这么一天，真后悔当初没一刀子把那狗日的给剐了！打蛇不死，反被蛇咬。杨先生说，亲家，事情已经过去了，不提了，好好养伤，别把身子给弄垮了。

老爷就把头转向二爷说："向明，你在县里书念得咋样？"

二爷说："大，我不想念书了。"

老爷听错了似的瞪眼看着二爷说，你，你说甚？"

二爷说："大，我不想念书了，如今这甚世道，兵荒马乱的，城里到处在闹学潮，根本没法静心读书。"

老奶说："瓜娃，你不念书干甚去？"

二爷胸有成竹地说："我去当兵。"

老爷不相信自己耳朵似地说："甚，你不好好念书要去当兵？"

二爷说："对，我就是想去当兵。大，你知道吗，我们国家正处在内忧外患，危急存亡的生死关头，国民党政府腐败无能，军阀割据，土匪横行，老百姓的命还不如一只蝼蚁，只有打倒军阀，推翻国民党腐败政府，才能救中国。"

老爷脸色铁青，不等他说完，摸起炕上的笤帚就向二爷扔了过去，大声骂说："混账，我生了三个儿子，就你聪明好学，我和你妈把你送到城里，是想让你好好念书，念出个明堂，将来改换我们鲁家的门楣！你不在城里好好念书，和不三不四的人来往，竟想当什么兵，跑家里给我上课来了？救国救民，那是你干的事吗？你以为你是谁啊！张子房还是诸葛孔明？混账东西，滚，赶紧给老子滚回学校去，省得老子看见你心烦！"

老姑说："向明，你大刚回来，这身上还有伤，你就别惹他生气了！"

二爷说："姑，我说的都是实话，如今这世道，书念得再好又有什么用，你们整天坐在家里，根本不知道外面的情况。就像我大，钱挣得再多，充其量不过是一个土财主而已。君子谋事，小人谋食，天下兴亡，匹夫有责，国之不存，安有家在？一天到晚光打个人的小算盘可不行啊！"

老爷气的浑身发抖，用手指着二爷说："你，你说甚？我是土财主？"

大爷见状劝二爷说："向明，你能不能少说两句，你看把大气成甚了？"

二爷说："大哥，我说得不对吗？我们家在鄜州算得上有头有脸吧，可咱和人家那些资本家，实业家比起来算个甚，不是土财主是什么？"

老爷手指哆哆嗦嗦指着儿子，嘴都气歪了："你个混账东西，才进了几天城，喝了几瓶洋墨水，就跑回家教训起老子来了！你给我滚，滚出去！"

二爷站在地上不动弹，老奶用手推了二爷一下说："向明，你咋书越念越倒回来了，一点也不给妈省事，快给你大赔个不是。”见二爷不言，大爷又忙对老爷说：“娃小不懂事，你别和他一般见识。”

老爷怒火不熄地说：“都是你教的好儿子！你说这狗日的才喝了几天洋墨汁儿，就人五人六地给我上起课来了！你们听听，听他说什么，我是土财主！我是土财主吗？你们到塬上打问打问，谁敢说我鲁尚文是土财主？”

老姑平日里最爱二爷，见状忙说：“哥，娃在城里念书，城里闲人多，甚人都有，娃儿难免跟上人学坏，你就别和他执气了！”

拉着二爷让给老爷赔罪，二爷挺着身子不干，老爷气的看着杨先生说：“亲家，你看看，你看看，这小子是要气死我啊！你是有学问的人，你说这小子不在城里好好念书，倒关心起国家大事来了，什么学潮、腐败、天下兴亡，满嘴的新潮词儿，就不知道自己几两几钱，是个什么东西，国家大事与你何干！”

杨先生用手按住老爷说：“亲家，你别激动，其实娃关心国家大事也不是什么坏事。先有国，而后才有家，国之不存，安有家在？如果现在国泰民安，土匪能有这么猖狂吗？你又怎会遭这么大的罪？”

二爷一听这话，又来了精神，说：“大，你听见了吧？可不是我一个人说这种话。”

老爷没理他，看着杨先生说：“亲家，你说这话，口气咋和那些共产党有些像呢？”

杨先生看着老爷说：“尚文，你也知道共产党？你脑子并不落后啊！”

二爷越发来劲说：“大……”

老爷不等他开口就怒斥道：“你给我闭嘴，滚，赶紧回学校去！”

二爷还想争辩，老姑忙将他推到门外说：“向明，听姑姑的话，赶紧回学校去，别再惹你大生气了！”

二爷哼了一声就回自己房中去了。

二爷出去，老爷余怒未息地对大爷说：“向前，你立马给你沈山爷爷带个话，叫他以后把这小子给我看紧点，别让他在城里给我弄出什么丢人显眼的事。”

大爷说大你别生气，我知道了。

杨先生听了这话，就摇了摇头。

大爷等父亲火气稍消，到弟弟房中对二爷说："向明你咋这么不晓事呢？大刚从土匪窝子回来，浑身是伤，正烦着哩，你就不能说点好听的，净惹他老人家生气。"

二爷说："哥，我说得不对吗？大的心思我还不了解，他不就想让我好好念书，将来混个一官半职，光宗耀祖，改换门庭吗？你说咱兄弟三个再努力又能怎样？到头来还不和他一样，成为一个满脑子旧思想、古板教条、自以为是的土财主。那不是我的理想！"

大爷说："你的理想，你的理想是甚？"

二爷挺胸抬头，豪气冲天地说："我的理想是成为一个挽狂澜于既倒，扶危厦于将倾，救国救民，像岳飞、文天祥那样万人敬仰的大英雄！"

大爷不耐烦地用手拍拍二爷还有些瘦弱的肩膀说："好了好了，哥承认你书念得比我多，比我有学问。可如今这世道，兵荒马乱，想过个安稳日子不容易。大也是为你好，你在城里可千万别交坏人，弄出甚事来！"

二爷说："哥，说甚哩，我会交坏人吗？"

鲁向明
乡土友良

第三十三章

水仙

二爷回城里后，杜文生一天上塬来到鲁家，见了老爷就说："亲家，身体没事吧？"

老爷说没事，过一晌就好了。

杜文生在炕边坐下来，说："亲家遭此大难，真让人害怕！"

老爷说："鲁某这次大难不死，多亏了杜爷，要不是你……"

杜文生说："唉，不结亲是两家，结了亲就是一家，亲家你还和我客气个甚。我杜文生以前虽然和亲家你交往不多，但对亲家你的人品和你们鲁家的门风那是打心眼里佩服，这也是缘份，要没这事，说不上咱俩还成不了亲家呢。"说罢哈哈一笑。

老爷平着脸没说话。杜文生看着站在一边的三爷向华问老爷说："这就是你家三小子吧？"

老奶说："这是三娃儿向华。"

杜文生见三爷浓眉大眼，模样机灵，心下欢喜，说："好好好，你们鲁家真是要人有人，要财有财，这娃浓眉大眼，像尚文。"

老奶就让三爷叫叔，三爷叫了，杜文生高兴得眉开眼笑，脸上的麻子个个红亮，看着老爷说："亲家，我们家水仙和你们家向华的事，虽然亲家母已经点头答应了，可我还没见你的话呢。我今个来，一来看看亲家的伤，二来想当面把这事定下来。”

老爷低着头，半晌没言语。他回来后已经知道了这事，心里很不痛快，但生米已经做成熟饭，也拿老奶没办法。听见杜文生问他，半天没有言语。

杜文生见老爷不说话，心里就有些忐忑，说：“亲家，你不会是看不起我杜文生，不愿和我结这个亲吧？”

老爷只好说：“哪里，既然内人已经答应了，说出去的话，还能收得回来？”

杜文生心里一宽，说：“好，好，我就等你这句话呢！既然这事你没意见，那咱们俗礼也不能少，祖宗的规矩不能坏，你看……”

老爷说：“等我伤好了，我就给娃摆酒。”

老爷当年不得已答应了三爷的婚事，但心里一直对与杜文生这样的人结亲耿耿于怀。尤其在听说杜文生最近当了五指塬保长后，趾高气扬，心里更是看不起他。如今家里捐粮之后又遭了匪抢，老爷就想趁着这事，把这门亲给退了。

鲁家遭匪抢的消息传来，杜文生老太爷非常震惊。为女儿选择鲁家，杜老太爷自然有他的道理。一来鲁家光景好，女儿过去不会受苦；二来鲁家门风好，女儿过去不会受委屈；再说能与鲁家这样的人攀亲，是件很有面子的事。但如今鲁家把家业都捐了出去，又遭了匪抢，女儿嫁过去，难免从此以后事事要亲力亲为，受苦受难，杜老太爷心里实在是不忍和难以接受。如今鲁家反倒以没有能力迎娶为由提出要退婚，让杜老太爷大大出乎意料。杜老太爷心里明白，鲁家并非不济到没有能力迎娶女儿进门的地步，如今从往日与杜家门当户对到现在的门第悬殊，鲁家心里难免不平衡，又怕女儿到家中受不了苦，经不得难，与其迎了一尊佛进门佛还不一定高兴，不如送佛出门心安理得。杜老太爷明白鲁家的难处却不说出来。他一方面心疼女儿，一方面又不愿失信与人，让鲁家看不起，心里进退两难，拿不定主意。

出落得花容月貌，情窦初开的水仙姑娘，几年来一直心心念念盘谋着自己的婚事，把那做新媳妇的念头在心里闪回了无数遍。那一次鲁家在塬上祈雨，听说祈雨的队伍要到洛河边来，水仙早早就收拾了自己，拉着嫂子跑到河边等着。祈雨的队伍浩浩荡荡抬着龙王老爷的牌楼来到河边时，嫂子麦勤用手指着队伍前面抬牌楼一个光着膀子的年轻人给水仙看，说那就是鲁家的三少爷，你的女婿鲁向华。水仙一看，心当时就在胸腔里呼呼跳了起来。那是怎样高大英俊的个后生啊！面目俊朗，浑身的肌肉绷得展展的，被沉重的泥塑牌楼压挤，充满了一种好看的力量感。她本想多看他几眼，可祈雨的队伍在河边祈祷完后就返回塬上去了，一种得而复失的失落，当时就占据了她的心头。往回走的路上，她心里直想笑，险些就笑出声来。那次河边回来以后，水仙就天天念谋起自己的婚事，没人的时候掰指头数天天，盼着出嫁的那一天快些来。

月前，鲁家被土匪抢了的消息传来，全家人都很吃惊，也为水仙的命运担忧起来，水仙自己反倒一点不在乎，并不放在心上，姑娘彻底让三爷给迷住了。

杜老太爷走进女儿窑里时，水仙正在炕上纳鞋垫，她已经做好了许多双花花绿绿的鞋垫。在陕北，女子出阁前要为女婿婆婆小姑子纳鞋垫，这是一种传统，一来是为了显示姑娘自己的心灵手巧，女工精妙，二来在鞋垫里寄托了自己的柔情蜜意。水仙对三爷的爱都绣在一双双鞋垫上。

杜老太爷进屋坐在炕沿下的矮板凳上，不知该不该将大爷到来的消息告诉女儿。

他说：“水仙，鲁家来人了。”

水仙说：“我知道。”

杜老太爷说：“鲁家要退婚！”

“甚！”水仙以为自己听错了，她满以为鲁家是来商议择亲的。

杜老太爷看着微张着嘴，一脸惊愕的女儿，心里一阵酸楚，他说：“鲁家要退婚，人就坐在正屋里。”

水仙这才证实自己的耳朵并没有出毛病，一时没能从突然而来的惊愕中醒悟过来，懵懵地问他大说：“要退婚，为甚？我咋了？”

杜老太爷用手摸着鼻子说："鲁家说没有能力迎娶你，鲁家倒灶了。"

水仙听了这话反倒冷静下来，说："鲁家的人在哪里，我要见他。"

杜老太爷说："人在正屋坐着，你见他干甚？娃啊，你要想一想，你到鲁家要受苦的。有什么话你给我说，大给你拿主意。"

水仙已经下炕穿鞋，一路疾走到了正屋，见大爷坐在椅子上吃茶，就说："你是鲁家的人？"

大爷吃了一惊，站起来说："我是向华他大哥。"

水仙说："我问你，我哪儿失检点了，你们鲁家要如此对我？"

大爷强笑着说："你说哪儿的话，没有，一点都没有。我大让我来退婚，实在是因为倒了灶，一来没有力量迎娶姑娘进门，二来也是为了姑娘自己着想，怕姑娘到家里受罪，于心不忍。"

水仙说："你们鲁家倒了灶，我们杜家又没嫌弃什么，你们自个倒要退婚，拿自个的话不当话。咋没能力迎我进门？大了大迎，小了小娶，不坐轿子骑驴也行，你们塬上要是寻不下个毛驴，我有腿有脚自己可以走到塬上去，又不是我们杜家非要你们大操办不可。怕我过去受委屈，我自己还没怕，你们倒担心起来了，这话咋说？说出去的话，泼出去的水，何况是婚姻大事，咋能说反悔就反悔呢？你们鲁家名门正派，也太拿自己的话不当话了！知底的人没什么，不知根底的人还说我们杜家嫌贫爱富，见人家倒了灶就悔婚。你回去给你大把话说明白，以前咱两家咋说的，今后还咋办。结婚那天我等你们鲁家的人来迎亲，鲁家要是不来人，我就自个走到塬上去。日子是人过出来的，谁到世上来还带着寸把长的线头不成？"

大爷被水仙一席话说的张口结舌，半天没有作声，心中不由得对这女子产生了一份敬意。

水仙见大爷不言语，又说："你既然是向华他大哥，也就是我的大哥，家里让你来，你就做得了主，我和向华的事要是不成，我就寻你。"

大爷回去，将杜家女子的话原原本本向老爷说了一遍，老爷听了什么也没有说，第二天就请人看了个好日子，打发大爷和黑驴到杜家去送聘书和彩礼。

第三十四章

向华

大爷带着聘书和彩礼同黑驴出了村，三爷气喘嘘嘘地追到村外来。

大爷说："三弟你咋来了？"

三爷说："我跟你到杜家去。"

大爷说："你去干甚？"

三爷说："我去转转。"

"三少爷想媳妇了，今儿都等不到明儿。"黑驴嘿嘿笑着说。

大爷说："我去送聘礼，你不能去。"

三爷说："咋不能去？"

大爷说："咱这没那规矩。"

三爷说："大哥你就让我去吧，我去看看那女子到底是光脸还是麻子脸，长得啥样。"

大爷说："是丑是俊，是光脸还是麻脸，都是你的媳妇了，看了又能咋样？"

三爷说："如今都是什么年月了，还不让人见一面，万一那女子长得跟猪一样，缺个胳膊少个腿，岂不让我后悔一辈子，我说甚也得去。"

大爷说："碎碎个娃，心眼不少，我给你说过了，女子没一点问题。"

三爷说："我还是不放心，我要亲自去看看。"

大爷说："你这一说我就更不能让你去了。"

三爷就过来拉住大爷的手说："大哥，我求求你了，你忍心让你兄弟娶个丑八怪，不看一眼，说什么我也放心不下。"

听了三爷的这句话，大爷突然想起了自己的媳妇金子，如果当初能去杨家看一眼的话，那他所娶的说不定是她的妹妹银子，自己断不会有今天的遗憾。

大爷叹了口气说："我让你去你也去不成，你丈人认得你。"

三爷说："这我早就想好了，我和黑驴叔把衣服换了，我装他。"

黑驴笑着说："看你细皮嫩肉的，装着也不像啊！"

三爷就将两只汗手在地上抹了两把黄土涂在脸上，伸手就去扯黑驴的衣服。

黑驴左右闪躲着说："干甚，你去了我怎么办？"

三爷摸出一块银元放在他手上说："你今个到镇上去逛一天，晚上在这等我俩。"

黑驴说："我不，老爷知道了会日捣我的。"

三爷不管他，三扒两扯强行剥下他的衣服将自己的却扔给了他。

大爷看着三爷古怪的样子笑了笑，让三爷挑上担子，哥俩相跟着往洛河川去了。

三爷今个运气好，杜老太爷去了县城没在家，接待他们的是杜炳言。谁也没有认出他就是杜家未来的新女婿，吃过午饭三爷就跟着大爷往回走了。

三爷今日在杜家，把媳妇看了个明明白白，那是个的确让人心疼的女人，像棵小柳树。三爷见了，别提心里有多高兴了，往回走的路上又蹦又跳的。一种新奇的、从未体验过的美妙感觉使他忍不住想喊叫，想唱歌：

避风弯弯阳岩根根，
这达没人咱盛格阵阵（方言，歇会儿）。
黑格油油毡帽平顶顶，
你看哥哥俊不俊？

叫一声野鬼你悄悄的，
给我爬的远远的。
铜条鞭子打狗哩，
嫌你的胡子扎口哩。
羊羔羔吃奶双膝跪，
搂上亲亲我没瞌睡。
搂着妹子的细腰腰，
我好像大羊疼羊羔。

跟在后面的大爷听着三爷唱着又野又撩火的歌，忍不住偷偷地笑了。

三爷一路蹦蹦跳跳，行到红崖嵝岘时，猛不防从路旁的石头后突然钻出来一只老狼，肚子干瘪，好像很久都没有吃过东西了，径直向三爷扑过来。三爷一惊，“妈呀！”叫了一声向后一退，一脚踩空，皮球一样顺着道旁的斜坡滚了下去。

走在后面的大爷被三爷那一声喊叫吓了一跳，大步赶上来看时，三爷已经不见了，山坡上飘荡着一股尘土。大爷知道三爷出事了，顾不上打狼。连滚带爬顺着斜坡追了下去。

等大爷一身土，伤痕累累追到山脚下，却不见三爷。大爷在山脚下游目四望，就见三爷双腿叉开，呈八字形骑马一样骑在头顶不远处的一棵碗口粗的野银杏树上，人已经昏了过去。

三爷没有死，但三爷被银杏树架住的时候，巨大的冲击力把三爷裤裆里那玩意给撞坏了，三爷从此成了一个废人。

三爷的美梦还没有做完，就从欢乐的顶峰跌入了万丈深渊。重大的打击使他几近崩溃，从此觉得生活一片黑暗，就连阳光也变的阴冷起来。

这件事给大爷的打击比三爷还要大，使他在三爷面前永远充满无法弥补的内疚。大爷觉得这一切都是自己造成的，如果自己不允许三爷到洛河川去的话，这一切就不可能发生。三爷还年轻，他还没有来得及享受生活给予的一切，就被无情地剥夺了权力。同所有的男人一样，三爷当然喜欢女人，女人美丽、奇妙的身体，总是让年轻的三爷想入非非，心里充满了无限的渴望，这些大爷都知道。那段时间，家里的所有人都在埋怨大爷，所有的埋怨就像山一样压得大爷喘不过气来。大爷带着三爷到处求医，希望能将三爷治好，使他能像正常人一样生活。但一切的努力都是徒劳，所有的药物都不能使三爷那玩意直立起来，他的睾丸在落地时给撞坏了。

但大爷不死心，依旧经常到镇上给他抓药。

这天大爷到镇上去，经过杨家的盛旺粮行，见杨老八站在粮行的台阶上，看着长工杨继成扫地，老八看见他就把头扭到一边去了。大爷没有理他，径直往街东去了，他丈人杨先生在那里开了一间药房。杨先生为人谦和，医术精湛，药房生意很好。

大爷走进药房，丈人却不在前堂，帐房先生冯瑞正在和一个要赊药的病人斗嘴。大爷认得那人，是中指塬的刘宝善，一个好石匠，经常给他家凿磨子，手艺不错。冯瑞说，前次赊的两块大洋还没还上，你今个又要赊账，你把这当成舍饭堂了。别说正逢年馑，就是太平盛世也怕不行。刘宝善正在绝望，一眼看见大爷顺门进来，忙过来说，大少爷来了，大少爷你给冯先生说说，赊给我两包药吧，娃他妈要死了，你说我这一家可咋活啊？如今家家不推磨子，我这手艺也荒了，等挨过了年馑，我一定把钱还上，不行利息认上也行。冯瑞说，他已经欠下了两块大洋，一直没有还上，先生不在，我做不了主。大爷说，既然已经欠下了两块大洋，就再赊他一次，病人要紧，回头我给先生说一声。

冯瑞见大爷搭话，不情愿地包了药给了刘石匠，说有钱好生还来。

刘石匠千恩万谢，给大爷磕了个头出了门走了。

大爷看着他出了门回头问冯瑞说，先生干什么去了？

冯瑞四下看看，小声说，在后堂给人看病呢。

大爷转身向后走去。到了后堂，推开门，见一个头上缠着绷带、满脸胡须的汉子躺在靠墙的竹床上，嘴里咬着根竹管，身上盖着半截被子，一只腿伸在被子外面，腿肚子肿得明晃晃的，足有桶粗。小腿上有一个鸡蛋大的洞，周围是黑乎乎的肉，一股腥臭的脓液不断地从伤处冒出来。杨先生站在床边，用手握着那伤口使劲地向外挤。汉子头上全是汗水，脸上一阵阵地抽搐，却是咬紧竹管一声不吭。

大爷进来，杨先生扭头看了他一眼，也没有言语，扭过头又忙他的去了。直到将洞里的浓血挤压完，又用了棉花沾了烧酒，用镊子夹着塞进洞里，连着换了好几次才将里面的脏液弄干净，用盐水洗净伤口，上了药，用绷带扎好，才从汉子嘴里取出竹管，拉了被子给他盖好。收拾了脏物洗了手，问大爷说："又来抓药？"

大爷点了点头，看看那汉子说："叔，这是什么伤？"

杨先生淡淡地说："枪伤。"

大爷一惊，凝视着那人说："枪伤？这是个甚人？

杨先生说："好人，共产党游击队的。"

大爷吃惊地看着丈人说："共产党？叔，你明知道他是共产党游击队的，你还敢给他治伤，你不要命了！"

杨先生将毛巾搭在脸盆上说："对我来说，什么样的病人都没有区别。"

大爷担心地说："这几年时局不稳，听说游击队在咱这一带活动得很频繁，叔你千万要当心。"

杨先生眼镜片后的眼睛闪了一下说："我知道。"

友良
乡土
鲁向华

第三十五章

金子

大爷抓了药往回赶，走到镇子外面一片坟地里就站住了。夕阳西下，在西方的天幕上抹下一笔浓浓的的重彩。没有风，坟场上静悄悄的，没有一个人。坟场的角落里有一个小小的土包，一棵早已干死的槐树立在坟场上，有只乌鸦立在坟包上东张西望，看见他就“哇”地叫了一声，扇起一团尘雾飞走了。

大爷站在坟场上，觉得自己的腮帮子正一点点肿大，肿得生疼。这个坟里埋着他婆姨的妹妹银子，一个让他无法忘怀的女子，可惜年纪轻轻就得了白血病死了。

老奶有一次着了风寒，头疼得厉害，让大爷上镇上给她抓药。大爷来到五交镇，走进杨先生的诊所，杨先生和伙计都不在，一个十六七岁的女娃子独自在前堂包药。女孩很瘦，脸白白的，五官很俊美，尤其脸上那双眼睛，乌黑溜圆，婴儿一般清澈，没有一丝一毫杂念。特别让大爷感到惊异的是，女孩乌黑柔顺的头发，不像他见惯了的女孩那样，纽成一个粗大的麻花，垂吊在脑后，而像爆布一样披散下来，并且用许多红的绿的头绳，扎成无数小辫。大爷当时就愣在了那里，忘了自己是来干甚的，眼神痴迷地看着女孩，一眨也不愿眨。

站在柜台里正在包药的女孩一抬头，看见大爷，就冲大爷笑了下，脸颊上立刻露出两个好看的酒窝。大爷的心像被什么拨了一下，神色顿时慌乱起来，忙把目光收回，看着别处。听到女孩问他干啥，他才再次把头扭转过来说："我，我抓药。杨先生呢，在吗？"

女孩说："我大不在，出去了。"

大爷说："你是杨先生什么人？"

女孩说："我是他女儿。要甚药你给我说。"

大爷就给她说了要买的药材。女孩熟练地给他包了。大爷付了钱，抱着药往回走，一路走，一路寻思，满脑子都是女孩可爱的模样。此后，这个女人的样子就定格在了大爷的脑里，大爷甚至为她害起了相思。有一天，有个媒汉上鲁家为大爷提亲时，大爷对老爷老奶说："别说了，要说就给我说五交镇开药铺的杨先生的女儿，除了她，我谁也不要。"

老爷当时听了大爷这话，觉得有些耳熟，好像在哪里听过。具体在哪听过，他想不起来，也没功夫去想。当天老爷就托人去了五交镇，打听杨先生的情况。媒人很快就回来了，回来对老爷说，情况都打问清楚了，杨先生没有小子，就两女儿。大女儿金子十八，小女儿银子十六，长得都没说的，百里挑一的美人。问老爷看上哪个。老爷说哪个好？媒人说，两个都好，大的端庄稳重，小的调皮可爱，就是身体有点不好，听人说，好像有病，经常吃药。老爷就说，既然这样，就说大的吧。

说起杨先生，在五交镇甚至整个五指塬，都算是个名声响亮的人物。他大杨启隆是清末老秀才，饱读诗书，学富五车，可惜生不逢时，未能凭借满腹经纶在混乱的官场混得一星半点功名，就回乡开了私塾，靠教几个小孩混饭。因为老丈人是个国手，杨启隆近朱者赤，很快也掌握了一些医学理论，懂得了望闻问切，加之他自己好学善问，就转行当了医生，后来名声竟超过了他的老丈人，成了方圆百里有名的先生。杨先生从小就跟着他大出门给人看病，足迹踏遍五指塬山山水水，无论穷富贵贱，乡下城里，他没有没去过的。后来杨老先生去世，杨先生就继承了父亲的衣钵，自己在五交镇开了这个济民诊所，坐堂为人应诊。由于他待人和善，医术高超，在五指塬乃至整个鄜州，朋友遍天下，交游十分广阔，与老爷私下也很不错。媒人上门一说，杨先生当下就答应了，这件事很快就定了下来。名满鄜州的鲁家与家学渊博的杨家结为亲家，不用说，老爷和杨先生本人，都对这件事十分满意，但他们谁也没有想到，当初大爷说要娶杨家的女子时，是看上了杨家的小女子银子。当他发现这是个错误时，一切已经晚了。尽管杨先生的大女儿金子一点也不比二女儿差，但大爷因为银子的先入为主，心中怎么也绕不过这个坎。

大爷站在坟场中，看见她在漫天的飞霞中向自己走来。他揉揉眼，她却又向后飘去，变得越来越薄，像一片纸人矮下去，最后融入到那片土中。

大爷从五交镇回到村上时，天已完全黑了下来。他走到村口时，看见二爷窑里透出的灯光，想起弟弟这几天怕要断炊，就拐上斜坡向二爷窑院走来。

二爷窑里一灯如豆，橘黄色的灯光从窗户上透出来，在院门口投下一片朦胧的灯影。大爷还没有走到门口，就听到窑里传出一阵女人酣畅淋漓的叫声，他的下半身突然变得麻木，移不动脚步。

窑内灯光摇晃，女人的叫声越来越使人膨胀。大爷从没有听过这么放肆的叫声，这声音使他忍不住想起了自己的婆姨金子。

金子坐在布置的花团锦簇的婚炕上，两只手臂粗细的红烛在青铜镂刻的高脚灯柱上发出红彤彤的光，映得整个屋子有一种说不出的情调，她的脸上也有一种说不出的情调。她盘腿坐在炕上，低眉顺眼，不胜娇羞，等着大爷给她揭盖头。

大爷却坐在椅子上没有动。

今天到镇上迎娶媳妇时，他在岳父家见到了金子的妹妹银子，扎着无数条小辫子，小辫子上打着许多红的绿的头绳，清纯得像被水洗过的天空，像雨后的新叶。这种清纯加上少女的活泼、天真，一下把大爷给迷住了，大爷突然就对自己的婚姻后悔起来。

早在结婚之前，媒人每次到鲁家来，就极力夸赞金子如何贤淑，如何有教养，大爷到了今天才突然明白，世上原来还有这么一种女人令人更加动心。他突然想，自己今天娶的不是金子而是银子的话……这种糟糕的感觉从此盘踞在了他的心头，后来那可爱的银子虽然得病死了，但大爷对自己的婆姨却始终无法产生那种从心底泛起的喜欢。现在大爷站在二爷窑外，听到窑内那忘乎所以的叫声他就想起自己的婆姨金子。

大爷自打和金子睡觉起，每次做那事时，金子总是紧闭双眼，绷着嘴一声不吭，使他根本无法看出她是快乐还是痛苦。大女儿上世时，老爷老奶还挺高兴，二女儿芳一上世，老爷就明显有些不快。老奶时常在他面前唠叨，盼金子能给鲁家添一男儿，可第三个娃上世来，却还是个丫头。老奶从金子房里出来时，说娃是横生，没长下，死了，让大爷把娃的尸骨埋到牲口圈里。大爷回到屋里，看见婴儿的死体连同生产的脏物丢在尿盆里，心咯噔了一下，胃里翻江倒海，险些吐了出来。这件挺恶心的事让大爷好长时间吃不下饭，老做恶梦。金子偷偷哭了有一个多月，此后大爷就很少和婆姨再做那事。每次老爷老奶一念叨大爷没个男娃，大爷晚上才和婆姨做一回，每次却都是草草了事。奇怪的是，从此婆姨就再没怀上。大爷有时甚至想，是不是自己那玩意出了毛病。

大爷站在二爷窑门口，听着窑内女人那他从未听见过的，痉悸般的叫声，好像看见一只美丽的风筝被风鼓动着，在天上飘，飘啊飘，飘出许多让人目不暇接的姿彩，飘上高高的天际，就突然中了枪似地抖动起来，抖得浑身乱颤，缓缓落入谷底。他的下半身突然就胀大了，裤裆里湿淋淋的难受。他听见二爷在窑里说：“你受活不受活？”女人懒慵慵地说：“受活！”窗纸上就现出半截皮影戏一样的人影。望着那曲线玲珑的人影，大爷不由自主就想起二爷婆姨那两奶子来。自打她被二爷领进村里起，她那两只要命的大奶子就晃得他心烦意乱。他听见小玉在窑内对二爷说：“向明，我要尿尿。”大爷忙咽了口唾沫逃走了。

金子

第三十六章

孽缘

就在一家人已对三爷的病完全灰心绝望的时候，离两家择定的婚期越来越近了，一种举棋不定的彷徨揪扯着大爷。一方面，大爷觉得三爷应该有个家室；而另一方面，让一个花朵一样的年轻女子一进门就守活寡，大爷觉得无论如何也对不住自己的良心，太过残忍。眼看着日子一天天逼近，老爷让大爷到洛河川去给杜家送个信，具体商议一下结婚的事。大爷临走时到三爷房中对三爷说，大让我明儿到洛河川商议你的婚事呢。

三爷听了这话，好长时间没言语。自打那次不小心碰坏了身子，一种惨烈的痛苦烈火般炙烤着他。每当他想一次，这种痛苦就加深一层。三爷年轻，他还没有享受过性爱的欢愉，女人的身体对他来说充满了无上的神秘。他喜欢杜家那梳着粗大麻花辫子的姑娘，可他也知道，那姑娘一旦进了自家的门，成了他的婆姨，那他迎来的将不会是爱，而是恨。

经过好长时间的沉默，三爷说：“大哥，你到洛河川把婚退了，要苦苦我一个人，不要再害人家了！”

大爷看着弟弟说：“向华，你要想好，退了这门亲，你怕要打一辈子光棍！”

三爷咬咬牙，狠着声说：“光棍就光棍，当光棍我也不能再拖个寡妇垫背！”

大爷松了口气，寻思了半晌说：“我去和大商量一下。”

“商量啥，莫商量，说甚我也不会害人家的。”

大爷说：“就怕大和妈不同意。”

“你这不明摆着是把睡着的人往醒地叫呢么！”老爷生气地说：“你平时灵灵醒醒的，今个咋就犯糊涂了？这门亲要退掉，向华这一门人就绝了！”

“可这也太对不起人家女子了。”大爷说：“这是接仇哇！”

“你这时候心软了？老三要不是跟上你瞎跑，他会落下这下场？你已经对不住他了，还想让他打一辈子光棍咋的？你手拍心口想一想，自个老婆娃娃的！”

老爷的话一下说到了大爷的疼处，大爷一屁股坐到椅子上，半天不说一句话。

“你明天就给我往洛河川去，把事情商量妥当，这件事要越快越好，免的夜长梦多。”老爷坚决地说。

十七八女子门前站，
公鸡倒把草鸡断（追）
哎呀呀泪不干。

民国十八年七月二十六日，三奶奶水仙嫁到鲁家与三爷结成了夫妻。

大大妈妈心眼瞎，
给我寻下个泥娃娃！
十道道的扣儿不会解，
事忙松不开裤腰带。
图你的人才不咋样，
图你的牛牛桑瓜瓜（枣状的男性阳具）

三奶奶和三爷结婚这天，一大早，鲁家迎人的队伍就吹吹打打到了庄上，被安排在院内用饭。

三奶奶坐在自己的绣房里，被一群婆姨女子拥簇着，有一声没一声地哭房，几个婆姨婶子照例规劝几句，这是常规，没人当真的。

杜老太爷为女儿准备的让人羡慕的各式嫁妆堆放在院中，引得许多婆姨女子围着看稀罕。这年月，也只有杜家这样的人家敢在灾年办喜事，置办得起这份嫁妆。

吃过上轿荞面饸饹，新娃娃该起身了。龟兹们鼓起腮帮子，唢呐悠悠扬扬吹起来，丰厚的嫁妆一件件抬出了大门，装上了大车。庄道上人头攒动，就连断墙土坎上也站满了看热闹的人。这年头，如此热闹难得一见啊！

一阵鞭炮响过，三奶奶被她舅抱出来放在铺着干草又铺着崭新被褥的马车上。马车走起，新女婿团团转着向人群鞠躬作揖，最后也上了头上绑着红花的骡子。队伍开始上路，唢呐吹的越发欢快嘹亮。

杜太老爷站在大门口，亲眼目送迎新的队伍出村而去，消失在村口，久久不肯回屋去。今年他终于如愿以偿，当上了五指塬的团头，从此走马铜蹬，盒子枪墨镜，每天往来于五指塬通往鄜州城的官道上，威风八面，谁不敬仰？如今女儿又嫁了出去，了却了一桩心愿，杜老太爷觉得挺满足了。

撑灯时分，迎亲的队伍终于上了五指塬，来到鲁家门口。鲁家门口亮起两盏红灯，院内人头攒动，灯火通明。拜过天地，三奶奶被送进洞房，揭去盖头，由鲁家几个年长的婶子安排，与三爷背靠背坐着梳头。照帐的老太太手持木梳，解开三奶奶黑油油的麻花辫子，提出一撮头发和三爷的头发互相缠绕、交织，老太太张着没牙的嘴，边梳边唱起了梳头歌：

头一梳子短，
二一梳子长，
杜家女子进了鲁家的墙，
双双核桃双双枣，
双双儿女满炕跑。
坐下一板凳，
站起来一格阵，

养女子，要巧的，

石榴牡丹冒矫的。

嫁女婿，要好的，

戴顶子，穿袍子，

石榴裙子马褂子。

三奶奶的头发与三爷的头发几经缠绕后就被解开来盘成一个圆圆的饼状结在脑后，倒真有了些儿小媳妇模样。

第二天一大早，三奶奶就早早起来，给老爷老奶将尿盆倒了，回屋洗了手脸，脱下新嫁衣，换上居家服，就去灶房生火做饭。娃娃看小时，媳妇看来时，三奶奶一副居家过日子的贤淑样，老爷老奶看在眼里，喜在心上。

第三十七章

继成

杨老八老太爷站在自家院子里，看着长工杨继成在打扫院子。

太阳刚刚沉下去，还未到撑灯的时候，暮色在一点点慢慢侵吞一切。继成弓着腰，一扫帚挨着一扫帚在打扫庭院，扫过的院子看上去宽敞，洁净，给人一种舒心的感觉。

继成是村上杨寡妇的儿，他大满定算起来和老八是未出五福的堂兄弟。满定年轻时一直在盛旺扛粮袋子，民国十一年得下痨病死了。老八看杨家母子孤儿寡母可怜，就将继成和她妈接到家中，杨胡氏每日为杨家洗衣做饭，缝缝补补挣些零碎钱，继成也当个半大劳力使唤，为此倒让老八落了个好名声。继成从小懂事，勤快，深得老八赏识。老八自个儿不争气，父子俩见面跟仇人似的，老八常对人说他有这个儿全当没这个儿，就把钱看得更重。如今看着继成，老八心里就产生了一种父亲般的亲切感，不由自主就想起了继成的妈。

继成他妈胡玉芹是从榆林逃荒到五指塬的，到地头上时面黄肌瘦饿成了一把骨头，讨着半个干馍坐在满定家门洞里啃。满定妈见娃可怜，就将她唤回屋里给了碗水。当时有个婆姨正在满定家闲转，见状突然心血来潮，给满定妈说，我看这女子很俊俏的，你不如将她收养了，养上三年五年就不用给满定讨婆姨了。

一句话提灵醒了满定妈，心里一盘算，满定今年都三十好几的人了，一直讨不下个婆姨，看这女子也有十四五了，不如再养上两年给儿子把事办了。这么一权衡就给胡玉芹把话挑明。胡玉芹一个外地女子，正挣扎在饥饿的边缘，听满定妈肯收留她，心中自然十分乐意，当下就在满定家住了下来。

满定妈就满定一个儿子，如今收养了胡玉芹，自然当亲闺女般看待。那女子有了安身立命的所在，心情开朗，每日肚里又能吃饱，不出几年便脸色红润起来，脸蛋子白里透红，胸脯上打出两坨好看的山包，个儿也窜高了许多，跟变了个人似的。满定妈看着心中高兴，就择了个好日子给俩人把事办了。

满定妈了却了一桩心愿，一心等着抱孙子。满定打了几十年光棍，如今讨了个如花似玉的婆姨，欢喜得不行，一晚上能弄几回。胡玉芹年幼不谙世事，孩子性情，随心所欲不会节制。满定妈等了几个月，媳妇的肚子还是一如既往地平坦，丝毫不见怀孕的迹象，儿子的身体却日见亏空，廋成了一把干柴，干活力不从心，杨老八渐渐生出些反感来，几次想辞了他。

满定家无寸地，一年四季全凭给老八扛活糊口，如今身子亏空，落下一身毛病，老八是钻到钱眼里的人，几次想赶他走。满定妈十分着急，就将胡玉芹叫到跟前说，你生娃娃不咋样，干那没明堂的事倒瘾重得很，你看你男人都让你给抽成甚样子了？他一天到晚干那么重的话，晚上再被你折腾上一夜，就是铁打的身子也会累垮的。从今往后，把你那碎屄管牢些，不要再胡骚情，等他身子好了再说。他要倒下了，咱把嘴都挂到狼牙刺上去。

满定妈这里教训了媳妇，那里又打发儿子到杨老八家，叮嘱他半年之内不准回来。

胡玉芹自从满定走后，每晚独自一人翻来覆去，难以入眠，看见公鸡踏蛋，牛羊发情，心里就痒痒的难受。一日趁满定妈去给人赶事，就到镇上去寻丈夫。满定当时正独自一人在仓库里倒粮，胡玉芹见了就一把抱住，两人干柴烈火，一燃就着，当下就在粮堆上干起来。不巧老八刚好到粮仓来，碰个正着。老八见胡玉芹长的水皮嫩肉，心里就转了起来。

满定妈死后那年赶上闹饥荒，一日老八就哄满定说厨房缺个人手，你媳妇在家闲着，不如让过来帮忙挣碗饭吃。胡玉芹到粮行来的第三天，老八就打发满定出门去送粮，自己趁黑却摸到了胡玉芹炕上。

说来也巧，胡玉芹和满定结婚快一年一直没有怀孕，自从和杨老八勾搭上以后，不久就有了身孕，当年就生下了继成。

如今看着继成老八心里就生出些父亲的亲切感，虽然这么多年来他从不曾将他当儿子看待过，但他现在却有了父亲般的亲切感，这种感觉是在对大宝的极度失望后产生的。他将继成叫到跟前说：“你到厅堂里来，我对你有话说。”

“我扫完就过来，老爷。”继成青光的头皮上沾满灰尘，嘴里应承着手上并不停歇。

老八很喜欢他多干活少说话的秉性，他又说：“不要扫了，让刘三去扫，你到屋里来，我有话要给你说。”

继成这才放下扫帚跟在老八的后边走进屋子里来。

老八坐回圈椅上时，客气地用手一指左侧的椅子说："坐。"

在这以前他是从不曾让下人在正厅落座的，这倒是继成有些恐慌："不了老爷，院还没有扫完呢，你有话就说吧！"

"从明个起，你不要再干那些粗活了，过来帮我管家吧！"老八用他窄小的三角眼盯着继成，他终于从他同样尖瘦的下巴和发红的酒糟鼻子上看到了自己的影子。

继成觉得自己的脑仁里轰地响了一声，无数红的绿的光星在脑屏烟花般绽放。他盯着老八看了半晌，但他从他那双让他惧怕的三角眼里并没有看出丝毫的揶揄和戏弄来。

"从今个起，杨家里里外外的事你都要来管一管，我老了，我希望有个人来帮帮我！"老八说。

自从三奶奶进了门，大爷的心就绷得紧紧的。一种风雨即将来临的阴冷恐慌着他，使他束手无策，不知所措。

头一天，将头发盘起来的三奶奶像所有初婚的女子一样，有意压抑掩饰着自己喜悦的心情，出出进进忙活，脚步迈的又轻又快；第二天，三奶奶就放下了初嫁娘的羞涩，像已在鲁家呆了许久的人；到了第三天，她的脸上就显现出一丝淡淡的忧虑；第四天，这种忧虑的神色在明显加重；到了第五天，三奶奶的脸上已不是忧虑而是疑惑了。到了此时，大爷已能明显感觉出那风雨来临前的寒气。

大爷的感觉是敏锐的，第六天的后半夜，三爷的房中突然传出一声号啕，是三爷在哭，狼吼似的。三爷的哭声像压抑了一千年，突然释放出来，像黄河决堤，一泻千里，不可遏制的绝望伤痛和男人哭声里那特有的揪心裂肺，在夜色中轰然响起。一阵塬人都听得见，却听不见三奶奶的声音。

大爷坐在黑暗中，静静听着那哭声，那声音钢针般挑着他的心尖，毒蛇般噬咬着他的肉，点点滴滴流出血来。

这一夜，鲁家大院里所有的人都没有睡，也没有点灯，各自坐在屋里听着三爷的哭声一直响了大半夜，后来慢慢衰竭，变成了一声声的哽咽。

第二天一大早，天还未明，满眼红肿的三奶奶肩弯里挽着个包袱，里面只装着几件洗换衣服，独自回了洛河川。

三爷垮了，这件事比当初碰坏了阳物更大地刺激了他。那种对自己身体深恶痛绝的厌弃和羞于人齿的羞愤绝望，使他对生活彻底失去了信心。三爷病倒了，半个多月高烧不退，吃得很少，人瘦成了一根麻杆。

三奶奶回了娘家第二天，杜文生老太爷就带着儿子杜炳言到了鲁家庄上。

杜老太爷进门黑风罩脸，责问老爷明知儿子是个废人，却为甚还要哄他的女子进门，骂老爷是个人面兽心的伪君子。老爷被骂得面红耳赤，又羞又恼，无奈自知理亏，无言作答。杜炳言年轻鲁莽，出言无状，骂了老爷一人，连带一片村子，惹得村里几个围观的年轻后生火起，冲进来将他狠揍了一顿，及至老爷阻拦时，已然来不及，连杜老太爷，都跟着挨了几拳。

杜家父子一向在五指塬这一带都是横着走路，哪里受过这气，两家梁子从此结下。

玉芹
友良乡土

第三十八章

梁子

忽一日，老奶站在自家后院看着大儿子向前和长工黑驴铲墙根下的枯草，老奶看着看着，又忍不住抬头望了日头爷一眼。日头爷毒辣辣挂在天上，四周是一片澄亮的瓦蓝，没有一丝要变天的迹象。空气异常干燥，满含尘味使人觉得喉眼发干发黏。老奶就觉那日头爷突然变成了三奶奶拉长的眉脸，不由一跤跌倒，口里“来了，来了”地乱叫。

大爷见他妈突然栽倒，口里胡言乱语，不知发生了什么事，忙扔下镢头和黑驴将她抬进屋内。

老爷正独自一人坐在桌前抽烟，见黑驴和大爷抬着老奶进来，老奶依然手舞足蹈，口里嘟嘟囔囔着：“来了来了，杜家的人杀进来了。”

老爷一生见多识广，当下也不言语，放下烟锅子上前就给了老奶两耳光。老奶突然把眼一翻，眼里聚光尽散，口里说：“莫打莫打，我走就是。”吐出一串白沫，人就突然瘪了下去。老爷吩咐大爷和黑驴将她抬进里间炕上，拉了个薄被给她盖上，老奶就呼呼睡了过去。

大爷看着老爷，见老爷心事重重，想问什么没敢开口。老爷却沉声对大爷说，去把大门关了，叫屋里人都不要出去，我这几日心跳耳颤，八成要出甚事。

大爷答应着去关大门，老爷重新坐回桌前拿起他的烟锅子。自打三奶奶走后，杜家父子被打，萦绕在他心头隐隐的不安就深深地困扰着他。

日头西斜时，大奶奶金子做好了饭到前屋来唤老爷吃饭，老爷依旧坐在桌前，手里拿着烟锅子，好像自打坐到那儿就不曾再动过的样子。

大奶奶说："大，吃饭了。"

老爷将手摇了摇说："你们吃你们的，不用管我。"

大奶奶温柔贤惠，明谙事理，可惜就是没给鲁家添一男丁，使她在公婆面前的地位大打折扣。见老爷心事重重，大奶奶没敢再多言。说了声我给你将饭热锅里，你几时想吃叫我一声，扭身退了出去。

黑暗侵吞了整个村庄时，大爷进屋点燃了檐下的风灯和屋内的油灯，见老爷依旧一动不动坐在桌前就说："大，你先吃饭去，有事我叫你。"

老爷正要起身，老奶在里间却突然呼地顶着被子坐了起来，口里发出一声陌生男人的喊叫说："来了来了，杜家的人杀进村来了。"

老爷像被针扎了一样，跳过去抬手就扇了她两记响亮的耳光。但这一次没有奏效，老奶依然高叫："来了来了，杜家的人杀进来了。"跳下炕就向外冲去。大爷忙扑过去将她抱住，就觉老奶力气大的出奇，自己竟然有些抱不住。

老爷见招术不灵，就将脸一寒说："你是谁？胆敢在鲁某面前装神弄鬼，如再不走，看我不烧死你。"自去桌上取了油灯直向老奶面上凑去。只听老奶说："莫烧莫烧，我是张海山，杜家的人杀来了都到大门口了。"老爷猛然想起前几年有个叫刘志丹的人在这一带秘密串联。一日被人告发追到村前。随从张海山为救他被保安团乱枪打死，志丹逃走。还是老爷念其忠勇，叫大爷和黑驴用片破席卷了埋在村外，不想今日阴魂不散，竟然附到了老奶身上。老爷当下将油灯放回桌上对大爷说："快去叫村里人，赶紧操家伙以防不测，杜文生大概真的不会就此罢手。"

大爷出门去叫村人，老奶却激灵灵打了个战战，悠悠吐出一口气来，把眼翻了几翻，重新瘫了下去。就听的门外人声鼎沸，夹杂着阵阵打杂叫骂声，杜家的人果然杀来了。

大爷刚出门，就听见大门被砸得山响，心中自知不妙，一边大声呼叫黑驴，一边顺手从墙角操了根粗木棍冲到门口。刚到门口，“咔嚓”一声，门栓已被撞断，大门哐当一声向两边洞开来，几个杜氏人呼喊着闯进门来。大爷不知哪来的力气，大吼一声，一棒子扫了过去。众人见他来势凶猛，忙向后退去，木棒子打在门框上，立时断为两节，大爷就抡着手中二三尺长的短棒堵在门口，狂呼乱打，杜氏人一时倒进不了门。

杜氏族人这次是倾巢而来，每人除了手持家伙，腋下都掖了一只布袋。大馑之年，人们食不饱腹，紧勒着裤带，鲁家是塬上有名的财东，杜氏人一来是为出口恶气，更主要的是想趁此次骚乱抢些粮食回去果腹。大乱之年，这种事稀松平常，饥饿使人对法律的认识淡漠，所以杜氏族人人人奋勇，个个当先。无奈大爷一夫当关，杜家虽然人多势众，但都挤在门口，有力使不上，鲁家又是人老几辈的财东，墙高宅子深，一时又找不到攀附之物，倒奈何鲁家不得。

大爷一人顶在门口，因为二爷住在村外，三爷又病在炕上，人丁稀少，无人帮助。大爷一人顶挡不住，口里不住呼喝黑驴快拿家伙过来。黑驴哪里见过这等阵势，早吓得两腿筛糠在院里站立不住。听见大爷呼要家伙，慌乱中遍寻不见，觅见墙角上倚着根拌料棍，忙取了来递给大爷。大爷接到手一看是根拌料棍，想要责骂已然不及，杜氏人趁这当儿，已有两人抢进门来。大爷不敢怠慢，轮起棍一棍扫去，当先冲进来的杜氏人应声像一堵墙似栽进门来。大爷还不曾看清那人眉眼，就觉头上一阵巨疼，眼前腾起一片黑雾，人就倒了下去。

杜氏人发一声喊，潮水般拥进门来。

此时大奶奶已来到前屋，守在婆婆面前，口里不住叫唤。老爷却扭腰从炕洞里抽出一条长枪来，解去油布，用手试去灰尘，从从容容顶上了火，一手提着袍角，一手端着枪，一根柱子似站在门前台阶上。他亲眼目睹有人在儿子面前倒了下去，儿子在别人面前倒了下去，面对潮水般拥进门来的人群，缓缓抬起右手，对着人群上空扣动了扳机。“轰”地一声震天价响，浓浓的硝烟味在院子里弥漫开来，人群突然停止涌动，所有人都猛地停下来，瞪起眼睛盯着老爷和他手中的枪。

老爷一手提着袍角，一手平举了枪，像蹲雕像站在台阶上的明柱旁。他头顶的风灯被枪声震得摇摇晃晃，将他的身影在细格子窗棱上抛来抛去。他的一缕修理得很好的花白胡须，胡尖在灯光下不易察觉地抖动。天上繁星密布，一轮残月正从东天升起来，双方就这样对视了足有几分钟。

老爷望着面前这群面有菜色，眼神怨毒的人，恍然回想起自己年轻时被天杀的西门成亮绑了票的事。那时他被五花大绑，吊在大堂的横梁上，西门成亮那张骟马屁股一样的胖脸上，每一个麻雀屎都写满凶贪，在火把子的映照下看上去有如厉鬼。那时他没有怕，他打从小就有一种天不怕地不怕的胆气。现在他老了，但他的胆气仍在。他知道用不了多久，这伙被仇恨燃烧和被饥饿恐慌着的人就会冲过来，将鲁家几代人苦心经营下的这个家业毁于一旦，将自己撕成碎片。但是他不能退，他知道现在最重要的是争取时间，时间目前是唯一可救他和救鲁家的法宝。要不了多久，村上人就会闻信而来将这群鸟兽赶走。老爷相信，鲁氏族人也有像杜氏族人一样同仇敌忾的胆气，而且毫不逊色。他相信自己在村上依旧有很高的威望，受族人的敬重。老爷相信村上人听到响动一定会来救自己的，所以他很镇定，他在等。当他终于听到大门外响起一片叫骂声，喊杀声，杜氏人开始惊慌向外退去时，他将枪放下来倚在柱子旁，头也不回地走进屋里，坐到桌前拿起了放在桌上的烟锅子。

鲁家在这次骚乱中虽没受到什么损失，但鲁杜两家的梁子从此结下而且越结越深。

第三十九章

小玉

五指塬虽然算得上是块风水宝地，但有一个无法克服的困难，缺水。自古以来，吃水就是恐慌全塬人的大问题，为吃水每年都有械斗，流血死人的事时有发生。据说鲁家庄上原先是有一口井，井水虽不太旺，但也可以勉强接济村上人饮用。自从那一年，鲁家第三代掌柜的女人为了一双鞋下井寻鞋淹死后，隔不了几年，就有妇女从那儿去投胎转世。那口井被淘过几回就突然干涸，此后不曾再冒出一丝水气来。村上人请了无数风水先生，打了无数口井但都是干井，从此吃水越发艰难，吃水要到洛河里去讨。以前虽然路远难行，但总能够驮到足够的水来饮用。如今与杜家人结下仇怨，那杜氏人就住在洛河边，吃水必须绕村而过，你想那杜家人今日未讨到便宜，岂肯善罢甘休，所以一连几天都没人敢到洛河川去驮水。眼看着家家水缸快要见底，几个胆大点的村民便商议着结伴去洛河川驮水，人多一点，量杜氏人也不敢怎的。

鲁家自昨日也已断炊，大爷又受了伤，老爷只得打发黑驴套了自家的水车跟众人到洛河川去驮水。

黑驴是鲁三的独子，鲁三死后，老爷见他一个人不得过，就把他叫家来干些粗活。太爷死后，鲁三突然像被霜煞了抽干了水分的茄子，整个人一下萎靡了，原先挺得溜直的腰杆，一下佝偻了起来，亮亮的两眼变得浑浊，眼角经常挂着眼屎，头发花白、干硬，乱乱地罩在头上，干啥都没了兴致，脑子也不好使起来，明明要找扒子去地里，出门却摸了扫把在院里画起了圆圈，做事颠三倒四，就连耳朵都变得越来越聋。原先精干的老头，鼻涕涎水，经常挂在胡梢上。

鲁三病倒时，老爷看父子俩一对光棍儿，家里连个做饭的都没有，曾打发一个小丫环到家去伺候老爷子。这一年七月里一天，老爷闲来无事，到黑驴家去看鲁三，进了家，不见黑驴和小丫头。鲁三一人躺在炕上，见老爷进来就想起身，老爷按住他让他别动，问黑驴和小丫环呢？鲁三说他刚才睡着了，不知道人去了哪。老爷和老爷子说了会儿话，就起身往地里去了，玉米正在吐穗，他得去地里看看。

老爷走进离村最近一块苞米地，沿着地塄一路走去。玉米绿茵茵的，像一片厚实的草原。镢把粗的苞米杆上，结着好看的红缨儿，微风吹来，沙沙作响，散发出一股醉人的青草的香味。老爷沿着地塄子走到地东头，突然觉得肚子有些不舒服，就走进苞米地里，瞅了个地方解开裤子蹲下拉屎。阳光斑斑点点从玉米叶片间洒下来，玉米地里传来一片小虫儿的轻语声，絮絮叨叨，无休无止。老爷一边拉屎，一边侧耳倾听着那细碎的虫蚁声，心里就像一个老农圪蹴在自己丰收了的苞米堆前，踏实而舒坦。但渐渐地，老爷就觉有些不对劲，这种让人醉心的虫蚁声就被另一种声音代替，再也倾听不到。他摸了个土圪瘩擦了屁股，提起裤子站起来，悄悄顺着声音传来的地方走去。

风还在吹，玉米叶轻轻摩挲着老爷的脸，他渐渐听到一种男人“吭哧吭哧”的喘气声和女人“哼哼叽叽”的呻唤声。玉米叶子唰唰地响，苞谷杆剧烈摇晃，老爷走得近了，一个男人的屁股就白晃晃刺得他眯了下眼。老爷气往上冲，喊了声“谁狗日的”，摸起一个土坷垃扬手就砸了过去。正在得趣的男人和女人被吓了一跳，跳起来就提着裤子跑了。老爷看得明明白白，男的是鲁三的儿子黑驴，女的竟是自己派过去伺侯鲁三的小丫环二妮。老爷甚至看见，那丫环白晃晃的腿中间，毛都没有一根。

事情发生后，一辈子刚强的鲁三气得浑身乱抖，把儿子剥光了，拿了个满是刺儿的马茹条子，当着老爷的面，打得儿子杀猪似嚎叫，脊背上血口子一道一道。老爷坐在鲁三家炕栏上，看着鲁三教训儿子，一声不吭。

黑驴在炕上躺了半个多月，下不了地，心里对老爷恨得牙痒痒。后来好了点，能动弹了，一天老爷走进门来，让他跟他走。黑驴说干嘛？老爷铁青着脸说走你的，问那么多干甚。黑驴就忐忑不安跟着老爷出了门。老爷翻山过梁，带着黑驴到了小拇指原上，走进一户人家。黑驴进门看见那个伺候他大的小丫环，心里就呼呼直跳起来，不知老爷带他来要干甚。老爷进门，坐到小丫环家铺着半片烂席的炕上，给那女子的父母八八八九九九地赔了许多不是，掏出一袋子光洋放在女人家炕上。女人的大妈犹豫了半天，最后叹了口气，收了光洋锁进柜里，留老爷和黑驴吃了顿饭。

黑驴结婚时，老爷叫人用白灰把鲁三的两孔黑窑齐齐粉了一遍，所有结婚的费用，老爷一个人全包了，没让鲁三操心。娶亲那天，老爷亲自去了小拇指塬，给黑驴把女人迎进了家。打那以后，黑驴见了老爷，头也不敢抬。

但就这个女人，黑驴竟没守住，后来竟跟了个游医跑了。

黑驴成家时，年龄已经不小，及至女人走时，已有四十出头，老爷几次想帮他再办一个，可一直没有办成。有一年，游医死了，女人过不下去，讨讨要要回到塬上。黑驴本想把她留下，可老爷不答应，说这种女人要她干甚，叫人把女人赶出了村，黑驴从此就成了光棍。为此黑驴对老爷总是心里有个解不开的圪瘩。

众人结伙出村，腰里都带着家伙。到村口时，见二爷向明提着两只木桶站在窑前的硷畔上，他那从窑子里引来的婆姨马小玉（我暂时还不能称她为二奶奶），穿着件火红的绸衫，扶着他的一条胳膊站在他的身边，乌黑的头发盘结在脑后，看上去倒些小媳妇的样子。她的一对天生的大奶将绸衫顶出两坨好看的圆包，晃着水波一样的光，晃得所有男人的骨头酥得起了泡泡，脑子里生出许多奇奇怪怪的念头，有人心里便骂："这挨球的女人嫽得太！"

马小玉站在毒辣辣的日头下，扑闪着毛茸茸一双瓜子仁仁亮眼看着这一群灰头土脸的男人，嘴里说：“驮水啊？”倒使得这些自打她进村就从不敢仰视她的男人有些慌乱，都在心底暗暗诅咒：“这挨球的女人嫽得太！”心里便想着和这婊子女人上炕，摸她那两只让人产生难以名状怪念的要命大奶，弄她的碎屄。

二爷站在碜畔上，脸上堆着自觉卑贱地笑说：“驮水啊？”

大家望着这个鲁家平日养尊处优的洋学生脸上难得的表情，都觉得他落到今日这个地步实在叫人惋叹。有人心里竟暗暗庆幸，鲁家二少爷落到这步田地，再也没人把他当少爷看，如今的二少爷连条狗都不如。二少爷不如狗了才有人敢打他的主意，打他婆姨的主意。于是大家都低了声齐声说：“驮水啊。”

二爷脸上的笑更卑怯了，讨好的神色更重了，他抬头看看头顶炽热的日头说：“这日头毒得。”

大家便都抬头向上瞅了瞅说：“这日头毒得。”

二爷就对黑驴说：“叔，给我捎上两桶水吧！”

黑驴刚才还想着咋个才能弄那女人一回，听向明把他叫叔，不由黑脸一红，口里吱吱呜呜地说：“捎上，捎上，老爷知道了要日捣我的。”二爷平日里很少把他叫叔，今日突然叫他叔，他觉得恐慌。

二爷依旧巴结地笑着，将手中的桶向上提了提说：“叔，我就捎两小桶，叔？”

黑驴就拿眼瞅了下小玉，他觉得这个女人和村上那些灰头土脸的婆姨就是不一样，浑身上下干净得跟才从水里捞出来似的，叫人都不敢碰。

小玉挺着两只奶站在畔上看着黑驴说：“亏向明还把你叫叔呢，咋说向明都是老太爷的亲儿子，老太爷迟早要叫他回屋做少爷的！向明叫你捎两桶水你都不捎，你还当他叔呢。”

黑驴就觉得，他在这婊子女人面前突然变矮，心底没一点火气：“捎上，捎上，咋能不捎呢，捎上就是，你把我看的！”

二爷忙走下碜畔把桶放到车上说：“回来叫我啊。”

车队重新起动腾起漫天的黄尘时，有人看见二爷向回走去，他的女人扭着柔若无骨的两胯，扶着她男人的一条胳膊，便说：“回去了。”

黑驴
友良乡土

“回去了？”所有的人都往回扭了扭头。

“回去日去了！”有人说。

“向明娶下这么骚情个女人，一天怕难得歇晌！”有人说。

“难怪老太爷不肯接纳这个儿媳妇，谁家女人这个球样，羞先人哩！”

“有人听见向明和那女人在窑里弄呢，那女人叫得跟母猫似的，一条村都能听得见！”

“啧啧！”便有人不住地咂舌。

有人就说：“猫嚎儿子角角藏，狗日尻子不顾场，亏苔哩。”

第四十章 水源

老爷自黑驴走后就觉得心里不踏实，独自在屋檐下立了好一阵子。大爷头上缠着块布子从厢房里出来，见父亲站在屋檐下，一任日头晒着半截身子，一副忧心忡忡的样子，忍不住地说：“大，回咯，外面日头毒的。”

“我不回，我就在外面站站，外面豁亮。”老爷说。

大爷没再言语，父子俩并排站在屋檐下，腰杆笔挺。他知道父亲有话要说。

老爷果然说：“黑驴今日怕是驮不回水来了。”

大爷用手摸摸依旧隐隐作疼的头没吭声，他的心同父亲一样沉重。

“你说万一杜家的人挡住不让驮水咋办？”老爷问大爷。

大爷看着刚刚修复好的大门说：“咱这本来就水比油贵，洛河又是唯一的水源，如果杜家挡住不让驮水，还真是个事。”

“是个大事！”老爷说。

大爷说：“这狗日的天，旱到这份上，当真不让人活了！咱祖上咋会把家安在这只见黄土不见人的旱塬上，把人都受死了！”

老爷瞥了儿子一眼说：“这儿以前有水的！”

大爷没敢再言传，父子俩一时都沉默了。

天快黑时，庄道上突然吵闹起来。大爷出去看时，见早上结伙去驮水的人，有的抱着头，有的瘸着腿回来了。黑驴头上包着块破布，布上渗出暗红色的血迹。心里便明白众人一定是与杜家的人发生了冲突，也不听黑驴诉苦，径直进屋来见老爷，说：“我黑驴叔回来了。”

老爷正用一只银针挑烟锅里的烟垢，鼻子里哼了一声，算是知道了。

大爷说：“让杜家的人给打了。”

“噢。”老爷应了一声，用力一吹，将烟锅里的余烬吹掉，伸手去装烟。

“我都两天没洗脸了，咋办呢？”

老爷抬头瞥了大爷一眼说：“这么毛躁能干啥事。”

大爷意识到自己的失态，掩饰说：“没水吃可是件大事啊，我看不如托人去向杜老太爷求个情，赔个不是，把脾气和一和。”

大爷说：“不管咋说，此事全由咱家引起，理亏在咱，赔个不是也不丢人，把老三媳妇接回来，好好过光景吧。咱家如今连出几场大事，再经不起折腾了。”

老爷鼻子里喷出两团浊气，瞪着大爷说：“你是谁家的人？咱咋理亏了？是他杜文生硬要把女子给向华，又不是咱求的他。老三媳妇她走也好，留也好，由她去！我看她和她大一个样，压根就不是个正派人。好人家的女子咋能说走就走了？”

大爷说："万事和为贵，我怕万一因此又弄出些事来……"

老爷说："事到头上你避有屁用，我就是花钱雇人驮水也不会低声下气地去给他杜文生低这个头。"

大爷望着老爷那张涨红的脸，没敢再言语。

第二天，老爷独自去了五交镇，这是他自家里遭了匪抢后第一次出门。

老爷走进盛旺粮行时，正碰上老八拿着鞋在满屋追打儿子。昨日大宝偷了家里一只古瓶去赌，出门时被继成碰上。继成自从被老八提拔当了府内的管家，更是勤勉有加，每日里跑前忙后，将粮行里里外外诸事打理的有条有理，就连老八也觉得自己拨打那只铁算盘的时候越来越少了。老八心下欢喜，心里盘算着等大宝妈下世就跟继成妈商量，揭破这层盖脸纸，堂堂正正认了继成这个娃。老八越来越喜欢继成时，心里越发地对大宝生出不屑和反感。

继成从小就跟母亲住在杨家的马房里，看着老八高骡子大马的光景，心里幻想有朝一日自己能成为这家的主人。胡玉芹教训儿子时，勉不了总拿丈夫和老八比较。继成从小对这个矮小的老头既敬又怕，小小心里早将老八当做了效仿的楷模，一举一动都在效仿他。那一日大宝偷了宋瓶刚好被他在门楼里看见，就拦住了说："你把它弄到哪达去？"

大宝平日里最见不得这个处处在他大面前大献殷勤的家伙，当下把眼一翻说："我拿自家的东西，关你屁事，闲吃萝卜淡操心！"

继成伸手拦住他说："老爷让我替他管事，我就要给他管好。你要拿，去跟他说一声，省得他日后怪我。"

大宝没好气地说："我看你连你娃姓甚，谁日出来的都不知道了，迟早我要让你滚出这个门不可！"说罢一甩袄襟，骂骂咧咧抢出门去。继成的酒糟鼻子就越发地红了，老八进门就将此事告诉他。老八一听脸就缩成了个干枣状，用手不住地拍桌子，口里败家子、败家子地叫。今日大宝回来就脱了鞋打得他满屋乱爬。

自打二太爷去世，杨老八又改鲁姓杨，两家闹翻，老爷几十年来从未再登过这个门。今日因为水的事，他嘴上虽说得硬气，心里也深知不与杜文生和好，全村人吃水就成了问题，可他自己又舍不下这张脸，就来寻杨老八，想让他到洛河川去给杜老太爷说说。毕竟两家原先是一家人，老八不会不念这个情。谁知刚进门却碰上老八在教训儿子。

老爷领着老奶回到五指塬时，二太奶已经因病逝世，二太爷和老八过活。老爷结婚时，曾亲自去镇上叫二太爷，希望他能回老庄参加自己的婚礼，但二太爷没回去。太爷被西门成亮用镰刀砍死在自家门口，消息传到五交镇，二太爷当时正躺在躺椅上在屋檐下晒太阳，听到消息愣了愣，从椅子上下来就独自出门向老庄走。冬日的风，干硬干硬地刮起地上的雪沫子，打在脸上冷冰冰地疼。通往老庄的官路，被大雪覆盖，踩上去咯吱咯吱，使人举步维艰。路旁的树木枝梢上凝结着厚厚的冰霜，被风一吹，飘荡着一阵一阵的雪沫，冬日的阳光一照，五颜六色，很是好看。二太爷艰难地走在这片银白中，脑子里空荡荡的，没有一点思想。当初太爷把老爷从五交镇叫回，二太爷受了很大打击，这种因为被自己最亲近的人伤害而造成的伤痛，让二太爷的心一下跌入冰冷的深谷，没了阳光，甚至连天空也变得一片灰暗，看不到一丝云彩。这个世界上再没有什么比被自己的亲人伤害更让人感到痛心的了。

二太爷走到半路上，不知是滑的还是咋，就滚到路边的沟渠里去了，等人发现时，人早冻成了冰棍。老八埋二太爷时，也没通知鲁家任何人，等老爷知道到镇上去时，人已埋了。打那以后，老爷对老八一下淡了心，见了他眼皮都不愿抬一下。今日为了水的事，他平生第一次主动找到了老八门上。

老八见老爷突然上门，心中不由一愣，他显然不愿让老爷看到这件败性事，就收起鞋子。大宝趁此机会，爬起来跑出门去。

老爷说：“好好的打娃干甚？

老八喘着气没言传，坐回椅子上，把身子缩得像一只猴子，看着老爷说："你来有甚事？"

老爷说："我和杜文生的事，你大概也知道了，如今他挡住不让我吃水了。"

老八说："他不让你吃水你来寻我咋？"

老爷本想求老八去杜家给两人和脾气，谁知话到嘴边说出来的竟是："我想让你们粮行驮水时多雇几个人，每日给我庄上送些水来。"

老八说："这年月，人怕不好雇。"

老爷说："钱的事好办。"

老八一听说到钱上，立刻有了精神，坐起来说："只要你肯出钱，人我给你寻。"

第四十一章

兄弟

"向明你快寻水去呀，我都两天没有洗头了。"

"别人吃都吃不上，你两天不洗头有啥？"

二爷此时还躺在被窝里，听见小玉叫他去寻水也没动一动。

"饭不吃不要紧，头发脏兮兮咋见人呢？"

小玉刚起身，掩着怀，腰里围着半截破单子，一只脚伸在被子外，云鬓散乱，一脸的慵懒。

二爷正要起身，听见大爷在门外叫他说：“向明快来接水。”他还没直起身子，门就开了，大爷挑着两桶水走了进来。

大爷没想到这时候了二爷还没起来，脚一踏进门就后悔了。他尴尬地站在当地，一眼就看见了小玉伸在被子外的那只脚。那只脚和金子的脚截然不同，好像根本就没缠过，纤柔小巧，白玉无暇，脚心饱满，跗趾很高，五个玲珑的脚趾像五个并排站立的娃娃，活泼可爱，使人爱怜。尤其让大爷痴迷的是，那双美丽的脚上，每一颗指甲都涂成了一种艳红色，看上去光华无比，娇艳无比，他忍不住就咽了口唾沫。

二爷见大爷进来，就跳下炕去接他的水担。他穿着宽大的裤衩，精赤条条像条光鱼。大爷看着他，想起那天晚上的事，心中就有些疑惑。他从小看着二爷长大，他知道二爷比自己有学问，但二爷性格内向，小时候只有在他的呵护下才像个男孩子。望着二爷刚刚长出胡须的脸，大爷真的有些疑惑。他看着这个还有些柔弱的弟弟，想象他竟能对付得了这个妖精一样骚情的女人，弄得她大呼小叫，他真的感到有些疑惑，他自己从来就做不到。他的婆姨每当此时，总是紧闭双眼一声不吭，他既不知道她是痛苦，还是快乐，这令他很恐慌。难道在这件事上，弟弟竟比自己能干？

二爷接过水来，倒进窑后一只粗瓷大缸后，脸上不由自主就显现出一种自从被老爷赶出来后就在大哥面前自觉卑贱的笑。他现在唯一仰仗的只有大爷了，大爷为他拾掇好这个破窑，安顿他和小玉在这住下来，并且为他送来粮食和用具。他还是幸运的，比起别人来他吃喝不愁，在这样的年头已很让人羡慕了。这一切都是大爷给他的，没有大爷他和小玉都会冻死饿死无人搭理。大爷是村子里如今唯一不鄙视他、嘲笑他、拿他当人看的人。他知道自己给老爷丢人了，家里出了事，他几次回去都让老爷给轰了出来。他明白老爷是想让他把小玉赶走，可是他不能。他不能把一个将自己当成救命稻草一样的女人再赶回那肮脏的窑子里去。他听见大爷问他粮还有没有，就不好意思地点点头说：“大哥你经常送东西来，大知道不？”大爷说，这么着大咋能不知道？他虽然生你的气，将你赶出了门，可你毕竟是他的儿子，他咋会看着你饿死？我每次来他都知道，他只是不言传罢了。二爷眼里就有了泪，哭出声来，说大和妈他俩可好？大爷拍拍弟弟的肩安慰他说，别哭了，有甚哭头，家里有我呢，你放心！你好好过，等大回心转意了，就会让你回去的，你等着啊！

小玉依旧伸着脚坐在炕上，老爷如何发怒怒如雷霆她不怕，别人骂她贱，又想占她便宜她不怕，她天生贱命从小受苦她没怕过，她独却有些怕大爷。她不知道大爷身上有什么值得她敬畏的东西，她打第一次见他起，就有些怕他。虽然他从未给她吊过脸子，从不正眼看她，也从没和她说话过一句话，但她就是有些怕他。大爷每次送东西来，她都自觉不自觉地收敛了自己，稍稍端正了些。如今见大爷走进窑里，她就坐在炕上没敢再动弹。她虽然怕大爷，但她那双顾盼生辉的眼睛依旧忍不住地在他身上打着转转。她觉得大爷比二爷高大，魁梧，比起二爷的英俊来，大爷更显出一种深沉和冷峻。不过这兄弟两个都有一双深陷的大眼睛，两道粗黑的眉毛和一只旱烟杆杆鼻子，鼻子中间的骨节很明显。所不同的是，二爷的下巴窄细而大爷的方正。她也见过老爷，他同样有这么一张脸，但他的下巴浑圆。她想去穿她放在一边的绸子棉袄，可是她没敢。她看见那绸子棉袄时，就想起了自己的母亲。

她的母亲爱穿一件红棉袄，一件绣着花团，鲜艳欲滴的红棉袄是她妈最爱穿的。她妈穿上这件红棉袄时，就会娇艳起来，精神起来。母亲同她一样，也有一对天生的大奶，能将棉袄顶出两坨好看的大包，但她怕见她妈穿红棉袄时的样子。她妈一穿上那件红棉袄就会疯，就会狂，让她的确很害怕。

她坐在炕上，听见大爷对二爷说，要节约用水，水是花钱从杨老八手里买来的。她看见二爷一个劲点着头，嘴里“嗯啊”着，把他哥送出了门。大爷一出门，她才拉起她的红绸衫穿在身上。

当她走出阴暗的窑洞，走到场院边站在二爷身后时，她发现，大爷已走下硷畔，村里已开始喧腾，太阳升起有一杆子高了。

小玉站在二爷身后说：“找点事干吧？”

二爷没有回头，瞅着大爷远去的背影说：“是该干些甚了，可我又能干甚呢？”

“干甚都行，不要让哥为咱再操心了。”

“是啊，是啊，干些甚呢？”二爷说。

老爷没想到杨老八没出十天给他加了三次价。

对于老爷花钱从杨老八手里买水，大爷根本就不同意，说这根本不是解决问题的办法。不说鲁家如今倒灶了，就是不倒灶，拿银子买水供一条村人吃喝怕也供不住，再说杨老八那人，见了钱比他大还亲，如今看见咱倒势，啥事还做不出来？

老爷说：“我也知道这不是个办法，可为了咱家的事，害得一村人没水吃，咱再不想办法，会遭村上人骂的。如今先这么撑着，你再带人去找找看，看有没有别的水源。”

大爷说：“咱这是打不出水来的，如果有别的水源，老辈人早就找到了。”

老爷叹了口气说：“再找找吧，但愿老天有眼！”

老爷就带人到处去找水源。

水源没找到，杨老八却又一个劲涨价，后来竟三天没有送水过来。

第四十二章

斗智

杜老太爷这一向很是奇怪，一连十几天，鲁家的人没见到洛河来驮过水，这让杜文生老太爷觉得有些不可思议。他问儿子这一向没发现什么异常？杜炳言说没有。杜老太爷就说：“这倒奇了，难道鲁家庄一条村的人突然都不吃水了？”

杜炳言说：“这不可能，人不吃水还能活？”

杜老太爷就说：“那是不是他们找到了别的水源？”

杜炳言说:“这也不大可能,五指塬是旱塬,如果有别的水源,老辈人早找到了,能等到现在？”

杜老太爷说：“那咋回事呢？”

杜炳言像是想起什么似的说：“大，我发现，五交镇盛旺粮行这一向有些不大对劲，是不是他们在给鲁家供水？”

杜老太爷一惊，看着儿子说：“你发现甚了？”

杜炳言说：“你看，盛旺以前只有三辆马车在拉水，而且三四天才来一次，可最近盛旺的人天天来，而且一来就是五六辆车，如此年月，只有减员的，盛旺怎么人还越来越多了？”

杜老太爷眉头拧成一道，思想了半晌说：“我看不会，杨老八和鲁尚文是冤家对头，他怎会帮鲁尚文驮水呢？”

杜炳言说："咋不会，杨老八那人你又不是不知道，只要给钱，甚事都干，如果鲁尚文给他钱，他咋不会？"

杜老太爷平生第一次赞赏地看了儿子一眼说："你说得对，有这可能。"

杜炳言说："大，那咱们咋办？"

杜老太爷冷笑了声说："你别管，我有办法。"

第二天，杜老太爷就骑着骡子回了五交镇保公所。

老八走进五交镇保公所，看见杜文生独自坐在桌子边喝茶，看见他进来，眼皮都没抬一下。老八心里咯噔一下，屁股眼就有些发松。自从杜文生当了五指塬的团头，住进了镇保公所，老八在他跟前就小心起来，他吃过这方面的亏。上次因为捐粮的事，权尔汉派人把他关进了县里的大牢，三天没给他吃饭，差点没把他饿得背过气去，到后来不但多交了十多石粮，而且还多出了一千块大洋，受罪丢人就不说了，心疼得他半年多没缓过气来。从此他再不愿与有公干的人打交道，见了公人就尻子发松。杜文生是怎样的人，老八心里清楚得跟明镜似的，没事还想寻人点事，要有啥事，还不吃死你？所以他尽量不与杜文生来往，以免生出什么事来。但事情还是不可避免地来了。

杜文生见老八进来，把茶碗盖上，瞟了眼对面的椅子，示意老八坐下来，扳着瓦刀脸不说话。他不说话，老八心里就更恐慌，在椅子上担着半截屁股，故作镇定地咳嗽了一声。杜文生听到咳嗽声，果然抬头开了腔。杜文生说，杨掌柜，今日不在柜上拨拉你那算盘珠子，跑我保公所干甚来了？

老八向前微倾着身子说："杜保长，你这当了官儿就是不一样，我为甚来你是真不明白还是假不明白？"

杜文生说："杨掌柜说哪里的话，咱俩谁跟谁，用得着绕圈子吗？甚事你说。"

杨老八说："杜保长，你现在是五指塬的保长，走马铜镫，盒子枪墨镜，只手遮天，可这洛河是公家的河，你们杜家的人挡住不让我们粮行的人拉水，这是咋回事啊？"

杜文生看着老八冷冷地说："咋回事，我正要问杨掌柜呢，贵行是新近又雇了伙计吗？”

杨老八有些疑惑地看着杜文生，不明白他的话是甚意思，说：“没有啊，杜保长，你这话是甚意思？”

杜文生不理他，继续说：“那就是最近又买牲口了？”

杨老八说：“也没有啊。”

杜文生说：“贵行既没有买牲口，又没有雇伙计，那用水量为什么突然大增？”

杨老八听了这话，心里顿时明白是怎么回事了，哼唧着说：“我们行里的事，没必要事事要你保长知道吧？”

杜文生看着他冷冷地说：“你们粮行的事，我是没必要知道，可本人作为一方保长，就得保一方平安，五指塬一带所有的事我都得留神。最近刘志丹在这一带活动频繁，上边三令五申在严查，杨老板既没有雇伙计，又没有买牲口，用水量突然大增，该不会是粮行里藏了人，暗中通匪吧？”

杨老八见杜文生出口就给自己扣大帽子，吓了一跳：“这……这……杜保长，你这说的是哪里的话，我你还不了解吗？你就是给我十个胆儿，我也不敢干那事啊！”

杜文生说：“这就奇了，那你一天拉那么多水干啥？”

老八见躲不过，就说：“杜保长，你就别拿大帽子扣我了，我这是米没借来，连口袋都让人给拽住了。实话告诉你吧，我拉的那些水，都给了鲁家。”

杜文生绷着脸说：“我就日怪，鲁家的人这一晌咋不吃水了，原来是你在背后给鲁家供水。杨老八，你明明知道我们杜家在和鲁家闹事，还暗中给鲁家供水，这不是拆我的台，给我使黑砖么？”

老八脸色发白，嘴唇哆嗦着说：“我，我哪敢呢，我不就是想要人家那两个钱么，既然你知道了，往后我不再给他们送就是。”

杜文生说：“鲁家出多少钱让你给他们送水？”

“一车水两块大洋。”老八说。

“怪不得你杨老八这么积极，鲁尚文可真是舍得，看来他是不惜老本要和我杜文生见个高低了！”杜文生说。

杨老八说：“他把那么多粮食和家产都泼水一样泼出去打发了要饭的，花几个钱供一村人吃水又算个甚？”

杜文生鼻子里哼了一声说：“鲁尚文他以为自己多了不起，他们鲁家在五指塬多了不起，这回我要让他看看，谁才是五指塬上的地头王！”

老八见他咬牙切齿，心下有些害怕，站起来说：“杜保长，那我那水……”

“只要你今后不再给鲁家供水，你的水照样吃，但你要再暗中帮鲁家的忙，和我作对，可别怪我杜某人到时候翻脸不认人！”

“我知道了，知道了。”老八忙说。

第四天一大早，杨老八从五交镇来到庄上，坐在老爷对面对老爷说，杜文生挡住不让杨家雇的人驮水了。老八说：“不知哪个狗日的走漏了风声，杜家知道我在给你们送水，就挡住不让杨家的人驮水了。如今别说给你们送，就是我们盛旺粮行吃水都成问题了。”

老爷坐着没有吭气。

老八一副愁眉苦脸代人受过的样子。

“为你们，我算把杜文生得罪了。”老八说。

“大，我看万一不行，咱们搬到别处去吧？”晚上大爷向老爷请安时说。

老爷抬头蔑了儿子一眼，又低头回到他的呼噜声中去了，大爷甚至听见他的鼻孔里不满地哼了一声。他最怕老爷这种神情，他知道自己只有在说错了话，或者提出什么让父亲感到愚蠢的建议时，老爷才会有这样的神情。他知道父亲不愿离开这个生他养他的地方，这儿虽然贫瘠，但父亲留恋这儿的一砖一瓦，一草一木。这里是他的根，有他祖先创下的基业。没有人愿意离开故土，做一个无所依附的飘蓬，拿棍子打他他也不愿意。虽然是大馑之年，现在又面临缺水困难，但老爷压根儿就没想过要离开家乡，到别处去安家落户，鲁家还没有倒灶到那种地步。其实老爷对大爷出去找水源也根本没抱什么希望，如果有别的水源的话，老辈人早就会找上的。如今大爷劝他搬迁别处去，他本就烦闷的心里愈加烦闷。

大爷说："我听说香川余家台是个好地方，早年闹土匪人都逃光了。那儿有水，与其坐以待毙，不如趁早……"

他话还没说完就听到"啪"地一声响，是老爷把烟锅子拍在桌子上的声音。老爷呼地站起来，挺着腰杆，涨红着脸说："哼，我鲁尚文一生什么桥没走过，什么饭没吃过？出了这屁大点事，你就一再劝我放弃祖业，到别处去逃荒，亏你还是鲁家的子孙，羞先人哩！我鲁家自祖上从山西平遥迁到这达来，整整七辈人了！你祖上从一个一无所有的货郎，经七代人的努力，到如今才有今天的光景，这容易吗？如今出了这米颗大的个怂事你就要逃避，这不是败家吗？你要知道，这儿不是没有水，是杜文生挡着不让我们吃水，他仗着当个团头，不让吃水我们就不吃了吗？洛河又不是他杜家的，哼！我鲁尚文被西门成亮钢刀架在脖子上我都没怕过，我会怕他杜文生！老天爷不下雨我没办法；他杜文生挡住不让吃水就难住我了？哼！"

大爷被老爷骂的没了声色，嗫嚅着说："我不是怕，我是担心，万一因这事闹出些事就……"

"糊涂！"老爷瞪着儿子说："古人说得好，"无事没惹事，有事莫避事。"躲避不是办法，也不解决问题，出了事怕有甚用？"

大爷说："我不是怕，我是担心……"

"好了好了，不要再说了，"老爷不耐烦地摆摆手说，"我会有法子的。"

"听说刘志丹的游击队最近在塬上活动得挺凶，这几天天天都能听到枪声，有许多人都逃亡到别的地方去了。"大爷向外走时说。

"我知道。"老爷说。然而他做梦也不会想到，他和杜家的冲突几天后会发展到不可收拾的地步。

第四十三章

械斗

没有水吃，整个村子都恐慌了，大爷急得团团乱转，但老爷却不动声色。

老爷在等。

他在等村上人的愤怒。

这几天，不断有村民跑来向老爷诉苦，但老爷还是不动声色在等。

到了第五天，几乎家家都断了水，村子里乱成一团，所有的人都聚在村头的老槐树下，议论着，诅咒着，谈论着水的事。五指塬年年闹水荒，可水从来没有像今天这样金贵，引起人们如此的惊慌。大家骂了半天，议论了半天，最后都一窝蜂似地拥到了鲁家大院。村里发生这么大的事，当然是找族长找老爷，而老爷在村上人眼里，一向都是受人爱戴，能为人办事，也肯为人办事，让村上人觉得荣耀也觉得是可以依靠的人。

老爷站在上房门口的台阶上，看着村人们一个个干裂而泛着白沫的嘴唇，就觉得是时候了。如今站在众人面前，他觉得挺荣耀，毕竟他鲁尚文还没有老，人们还记着他，还需要他，这同时给了他一种自信。他站在自家院里的石阶上，说:“大家别嚷嚷，咱们都是一个村上的人，两年没有下雨，到处都在死人，但咱村没有，为啥？因为我们是一个村子的，我鲁家饿不死，庄上就不会有人饿死。村上不管哪一家哪一户，只要一个有粮，摔成八瓣也会一人一瓣的。虽然我们也有闹矛盾的时候，为芝麻大的怂事红脖子涨脸过，但大事上大家能拧成一根绳，这的确使我高兴！我们村百人一心，我就不相信有过不了的坎。如今杜家仗着人多势众，站在水源上，为了个小脚女人居然挡着不让我们吃水，想渴死我们，我们渴死了事小，叫人骂我们鲁家无人，村上无人才有辱祖先！我们村年馑里没有死人，但为了争这口气，就是流血死人也不能辱没了祖宗！

老爷一席话，煽动的村上人胸中烧起了一把熊熊大火，有几个人便大喊大叫着说："跟狗日的拼了！"

"跟狗日姓杜的拼了！"所有的人都喊了起来。

大爷站在老爷身后，他再一次感受到了父亲的伟大，理解了他被村上人敬重的原因，但他同时又感到一种隐隐的不安。

大爷到村口的破窑里去找二爷，小玉告诉他，二爷出门去了。

那一天二爷站在畔上，心里思摸着该寻个事干干，就见村外的缓坡上走来一个人。那人穿着件灰布长衫，手里捏着个脱了边的烂草帽，一边走一边煽动。二爷看着有些眼熟，待走近了，才认出是他在县中念书时的王树锋校长，就想起身躲开。王树锋却早已看见了他，就将拿草帽的手招了招说："这不是鲁向明同学吗？"

二爷见躲不过去，不由就红了脸说："是王老师啊，你这是干啥去？"

王树锋在学校时，思想激进，深受进步同学的尊敬，二爷那时候也曾深受他的影响，二爷隐隐听同学说过，王树锋好像是共产党。

树锋看着二爷说："你咋在这达？我听说你娶媳妇了？年纪轻轻的，正是大有作为闹世事的时候，放着书不好好念，急着结啥婚？"

二爷脸更红了，低着头说："回屋坐。"

树锋看着二爷身后的破烂土窑说："听说你大是鄜州有名的财东，你咋住这儿？"

二爷勾着头说："我大不喜欢我婆姨，把我赶出来。"

树锋没再多问，跟着二爷走进窑内，看见小玉就说："好婆姨嘛，银盆大脸的，你大老封建！"

二爷没吭气，为老师倒了碗水。

树锋接过碗坐在炕沿上说："你在学校时是个好青年，蛮有上进心的，如今不念书了，多可惜，这样咋过活？"

二爷说："全凭我哥接济，要不早饿死了！"、

"这样不行，得找个事干干。"树锋叹息着说。

"我也想找个事干干，可我这种人，能干甚呢，甚都干不了！"二爷懊恼地说。

树锋用手拍了下二爷的肩说："年轻人，要有大志向，做大事情！这样碌碌一生，会被埋没的！我知道有个地方需要你这样的人才，不知你肯不肯去？"

二爷一喜，忙说："去，去，如何不去？只要有事干，总比呆在屋里强，我都快闷死了。"

树锋就说："既如此，你将屋里安顿安顿，今日就跟我走。"

二爷说："不用安顿，我这一公鸡驮得起的家当，没甚安顿的。"

王树锋转头看着小玉说："我带向明出去，你没意见吧？"

小玉说："没意见没意见，男人家，哪能老呆在屋里，向明跟上你，说不上还能混出个人样哩！"

村上人准备去抢水之前，大爷曾经去找过二爷，这样大的事，他觉得二爷不能不参加。

大爷到村外来找二爷，碰上小玉一个人无精打采地坐在窑畔上，大爷问她说："向明呢？"

小玉说："我不知道，前几天来了他学校的王校长，说是给向明寻了个事干，向明就跟上他走了，你知道，他也不想坐在屋里吃白饭啊！"第一次单独跟大爷说话，小玉不知道为啥，竟有些心跳。

大爷有些诧异地眨了下眼，说："咱们家和杜家为吃水的事结了仇，明天村

上人要到洛河川去抢水，我来问向明，看他去不去。”

小玉听大爷说咱们家，心里顿觉得热热乎乎的，只有大哥才会这么和她说话。她忙说：“我这就去城里找向明，咋说他都是咱鲁家的人，这么大的事他不能不在！”

大爷没再言语，不知为啥，他一看见小玉就想起了死去的银子，他想起银子就忍不住想看小玉，但她那两只会勾人的眼睛和那两只要命的奶子又晃得他不敢多看。他转身向回走去，口里说：“你快些寻他回来啊！”

“你回屋坐咯，我给你倒碗水，天热的，哥。”小玉说。

大爷却像怕人看见似地走得更快了。

第二天一大早，太阳还没有出来，所有村民就扛着棍棒长矛镢头在鲁家大院里集结了。

虽是早晨，日头依旧很炽热，所有人的脸上都泛着油汗。

老爷站在上房的台阶上，望着情绪激昂的村民们，一字一顿地说：“今天去抢水，势必与杜氏人要发生争吵冲突，精壮男子都准备好家伙，到时不要给咱庄上丢脸！上了年纪的不要参战，负责运水就是，只要驮回水来，咱就达到目的了，哪怕只驮回一桶水来，也算给他们杜家人颜色看了。”说着把手向后招招，只见大爷和黑驴抬着口粗瓷大缸出来，放在当院。众人正不知其意，老爷拿了个马勺，上前讨起一瓢水，一仰脖子倒进了口里，然后用手一抹胡子上的水珠说：“今日咱鲁家滴水不存，我等着你们驮水回来，喝！”

“喝！喝！”众人齐声高呼，争着到缸前讨了水咕咕灌进肚子里去，直到缸中见底，便都一窝蜂似拥出门去，涌上大路，卷起一路尘埃。

老爷永远记得那血腥的一天，那一天他一想起就心中发冷。民国十八年十月的一天，鲁氏家族和杜氏家族的人，为了吃水在洛河滩上展开了一场惊心动魄的大械斗，到处都是飞舞的棍棒镢头，一声声让人不忍猝听的惨叫狂吼声、棍棒砸在骨头上的闷响、呼叫咒骂的怒吼声响彻云霄，飞溅的鲜血让五指塬人几十年后谈起此事还胆战心惊。

那次械斗，鲁氏族人众志成城，凭借一股亲近凝结起来誓死不渝的决心和对生的渴望，对水的渴求，终于打败了杜氏族人，拉回水来倒满了自家的水缸，倒满了老爷家的水缸。但鲁氏族人也为此付出了惨重的代价，村上从此多了三个废人，两个寡妇。

当拉水的大车同时拉回来两具尸体，引起一片悲惨的哭嚎时，老爷这才意识到，自己有生以来做了最愚蠢、最对不起族人的一件事。虽然没有一个人站出来指责他，但这凄惨的情景足以让他愧疚和汗颜。更让他始料不及的是，受到严重伤害的杜氏族人为了讨回公道，当天晚上就以鲁氏族人同样的气概倾巢而出，扑入鲁家庄展开了一场更为残酷的杀戮。而他们夹着复仇的怒火而来，更是见人就砍，见房就烧。一瞬时村里火光冲天，喊声四起，多处房屋乃至祖宗的祠堂尽皆起火，到处是狂舞的器械和怒不可遏的喊杀声，以及哭爹喊娘的叫唤声。鲁氏人虽然拼死抗争，战到半夜方将杜氏人赶出村去，但大多数人家房屋被毁，到处残痕断壁，满目疮痍。

老爷站在自家院内，手里拄着根棍子，在这以前他是从未拄过拐棍什么的。鲁家的大门楼和马房也被烧着，还未完全扑灭的暗火一明一灭，照着他顿然苍老的面孔。这一次打击比任何一次都沉重，使他那一生都挺得很直的腰杆突然就佝偻了起来，整个人都好像萎缩了许多，看上去真像一个风雨飘摇、行将就木的老人了。这次劫难彻底摧垮了老爷的自信和在村人面前的优越感。老爷感到自己真的是老了，就作出了一项重大的决定。

当年，他就把族长的位子传给了大爷向前。

大爷接任族长的当天，只身去了鄜州城，直接去找了县长权尔汉，把鲁杜两家的事告诉了他。

权尔汉还认得大爷，听说此事后很气愤，说："鲁公是我县的贤人，为县上出过大力，为全县人办过大好事，洛河是公家的河，又不是哪一家哪一户的河，杜文生怎敢因一点私人恩怨挡住不让村上人吃水，挑起两村械斗呢？你放心，此事交给我办，你尽可让村上人放心去拉水，我看他谁敢阻挡？”

老爷千恩万谢告辞回来。

后来此事经过权县长的调停，双方没再发生冲突，但三奶奶却名不正、言不顺地留在了杜家。

三奶奶没有想到，事情会变成这样，自己的一时意气用事导致这么严重的后果。而这种后果直接导致她被推到了一个极其尴尬的境地，注定她后半生不会再有愉快的人生。

从小，她就经常听大人们用各种各样的口吻谈论鲁家，谈鲁家的家道、人品，语气里充满一种恨不生为鲁家郎的崇敬。当然，这里面也包括她的父亲杜文生。大人们的谈论，直接让鲁家在三奶奶的心中，定格为一种传奇。院门外硷畔上的土梨树土梨结了又落，落了又结，随着年龄的一天天增长，渐渐地，稍稍懂得了点人事的三奶奶，突然觉得自己就与这种传奇染上了关系，这就让往日还一团模糊的鲁家，日益在她心中明晰起来，越来越产生一种强烈的向往。后来有一天，父亲突然告诉她，说她定婚了，对象就是一沟之隔塬上的鲁家。三奶奶说不清自己当时听了这话后的心情，那年她还只有十三岁，情窦未开。但她很高兴，因为她的父亲轻易是不笑的，但那天笑得特别开心，一个劲说她有福，嫁了塬上最好的人家。此后她就发现，一向有些蛮横的父亲，对人变得和蔼起来，把自己与鲁家联姻的事，经常挂在嘴上，似乎成了最为骄傲的谈资。大人的这种情绪，直接影响到了三奶奶的心情，并且影响到了她的身体。从那以后，三奶奶就发现，自己的身体发生了明显的变化，就像热锅上的蒸馍，膨胀，发酵，原先还很平坦的胸部，两只核桃似又小又硬的乳房，逐渐变得鼓胀，乳头一圈的黑晕，也变得越来越深，大腿上的肉也明显增多，越来越细腻有光泽。尤其是她的脸，由过去的干黄变得白净水灵，眼睛也开始日益清亮，黑白分明。三奶奶开始变得爱美起来，照镜的时间越来越频繁，心中想要看一看女婿的愿望一天比一天强烈。

灾情严重，县政府要各地豪绅出粮二十石，大洋两千块帮政府救急，父亲和杨老八老太爷去了鲁家庄，想要联络鲁家共同抗捐，回来的时候满脸的不高兴，忧心忡忡地告诉她，鲁家完蛋了，鲁老太爷要把城里的粮行全部捐出去救济灾民。杜老太爷很为女儿以后的境况担心，全家人都担心，但三奶奶并不这么想，只要能嫁到鲁家，三奶奶觉得穷穷富富无所谓。那天鲁家带头在塬上祈雨，带人要到洛河来，三奶奶估计自己女婿肯定也在，早早就拉着嫂子等在了河边。那天三奶奶把自己收拾得非常漂亮，和嫂子麦勤从早上一直等到了正午，终于看见鲁家老太爷怀里抱着个瓦罐儿，带着人群来到了河边。麦勤用手指着队伍前头抬着龙王牌楼的一个年轻后生给三奶奶看，说水仙快看，那就是鲁家三小子，你的女婿。

三奶奶顺着嫂子的手指望去，见三爷裸着上身，浑身油光光的，大腰子裤裹在腿上，肩头压着一根胳膊粗的大椽，泥塑的牌楼大概很重，令三爷浑身的肌肉绷得紧紧的，看上去有如石头一样坚硬，充满一种力量和美感。三奶奶当时就像喝了酒似迷醉了，看着那张棱角分明的年轻面孔，眼睛定在了眼眶里。那个时候，三奶奶原先单纯的崇敬就转变成具体的对三爷个人的爱慕。

人是一个奇怪的动物，期望得越高，一旦这种期望变成泡沫，给人产生的伤害就会越大。三奶奶没有想到，自己与鲁家的结合，会以一种她想也没有想过的方式开始。她当时什么也没想，就提起包袱回了娘家。三奶奶也没想到，事情后来会演变成这样。

第四十四章

小玉

听说大爷要带全村人去抢水，小玉就慌了神：这么大的事，向明做为鲁家的儿子不参加会被族人分户的！当天，她就到城里去寻二爷。

小玉到了城里，才知道到处在闹学潮，学生们都跑街上闹事去了，学校里空荡荡不见几个人。小玉到校务室去打听王树锋，有好心人告诉她，说王树锋是共产党，县上正在通缉，半年前就不见了。小玉一听心就像被啥提在了半空中，王树锋竟然是共产党，向明一定是被他蛊惑着去闹红，弄不好那可是要被杀头的啊！向明跟了他，自己以后别打算有好日子过了。

小玉六神无主地回到窑上，肚子饿了也不知道做饭。黑暗降临时，她第一次觉得害怕。向明刚刚跟王树锋走后的几天，她并没有觉得孤单和害怕，但她现在却怕了。她想起她在城里时的日子，每天跟着姐妹们白天睡觉，晚上倚门卖笑，要不是碰上向明，也许她会在那里过一辈子。

如今她觉得孤单和害怕时，她自己也不知道为什么就想起大爷，虽然她从大爷的目光里读出了同别人一样对自己的不屑和藐视，但她从他的目光中也感觉到了一种同别人一样对自己的喜爱。她从小在窑子里长大，她当然熟知男人，但大爷毕竟与别的男人不同，他是自己丈夫的亲哥哥，他不会像别的男人一样把这种喜爱仰慕写在脸上，他是村里如今唯一看得起向明，肯照顾向明和她的人。如今丈夫不在身边，她的确觉得心慌害怕，她害怕的时候她就想起了大爷。她该怎么办呢？回到城里去，过以前的生活，打死她她也不愿再回去。她的一生都在寻求一种她所希望的生活，如今她得到了，虽然清苦，但她心甘情愿，她不想再走母亲的路。她觉得自己该去找大爷，让他给老爷说一声，让自己搬到家里去住，哪怕住在马房里、牛棚里。她从心底里怕老爷，当她第一次随二爷站在那张挂着老子坐像的八仙桌前，老爷寒霜般的脸和眼里喷射出的对儿子的极度失望和愤怒，的确让她害怕。虽然老爷的目光在她脸上只是一掠而过，并未作片刻的停留，她还是感到了害怕。老爷脸上的冷酷和别人的凶霸不同，她只看了一眼就不敢再看，她当时不知为啥突然就憎恨起自己的身世来。

她被老爷赶出家门栖身寒窑时她并不恨他，她相信迟早有一天，他会接纳自己的。当她明显感到自己肚子里另一个生命的存在时，她明白这一天已不会太远了。能进入一个体面的人家，是母亲对她的期盼，也是她一生的渴求，她一直在努力寻找，二爷一闯进她的视线，她就意识到，他正是自己所要依靠的人。她感谢母亲，在走投无路栖身妓院时，并未连自己一块卖掉，所以她能轻松地跟着二爷回到五指塬来。她希望二爷能带给她一种让她觉得充实的生活，然而二爷却令她大失所望。她多么希望二爷能多一点大爷那样的刚硬和主见，也许她就不会住在这阴暗的破窑里，靠别人的接济过日子了。

“我明天就去找他！”她想。

第二天，她一改惯例起了个大早。虽然大爷前几天送来的水已所剩无几，但她还是毫不吝惜地讨了半盆，将一头黑发漂洗的清清爽爽，对着半截从窑子里带回来的镜子，用胭脂将脸蛋抹成两片嫩红，细心地将眉毛弄成两弯新月，然后用木梳一下一下将又黑又亮的柔发梳的一丝不乱，在脑后盘成一个发髻，用一只红木簪子绾住，照了照镜子觉得满意，才洗了手走出窑来坐在窑前的硷畔上，心里寻思到了鲁家见了老爷该如何开口。

虽然已是十月份的清晨，但一轮从远处山梁上喷薄而出的太阳依旧使人觉得灼热。从畔上望过去，树梢上一片橘红，所有的树木都沉默着，枝头挂着干巴巴卷了边满是破孔的零星叶片，像一只只被风雨吹打的千疮百孔的蝴蝶，无精打采地挂在枝头。太阳一出来，却又涂抹上一掬热烈的桔红，天地间顿时流光溢彩，一片耀眼的灿烂。

小玉在这美丽的早晨，在身边不远处的杂草间，发现了一朵白色的小花，它矮矮地在那里开放，顽强得让她怦然心动。她小心翼翼，怕它飞了似的伸手过去，想将它折下来插在鬓发间，但当她的手就要碰到那脆弱的茎杆上时，却又缓缓缩了回去。

小玉走进鲁家大院时，老爷正拄着根棍子立在院子里看着钉在牌匾上的那张镰出神，小玉过去就说："大，向明跟人闹红去了，我要搬回来住，我独自一人在外边害怕。"

老爷看了她一眼，好像没听见她的话，又扭头去看那依旧钉在门顶上的镰。前几天，他已听大爷说了二爷的事，心里非常气恼，对二爷更加失望，他没料到马小玉会自已寻上门来。

小玉又叫了声大。

老爷头也不回地说："你爱去哪去哪，我鲁家没有这个娃，也没你这样的媳妇，你爱去哪去哪，关我屁事？"

小玉不知从哪儿冒出一股子底气，挺了挺微微隆起的肚子说："大，不管咋说，我肚子里怀的是你们鲁家的种，我就是生，也要将他生在鲁家！"

老爷猛地扭头盯着她看了半晌，喉咙里痰响得一进一出。

大爷和大奶奶听到吵闹声从房子里出来，大奶奶像发现了毒蛇猛兽，盯着小玉目不转睛地看，大爷忙走过来把老爷推回屋里说："大，你和她个女人执甚气，弄不好丢人呢！"

"她说她有娃了，她说她有向明的娃了！"老爷梦语一样地说。

"她有向明的娃了？那只好等向明回来后再说，好歹是他的后。"大爷说。出门来对小玉说："你先回去吧，让我和大商量商量，说通了就接你回来。"

小玉没敢再坚持，扭头往回走去，嘴里说："大哥我等你啊！"

这晚老爷没睡，房里的灯一直点到了天亮。老奶陪他坐在房里，老两口叽叽咕咕，一直唠叨了一个晚上。第二天天一亮，大爷就被叫到大房里去了。

大爷走进大房，满屋的烟呛得他忍不住一阵咳嗽，大爷就过去把几扇窗全打开了。这时他发现，老爷脸色灰白灰白，头发干干扎在头上，噙着烟锅坐在桌前。老奶手上捏着个手帕，坐在桌子的另一侧，两个人好像都一夜没有合眼。等老爷开完窗，看见老奶闭了门，老爷就指了指对面的椅子对大爷说："你坐。"

大爷忐忑不安在老爷和老奶对面坐下，看着老爷说："大，大清早的叫我有甚事？"

老爷说："向明窑里的怀孩子多久了？"

大爷说："我不知道，大你猛猛的咋问这事？她怀孩子多久，我咋知道？"

老爷平日很少对他过问向明婆姨的事，不得不过问时准是称小玉叫那女人，今天突然说向明窑里的，大爷就觉有些不大对劲。

老爷说："不知道，不知道去问问！"

大爷说："大，说甚哩，我是她哥，我咋问？"

老奶说："问甚，不问，叫向前屋里的打今个起开始装着有甚就是，不问。"

老爷想了下说："也行，照你说的办。"

大爷被老爷和老奶的话彻底给闹糊涂了，满脸疑惑地看着老爷和老奶说："大，妈，你俩说甚哩？"

老奶说："说甚你不明白，从今个起，让你屋里的怀里揣上个枕头，就说有啥了，等窑里那个生了，把娃换过来。"

大爷的嘴一下就张大了，半天合不拢来，这下他是完全明白了，老爷和老奶商量了一个晚上，感情是要狸猫换太子，把老二的娃换给自己。大爷心里一阵恶心，觉得就像嘴里突然飞进了一只蚊子，嘴张着，"这这这"地说不出话来。

老爷把烟锅里的余灰在铜钵中磕掉，看着大爷说："这这这个甚，你媳妇进门这么多年不显怀，老三又成了那样，我们家难道真要断后？那女人虽说肮脏，她怀的毕竟是向明的娃，把他弄过来，万一要是个长鸡鸡的，也算给咱家延了香火。”

大爷说：“那就让她生吧，生下来还不是咱鲁家的人，干嘛要做这事？”

老爷说：“你说甚哩，要认了娃，那女人咋办？我们家甚人，能让这样的女人进门？这种女人进了门，你爷都会从坟墓里跳出来的！你甚也别说，照我和你妈说的办就是。”

大爷说：“办，你把人家的孩子换过来，那女人咋办？”

老爷说：“这你别管，我自有安排。”

大爷还想说啥，老爷却打了个哈欠，伸伸腰站起来说：“甚都别说，就这样，给你屋里的说一下，我困了，睡去了。”

放下烟锅回了卧室。老奶看了大爷一眼，示意他出去，也起身回了卧室。

大奶奶金子自大爷和老爷那天谈了话后，就在老奶的操持下，把一件装了棉花套子的腰带巾在了腰上，在老奶的引领下，到村里平时走得比较近的几户人家去串门，在婆姨们故作惊讶的询问下，不无自豪地告诉人家说，自己的大媳妇又怀孕了，而后就开心地笑起来，跟婆姨们说了怀孕的月份，掐算着坐月子的时间。金子也就脸上显着满足骄傲的笑，有些不大自然地接受大家的询问和祝福。很快，鲁家大少奶奶又怀上了孩子的消息，长了翅膀一样，迅速在村里传播开来。老奶便根据消息的传播速度，对大奶奶怀里掩藏在大襟袄下的棉花包作着适当的调整，让大奶奶的肚子一天比一天看起来显得葱茏。大奶奶打进入鲁家，成了鲁家大少爷的婆姨，她的家世、人品、长相、贤淑、孝顺，老爷和老奶没有不满意的，可就是一样，不生男娃娃，这让老爷和老奶心里很不得劲，成了老爷和老奶的一块心病。身为长子媳妇，没能为家里生一男娃，大奶奶比老爷老奶更急。可急归急，她也没有法子，只能比平时更小心地做人，把鲁家大小伺候的舒舒服服，以免老爷和老奶在不高兴的时候，说出什么刻薄的话来。心里有了这种心结，老奶跟她说这事的时候，尽管大奶奶心里很不得劲，还是啥也没敢说，照老奶的安排把那个塞了棉花的腰带巾在了腰上。

小玉在那次去了鲁家后没多长时间，虽然没有见鲁家任何人来叫自己回去，

马小玉
友良
乡土

但却在一天晚上意外接到了大爷亲自送来的半袋杂面和一袋子小米。大爷什么也没说，放下东西就走了。小玉当时还产生了一种错觉，以为自己的斗争取得了一定的成效，没想到，这恰恰是她悲惨命运的开端。

第四十五章 大宝

大宝一出茂盛粮行的门，就直奔街西的垂轮赌坊而去。他刚从他妈那里骗得二十块钱，就急不可耐要到赌坊一试手气。

他怀揣他妈给的二十块钱，兴冲冲走在五交镇月牙形的街道上，瘦小的身子看上去就像一只穿了衣服的猴子。他喜欢赌博，赌场里幽暗的灯光，喧闹的人群，骰子在碗里欢蹦乱跳的声响几乎刺激的他血脉暴涨，他喜欢赌场里的这种气氛。

二太爷为了振兴自家的香火，不但搬迁了祖先的坟墓，而且在给老八娶媳妇时，专门托人找了个身体结实、奶圆胯大、屁股有肉的壮实女人。二爷的目的很明显，就是希望自家的香火能在老八手里点旺。可一胎生下来，足分足月的大宝却像一个早产儿，只有三四斤重，猫娃儿似的，把老八都吓了一跳，要不是家里条件好，这娃儿说不定都养不活。身高体大的女人生下儿子以后，性欲突然大长，每晚都要把瘦猴一样的老八压在身下进行运动，折磨得他死去活来，上吊的心思都有。老八身体瘦小，很不喜欢这种姿势，但女人喜欢。每天天一黑老八就胆战心惊，蜷缩在炕上用被子裹住身体生怕女人来骚扰他。女人却像只发情的母猫，把自己丢剥得精光，两眼放光，双颊绯红，扯开被子老鹰捉小鸡一样把他揪过去就压在了身下，老八吓得哇哇大叫，女人就火了，更加用力地摧残他，说叫唤甚哩，给你喂吃食呢，又不是叫你上杀场哩！雪白的大腿水淋淋的屄，这么好的东西喂不下个你！每次弄得老八直翻白眼，她还不肯住手。打那以后，女人就再没显过怀，大宝就成了百亩地里的狼尾巴草。

大宝长到四五岁，稍微能懂了些事，却经常犯头疼，老说自己是老虎沟的杨守业。百日那天抓阄，满炕的东西啥都不抓，却抓住两枚骰子不松手，任谁也夺不下来。二太奶当时还在，说这娃看样子像个转生胎。二太爷将信将疑，叫人一打听，老八亲大杨守业死的那天，正是自己孙子降生的时候，二太爷后来就抱了孙子，往老虎沟去想弄个究竟，到了村口，二太爷放下大宝，大宝就顺着村巷七扭八拐，在没要任何人指路的情况下到了老八家原先住的烂窑前，推开院门就进去了。二太爷一看杨家自己当年来领老八时用苞谷杆扎的破门，当时就一屁股坐到了地上。

后来二太爷回来对二太奶说，大宝到了杨家，竟跟回到自己家里一样，对杨家的啥都了如指掌，连杨守业死时埋在碗架下谁也不知道的一副灌铅骰子都寻了出来。老奶听了当时嘴就张大了，说这娃看来真是个转生胎，这老八媳妇生了个娃儿，咋就给老八生出了个老子！

而大宝以后的所作所为，就更加坚定了一家人以为他是杨守业转世的看法，以致老八后来和儿子呕气时，大宝一叫他大他就说，你莫叫我大，你是我大！

大宝一进赌坊就坐到宽大的赌桌前，坐到一群高的矮的胖的瘦的赌徒中间，把他妈给他的二十块袁大头随手押在了双点上，然后向后一仰，在别人惊异的注视下，静静地注视着放在桌上的赌碗和压在碗两边白亮亮的银钱。他喜欢这种输赢都很豪气的一掷千金的赌法，他从来都是这么赌的。在别人看来，这是最愚不可及也最能体现赌徒本性的赌法，但他就是喜欢。其实只有他自己明白，他只有在看准了势头后才会这么做的。从小混迹赌场，使他过惯了今日财东明日乞丐的赌徒生活，也使他一天天失去了父亲的欢心，遭受了一次次的毒打。他恨老八，恨他拿他不当儿看，眼里只有金钱。他的日益膨胀的逆反心理促使他在同父亲的对峙中，一天天失去了作为杨家少爷在家里的地位。他幻想着有朝一日，自己能赢得银山金山，让那个死老八看看他大宝的能耐。

他在赌桌前坐不一会儿，就认出庄家今日使的是一副双架子，骰子里的单双架子，吸石灌铅他没有不认识的，他曾学得一手绝活叫做“黑虎掏心”，可以在摇宝的时候神不知鬼不觉将骰子从碗里夹走，开宝时再放进去，摆成自己想要的点数，但这只有在没有了本钱，迫不得已时他才用。今天他在赌桌前看了不一会儿，就认出庄家使的是一副双多单少的架子宝。他盯上那筛子的规律后就毫不犹豫地将那二十块钱全部押在了双点上，然后他将身子向后一仰，等着碗被揭开来，自己的钱就会翻上一倍。

那只小小的青瓷碗终于在庄家的高声喝唱中被揭开来，刹时引起一片兴奋的叫声和丧气的诅咒声，大宝只觉得自己的脑芯里嗡地响了一声，人就向椅子上靠了下去。怎么会是单点呢？他想不通，他真有些想不通；他不知道庄家以鬼吃鬼，早将骰子换掉了。

大宝垂头丧气要离去时，却被人一拍肩膀拉住了，扭头一看，原来是自家斜对门刘记粮行的刘掌柜。刘掌柜圆鼻子圆眼睛圆嘴圆脸一副弥勒相，拉住大宝笑的双眼只剩下一丝缝缝：“呵呵呵，我说老弟，这也叫赌博啊？尻子还没把板凳捂热又要走？”

大宝苦笑着说：“日他妈霉气，一宝下去连个口含钱都没剩下。”

刘掌柜说：“又输光了？输光了怕啥，不怕输得苦，就怕断了赌；来，没钱了我这有，拿去翻本。”顺手摸出十块大洋放到大宝手上。

大宝喜出望外说：“谢谢，谢谢，我赢了一定还你。”

杨大宝

刘掌柜说："不急，不急，你尽管玩好了，没了再寻我。"

大宝道了声谢就又急不可耐地钻进了人群，刘掌柜看见继成的光头在门口闪了一下又不见了，他的嘴角一弯不由得又笑了。

第四十六章

狼祸

小玉快要临产时，金子的肚子也大到了像要临盆的地步。一切都掐算得恰到好处，在老爷和老奶的安排下，有条不紊地默默进行。一天，大爷再次到窑上给小玉送吃喝时，小玉对大爷说："哥，我就要生了，你给妈说一声，让她来窑上陪我吧，我没生过娃，我怕！"

大爷说："快生了？那我让你嫂子来陪你吧！生的时候再让妈来。"

小玉说："那也行，让我嫂赶紧来，我怕就坐到了这几天。"

大爷没再说话，转身就回去了。他原以为，小玉坐月子可能还得几天，回去后就没急着给老奶和婆姨说，结果事情出了差错，让老爷的计划流产了。

庄上突然闹起了狼。

这已是民国十九年春末。黑驴和三爷进山去给老爷寻药，药没挖到，一人却抱了一只狼崽子回来。

塬上的狼很多，大白天都敢进村伤人，村里常有小孩子牲畜被狼拖走。

老爷看见两人怀中已被捂死的狼崽子脸就绷紧了，狼的残忍和报复性他是知道的，想起老辈人关于狼的种种传说，老爷的脸就越发地阴沉。

狼的报复很快就开始了，第一个被吓慌的是住在村口的小玉。

狼的叫声响起来时，她正觉得肚子里翻江倒海，一个急于出世的小生命悸动得使她难以忍受，满炕乱滚忍不住叫出声来。

疼啊疼啊疼啊疼死我了快来人啊！

今夜月正圆，明亮的月光从简陋的的窗口射进来，照着满炕翻来滚去的她，她觉得自己快要死了。那次从鲁家回来，她就心心念念等着大爷给她带来好消息，大爷却没再到窑内来，却打发黑驴给她送来了东西。黑驴当然非常乐意做这件事，像村上许多男人一样，自打小玉进村，他就被这个女人迷惑得晚上睡不着觉，他知道作为一个下人，这么对待二少奶奶是不敬的，但他又无法克制自己。好几次他送东西到窑里去，都忍不住想把那女人扑倒在炕上，揉她的奶子，可是他不敢，那女人身上每一块肉都磁石一样吸引着他。

时间一天天过去，小玉的肚子越来越大，还不见有人到自己窑里来，她就天天坐在硷畔上等。有一天终于看见大爷要出村时，就把他拦住了。

她说："大哥，我要回去。"

大爷躲躲闪闪地说："大他，他不同意。"

小玉挺着大肚子说："哥，我快生了，我得回去啊！"

大爷说："再缓一缓，等我给大说好了再说。"

小玉说："向明不在了，哥你要帮我啊，这孩子可是向明的后！"

大爷说："我晓得。"

但大爷最终也没有接她回去，老爷是不会允许这样的女人进家的。

狼就站在她头顶的窑畔上。

她知道那窑畔上长满了矮矮的酸枣树，此时正结着米粒样的酸枣，她每天都会坐在窑畔上，摘了那小小的果子连叶放在嘴里嚼，这时的酸枣还未硬壳，既不酸也不甜没什么味道，一嚼还未硬壳的枣核子就一起被嚼烂了。

她从小就爱吃酸枣。黄土高原上，哪怕最贫瘠的沟洼里都长着这种带刺的矮小灌木。酸枣在深秋霜降后才红透了，一串一串挂在田沟边、崖畔上。艳红的酸枣是陕北一道亮丽的风景。她觉得自己就是一棵酸枣树，一棵被风雨催打自生自灭的酸枣树。

狼很多，她从酸枣树边唰唰往下落的土屑中能感觉得出来，但她已顾不上害怕，这个急于出世的小生命正使她体验着繁衍的伟大痛苦和悲哀。

没有人照顾她，她这样的女人是没有人怜惜没有人同情的。

疼啊疼啊疼死我了快来人啊!

这时她听到了狼王哄亮的叫声，叫声在这样的夜晚传得很远。

接着窑畔上的土更加猛烈地往下落。透过窗子，她觅见无数黑影旋风般掠下窑畔卷入村子。一阵风过后，一切又归于沉寂。

有一只狼却在窑前停了下来。

失去孩子的母狼在掠下窑畔时突然听到了异样的叫声，闻到一股异样的气息，这种它曾亲身体会不久，让它久久心动的声音和气息促使它站在了小玉窑外驻足不前。

明月在天，窑内传来一阵阵撕心裂肺地绝望的呻吟喊叫。

喊叫声惊天动地，一村的人都听得见。

狼恍惚回到了几天前的夜晚，它躺在破庙里的神案下，将肚内的疼痛呻唤成一种伟大一种自豪，为众多的雌狼中能拥有狼王的爱能为它付出而自豪，虽然疼痛难忍，但在分娩的阵疼中充分体验到了生命的意义，繁衍的重要和母性的伟大。

刚刚失去孩子的母狼听到那种撕心裂肺的声音而激动不已。

它缓步走到窗前，爪子搭在窗台上探头向窑内看去。

月光真好，对狼来说月光就是光明就是火种。这只世上最有灵性的母狼，在这个月光皎皎的晚上，看到了一个家族不为任何人知道的秘密。

月光下它看见一个女人光着下身在炕上翻来滚去，她的身下是好大一滩殷红，一个毛茸茸的小生命正从那滩鲜红中伸出头来，随着女人的声声尖叫，完全裸呈在狼的面前。这个刚刚上世的小生命，也不曾睁开眼看一下这个浑浊的世界，也不曾体验一下人世间的酸甜苦辣，就哲人一样发出一声嘹亮的哭嚎。

"哇——"接着他才进入伟大的思考。

他在对人类进行了思考后感到心灰意冷，不幸大于幸福，痛苦多于欢乐，感到伤心绝望就发出了更大的哭嚎。

"哇——哇——"

狼被深深地震撼，对着月亮长嚎了一声。

一切都沉寂了下来，只有婴儿的哭叫一声接着一声响彻，他的母亲死了一样躺在血泊中。

狼突然就冲动起来，纵身向窗棱碰去，窗子完好无损，它却被碰得四仰八叉躺在地上。但狼并未因此而退缩，疯了一样一次又一次不屈不挠地向窗上碰，碰得窑顶直往下掉土。

毛上挂着土屑的狼、失去孩子的狼、对生命无限挚爱的狼一次又一次往窗子碰撞，窗子沉默着没有反抗，狼却一次又一次失败了。母狼在就要灰心绝望时，一次撞偏竟碰到了门上，随即门应声而开。世上的事有时真是奇妙，当你为一件事奋不顾身努力追求时，却只能望洋兴叹；而当你要灰心放弃时，它却出乎意料来得容易，狼现在对这一真理就有了切身的体会。原来小玉因为一天来时时袭向她的疼痛而忘记了关门，她没有想到狼会来。狼冲进屋里一口咬断脐带叼起孩子冲出门去，遁入夜色中。

第四十七章

算盘

老八爷早上起来。洗罢手脸坐到桌前习惯地把手伸向桌上的算盘。

老八爱打算盘，爱听算盘珠子相碰的清脆响声，喜欢手指触及算珠时的那种感觉，他的一生就是在精打细算中走过来的。他一生打坏了不知多少算盘，三十八岁那年，他请了镇上的王铁匠专门为自己打造了一只铁算盘，还是铁的结实，从此他再也没有换过算盘，这只已被拨打得铮亮铮亮的铁算盘从此成为他生命的一部分。

老八的手在桌子上摸了个空，心中不由怦然一动，扭头向桌上一看，桌上空空如也，哪有算盘的影子，老八就失精着火地“继成，继成”叫了起来。

继成正在街上扫街门，他每天早上起来第一件事就是先将街门前打扫得干干净净，虽然现在粮行里又雇了两个伙计，但有些事他还是亲自去做。听到老八不同于以往的叫声，忙扔下扫帚跑进来说：“咋？咋了？”

“算盘，我的算盘呢？”

继成说：“咋，不见了？咋晚我收拾柜台时它还好好在那放着呢。”

“那怎么会不见了？”老八一张脸缩成了葡萄干，对着继成吼：“把所有的伙计都给我叫来！”

然而算盘始终没有找到。

撑灯时分，喧闹了一天的街上终于安静下来，老八一整天坐在桌前的圈椅上，把身子缩得像一只猴子。这时街门吱地响了一声，透过门缝，他看见大宝蹑手蹑脚溜进来向厢房溜去，就吼了一声说："大宝，你给我进来！"

大宝吓了一跳，像被什么定住了站在当院不动弹。

"你给我进来！"老八又吼了一声。

大宝这才畏手畏脚走进来。

老八盯着他看了足有几分钟，他相信那只算盘一定是被这个败家子偷了，他不明白他偷那玩意儿干啥。

"我的算盘呢？"他问

"甚算盘？"大宝说。

"混账！"老八猴子一样从椅子上跳下来，抬手就抽了儿子一记响亮的耳光。

大宝给打了个趔趄，蹲到地上用手捂住了脸。

老八扑上去又一脚将他踹倒："你这个败家子，窝囊废，你给我滚，我杨老八没你这号儿，你给我滚，滚得远远的，我一天也不想再见你了，你个败家子！你给我滚——滚——滚——"

大宝被老八怒不可遏的样子吓住了，捂着脸怨毒地看了老八一眼，爬起来冲出门去。

出了门，他径直来到对街的刘记粮行。

"你说，那只算盘是不是很值钱，要不我大他会发那大的火，连我都不认了？"

刘老板冷冷地一笑，将算盘哐地一声扔在大宝面前的砖地上："你自己看看，一只铁算盘，什么值钱东西，只有你大才将它当宝贝。"

"不值钱，那你为甚要我用它来抵债？"大宝不解地问。

刘老板牙缝里挤出一个字："蠢。"就不愿再理他。大宝弯腰想去地上把算盘捡起来，算盘却被刘老板用脚踩住。大宝仰起脖子看着刘老板说，既然不值钱，你要它干甚，给我吧！刘老板冷冷一笑，给你，想得美你，杨老八老小子没好日子过了，他的心被我揪住了！啊哈哈哈哈……

老八将儿子赶出家后，趁继成不在在后院寻见了胡玉芹。

胡玉芹见老八进屋就有些脸红，说都这把年纪了，女儿都长大了，小心让他们碰上脸往哪儿搁。

老八站在炕下说，我来是想给你说，你把咱俩的事给继成挑明，我要认他这个儿，要他给我顶门立户！我对那败家子心淡得很，将他赶出去了，我要把家业交给继成，我要认他做儿子！

胡玉芹一听这话脸更红了，张着已开始掉牙的嘴说："这叫我咋说呢？我老皮老脸的咋能说得出口，继成他知道了会咋看我？算了吧，你知道他是你的儿就行了，说出去弄不好丢死人呢！"

老八寻思了半晌，也觉有些不妥当，就说："那就缓一缓再说吧！"

老八从胡玉芹屋里出来，刚到前院，继成慌慌张张从外进来，一见老八就说，老爷不好了，大宝昨晚在赌场出老千，被人打得半死扔在街上。

老八听见脸更阴沉，压着声说："不要管，他爱咋咋去，我全当没有这个儿！"转身走进屋内，坐到圈椅上将身子缩得像只猴子。

继成跟着走进来，伸了伸脖子想说啥却没吭气。老八突然伸手拍了拍他的肩膀说："继成，我以后就全靠你了！"继成扑通一声就给老八跪下了，把头在砖地上一碰说："老爷，大宝不在了，我就是你的儿，你亲亲的儿，你就是我的亲大大！我给你老人家顶纸灰盆，为你养老送终！"

老八眼里一热，跳下椅子一把将继成抱在了怀里，喊了声："我的儿啊！"就再也说不出话来。

继成从老八屋里出来，仰头看看天上的太阳，嘴角不由自主就浮出一个莫测的笑来，接着他就想起了他大满定。

满定被粮包压断双腿，无钱医治瘫在炕上不能起身时，继成才三四岁。那时满定妈已经下世，老八更加肆无忌惮，隔不了几日就过来与胡玉芹寻欢。

有一天晚上继成被一阵莫名其妙的响声弄醒，醒来时见有个人骑在他妈身上，气喘得像拉坡的牛，继成就叫："大，大，有人打我妈呢！"

满定就伸手过去，将儿子拉进怀里说，“睡觉……”

继成扭着脖子不肯睡，口里又叫：“妈，妈妈！”

胡玉芹说：“睡，睡觉。”

老八从胡玉芹身上翻了下来，起身去穿衣服。

“你弄你的，碎娃娃家不懂事。”胡玉芹说。

“当心娃出去胡说，还是先将他哄睡着。”老八停住手说。

满定就用手拍着儿子说：“睡，睡觉！”

半天不见声音，满定又说：“睡着了，你弄！”黑暗中忍不住流下两行泪来。

老八就重新趴到胡玉芹身上，弄出一连串声响。

刚在得趣，继成在被窝里又叫：“大，大，那人又来了。”

满定用力在儿子屁股上拍了下说：“睡你的觉！”

老八就害气地嘟囔着说，“这么个娃，让人球事都闹不成！”翻身又去穿衣服。

满定在暗处说：“八爷！”

老八说：“不要叫！”摸出两块铜板放在他手上，跳下炕走了。

满定就用力揪头发，呜呜哭出声来。

老八此后有半年多没有再上满定家来，满定日子一天比一天艰难。

一日实在揭不开锅，满定就对胡玉芹说，你到镇上找一下八爷，要不这日子过不下去了。

胡玉芹就梳洗打扮了一下，拖着儿子去了镇上，晚上老八就过来了。

胡玉芹早早哄得儿子睡了，满定见老八进屋从炕上抬起半截身子说：“八哥你来了！”

老八说：“嗯。”

满定就对婆姨说：“快给八哥打水洗脚。”

胡玉芹哎了一声，去灶上打了半盆水，圪蹴到地上给老八洗脚。

老八看着胡玉芹低垂着的半截嫩白的脖颈说：“今个你要不来寻我，我还真的不过来了呢，你说我有钱哪儿寻不了个女人？”

友良
乡土

满定两口子满脸感激地点着头说：“那是，那是。”

“碎娃娃家出去胡丧扬哩，万一要让人知道了，我是半夜翻墙送门神，好心背了个瞎名声。”老八说。

“那是那是，”满定又点头说，“我叫娃他妈把牛圈给我收拾好了，明儿我就和娃搬到那去睡。”

这时老八已在脱衣服，看着胡玉芹脱光了，就将她放平骑上去说：“又揭不开锅了？”

“都断几天了。”满定说。

老八用手捉住女人的乳房说，“明日我让人给你送些米面来。”

第四十八章 饥饿

村里闹狼的那晚，家家户户都关紧了屋门，听狼把门板抓的嚓嚓地响，把房上的瓦揭下来扔得满地都是。没有人敢出门去看狼有多少，任狼在村里放肆了一晚上。

村里闹过狼患一个多月后的一天，大爷装好了一袋面粉准备给小玉送去，老爷看见了问他：“你这是干甚？”

“我给向明屋里送点粮，她快要断顿了。”

老爷把脸一沉说："放回去！"

大爷把口袋放到地上说："向明不在，咱要不管她会饿死的。"

老爷说："以前不送是怕饿死了那败家子，如今他不在了，你怕饿了谁？这样的女人，你只要饿上她三天，我敢说她要不弃了向明跟人走了才怪！"

大爷说："既然这样，当初就打发人家走嘛！"

老爷说："当初是当初，当初她怀着向明的娃娃，你婆姨又再不显怀，向华又是那样子，万一她生下个男娃，瞎好是咱鲁家的一根苗；如今孩子都让狼给叼走了，那女人又有些疯癫，要她干啥，丢人败性的。以后不要再送粮过去了，饿上她几天她就走了，省得再丢人！"

大爷还想争辩，见老爷脸阴得厉害，就没敢再吭声。

按老爷和老奶的原定计划，本打算在小玉快分娩的那几天，以伺候月子和接生为名，送老奶到窑上伺候小玉，然后趁小玉产后糊涂，抱走小孩，哄小玉说孩子没长下，狸猫换太子，一箭双雕，既保全了孙子，过继到向前和金子名下，又可以趁机断绝小玉的供给，逼小玉离开村子。没想到村中闹狼，孩子被狼叼走，让所有计划都成了泡影。老爷事后大为恼火，把老奶好生埋怨了一通，怨她死要面子，提前没到小玉窑里去，以致铸成大错。现在人已经没了，这个女人对于鲁家来说，除了耻辱还是耻辱，没有丝毫价值，老爷决不允许鲁家任何人再对她有任何的怜悯。

小玉面缸快要见底，还不见大爷送粮给她，以为大爷忘了，就每日坐在窑畔上等。

窑畔上的酸枣已有指头蛋大，但她却不再想吃。

等了几日等不上，小玉就到村里去寻大爷。刚进村，正碰上大爷从村巷上走来。小玉就拦住他说："哥，我没面了。"

"我知道。"大爷低着头只走不歇地说。

"我几天都没吃饭了，我饿，哥！"小玉说。

“我知道。”大爷说。

“你给我送点吃喝啊！”小玉说。

大爷抬头看了她一眼，他发现小玉变了，头发脏乱，脸色浮肿，眼里暗淡无神，那件红绸袄很脏，沾满奶渍污垢，好像一个月都不曾洗过，说话也颠三倒四的，大爷心里就生出一股亏欠了她的负疚感。他说，你走吧，走得远远的，走到哪里都比这达强；我大不让我再管你了，你走吧，讨活命去吧！

“我是你兄弟的媳妇啊，哥！我咋说都是向明的婆姨，我不走，打死我也不走。向明不在，你不管我谁管我？哥，哥！”

大爷听见小玉口口声声把他叫哥，心里更加羞愧难当，低着头不敢看她，说，你别叫我哥，我不是你哥，你叫我哥我心里难受！我管不了你，我大不让我管你，你走吧，走得远远的，好歹讨个活命！他突然觉得自己很窝囊。

“我不走，我饿，哥！”

大爷却逃一样地走开了。

小玉终于断了顿。

开始几天，她还慢慢地在窑畔上寻酸枣吃，后来她一点力气都没有了，就蜷缩在炕角饿得奄奄一息。

饥饿使她时而清醒时而昏沉。她想起自己当初和二爷约好要跟二爷回五指塬时，拿出自己在院子里多年所有的积蓄，与妈妈坦白，要为自己赎身。妈妈望着那些放在床铺上的金银首饰没有难为她，只是关切地问她说，你要赎身，妈妈不拦你，这不是人待的地方。告诉妈妈，是谁看上你了，要帮你赎身？小玉低着头，小声说，是鲁家的二少爷。妈妈说，鲁家二少爷，你真有福！这些东西都是他给的？小玉说，不是，这都是我自己的。妈妈就变了脸说，瓜女子，这哪是人家看上你，纯粹是你自己一厢情愿嘛！好我的娃哩，妈妈干这行多年，阅人无数，什么样的男人没有见过，别看那些有钱人家的少爷现在嘴上说的好，过一段时间，热乎劲过去了，受害的还不是你，这事你千万要想好了。小玉低着头说，这些妈妈就别管了，他就是以后对我不好，我也不会后悔。然后她把自己几件洗换衣服收拾好，坐在屋里，等着二爷到院子里来接自己。那天小玉起得特别早，梳洗得干干净净的，穿着那件最爱穿的红绸衫，从早上鸡叫，一直等到太阳偏西，也没见二爷到院子里来。那些起先还羡慕她的姐妹，开始把头伸出房间，站在秀廊上悄悄说着闲话。妈妈坐不住，再次来到房里，劝小玉别傻了，收了心留下吧！“信他们，信他们鸟雀子都不拉屎！”妈妈说。小玉却从容笑笑，提起自己小小的包裹，毅然告别了妈妈，在姐妹们各种各样目光的注视下，出院往学校去了。后来，一切果如妈妈所说，时间证明了妈妈眼睛的毒辣。但小玉一点也不为自己当初的行为感到后悔，即使现在饿得都要死了，她也没有后悔。

浑浑噩噩中，好几次她看见她妈穿着那件红棉袄，梳洗得干干净净站在窑门口，她觉得自己真的要死了。

有天晚上她在昏迷中被一阵敲门声惊醒，昏昏沉沉中，门开了，一阵风跟着挤进窑里，恍惚中，她感到好像有人影站在炕沿下，手里举着拳头大个馍馍。她隐隐觉出那人好像是鲁家的长工黑驴，举着手对她说，馍，糜子面馍馍，吃不?

她那将要睡过去的神经立刻被刺激得一激灵，颤抖着手抓住了馍，一感觉到它的实在，立刻向嘴里塞去。黑驴看着她说，不急不急，这还有。她却已顾不上说话，满口满口吞咽着，喉咙憋得像吞了麻雀的蛇。

她知道黑驴在解她的袄纽子，她觉出他粗糙如树皮的手在自己的胸脯上恣意揉摸，但她已无法顾及这些。她的自尊，她的憎恶，她的羞耻感，此时都不再存在，存在在她脑海里的只有切腹的饥饿。

你个公牛，就剩下点救命粮了，你还偷了去骚情，这日子还打算过不？蛋蛋吊下一串串，一个个都嚎丧一样张着嘴要吃，你倒好，光景过得屎吊脸不烧，倒偷了馍去日那大奶子，你爱日老娘一天甚也不干让你日，咱吧嘴都用针缝上啊！

大爷一天从五交镇回来，刚走到冯白家门口，听见冯白婆姨拉大声在院里骂冯白，看见他却硬生生将舌头缩了回去。冯白的脸却一下子显出了慌张和窘迫来。大爷的心像被谁用针扎了一下，联想起这一向村里家家婆姨汉吵架，见了他却又马上熄火，大爷就觉得有些不对劲。

这天晚上。大爷躺在炕上咋也睡不着，就起身穿了衣服开门向外走去。

“半夜三更的你到哪去？”大奶奶在被窝里问。

“睡不着，我出去转转。”

大奶奶用手抚摸着自己平坦的小腹说：“别走远了，当心狼！”

大爷哦了声就出去了。

大爷出了村，不知怎么就来到了二爷窑前。

“你都叫羊奶弄，叫冯白叫狗蛋弄，咋不叫我弄？给，我这达也有馍馍。”他听见一个沙哑的男人在小玉窑里说。大爷的脑芯里轰地响了一声，一股腥咸的血味从牙根子里渗了出来。

听不见小玉的声音，窑内打雷一样滚过一片粗重的喘息。

“你这奶奶嫽得太！”

一股灰白的烟雾从大爷的眼底升起来腾上他的脑幕使他摇摇晃晃有些站立不住，肚子里翻江倒海，忍不住“哇”地一声，将晚上吃下去的食物全吐了出来，散发出一股恶臭味。

窑内一阵乱响，有个黑影跑出来离开窑畔不见了。

大爷忍不住又吐，吐得肚内空荡荡的。

“噢——呜——”

头顶上突然传来一声狼嚎，拖着长长的尾音在夜色中悠悠转动。

大爷激灵灵打了个冷战，抬头一看，窑顶上不知几时来了不少的狼，狼的眼像无数磷火，绿森森闪动。一阵腥风吹来，狼动了，箭一样在窑畔上划出许多优美的弧线。

大爷来不及多想，拔腿冲进窑内，哐地一声将门关上了，靠在门板上不住地喘息。

星光从窗上透进来，窑内一片朦胧，他听见小玉在黑暗中哧哧地笑，他忍不住又想吐。

当他的眼睛终于适应了窑里的光线时，他发现小玉靠墙坐在炕上，裸着怀，腰里围着半截被子，两只腿伸在被子外，白晃晃刺的他睁不开眼。他突然有些心慌，语无伦次地说，“狼，狼……在……在外面……”

小玉依旧哧哧地笑，头发乱乱铺了一肩。虽然在夜里，他还是觉出她瘦了，不再有往日令人心醉的丰腴。

他的头脑里一片模糊。

小玉还在笑，傻傻的。

他突然有些害气，向她吼叫着说：“你咋能这样呢？你把我鲁家的脸都丢尽了！你咋能这样呢？”

“向明回来你咋见他？”他听见自己的声音像在哭。

小玉还在笑，脸木木的，声音有些哑。

大爷恼怒地打开窑门冲出窑去。

远山如黛，星光繁明，狼早已不知去向，小玉还在窑内哑哑地笑。大爷再也无法控制自己的悲伤和愤怒，撕扯着头发奔下了窑畔。

第二天他装了一袋子面准备给小玉送去，弄得身上到处是面白。

“你这是干甚？”老爷阴沉着脸问。

“我给向明屋里的送去！”大爷的声音倔倔的。

“放回去！”老爷的声音不大，但充满威严。

大爷硬着脖子没有动，从小到大，父亲在他心里就是神，但这个神现在正在一点点倒塌，这是他有生一来第一次与父亲对峙。

“你给我放回去！”老爷突然提高了声音。

“造孽哩！”大爷说。

“混账！”老爷被激怒了，大声咳嗽起来，浑身发抖。

鲁家大院里突然一片怕人的寂静，大奶奶从屋内探出半个头来，又像被什么吓着了似地缩了回去。在她的印象里，这是从未有过的事。

小玉真的疯了，成天裸着怀在村里疯跑疯走。老爷有一天在村巷里碰上了她，躲避不及，她竟说："给我个馍，我让你摸奶奶。"气得老爷一口痰卡在喉咙里，回到家就病倒了。

祸不单行，老爷刚病倒，杜文生却带着人气势汹汹到庄上来，说鲁家二小子是共匪，刘志丹鄜州地下党骨干，最近潜回了五指塬，要对鲁家进行搜查。二爷跟着王树锋走后再无消息，大爷为小玉的事曾找过他，也没找上。前几天权县长派人把大爷找去，告诉他说向明如今成了共产党，最近被派回鄜州工作，县上正在全面通缉。权县长说，"你们鲁家出了这样的人，我很痛心。我希望你们也能理解我的难处，向明回来能劝他投案自首，看在鲁家过去给县上做的贡献上，权某可以对他既往不咎。"大爷当时听了非常震惊，回来都没敢告诉老爷，怕把他气出个好歹。没想到杜文生竟带人寻到了门上，很明显，杜文生是想借这事找鲁家的茬。

杜文生耀武扬威，带人把鲁家翻了个乱七八糟，没有找到向明的影子，才悻悻带人而去，老爷当时就气得吐血。

我们鲁家几代人奋斗不息，才有了高骡子骏马、宅邸连云的今日，但却在短短的两年间轻而易举地毁去了，来得艰难去得容易。所有往昔的辉煌，随着堆积如山的粮食、花不完的银钱、成群骡子的消失，只剩下一座空荡荡偌大的院落和一些不能耕种的田地。一夜之间，往日的财东成了穷光蛋，但这并未将老爷击倒，鲁家的德行还在，门风还在，依然受人爱戴受人尊重。但那次大规模的械斗，负气出走的三奶奶，丢人现眼的马小玉，参加了匪党的二小子，这一连串打击终于将鲁家最后的遮羞布也剥去了。老爷彻底被击垮了，他自知将不久于人世，一天晚上就把大爷三爷叫到了跟前。

老爷对大爷说，我死之后，第一，西门成亮不死，门顶上的镰不准取下来；第二，如果杜文生不让三奶奶回来，就给三爷另娶一房婆姨，绝不能让三爷打了光棍；第三，以后无论多艰难，也要将粮行重新开起来，祖宗的基业不能丢；第四，马小玉不是鲁家的人，就是二爷以后回来，也决不允许带她进家门、去祠堂。老爷安顿完这些事，没几天就走了。

第四十九章

开眼

老爷出殡这天，早上起来，人们突然惊异地发现，一向明晃晃的天空突然阴暗起来，堆满了厚厚的阴云。鄜州各村寨都派出了德高望重的长者，拿着黑纱挽幛花圈前来吊唁老爷。附近各村的村民都自发地拿了铁锨镢头前来为老爷圆坟、抬棺材，相互间提起老爷的往事和鲁家昔日的风光与今日的不幸，无不唏嘘感慨，心中充满对老爷无上的敬爱和惦念。鄜州县县长权尔汉也代表鄜州政府，亲自来为老爷送葬并致了祭词。

大爷竭尽所能为老爷扎的三起楼台大轿周围，挂满了精致的纸花，两个活人似的童男童女，一个抱着茶壶，一个持着烟杆，伺候在老爷轿前；另有一纸马，马背上驮着金元宝，一纸鹿，鹿口里衔着玉如意，栩栩如生，侍立两侧；轿前轿后，各有四根溜直的大椽，抢不上抬杠子的就站在轿边，以手扶轿，暗中也鼓了一把劲。轿后栓了一根粗大的麻绳，鲁家所有的女眷都着了长长的麻布孝衣，腰系麻绳，鞋面上蒙了白布，一手抓着绳子，一手拄着哭丧棒，一个个高一声低一声地哭得凄凄惨惨。

轿前，身着孝衣的族人抱着纸人纸马，一张黑色方桌上，摆了两凉两热四碟菜，一壶烧酒。大爷和三爷身穿重孝跪在桌前，大爷头上顶一瓦盆，盆里燃着纸钱。三爷怀抱一雕花镂刻的楠木相框，相框里，老爷宝像庄严，面色凝重望着这一切。本族中德高望重的长者充当司仪，司仪站在桌前，按亲戚的疏密远近，依次安排人们吊唁。先是亲戚，后是族人；其次是老爷生前好友，商业上的客户和各村来的长者。每个人来到桌前，都拿起桌上预备的烧纸焚烧了，洒一杯酒在地上，然后随着司仪的唱喏跪下行礼，比老爷年长辈份高的，就对着灵牌弯一弯腰。爷爷们跪在一边，一遍又一遍答谢。吹鼓手把唢呐吹得凄凄哀哀。拜完一批人，桌子就向前挪一点，直到所有的人都拜祭过了，司仪就扯开嗓子高呼一声："礼毕，起轿。"随着三声土炮响，唢呐声一下子变得激昂起来，沉重的棺木被后生们呼啦啦抬起来，迅速向坟地移去，轿后女眷们的哭声一下子变成了撕心裂肺生离死别的嚎叫。那些挤在村巷上、土砍上、矮墙边看热闹的婆姨女子们，一下子被这揪心的哭声所感染，一个个鼻子发酸，眼里红格巴巴的。大爷和三爷此时也泪如泉涌，他们的哭声虽然低沉，但那明显压仰着悲伤的哭声听了更让人揪心。

老爷的棺材被人们簇拥着，风一样在村巷里穿行。家家门前都点起了火堆子，凡是在庄道明处的碾盘，都早已被人用被子盖住。轿子拖着长长的哭声出了村子，轿后哭得头乱鞋掉的女人们就被拦了下来。轿子在阴得越来越重的天色里，被海涛一样黑压压的人们抬出村巷，抬向坟地。老爷的坟地选在祖坟西角，坟穴是用青砖白灰修筑的坟堂，宽敞，高大。棺材被抬到坟地后，纸扎的三起楼轿被掀翻，露出雕刻着的二十四孝图案的柏木寿材。经过紧张的忙碌，沉重的棺材被吊下坟坑，送入坟堂。就在人们准备封上堂口的大青石板时，一路还压仰着哭声的大爷和三爷的哭声一下子响亮起来，充满了男人那揪心裂肺的悲痛。大爷率先"扑通"一声跳进了坟坑，紧接着三爷也跳了下去，所有男人的眼都红了，鼻尖一酸一酸想哭，有几个汉子跳下去拉爷爷，爷爷们拽着身子不肯上来，最后又下去两位老人，才将大爷三爷劝了上来。

爷爷们一上来，坟口就被用大青石板盖住，司仪高喊了一声：“圆坟！”所有本村的和外村的人就一起拿起铁锨，铲起土，铺天盖地地扔下坟坑，堆起一个大大的土包，将石牌在坟前耸了起来。有人踏烂纸轿，连同纸人纸马同老爷生前用过的被褥衣物一齐燃烧起来。火苗子窜旺的那一刻，突然起了风，风很猛，刮得天地间立时黄澄澄的。火被风吹着，串起二丈多高的火焰，灰黑色的纸灰被风吹动，蝴蝶一般在天地间飞舞。风刚一停，有人觉得什么东西从天上落下来，砸在头顶上，用手一摸，湿湿的，抬头向天上一看，就见无数亮闪闪的东西密匝匝地砸下来，不由自主就惊呼了一声：老天爷，下雨了！

所有的人听到这惊雷一样的喊叫，都一齐抬头向天上望去，果见白亮亮的雨点铺天盖地落下来，人群就“哇”地叫了一声，权县长带头在地上跪了下去，所有的人全一下子呼啦啦跪倒了。

雨来了，豆大的雨点落下来，爆豆一般霹雳啦啦砸在浮着一尺多厚浮土的地面上，浮土被打得像一圈波浪涡开来，涡起了一个个小土窝，后来就变成了一滩稀泥。所有的人都端端正正跪在地上，任那扑面而来的雨水浇成了一只只落汤鸡，也没人肯动一动，巨大的惊喜把所有的人都震住了。

害人的老天价，
早死了！
不要人活的老天价，
早死了！
给上一口吧！
玉皇的雨薄龙王的令，
下场海雨吧！
救万民！

这场雨没有雷声，没有闪电，来得无声无息，让被严重的干旱吓怕了的人们没有一点思想准备，憋足了劲的雨就铺天盖地而来。大地敞开干裂的胸怀，吱吱吸收着这上苍的恩赐。最后，连风也停了，只有哗哗的雨声在天地间回旋，响彻成一种悸动人心的乐章。如注的大雨下了足有四五个钟头，才开始缓和了些，不急不徐，悠悠然下起来。抬头望去，云层的颜色似乎也淡了许多。

这场好雨连着五六天没有打住，倒让连坐了两年多的人们心里焦躁起来，盼那雨停了，好快些忙活那积攒下太多的活计，连年的干旱把人的身子骨都坐酥了。

到了第六天后半夜，起了一阵小风，雨停了。天明时分，大爷出门看时，已经云开雾散，天空像水洗过似的，明净瓦亮，树木也一下子精神了许多，枝头上活泛着层层翠绿。少时，一抹菊红色的光亮抹上枝头，房脊上、瓦沟里的积尘已被雨水冲刷得干干净净，天地间流光溢彩，就连那浅洼里的积水，也一动一动亮闪闪的。

大爷张开嘴，胸腔煽动着，用力吸了口湿漉漉饱含水汽的空气，起身推开大门，背着双手沿村道一路走去。

出了村二三里，就到了自家地里，站在田埂上望去。湿淋淋黄褐色的土地上，冒着丝丝缕缕的汽丝儿，这汽丝儿随着太阳的升高越来越多，越来越浓，最后形成一堆堆云团。大爷摸出烟杆，蹲在地头上抽起来，心里寻思该回去收拾那些生了锈的农具，他的人就渐渐被越来越浓的汽团包住了。

天一晴，两年多来惶惶然不知该干啥的人们一下子像寻着了头尾，许多平日懒得做的活计一下子都摆在了眼前，显得紧火起来。上苍的惩罚是最直接最有效的，就连最懒的人也都显得急匆匆的，一心想找些事来干了。连日来，大爷和黑驴领着三爷扛着镢头在田里开地。往年，鲁家养着许多健硕的牛马，一到春上，大爷就套了自家的牲口和几个伙计到地里去耕作，鞭梢摔得啪啪的响，雪亮的犁铧被牛马拉着，剥开大地的胸衣，泛起一道又一道波浪。土地新鲜的泥土味充塞在人的喉头，远远望去，地头里人欢马叫，一副闹腾腾田间耕作的旺活图画。鲁家的土地，大都是平展展的塬面地，肥劲大，好耕作，几十亩地几天就被犁过，耕磨得平平展展，从来不曾为耕田种地这种事煎熬过。但如今因为大旱，卖掉了小少牲口，仅有的牲口又被土匪拉走，面对刚刚被雨水沁润过的土地，爷爷们只好拿起老镢头，用最原始的劳动力，一镢一镢去开垦。时光不等人，老镢头虽然缓慢，但几个人齐力劳作，毕竟还是奏效的。

今年虽已错过了播期，但回茬季荞麦还来得及种。

天碧蓝如洗，远处青山如黛，麻雀叽叽溜溜在田间跳跃着觅食、穿梭，太阳火火地挂在天上。爷爷们一律精赤着上身，顶着日头在田间挥汗如雨。老镢头在阳光下一闪一亮，三个人的脊梁上都滚动着油亮的汗珠子，大腰子裤的裤腰早已被汗水湿透，尻渠子里汗叽叽的。被老镢头挖开的土地上，冒着丝丝湿气，每一块土圪垯都被镢脑子捣得粉碎。

中午时分，大奶奶肩弯挎着个馍篮子，提着个米汤罐到地里来送饭，老奶也颠着小脚跟着她来到了地里。一见三爷浑身泥土，和大爷一样赤着上身一身的油汗，老奶心疼得跟啥似的，连声音都哽咽了，说："小三子，你别干了，吃了饭向回走。"

三爷说："我不。"

三爷从小不爱念书，成天只知道玩，老爷老奶心疼他，由着他来，从不曾让他吃过指头大点苦，如今倒要跟着大爷出力流干，老奶怎能不心疼？

老奶说："往回走，你大在世时，你给妈连个板凳都没搬过，你咋能吃得了这苦？你往回走，他能种了种，不能种了叫荒着去，拖老带小的。"

大爷听出老奶语气中的酸楚和对三爷的溺爱，说，"妈，老大不小的了，能挖多少让他挖多少，他以后的路还长得太，从小不吃些苦，啥都不会干，长大了靠谁？"

老奶听了大爷的话，心里更加难过，一眼看见三爷细皮嫩肉的手上打起了几个血泡，把镢把都染红了，心里更疼得紧，瞪了大爷一眼说："你大不在了，他还能靠谁，指靠你？呸！"

大爷说："妈，你让他学着点啊，这样护他对他没好处。"

"我不回，我要挖地。"三爷倔倔地说，然后作贱自己似地把镢头抡得更欢。

大奶奶忙说："吃饭吃饭，馍都凉了。"她揭开笼布，把米汤给每个人都倒上。

三爷一看黄澄澄的玉米面杂粮馍馍，脸就缩成了个南瓜，撅起嘴说："又是玉米馍蘸辣子水，我不吃。"

大奶奶忙说："老三，先吃个馍填填饥，回去嫂子给你弄碗面。"

老奶叹着气说，"唉！我们家做甚了，咋能走到这步田地呢！"

第五十章

赌徒

夜晚的五交镇冷冷清清，大宝缩着身子像一只丧家之犬在街上徘徊，用手按按早已空无一文的口袋，咬咬牙又走进了垂轮赌坊。

正是赌坊里最热闹的时候，屋子里挤满了人，空气中升腾着热烘烘的汗臭味。

大宝在桌前看的久了，庄家就问："干嘛不下注，押呀！"

大宝试探着问："让我来坐庄。"

庄家很爽快地把碗推给他说："行，谁当庄都一样。"

大宝咬咬牙根子，接过碗在空中摇了摇，把碗放在桌上说："下注，下注。"

按赌场的规矩，庄家一般怀抱单点，出单庄胜，出双庄败，如果庄家也信了双，就会将单上的赌注卖掉。大宝见双点上的赌注很大，而单点上却寥寥无几，就大声说："卖单，单卖四十五，谁要啊？"半晌却没人应声。

大宝又叫，卖单，卖单，单卖四十五。这时，一个手里提着酒瓶子，喷着满口酒气的醉汉挤到桌前，见庄家卖宝随口说："我要了。"伸手就拨起了桌上的碗盖。

大宝只觉得自己的脑中猛地一响，想要阻挡已然不及。"嗡"的一声，赌坊里瞬时炸了锅，所有的人都发现，碗里竟不见骰子。

一股浓烈的尿臊味从大宝的裤裆里散发出来，灯光开始摇曳，叫骂声、打砸声、桌椅被碰翻的声响和人的哭喊求饶声，响成了一片。

大宝浑身血污被扔在赌坊外。

街上早已没有一个人，所有店铺都打烊关门了。一条瘦骨嶙峋的野狗从街头荡过来，低头闻闻他身上的血腥，并且伸出舌头舔了舔他脸上的血污，大概觉出还是个活物，就失望地凝视了半晌，夹着尾巴又荡了开去。

后半夜，大宝醒了过来，浑身的疼痛像钉子刺入骨头般使他难以忍受，求生的本能促使他挣扎着爬到了济民诊所的门前。

冯瑞在睡梦中被啪啪啪的打门声惊醒，开门一看吓了一跳，见是盛旺粮行的杨少爷，忙扶进门里说："这是咋了？"

"快给我看看，疼死我了。"大宝牙缝里丝丝喘着气说，脸肿的跟猴屁子似的。

冯瑞寻思了下说："我去叫你大。"

大宝忙伸手抓住他的衫子说："别，别去。"

冯瑞说："看你这样子，八成又是赌输了被人打，我不通知你大这药钱谁来付？"

大宝喘着气说："你尽管给我看，看好了我自然会拿钱给你，这事不要让我大知道。"

冯瑞想了想，就去后堂叫醒了杨先生。杨先生给大宝清洗了伤口，见虽然伤得不轻，但都是些皮外伤，不碍大事，就弄了些跌打损伤的药膏给他敷了，安顿他在床上躺下来。

大宝敷了药，身上觉得好受了许多，躺下不多时就睡着了。

第二天醒来已日上三竿，顿觉肚子叽叽咕咕，饿得难受，大宝就喊来冯瑞说："我肚子有些饿，你到刘结巴的饭馆给我说一声，让他给我送些吃食过来，就说钱等我好了会一并给他。"

冯瑞问："腿我可以帮你跑，只不知刘结巴他肯不肯与你赊账"。

大宝说："废话真多，你只管去就是。"

大宝每天出入赌场，赢了自然免不了大吃浪喝，街上开饭馆的大都与他很熟络，刘结巴听说是杨家少爷要饭，满口应承，立刻办了两个拿手菜，拾了几个刚出锅的蒸馍，打发伙计送了过去。

大宝在济民诊所养了十多天，等伤口痊愈，心里盘算以后的出路，自知无法在五交镇再混下去，就唤了冯瑞来说："你给我把账算一算，我要走了。"

冯瑞在柜台上把算盘拨打了半晌，说："少爷这些天一共的花费是四十二块钱。"

大宝说："我回家寻了来给你，刘结巴的饭钱不用你管，我自会去与他清了。"

冯瑞陪着笑说："你请便。"

大宝穿上衣服，打了声口哨走了。

冯瑞自大宝走后，一直等到天快要黑了还不见大宝过来还钱，以为大宝回去和老子呕了气，就夹着账本子上杨家来讨。进门见老八坐在柜台后吸烟，看见他就说："冯先生来买粮？"

冯瑞问："杨爷，你家大宝呢？"

老八就将头扭到一边说："不知道。"

冯瑞以为大宝当真与老八呕气了，就说："儿女大了，父母有操不完的心，可不管咋说，自己的娃，打归打，骂归骂，该管还是要管的。"

老八阴着脸不说话。

冯瑞有些不自然地拿出账本子说："你把这账给咱清了，我是个下苦的，不要让我作难。"

老八扭头瞅着他手中的账本说："我没有在你那看过病，几时欠下你的钱？"

冯瑞说："不是你，是你儿子，前几日被人打了要我看，要不是你的儿子，我才不会与他赊账。"

老八听了就将头又扭过一边说："他欠的你去寻他，我没这个儿，我管不了。"

冯瑞一听便有些心慌，说："叫大宝出来，叫大宝出来，我没见过你这号人，你儿欠了账你不管谁管？叫我管？我又不是他大。"

老八说："你莫吵，那败家子早被我赶出家门了，你想要钱，自个去寻他；他是我老子，我没这个儿。"

冯瑞就知事情有些不妙，大宝肯定是溜之大吉，再不抓住老八，这四十二块钱怕是扔水里连波也不起一个，于是说："不管咋说，他是你的儿，子债父还，天经地义，你杨老八又不是提不起弦的主儿，儿子欠债你不还，走哪也说不过去。"

老八却眯起眼睛不理他。

"你咋这么个人，日娃不管娃，娃跑不撵娃，走，咱俩到大街上让人评评理。你要说这娃不是你日出来的，我就不要这钱了。"冯瑞脾气不好，见老八爱理不理的样子不由生气了，口里就胡乱骂了起来。

老八脸上不灰不白，依旧一声不吭。

冯瑞就将账条撕成碎片扔在老八面前。呸了一声说："既然你爱钱不要脸，我为干儿子贴了也没啥，这钱我给儿子了！"站起来气吁吁出门而去。

老八依旧一动不动坐在圈椅上，将身子缩得像一只猴子。

大宝出了五交镇，没精打采顺着官道走。他走走停停，太阳落山时走到离镇二十多里地的王庄就有些累了，见庄场上有个麦杆垛子，就拔了些麦杆铺在地上，和衣躺上去眯了眼，不久竟睡着了。

半夜里突然降了雾，大宝给冻醒了。睁眼一看，四野一片寂静，浑身湿漉漉的，不由仰天打了几个喷嚏，这才觉得肚子里叽叽咕咕饿得厉害，就起身裹紧夹袄向村里走去，打算寻些东西来吃，一路上哈欠连天。

村子里静悄悄的，不见一个人影。大宝缩着身子在村里转悠了半天也没寻下个吃食。来到村西一大户人家门前，突然从门洞里不声不响扑出一条狗来，吓得他“妈呀”一声，连滚带爬跑出村来。那狗追了一阵才住了脚，在村头叫个不住。

回到麦场上，大宝拔了些干麦杆重新铺了躺下身来，望着黑呼呼的夜，心里乱得像团麻，一直熬到天麻麻亮，才觉眼皮沉重，慢慢又睡着了。

不知睡了多久，却被一阵呼啸的风声惊醒，睁眼一看，天地间灰蒙蒙一片，厚重的云快正在头顶集结，村子里到处是奔跑的人们。他想要站起来寻个地方去避雨，却觉得头痛的厉害，浑身又冷又软，一点也提不起精神来。

风一停，雨就落了下来，爆豆般将他浇成了落汤鸡。这场雨下了足有两个小时才打住，麦场上到处是白亮亮的水潭，天依旧阴得很重。他饿得实在招架不住，就挣扎着站起来向村里走去，浑身不住地打着摆子。

来到村头，一个精尻子碎娃坐在门前的石头上，手里端着个粗瓷老碗，碗里是半碗绿糊糊野菜搅团，男孩端着碗，看着蹒跚而来的大宝，吃一下，看一眼。

大宝在男孩面前站住，伸长脖子盯着那娃碗里的搅团，使劲咽着唾沫，胃里一阵阵痉悸的难以忍受。村子里静悄悄的，几只鸡在远处觅食水里的虫子，那男孩裸露着两排又宽又大的黄牙，望着大宝，不知他要干啥。

大宝喉结在脖子上一上一下地滚动，喉咙里咕噜咕噜地响，突然伸手就去抢那娃手里的碗。

男孩“妈呀”叫了一声，扔了碗向回奔去。那碗掉在地上，打了个转转，碗里的搅团溢出来浸入地上的积水中，绿糊糊化开来。

屋里一阵响动，有个男人举着把明晃晃的切面刀撵出来，大宝不知哪来的力气，又飞快地跑回了场中。

第二天，他被一阵喧闹声惊醒，睁开沉重的眼皮，但见天已放晴，阳光明晃晃的。村里鸡飞狗跳，到处是奔跑的人群。大宝不知道发生了什么事，把头伸出麦杆外想看个究竟，却听见有个破锣一样的声音说："这里还有一个。"他还没闹明白是怎么回事，只听得一阵枪栓拉动的声响，几个戴着大盖帽扎皮带的人冲过来，拎小鸡一样将他从草堆里揪了出去。

第五十一章

追捕

杨大宝被抓了壮丁以后收编在县保安队。

转眼又到了这年的十一月初，落了入冬以来第一场雪。雪不大，下了一天，刚刚将地皮盖住。雪停那天，队长抱来一沓通缉令，要大宝和几个队员到各村镇去张贴。大宝见通缉令共两份，一份上面画了一留分头，戴眼镜的中年人，告示曰：王树锋，男，榆林神府人，共党分子，该犯为鄜州地区共党负责人，在鄜州和洛南等地活动猖獗，如有知情者，速报县保安队，赏大洋一千；知情不报者，按同党论处。

大宝看了对同伙笑道，若要让咱哥儿几个碰上，岂不要发大财？打开另一份，却是一个挺年轻、深眼勾鼻的小伙子，样子斯文，有些眼熟，往下看时，见上面写着：鲁向明，身份不明，王树锋同党，共党鄜州负责人，如有举报，赏大洋伍佰。

大宝心中就有些纳闷，他和向明小时是同学，一块在文博书院受过启蒙。老八若不改姓，两人还是一家子，听说两年前领了个窑姐回屋，让他大给赶出去了。几年不见咋就成了共产党呢?

告示贴出去没几天，一天下午，天要快黑时，队长突然来说，五交镇保公所派人来报，说发现王树逢好像在五交镇养伤，让大家赶紧集合，快速向五交镇而去。大宝就慌慌张张随队伍出发了。

这天晚上，五交镇保公所里也是灯火通明，火把子把院子里照得跟白昼似的，全体保公所吃粮的，就连打杂做饭的也被集中在保公所院子里，集合待命。杜老太爷腰上斜挎着盒子炮，模样凶悍地站在院里给队员们训话。杜老太爷说，根据可靠情报，上边要抓的共党要犯王树锋就藏在咱们五交镇，根据我的观察，镇上济民诊所的杨开科有很大的通匪嫌疑，所里已派人通知了县保安大队，保安队牛队长今晚就带人来镇上搜捕，兄第们立功受奖的机会来了。这一千块大洋的奖金和功劳不能让他们保安队全占了，那人家要我们这些人干什么?所以本保长决定，我们先行一步，提前对济民诊所进行搜查。大家都给我放机灵点，别让犯人给我跑了，走!那些平日里坐坏了腰杆子的队员们轰叫着，乱糟糟地跟着杜老太爷往东头的济民诊所而去。

济民诊所的先生杨开科，是中共鄜州地下党负责人，主要负责五指塬这片的联络工作。杨先生以济民诊所和行医看病做掩护，为鄜州地下党做了很多工作。王树锋受刘志丹委派，带着鲁向明潜回鄜州，准备组建鄜州游击队，夺取鄜州政权，建立鄜州红色陕甘革命根据地。王树锋回到鄜州不久，游说黑水寺团头卓建云失败，被卓建云打伤，险些丢了性命，被向明送到杨先生的诊所救治。昨天杨先生从外回来，对向明说，不好，外面好像有人转悠，看来这里已经不安全了，必须把树锋同志立刻转到别处去，以防不测。二爷当时已是一个老练的游击队员，听了这话就问杨先生咋办。杨先生说树锋同志的伤很重，你看能不能把他先转到你们家去。二爷想了想说，我们家恐怕不行，我和家里的事你知道，我大怕不会同意，再说我们那离这太近，王老师在那也不安全。杨先生说那咋办?二爷说，洛河川的马明奎是我们的同志，身份隐蔽，十分可靠，最近受组织指示，回乡发展群众，咱们不如把王老师转那儿去。杨先生说那好，你立即去一趟洛河川，联系明奎把树锋转走。二爷说我这就去，拿起桌上的烂草帽扣在头上就出去了。

民国十六年年馑，马明奎被杜家辞退，只身向北逃荒到了榆林，在三边遇上了老乡鲁向明，向明介绍他认识了王树锋，树锋给明奎讲了许多革命道理，明奎的思想豁然开朗，跟向明一块加入了中国共产党。鄜州落了雨后，年馑转过，明奎受组织委托，和向明树锋一块回来发展力量，回到了阔别已久的洛河川。听了二爷的话后，连黑打夜和二爷到了五交镇，抬起树锋趁着夜色往洛河川方向而去。

杨先生送走二爷和明奎，松了口气，回屋刚坐下，还没抽上一袋烟，就听见大门被人砸得山响，有人高声在外面嚷着叫开门。杨先生坐着没动，打发冯瑞出去开门。

冯瑞骂骂咧咧走到门口，打开门说，谁他妈这么不长眼，半夜三更把门拍得山响，家里死人了？

站在门外的保安队员说，你他妈骂谁呢，还没睡醒咋的？睁眼看看这是谁？

冯瑞一看外面这阵势，顿时吓了一跳，忙陪着笑说，是杜爷啊，你们这是？

杜文生看着他说，少废话，杨开科呢？

冯瑞说，屋里睡觉呢。

杜文生说，去，把他给我叫出来！

冯瑞装作很害怕的样子，答应着就往里边去了。不一会儿，杨先生披着衣服从里边出来，看着杜文生说，杜保长，这深更半夜的，劳师动众有甚事啊？

杜文生说，杨开科，有人举报你这里窝藏共党要犯，我要对诊所进行搜查。

杨先生故作惊讶地说，窝藏共党要犯？杜保长，这话从何说起啊？

杜文生冷冷地看着杨先生说，你少给我装蒜，我早就怀疑你与共产党有联系了。

杨先生摊着两手说，杜保长，这街坊邻里的，低头不见抬头见，谁不知道谁？

杨某是个看病的，树叶下来只怕砸了脑袋，这违法犯纪的事别说做，平日想都没有想过，何况是窝藏共党这样的大事，莫不是我平日哪儿得罪了保长吧？

杜文生扳着脸说，少废话，有人举报你诊所里藏有不同寻常的病人，杜某身在其位，由不得自己，废话就别说了，我没工夫和你闲扯，杨先生还是让开，让兄弟们搜查吧！搜不出什么不说，搜出来，可别怪杜某翻脸不认人。

杨先生故意装着气恼的样子，说，既然杜保长要搜，那就搜吧，搜出什么杨某担着就是。说着让开身子，杜文生就命保安队员进屋搜查。

保安员们进屋，把个好好的诊所翻得乱七八糟，什么也没搜到，杨先生不依不饶，要杜文生给个说法，杜文生老脸通红，悻悻地带人离去。

二爷和明奎抬着树锋出了镇，急速向洛河川跑去，刚到快要下坡的时候，突然发现前面灯笼火把乱晃，有一队人马吵吵嚷嚷向这边而来。二爷说声不好，是保安队的人！明奎说咋办？二爷说，先躲躲，等他们过去再说。俩人就抬着树锋躲到一处土塄下，屏住呼吸，大气也不敢出，一直等到人马过完，才抬起树锋重新上路。

那晚活该出事，有倒霉的，就有好过的。大宝因为体力不好，一直跑在队伍最后面，到了塬上，就觉有些尿憋得慌，停下来解开裤子就在路边撒起尿来，撒完了，觉得浑身舒坦，就系了裤子去追同伙。谁知没跑多远，突然看见两个人抬着副担架慌慌张张沿着大路跑来，大宝黑暗中星光下发现前面那人有些眼熟，好像就是鲁家的二少爷鲁向明，就喊了一声，鲁向明？举枪朝前呼地放了一枪。

二爷和明奎一惊，抬着担架就往前跑，大宝又放了一枪，撵着屁股追来。二爷和明奎在奔跑中，前面的二爷肩头中枪，一个趔趄摔倒在一处土塄下，担架撂在一边，王树锋被摔出老远。两人爬起来想扶树锋，树锋却用力将二爷和明奎推开，命令他们快走。二爷说老师要走一起走，我不能丢下你不管。树锋说我身上有伤，你们快走，要不谁也跑不了。二爷和明奎还想劝他，树锋却发了怒，拔出枪逼着让他们走，并向越来越近的敌人开枪射击。二爷和明奎还在犹豫，树锋已被飞来的子弹射倒，明奎见树锋已死，只好拉起二爷跳下土塄子逃走。

明奎拉着受伤的二爷一气狂奔，保安团在后穷追不舍，子弹尖叫着，呼呼地在头上飞。二爷说明奎咱分开跑，要不谁也跑不了。明奎说你身上有伤，我跑了你咋办？二爷说你别管我，快走。两人就开始分头跑。

二爷仗着地熟，摔开追兵，竟跑回了自家的破窑。当他拍开门，看见小玉时，他被吓了一跳。

第五十二章

姻缘

二爷很庆幸自己能遇上王树锋，是他把二爷带到革命的道路上来。二爷无法想象，如果没有他，自己会在五指塬那屁股大的地方与黄土泥巴打一辈子交道，整天为了穿衣吃饭，鸡呀猪呀烦心。慢慢地，他会和乡党们一样，被岁月磨损得麻木了，被生活的重担压弯腰。即使他能奋斗到同老爷一样的地步，也不过是个自以为是、顽固保守的土财主而已。但二爷想自己永远也成不了老爷。他没有从老爷那继承下一点他的精明和刚毅。二爷自认为是个懦弱的人，但他的心同时也很狂热。他读过很多书，对历史上所有的英雄他都敬慕不已。无数次，他曾幻想能和他们一样横刀跃马，叱咤风云，但那只是一种梦想，他知道自己永远也成不了英雄。他只有用力念好书，通过这条人生正途来改变命运，光宗耀祖，这也是老爷对他的期盼。

二爷直到现在也说不清，认识马小玉是他的大幸还是不幸，也说不清自己究竟喜欢不喜欢小玉。那次闹事被警察冲散后，他慌里慌张不辨方向，糊里糊涂竟跑进了怡春院，结果被当作嫖客扶进了小玉的房中，他一进门就被她拉住了。她那满身满怀的奶香味弄得二爷晕头转向，仿佛回到了童年的岁月，他总爱依偎在老奶的怀里，用手去寻母亲的乳房。母亲的怀里也有这种好闻的奶香味，但母亲的乳房远没有她的奶子这么大这么坚挺，却像两只干瘪的布袋垂在胸前。小玉像一个大姐姐，问二爷的名字、家世，二爷一一告诉了她。他太年轻，小玉也没太难为二爷，事后就将二爷送出了门。二爷到了街上怕碰上别的同学，说："你回。"

小玉站在怡春院门口，满脸的依依不舍，说："向明，你一定要再来啊，一定要再来看我啊！"

二爷看见她眼里泪光竟闪闪烁烁的。

二爷回到学校后整日无精打采。他忘不了小玉那满身满怀的奶香味，忘不了她长发遮掩下那张艳若桃李的脸孔，但他并不想去找她。他从她的依依不舍的柔情和火一样滚烫的语言中，看出了她对自己的依恋，这令他很担扰。

半个多月后的一天，二爷到街上买笔纸，却在那家杂货店门口碰上了小玉。他想要躲开，却早已被小玉看见，小玉高兴地跑过来拉住他的手说，"向明真是你啊！你个没良心的，你说来看我你咋不来？把人想的！"二爷发现杂货部老板眼镜滑到鼻尖上，一脸异样看着自己，就想走开。小玉却抓住他的手不放，说，走，跟姐回可，姐给你准备下许多好吃的等你哩！

二爷说，我不去，我还要念书呢！

小玉说，念啥书，明天念也不迟。二爷发现街上有很多人在看他，这令他极不自在。他怕再拉扯下去会引来更多的人围观，只得低着头跟小玉回到了怡春院。

一进她那布置的极雅致干净、满鼻薄荷味的房子，小玉就孩子似地捧出一大堆酥饼糖果点心，硬要二爷吃，又招呼伙计送些酒菜到房间来。

酒菜送到后，小玉就说，来，向明，姐今儿陪你好好喝一杯。

二爷说，我不想喝酒。

小玉就笑了，过来把二爷的头抱在自己的胸前，用手揉着二爷的头发说，你个馋猫，是不是吃出味来了？

二爷不能自已，忍不住用头去拱她的胸，把她拥到了床上。罗帐里散发着干净被褥的清爽味，小玉忍不住就叫了起来，说向明，你个碎娃家，咋下这死劲，一点也不知道惜力。

二爷已顾不上说话，猪一样把头在她的胸上乱拱。

云雨过后，重新坐回桌前时，小玉为二爷抹去头上的汗珠，斟满一杯酒说，向明，你喝！喝了这杯酒，姐有话对你说。

二爷接过酒干了，小玉见他喝净就说，向明，你把姐领回家吧，姐不想在这呆了，姐跟你回家过日子去！

二爷分明听见自己脑仁一响，他知道自己麻烦了，忙摇摇头说，不行，不行，真的不行。

小玉说，有啥不行的？

二爷说，我还要念书呢，再说我大知道了打死我也不会让我要你的。

小玉天真地说，不怕，你念你的书，我给你守家。你大他咋说都是你大，迟早还不是要给你娶媳妇。你不要怕，一切有姐哩！

二爷说，不行，不行，真的不行啊！

小玉说，不行也得行，反正我这辈子跟定你了，明天你就来接我，咱俩一块回五指塬去。

二爷走时，小玉一直把他送出怡春院那幽长的巷子，一再叮嘱他明天早早来接她。二爷脑里已乱成了一团，嘴里哼哼叽叽敷衍着逃走了。

二爷没想到，第二天他没到怡春院去，小玉就寻到了学校，站在校园里大声叫着他的名子，引起学校一片喧哗。到了此时，二爷才知道了事情的严重性，恨不得找个地洞钻进去，他知道自己完了。果然。当天下午他就被校监叫到了校务室，宣布将他逐出学校。

二爷满怀懊恼地离开学校，小玉却兴高采烈地拉着他踏上了回家的路。一路上她高兴得像只回归自然的小鸟，看见花呀草啊就采了来插得满头都是。这倒让二爷想起了名妓严蕊的那首词：

> 不是爱风尘，
> 似被前缘误，
> 花开花落应有期，
> 总赖东君主。
> 去也终须去，
> 住也如何住？
> 若得山花插满头，
> 莫问奴归处！

二爷没想到，他将小玉引回家时，竟惹得老爷如此地震怒，摔碎了茶壶骂着让他滚远远的，永远不许再进家门。二爷从小就怕父亲，虽然老爷并不是很爱发脾气。二爷从没见过父亲如此地恼怒，脸都扭曲得变了形，就慌里慌张地逃出了家门。

二爷承认事情发生后他有些恨小玉，是她毁掉了自己的前程，使他堕落到今日的地步，落下了败家子的名声。二爷从村里人的眼里，看出了大家对自己的不屑，他有生一来第一次感到低了别人一头，在人面前直不起脖子。这使他在以后住土窑吃烂饭的日子里，并不觉得自己亏欠了小玉。但他没想到，小玉这样的女人，面对后来极其清苦的生活，竟然表现出比自己还坚强的忍耐。她依旧兴高采烈地学着洗衣做饭，将屋子打扫得亮亮堂堂。她从来没在他面前抱怨过生活太苦，满怀希望等着老爷脾气好转让她和二爷回家。这使二爷又觉有些对不住她，感到自己的软弱无能。其实仔细想来，她真的没有什么错，她将二爷当作一根救命的稻草，想拽着他逃离那种倚门卖笑的场所，她有什么错？自己一个牛高马大的男子汉，让花一样的女人守在破窑里忍饥挨饿才是多么无能，有什么理由怨她呢？

如果不是后来碰上了王树锋校长，二爷真不知道自己以后会如何。是王校长将他带了出来，教他明白了许多革命道理，引领他走上革命的道路。二爷没有像一片树叶一粒尘埃埋没下去，就是因为他遇见王校长。在共同的并肩战斗中，终于将二爷磨炼成一位坚强的战士。

现在王校长牺牲了。二爷怀念他！

第五十三章

回家

二爷没有想到，自己出门才一年多，小玉会变成这样！

精神上出了毛病，有些疯癫的小玉看见二爷后又惊又喜，竟然奇迹般变得清整起来。看见二爷浑身是血，说后边有人撵自己，小玉瞅瞅无处可去，就把二爷藏进了窑后水缸里，把讨水用的葫芦瓢扣在他头上，盖上了水瓮。刚弄好，就听见窑门被踹得啪啪地响，外面人声鼎沸，果然有人追来了。

小玉敞着怀，头发蓬乱打开破窑门说，谁啊，家里又没死了人，把门砸得这么大的声。

外面的当兵的骂道，妈的，砸你的门，老子还没开枪呢。

小玉站在门口说，哪个王八羔崽子这么横？老娘给你开还开不及，火把球烧了？

当兵的一看就愣住了，说，妈的，叫这长时间为啥不开门？

小玉堵在门口瞪着眼说，你们是干甚的，半夜三更到个女人屋里来干甚？

当兵的说，爷们是县保安队的，正在追击犯人，你屋里没藏什么人吧？

小玉眉毛一挑说，你说啥？嘴里吃屎了，你妈屋里才藏了人呢！

当兵的说，咦，小娘们，嘴还刁得很，到底见没见个男人？

小玉也斜着他说，这位大人，说话怎么这么不中听呢，我这屋里男人倒是天天来，啥样儿的都有，可今儿晚上却他妈一个个全死绝了，一个人影儿不见。我还正在这念叨呢，爷们几个就来了，来了就上炕，炕上热呼着呢，好歹给个吃饭的钱，干啥子都成。

当兵的就咧嘴笑了，露出两排喷着恶臭的黄色板牙说，这娘们还真骚，是个卖屄的，哈哈哈……

其他人都跟着轰笑起来，竟然把干什么来了给忘了。

小玉就板起脸子瞪着那群当兵的说，你妈才是卖屄的，你们几个到底来不来？不来老娘关门了。

当兵的就挤进窑里说，你他妈嘴别刁，老实点，到底见没见个男人？

小玉用身子挡着，不让当兵的往窑后边去，嘴里说，你白长着两颗黑豆眼，这屄子大个地方，老鼠都在锅台上圪蹴着，能藏的住个人？

几个当兵的看看空荡荡的屋子，发现确实没有可以藏人的地方，一个当兵的就对黄板牙当兵的说，大牛，别和这女人闲磨牙了，赶紧找人吧，再迟误大事了。

叫大牛的兵的就在小玉胸上捏了一把，说了声走，带着人出门而去。小玉长长嘘了口气，撵到门外说，别走，别走啊，给个饭钱就行，大爷别走啊！

小玉站在窑门外，看到当兵的吵吵嚷嚷下了硷畔，才转身回屋关了窑门，揭了瓮盖看时，见二爷蜷缩在瓮里，人已昏了过去，亏得瓮里只有一点水，刚刚淹到二爷的脖子。小玉就探身进去，想把二爷拉出来，可是水缸太深，她无论怎么使劲，就是把二爷弄不出水缸。小玉浑身是汗，想了想就向村里跑去。

大爷那晚正在和大奶奶干事，这是他从河南定购种子出远门回来第一次和大奶奶干事。那晚大爷心情很好，他在进入大奶奶身体时，甚至想到了马小玉和银子。大爷也不知道，他怎么会想起小玉和银子，但他想起小玉和银子时，下面就渐渐有了些儿感觉，以致小玉在外叫门时，大爷还以为是幻觉。直到大奶奶说谁在叫门，把他从身上推下来，他才听出真的是小玉，穿上衣服跳下炕慌慌张张就出去了。

大爷打开大门，发现小玉立在门外就愣了一下，他觉出小玉好像变的有些清整了，就问她这么晚了有啥事。小玉说大哥，快，快到我窑里去。大爷听了这话，尽管在夜里，脸还是不由自主地红了，看着小玉说，半夜三更的，到你窑里干啥？小玉说，哥，向明回来了！

大爷闻言吃了一惊，说："你说啥？"

小玉说："向明回来了！"

大爷说："在哪？"

小玉说："在窑上。"

大爷说："他回来不见我，让你来干啥？"

小玉说："哥，向明受伤了，你快去看看。"

大爷脸色变了变说："受伤了，怎么会受伤？"

小玉说："我也不知道，刚才有几个当兵的在追他，要不是我把他藏在水缸里，他就被人家抓走了，你快去看看吧。"

大爷愣了半晌说："怪不得保安队的人刚才在村里打门杀窗到处乱搜，原来他们在找向明，快，带我去看看。"

大爷正准备和小玉走，三爷却从屋里出来说："哥，妈叫你呢！"

大爷看了小玉一眼说："你稍等一下。"就跟三爷进屋去了。他在转身时，看见大奶奶站在房门口盯着小玉，像看一头怪物，两眼一错不错。

大爷和三爷走进房中，看见母亲披着衣服坐在炕上，就叫了声妈。

老奶看着儿子说："向前，你在外面和谁说话？"

大爷说："妈，是向明媳妇。"

老奶一听脸就拉长了，说："谁，向明媳妇，你咋把她放院里来了？"

大爷见老奶不高兴，嘴张了张却没说话。

老奶吊着脸说："把她赶紧给我赶出去，别让晦气冲了院子！你大死时咋吩咐你来着？他这才死了几天，你就让这个女人半夜三更到院子里来了！"

大爷说："妈，那女人是来报信的，向明回来了！"

老奶说："你说啥？"

大爷说："老二回来了。"

老奶说："在哪？"

大爷说："在窑上。"

老奶生气地说："这狗东西，离家这么长时间，你大死了也不回来，回来也不看看我！"

大爷说："妈，你别急，向明好像参加了甚组织，保安队的人在追捕他，他受伤了。"

老奶本来板得平平的脸，听了这话就变了颜色，下炕就去穿鞋："向明受伤了，伤了哪儿，要紧不？"

大爷忙挡住她说："妈你别动，我和老三去接他回来。他呆在窑上太危险了，保安队说不上还会来。"

老奶一只腿吊在半炕上，焦急地说："那快去啊，还磨蹭个甚，快，快去！"

大爷哎了一声，就和三爷出门往窑上跑去。

大爷和三爷将昏迷不醒的二爷背回家里，连黑打夜到五交镇叫来了杨先生。杨先生在杜文生走后一直坐卧不安，担心树锋到不了洛河川。听见枪响，他就知道出事了，急得在屋里团团乱转。大爷来了一说起向明受了伤，杨先生顾不上安危，背起药箱就和大爷往庄上跑。

杨先生到了庄上，给二爷取出子弹包好伤口，天就快明了。杨先生叮咛大爷千万不要把二爷回家的消息泄露出去，说那样的话他和向明就都完了。大爷说叔你这话是啥意思，我听不明白？杨先生说你是我女婿，我就不瞒你了，我和向明都是共产党。保安队正在抓向明，如果让他们知道了可不得了。大爷看着丈人说，你俩真的都是共产党？杨先生说，嗯，昨天晚上向明为了救在我诊所里养伤的王树锋同志，可能被敌人发现了。向明既然受了伤，情况可能十分严重，我得赶紧回去打探树锋的消息，向明醒来，你告诉他我来过了，让他放心养伤，外面的事有我，叫他不要担心。明天晚上我来为他换药。大爷说，叔，共产党到底是个什么组织，咋连你也参加了？杨先生说，这事一时半会给你说不清，反正共产党是一个为穷人打天下的组织，你放心，叔和向明走的都是正道，注意保护好你弟弟，我走了。

大爷答应着，把丈人送出门外，杨先生连黑打夜又回去了。

二爷回来，因为受了刺激而有些疯癫的小玉竟奇迹般好了起来，老奶尽管心里老大不愿意，但最终还是让她留了下来伺候二爷。杨先生偷偷来过几回，告诉二爷树锋没死，被敌人抓走，不知关押在什么地方，组织上正在想办法积极营救，要二爷安心养伤。二爷听说老爷已经谢世，悲痛万分，觉得自己不孝，对不起老爷，对不起家里人。大爷和老奶因为二爷身上有伤，就没把小玉的事告诉他，所以二爷当时也没察觉什么。那段时间，是那个叫马小玉的女人一生最舒心快乐的日子，她觉得自己就像一个已经死去的人，突然又活了过来。

第五十四章

跟踪

那天晚上保安队袭击五交镇失败，只抓住了王树锋一人。王树锋身受重伤，抓到县里刚一审问就咬舌自尽。权尔汉大为恼火，把杜文生叫到县里问他知道叫他来是为啥事吗？杜文生说他不知道。权尔汉就发火说，杜文生，你别给我装蒜，我问你，共党要犯王树锋在五交镇藏了这么长时间，你敢说你一点风声都没听到？要不是保安队主动出击，这案子你还想拖到什么时候？我问你，你这个保长是干什么吃的？

杜文生低着头一个劲说自己失职，把一大堆银元放在权尔汉床上。这是他一惯的伎俩。权尔汉看到钱后，果然火气稍消，看着杜文生说，我叫你来，不是听你检讨的，如今鄜州形势紧张，这次虽然抓住了王树锋，但这小子身上有伤，铁嘴钢牙经不过一堂审就翘了辫子，鄜州地下党的事依然没有头绪，我们必须从其他人身上找到缺口，尽快把鄜州共产党斩草除根。五指塬是个十分危险的地方，你回去给我慢慢排查，一定要把跑了的人给我找出来，这次要再让鱼儿漏了网，你这保长就别当了！

杜文生连说是是是，浑身冒汗退出权尔汉办公室，心里当时就有些后悔自己当初当这出力不讨好的鸡巴保长干啥。回到五指塬，他就派人密切注意杨先生的动向。其实那天晚上之后，杜文生就觉得这个看起来文绉绉的杨先生不那么简单，尤其是当得知保安团在镇外意外碰上王树锋时，就更坚信了他自己的想法。

监视杨先生的人告诉杜文生，杨先生偷偷去了两次鲁家。杜文生敏感地觉出这里面有问题，就要监视的人密切留意，一旦杨先生再去鲁家，立即告诉自己。

过了几天，监视的人告诉杜文生，杨先生又往鲁家去了，杜文生立刻带人赶往鲁家，把鲁家包围起来。

杜老太爷走进鲁家大院时，他一生都挺的硬梆梆的腰杆不由自主就稍稍弯屈了些，变得有些气馁。他不明白，鲁家到底有什么值得让他敬畏的东西，使他一走进这个院子不由自主腰就变弯了。这个曾经在五指塬呼风唤雨的庞大家族虽说已经像秋天的蒿草，渐渐衰败了，除了这一院青砖碧瓦依旧气派的宅院，已没什么可以让人留恋的东西。往日田倾千族，高骡子大马气势腾腾的旺盛势派，早已如残花调零，风光不再，但他走进来时还是觉得有些气出不来。杜老太爷步上五阶由长方形石条砌就的台阶，推开曾经被杜家人两次毁坏的厚重槐木大门，他看见鲁家那个叫黑驴的长工慌慌张张地跑进了上房，他嘴角一弯，阴沉的瓦刀脸上就显现出一丝不易察觉的奇怪的笑。鲁家毕竟还有人怕着自己，这让他很是开心，接着他就看见鲁尚文的大儿子鲁向前出现在上房门口的台阶上。

大爷在台阶上出现时，杜文生甚至产生一种错觉，以为是死去的老爷复活了。这个嘴唇像女人一样鲜红、挺直的鼻梁下留着浓密胡须的鲁家少掌柜，太像他的父亲了。杜老太爷突然从鲁家这个年轻少掌柜坚毅、沉稳的眼神里悟出了点什么。鲁家不会倒下去的，就像他脚下的土地，无论干旱到什么地步，只要一有雨水的滋润，马上就能焕发出新的生机，滋生出新的事物。鲁家有人！这个奇怪的想法让他觉得很不愉快，也让他很为女儿惋惜，水仙命苦啊！他突然有些明白了在他与鲁家屡次发生冲突时，女儿水仙为什么一直要阻挡他的原因。看来，女儿当时离开鲁家时，可能是一时的冲动，其实她可能对鲁家并未死心，还抱着什么期望，这让杜老太爷甚至有些后悔，后悔自己当初是不是有些不够冷静，对鲁家过份了。如果自己当初能够稍稍冷静一下，女儿也不会像现在这样，无人敢要，成天以泪洗面了！

老爷站在上房门口的台阶上，看着杜文生走近，眉头皱了皱说：“杜保长，稀客啊，到这来有事吗？”

杜文生站在台阶下，仰脸看着大爷说：“夜猫子进宅，无事不来。”

大爷不动声色地说：“杜保长大白天劳师动众到我这来，不会是公报私仇来了吧？”

杜文生模棱两可地一笑说：“大侄子，你这话说得可就不对了，你们鲁家和我们杜家的梁子那已经结了，都过去了，有县长大人亲自出面撑腰，我能把你们鲁家怎么样呢？杜某今日来，完全是例行公事，请你还是配合点好。”

大爷故作不解地说：“公事，杜保长是来摊派呢，还是来集捐？”

杜文生说：“本人今天来一不摊派，二不集捐，我来找人。”

大爷心里一惊，面上故作镇静：“杜保长找谁？”

杜文生冷冷一笑说：“大侄子，你是明白人，就别给我装糊涂了，有人举报你们家窝藏共匪，有这事吗？”

大爷说：“窝藏共匪，杜保长，我不明白你在说什么？”

杜文生冷冷地看着大爷说：“鲁向前，别跟我废话了，难道你家里就没有外人吗？有的话趁早交出来，免得咱们再伤和气。”

大爷堵在门口说：“这屋就我们一家人，哪有外人。”

杜文生说：“没有外人，我明明看见杨开科进了你们家，你敢说没有外人？”

大爷说：“你说杨先生啊？他是我丈人，能算外人吗？”

杜文生说：“你少给我贫嘴，他人呢？”

大爷说：“在屋里呢，我给你叫。”张嘴想向屋里喊叫，杜文生不耐烦地推开他，向屋里走去。大爷脸色变了变，忙跟了进去。

杜老太爷走进屋里，见有个人躺在屋里炕上，身上盖着被子，杨先生坐在他身边，好像正在为他看病，鲁家所有的人都在屋里，看见他都不安地站了起来。杜文生说了声，这人还真不少呢！走到炕边看着杨先生说：“杨先生，咱们又见面了，你在这儿干啥哩？”

杨先生眼镜片后的眼睛闪了下说："看病。"

杜文生说："给谁看病？"

杨先生说："给谁看病，杜保长有必要知道吗？"

杜文生不理他，扭头看着炕上的二爷说："哟，这不是县上正在寻找的鲁二少爷吗，你这是咋啦？"说着伸手就去掀二爷身上的被子。

"别动，他在生病。"杨先生忙将他拉住。

杜文生面无表情地看着杨先生："鲁二少爷得的是什么病啊？"

杨先生说："腹疼。"

杜文生猛地掀起被子，看着身上缠着绷带的二爷扭头问杨先生："腹疼，腹疼怎么包着肩膀？"

突然用手猛地将绷带撕开，二爷"啊"的一声，忍不住疼得叫出声来，一屋的人都变了脸。

杜文生看着疼得呲牙咧嘴的二爷冷冷地说："别装了，二少爷，起来跟我走吧。"

老奶见状，像只护崽的母狗，扑过去抱住二爷说："我儿子犯啥法了，你要带走他？"

杜文生用枪逼开老奶说："你儿子参加共产党，和政府作对，犯了杀头的罪。老太婆，你就等着给你儿子收尸吧！"

老奶身子一软，瘫在了炕上。杨先生看着杜文生说："杜保长，今日栽到你手上，我无话可说，但我要奉劝你一句，别以为你这五指塬的保长能当一辈子，国民党是靠不住的，总有一天，这天会翻过来，凡事别做得太绝，给自己留条后路，以后大家也好见面。"

杜文生冷笑着说："想不到杨先生不但医术高明，这嘴皮子的功夫也很厉害。这天什么时候翻过来，杜某不知道，可眼下杜某当的是国民党的保长，吃的是党国的皇粮，行的是党国的职责，你就别和我废话了，有什么话到牢里说，你和鲁二少爷都走吧。"

杜文生挥枪逼二爷下炕，屋里所有的人都张着嘴说不出话。三爷偷偷把手伸向桌子，想摸东西动粗，却被大爷制止了。大爷走到杜文生跟前，用身子挡住他说：“且慢！”

杜文生看着大爷说：“大侄子，你还有什么话要说吗？”

大爷语气平静地说：“杜保长，以前我们鲁家和你们杜家有过梁子，但现在已了结了。看在咱们都是一个塬上人的份上，放了我丈人和我弟弟，往后你要有什么事，招呼一声，向前就是血溅额头，也把你这个人情给你还上。”

杜文生说：“大侄子，你这话说得那可比唱的好听，今儿你把话说这了，杜某有句话不得不说，按说杜某人对你们鲁家，那可是打心眼里佩服，一心想把女儿嫁给你们鲁家，结一门好亲。可你们鲁家拿我杜某不当人，自个儿子残废了，也不吱唔一声，骗我女儿到你们家守活寡。事后不但不向我道歉，还指派人将我父子俩个打了一顿。这事别说是我杜文生，换谁谁咽得下这口气？要不是后来权县长出面干涉，我杜家和你们家这事没完。别怕，咱君子报仇，十年不晚，想不到这还没多长时间呢，你们就又栽在我手上了，这可不是杜某人故意找你们的茬。通匪，你们知道这是什么后果吗？等着给你弟弟和丈人收尸吧！”

大爷愣怔了半晌说：“好，既然你把话说到这个份上，我啥话都不说了，但大家都是一个塬上的人，你也别把事做绝，你跟我来，我给你看样东西。”

第五十五章

金条

杜文生愣了下说：“什么东西？”

大爷说：“看了你就知道。”转身又对母亲说：“妈，咱到你房中去。”

老奶愣了一下，好像隐隐觉出点什么，犹豫了半晌，还是跟着大爷和杜文生去了房里。

大爷一进母亲房里就对老奶说：“妈，把我大留给我的那个壶给他。”

老奶听了这话，嘴就张大了，看着大爷说：“向前，你要干啥？”

大爷说：“把那只壶给他。”

老奶说：“向前，你疯了，那只壶是我们家如今唯一的积存，是你大留给你以后翻本的，你把它给了人，咱们一家以后喝西北风去！”

老爷临死之前，曾把大爷单独叫到房中，拿出一个焊了口的大耳子铜壶交给大爷说，向前啊，这壶里有十八根金条，是我们家唯一仅存的老本儿，我把它藏在墙缝里，才没被狗日的西门成亮发现，以后灾年转过，你就用它翻本吧，无论如何，也要把盛茂重新开起来，祖宗的基业说啥不能在我手上断了！大爷当时接了壶，趴在地上给父亲磕了三个响头，说大你放心，向前以后多艰难，也不会动这壶里的东西。我一定在我手里，把咱家的粮行重新开起来，让我们鲁家的子孙有饭吃，过上好日子。老爷当时听了这话，才放心地把头一歪，将眼闭上了。如今，最让大爷尊敬的丈人杨先生和鲁家的子孙鲁向明都面临被判刑杀头的危险，大爷知道，一旦丈人和弟弟被杜文生带走，那肯定是九死一生。在这最危急的关头，要人还是要钱，他只能做出一种选择，哪怕只有一丝儿希望，他都不会让杜文生把人带走。

大爷对老奶说："妈，没有本钱，以后再想办法，我叔和向明要被抓走，可都没命了！现在救人要紧，顾不了那么多了！"

老奶还在犹豫，大爷有些发急地劝她说："妈，留得青山在，不怕没柴烧，只要儿在，就不会让咱鲁家塌火了，把壶给他！"

老奶听了这话，啥也没说，从裤腰带上解下一把铜钥匙，打开墙边那只四角儿包了铜边的黑漆木柜子，取出一只肚儿奇大的大耳子铜壶递给大爷。大爷双手接壶的一霎间，分明看见老奶眼里闪闪烁烁，似有泪花，他的心里一阵发酸，就将脸避开了。

大爷抱着壶，转身看着杜文生说："杜保长，这把壶里有十八根金条，是我们鲁家如今唯一仅剩的积存。只要你肯放过我丈人和弟弟，这壶就是你的了。"

杜文生有些不相信自己的耳朵，看着大爷和他手里的壶没言语。

大爷见他不言语，就又说："我们家如今就剩下这了，如果杜保长还不满足，靠近洛河川那片地也给你，我去给你拿地契。"

杜文生伸手挡住他说："别，既然大侄子把话说到这个份上，我杜文生做事也不能太绝。好，东西我收下，这次就放你们鲁家一马，告诉你弟弟，以后别再跟上共产党瞎跑了，要再让我抓住，天王老子也救不了他！"说罢接过壶揣进怀里，转身出门而去。

杜文生走后，大爷一屁股坐在了椅子上，一种深深的空虚就蛇一样缠住了他。

大爷倒不是心疼那些钱，那些钱送了人虽然可惜，但大爷并不心疼，钱在世上，没了再挣，但那是家里唯一仅存的本钱，没了它，自己以后拿啥重振家业？何况，大爷回茬完荞麦刚去河南定了种子，没了这笔钱，种子拉不回来事小，让河南那些老交情蒙受了损失，以后别想再在粮界混了。

马明奎那晚摔开追兵回到洛河川，进村时碰到杜炳言，喝得醉熏熏的，不知从哪出来，差点撞到明奎身上，亏得明奎机警，要不真给他撞上。杜炳言满身酒气回到家里，麦勤早已睡下，杜炳言一回来脱了衣服钻进被窝就想和她亲热，麦勤厌恶地把他一把从身上推下来说，你一天到晚屁事不干把酒当尿喝，爱喝酒咋不让你妈把你生到酒缸里去，一喝醉就祸害人！

杜炳言的好心情一下让婆娘的冷水给浇灭，爬起来没好气地说，你个麻糜婆姨，你说啥，男人不喝酒，那还叫男人？

麦勤说，喝，天天喝，别过光景了！

杜炳言说，我不过光景，你瞅瞅，洛河川一条川谁有我们杜家过得滋润？我不过光景，我是短了你吃了还是短了你穿了？

麦勤说，你说这话都不嫌脸烧？咱家这日子那是大挣下的，你当是你自个过出来的，就你一天日头照不到屁门子上不起来，还想过好光景？大死了，头一个饿死的是你！

杜炳言撇着嘴说，我要饿死，洛河川早死的没人了。

麦勤撇了他一眼说，你莫说这话，就你成天嫖婆姨逛妓院抽大烟光景还能过得好？你要像人家明奎，起早贪黑扫把子粪叉子不离手，我说你算我没记性。

炳言一听婆姨提马明奎就火了，爬起来瞪着眼说，你别在我面前提马明奎，你不提他我还没气，你当你和他眉来眼去我不知道？我是没抓住你俩的把柄，哪天让我抓住你俩的把柄，看我不把你俩腿给扳折。

麦勤气得脸色通红说，你……

炳言说，咋，我还虚说你了不成？你打进这个门起，心里就一直没我，你当我是瓜子看不出来？

麦勤说，身正不怕影子歪，你爱说啥说啥，我和你说这我嫌心烦！

炳言说，咋，我一提他你心疼了？我老实告诉你，我早发现马明奎鬼鬼祟祟不对劲，你趁早离他远点，出了啥事你可别说我没告诉你。

麦勤不愿和他多说，扭过头去不理他，炳言见麦勤不理他，喷着酒气又趴了上来，伸手去扯麦勤的裤衩，麦勤十分反感，把他的手打开，炳言就发了火，压住麦勤扯下裤衩，强行趴到麦勤身上，有些怨毒地折腾起来。麦勤推了几推推不下来，气得捂住鼻子呜呜地哭起来。

杜老太爷怀里揣着藏有十八根金条的大耳子铜壶，骑着走骡子回到洛河川。路过村外别人撂荒的地头，远远看见马明奎精赤着上身，抡着镢头在地里开地，被挖过的土地上，升腾着白氤氤气丝丝儿，镢脑子在秋日的阳光下一闪一亮。杜老太爷看着，两道卧蚕一样的眉毛就拧紧了，眉头皱着，舒展不开。咬人的狗不出声，打马明奎进入杜家扛活起，杜老太爷就看出，这个不言不喘的黑小子不是个松凡的人，将来洛河川和自己有一拼的，看来非这小子莫属。

杜老太爷回到家里，麦勤和炳言不在，水仙一个人独自在自己房子睡觉。前些年老婆王氏得病死了，自打从鲁家赌气回来，女儿就不吃不喝，日渐消瘦，成天把自己关在房里，不是睡觉就是发呆，和谁也不说话。杜老太爷曾几次托人，想给女儿再找一户人家，可别人一听是他的女子，竟没一个敢上门探问一下的，连鲁家那样的人家都留不住，还跟上带拐的女子，别人谁敢要啊？时间长了，杜老太爷也就对此事不再抱什么期望，听之任之，由她去了。女儿的事，从此成为他的一块心病。

杜老太爷见女儿睡着，也没惊动她，独自去了后院，把那只铜壶小心藏好，拍拍身上的土刚到前院，见儿子杜炳言嘴里哼着酸曲儿，从大门外进来。杜老太爷不由得皱皱眉头，没好气地问，你干啥去了，麦勤呢？

炳言说："麦勤地里收荞麦去了。"

杜老太爷说："你咋没到地里去？"

炳言说："雇下那么多人，还用得上我去地里？麦勤去了就行了。"

杜老太爷脸色铁青骂道："你个懒东西，天旱几年，你还没坐够，今年就点回茬荞麦，你屋里的都到地里去了，你却在家享清闲！”

杜炳言说：“大，往年种那么多的地，也没见你唠叨，今年就那点回茬荞麦，你怕收不回来？”

杜老太爷恼怒地看着儿子说：“就是一颗麦，坐在家里得的回来？你看看人家马明奎，看看人家那心劲，老子死了，你就等着戳牛屁股吧！”

杜炳言不服气地说：“马明奎他心劲再大，球也不顶，如今还不是干球打得炕栏响，光棍汉一个，连个婆姨也没有，干得再欢有甚用？”

杜老太爷说：“都像人家那样干，你怕人家找不下婆姨？”

杜炳言就说：“大，我看马明奎自打回来后，鬼鬼祟祟有些不对劲。”

杜老太爷说：“哪不对劲？”

杜炳言说：“我也不知道哪不对劲，反正他不对劲，有事没事就和一帮穷小子钻在一起，不知叽咕些啥。前几天我晚上回来晚了，瞄见他不知从哪回来，慌慌张张好像干啥事去了。”

杜老太爷说：“你记没记得是哪一晚？”

杜炳言用手挠挠头说：“我忘了，没记清。”

杜老太爷用手摸着下巴沉思着说：“这倒怪了，难道那天晚上还有他？”

第五十六章

休书

杜文生走后，老奶气得病倒，把二爷大骂了一顿，说他不孝，气死了老爷不算，如今连家也败了，鲁家人老几辈仁仁义义，咋逢下了你这么个不孝的逆子！二爷被骂得没一点声色，低着头一声不吭。

过了一段时间，老奶的病好了，二爷的伤也恢复得差不多了，大爷带二爷到老爷坟上去拜祭。村里的男人听说二爷回来，好多人都慌乱起来，不敢和二爷照面。二爷和大爷从老爷坟上回来，老奶把二爷叫到自己房里说，你打算把那个女人咋办？就让她这么呆在家吗？你脸厚不嫌丢人，我可嫌丢人呢！二爷低着头不说话。老奶又说，你知道不，你大就是被这不要脸的女人活活给气死的。自从你走了以后，这个不要脸的女人就和村里许多男人明铺暗盖，把咱家的脸都丢尽了！你大连气带病，硬是让她给气死了。这种窑子里出来的女人，走到哪能改得了毛病？你还让她呆在家里干什么？二爷听了，有些不相信地看着老奶说，妈，你说的是真的？老奶说，不是真的还是假的，不相信你去问你哥。

那晚二爷回到房里后，心情沉重，一直都不说话。小玉问他咋了，是不是出去着了凉？病了，他也不言传。小玉说我给你倒碗水吧。二爷说你别倒。小玉说你到底咋了？要不舒服就上炕歇着。说着想给二爷脱鞋。二爷挡住她说，小玉，你走吧，这个家不适合你，你还是走吧。小玉就愣住了，眼泪在眼眶里打着转转，绷着嘴不让它流下来。二爷又说，我的伤已无大碍，我也要出去参加工作，我走之后，这个家没人能容纳你，你还是趁早走，去寻找自己的幸福吧！小玉说，向明我哪点对不住你，你要赶我走？二爷低着头不言传。小玉强忍着眼泪不让它流下来，说，不错，我是个婊子，窑姐儿，可我有什么办法？我妈从小把我带到那儿，这能怪我吗？我也讨厌自己，讨厌那种地方，想过正常人一样的生活，可谁肯要我？我有什么办法？我是不要脸，死乞白脸缠着你，我把你当做救世主，想拽着你逃离那种鬼地方我错了吗？我学着给你洗衣做饭，料理家务，为的就是能像个正经女人一样，有自己的男人有自己的家！你大讨厌我，恨我，这我能理解，谁叫我是一个婊子呢？我跟上你住破窑，吃烂饭，受别人白眼我没抱怨过你，我不后悔，我只求你大有一天能容纳我，让我进你们家的门，我做错了什么？

二爷说，小玉，你的心情我理解，可我当初就告诉过你，我们家不可能接受你这样的女人，可你就是不听，死乞白脸缠着我。因为你，我被学校开除，被我大赶出家门，被村里人下看，我不怨你，怪只怪我当初太年轻，没有把持好自己，才走到了这一步。我承认，当我被父亲赶出家门时，我恨过你，甚至恨不得杀了你。可在以后那些恓惶岁月里，你却一点也不抱怨，表现出比我还坚强的忍耐，我对你的怨恨慢慢也淡化了。说句老实话，我甚至觉得自己有些窝囊，无能，对不住你，我开始承认这个现实，准备和你就这样过一辈子！可是你，可是你，你竟然狗改不了吃屎，我不在就和村里的男人搅和到一起，把我们家的人在村里丢了个精光！你说，这到底是为甚？

泪水无声地在小玉那双曾清亮无比的美丽眼睛里打转，小玉哽咽着，一句话说不出来。那些看来好像已经愈合了的伤口，被无情地再次撕裂开来，火辣辣，血淋淋。自打二爷回来后，稍微有些儿清整的小玉，顿时又变得有些儿疯癫，所有饱受过的磨难、屈辱像一张破烂不堪虫蛀鼠咬受潮发霉长了白毛的羊皮袄，被重新拉出来晾晒在太阳下，所有恶臭瞬间都散发出来。小玉饱受苦难的心再也承受不了，身子摇摇欲倒，站立不住。

二爷却从身上摸出一纸早就写好的休书递给小玉说，这是休书，你走吧！

小玉把那份休书放在眼前看了看，突然仰头看着屋顶哈哈大笑起来。二爷吓了一跳，不知她咋了。小玉笑得花枝乱颤，撕碎休书扔在二爷脸上，怒视着他说，鲁向明，你是念过书的人，给我写休书休我？你是托过媒人，下过彩礼，还是摆过酒席？啊哈哈哈……

二爷红着脸，不去看她。小玉笑着说，没错，我是和村上的男人睡了，丢了你们鲁家的人，可这都是你们家逼的！你个大男人，明明知道闹年馑，丢下女人尻子一拍就走得没了影，让我一个人孤零零呆在窑里，你知道我有多怕吗？二爷说，那你就去招男人吗？小玉说，村里的野男人，趁你不在，半夜三更敲我的门，我没给谁开过，没让谁碰过我的身子。你走之后，你大就想法设法想赶我出村，隔三差五就断我的顿，我一天饥一顿，饱一顿，等你回来，挺着肚子，盼娃儿能生下来，母凭子贵，能进入你们鲁家；可我的命太苦，娃儿一出世就被狼叼走！我连他长啥样也没看上一眼！娃儿一丢，你大就断了我的粮，不让大哥再接济我，我饿啊！你们鲁家可以把成仓成仓的粮食洒出去救别人，可就是不肯给我个窝窝头让我活命，把我往死里逼！以前在院子里，我是妈妈的摇钱树，可如今我和那些脏得像猪一样的男人睡，为的只是一碗水，一块馍！我像狗一样，之所以苟延残喘到现在，就是想等你回来，给我个说法。你回来了，我一下子又有了精神，之前觉得自己已是个半死的人因为你的出现突然又活过来了！可你，不问青红皂白，听上你妈的话，指责我，要赶我走！

二爷愣住了，他没有想到，自己走后，竟然发生了这么多的事。

小玉说完这些话，再不正眼看二爷，呵呵呵笑着，转身疯疯癫癫向外走去。二爷怔怔地看着她从屋里出去，一句话也说不出来，直到听见小玉在院里唱起南宋名妓严蕊的那首词，他才喊了声“小玉！”追到院子里。

二爷追到院里，小玉已经走到大门口，嘴里依然在唱，声音像哭一样：

不是爱风尘，

似被前缘误，

花开花落应有期，

总赖东君主。

去也终须去，

住也终须住，

若得山花插满头，

莫问奴归处！

二爷又叫了声：“小玉！”

小玉似没听见，依旧笑着唱着，疯疯癫癫出门而去。二爷拔腿欲向外追，却听见老奶在背后威严地说，向明，你给我站住！二爷回头，见老奶，大爷，三爷，还有黑驴大奶奶都站在上房门口的台阶上看着他，二爷的腿就拉不动了，腿肚子一软跪倒了地上，号啕大哭起来。

二爷第二天就收拾了包袱离家出门了，任谁也劝不住。

大爷把二爷一直送到村外。二爷心情复杂地回头看着这个生他养他，让他留恋又让他痛恨的地方，把头慢慢转向自己曾经住过的土窑，一片红布飘飘荡荡挂在窑口上，随风在那摇摆。二爷嘴就张大了，丝丝冒气，趔趔趄趄向窑门口跑去，大爷惊慌失措跟在后面。弟兄俩上了缓坡，气喘吁吁跑到土窑门口，他们看见，挂在窑门上风一样摆动的，原来是马小玉。小玉穿着她妈留给她的大红袄，梳洗得干干净净吊在门框上，舌头吐在外面，像一片纸剪的人。二爷浑身稀软，扑通一声跪倒在这个把一生寄托在他身上只想过最平凡的一男一女一夫一妻一生一世的生活幻梦里，想他爱他等他最后全然绝望的女人尸体面前，悔恨内疚伤心悲痛无助潮水一样涌来，二爷用手揪扯着自己的头发痛哭失声，泪水无声地滑落在与小玉相识相遇相爱相守的画卷里，反反复复不能回转。

小玉死了，二爷走了，村里的男人女人都松了一口气，脸上重又活泛过来。大爷找了一片芦席，和黑驴把小玉埋在村外的土坡上，亲手给小玉坟前栽了棵槐树，并请给自家凿过磨子的刘石匠给凿了一块石碑，碑上刻了马小玉墓几个字，算是对这个可怜女人的一点安慰。

大爷做这些事时没有想到，二爷一出村就被人抓走了。

第五十七章

营救

抓走二爷的不是别人，是杨大宝。

杨大宝自打进了保安队后就时来运转，头一回出去执行任务就抓住了共产党的要犯王树锋，立了大功，被提升为保安队的小头目。事情过去还没多久，就有人向他提供情报，说共党要犯鲁向明就藏在鲁家庄上，要他带人去抓。这个人向大宝说这事时，大宝都有些不相信自己的耳朵，看来人走时运马走膘，他杨大宝走运的时候真是到了！这个向大宝提供情报的，就是杜文生。

杜文生那天从鲁家拿走那只大铜壶时，并没有将二爷的事放下。他不是君子，不会对这么一大笔黄灿灿的金条视而不见。但如果收了钱，放走鲁向明，以后一旦东窗事发，那他这个保长是绝对脱不了干系的。如何鱼与熊掌都能兼得，杜文生很是费了一翻心思。

那天他到城里办事，在街上意外碰上了刚刚当了头目的杨大宝，杨大宝一见杜文生，非要拉他喝酒。过去杜文生对杨老八这个不成器的瘦猴儿子，根本不屑一顾，别说在一块喝酒，就是平时见了面，也头都不想抬一下的。但如今毕竟不同了，大家咋说现在都是一个系统的，杜文生不能不给大宝一点面子。喝酒的中间，杜文生灵机一动，就把鲁向明在庄上养病的消息透露给了杨大宝。杨大宝听了，有些不相信地看着杜文生说，不可能，杜保长是在和我开玩笑吧？有这样的好事，你干吗不自己去抓，要把这个功劳让给我？杜文生看着杨大宝，高深莫测地笑了下说，这个你就不明白了，我们杜家与鲁家的梁子已经结得很深，鲁家在塬上一向又人品甚好，如果我抓了鲁向明，不但鲁家会认为我公报私仇，塬上的人也会对我有意见，我杜文生这辈子怕是离不开五指塬了，我不想把事做得太绝。杨大宝听了这话后，就再没多想，站起来要出去。杜文生却将他拉住说，杨大少爷别急，我已派人看着鲁家了，他跑不了，但我有个条件，如果杨大少爷答应，这功劳就让给你，如果杨大少爷不能答应，我就不管五指塬人说啥，亲自带人去抓。大宝满脸疑惑看着杜文生问，条件，啥条件？杜文生说，你现在不能去抓，得等他离开鲁家。大宝不解地问，为什么？杜文生说，不为啥，你现在去家里把他抓了，别人还不是会把问题看到我的身上。大宝说，现在不去，那让他跑了咋办？杜文生说，你放心，我已叫人黑地白夜看着，他跑不了，只要他一离开家里，我就通知你。大宝说，那好吧，我听你的。杜文生说，办完这件事，大少爷又会高升，到时候，可别忘了杜爷背后扶过你。大宝忙堆着笑说，不会，我哪能忘了杜保长的功劳。

就这样，自以为已经脱险的二爷一出村，就被大宝带人抓走。大爷赔了家底，到头来二爷也没保住；杜文生一箭双雕，得了便宜落了好；杨大宝再立新功，摇身一变成了保安队的副队长。

杨先生接到县里的通知，当天就去了郦州城。

郦州城是座山城，古来为兵家必争之地。唐时尉迟敬德为郦州节度使，曾修葺加固了城郭，在城中建有南北二教场，南教场还设有点军台，城郭十分坚固。

相传尉迟公事母至孝，当年驻守鄜州，曾计划要将鄜州建成一座宏伟壮观的十二连城，以慰老母晚年。图纸画好后，尉迟公把图拿给老母看。老母当时已七十有三，看了图纸说，儿呀，这十二连城设计得好是好，可缺了样东西。敬德就问他妈缺了啥东西？老太太说，城门上缺了两个大铁环。敬德说，妈，城门上要铁环干甚？老太太说，国家刚刚建立，老百姓肚子还吃不饱，你如此劳民伤财建这么豪华的十二连城，万一哪天被唐王爷调走，咱们也可以把城抬上啊！敬德听了，顿然开悟，当时就撕碎了图纸，罢了建十二连城的想法，把心思放到了恢复生产，扩充军备上。十二连城没修成，这段佳话却流传了下来。

杨先生一进城就往城中付计麻花店而来。

王树锋同志牺牲，鲁向明同志被捕，引起中共鄜州地下党的极大震动。因为这件事，已被向明和王树锋策反投诚的香川老林土匪西门成亮又窜回了老林，原定由这支游击队和黑水寺游击队配合攻打县城的计划全部搁浅。中共鄜州地下党十分着急，寻找一切机会和办法营救鲁向明同志出狱，但苦于不知道二爷被关在哪里，营救工作一筹莫展。为此，鄜州地下党负责人胡中玉通知五交镇济民诊所的联络员杨开科，要他到城里开会，共同商讨对二爷的营救方案。

胡中玉坐在付二郎麻花店后屋一张咯咯作响的床板上，面色忧虑地看着杨先生说，“看来事情有些麻缠，敌人是想通过鲁向明彻底捣毁我们刚刚建立起来的根据地，如果不加紧营救，不但原定计划无法实施，鄜州所有地下工作者的安危都将受到严重威胁。”

杨先生说：“难道鲁向明同志不可靠吗？”

胡中玉说：“鲁向明同志参加工作时间尚短，他有头脑，有见识，热情又高，为鄜州游击队的成立和发展做了许多工作，受到了刘志丹同志的赞扬和肯定。但他毕竟太年轻，缺乏对敌斗争的经验，又是第一次入狱，我怕他顶不住。”

杨先生面色凝重地说：“这对他是一个严峻的考验。”

胡中玉说：“对我们同样是个考验，敌人一直对他很重视，不知将他关到了哪儿，给我们的营救造成了很大困难，这次没叫马明奎，只叫你来，是因为你对他的情况比较熟悉，看看有没有其他的办法可想。”

杨先生还没答话，街上突然传来一阵喧哗吵闹声，付二郎从外走进来说：“不好，有情况。”

胡中玉就起身和杨先生先生到了前堂，胡中玉在桌前坐下来，老付忙放了几根麻花在他面前，杨先生说：“我出去看看。”

杨先生出了店门，见几个警察不知在对面一家寿材店干什么。一个瘦猴样的小个子警察，屁股上斜挎着一把王八盒子，伸胳膊展腿在那儿诈唬。杨先生觉得那人有些眼熟，正要转身离去，却被那人看见，走过来说：“呀，这不是济民诊所的杨先生吗？进城来啦！”

杨先生这才认出原来是镇上盛旺粮行杨老八的儿子杨大宝，就说：“呀，是大宝哇！多日不见，怎么混进了保安队？”

大宝用手一拍屁股上的王八盒子说：“人走时运，马走膘；士别三日，当刮目相看！啥叫混进了保安队，我如今还是保安队的副队长呢！”

杨先生惊异地说：“吹，我不信！”

“吹啥，我一个人单枪匹马活捉了共党要犯鲁向明，枪杀共党要犯王树锋，这么大的功劳，还能不升官发财？”

杨先生心中一动，故作不解地问：“谁，鲁向明，那不是鲁家庄鲁尚文的二儿子吗，咋就成了共党呢？”

大宝说，“谁知道，听说还是个头呢！”

杨先生说：“都是一个塬上的，你们两家原先还是一家呢，你咋把他抓了呢？”

大宝不屑地说：“我管他是谁，我大我都不认我管他是谁。”停了下又说：“你回去到五交镇见了杨老八告诉他，就说他不争气的儿子如今当官了，当大官了，可我已不是他的儿子了。”

杨先生说：“父子无隔夜的仇，他纵有不是，也是你大呀！”

说话时，几个当兵的从棺材店抬了口柏木棺材出来。棺材店的老板跟在后面，手里捏着几沓光华票说：“连本都不够，再给添上点呀老总，小本生意，赔不起呀！”有个后生出来把他往回扯，老汉拽着身子不肯回去。大宝就将眼一瞪，抽出王八盒子将帽子向上顶了顶凶狠地说：“这棺材是给牛团长他丈母娘买的，想要钱，跟我到保安队去拿。”向杨先生招呼了一声，和几个当兵的抬着棺材扬长而去。走得远了，那后生才敢“呸”地唾了一口。

杨先生返回麻花店，径直去了后屋，胡中玉跟了进来，杨先生就将刚才看到的情况向他学说了一遍，末了说：“这个情况很重要，我看不如让我把这件事告诉给向明他哥鲁向前，他是我的女婿，让向前出面去求杨大宝，向明没什么底子，说不上花点钱就能把事办了。”

胡中玉想了想说：“行，眼下只好先这么办，行不通咱再想办法。”

杨先生就起身说：“那我立马到塬上去。”

二爷一出村子就被保安队抓了这事，大爷一点也不知道，鲁家庄也没人看见。杨大宝亲自带人穿着便衣埋伏在村外的土塄下守候了几天，看见二爷出村，几个人就扑上去，用事先准备好的麻袋蒙了二爷的头，把他塞进一辆停在路边的马车里，赶着车扬长而去，事情做得干净利落，没有留下任何蛛丝马迹。大爷当时忙着处理小玉的事，根本没有想到，杜文生这个老狐狸会给他来这一手。

小玉死后，村上的男人和女人都松了口气，由这个女人带给村子里那股像瘟疫一样蔓延的恐慌、紧张和无端猜测，如同太阳出来的晨雾散去了，男人女人脸上都开始活泛起来，村巷里碰见也多了些儿客气。大家见了面，都小心翼翼，尽量不谈论涉及关于这个女人的话题，以免引起什么使自己脸红和难堪的事来。最初由马小玉进村带给这个村子那像虫子叮咬痒处的振奋和惴惴不安，瘟疫一样蔓延全村的集体失眠，和后来因为阳坡上那孔快要塌陷的神秘破窑门的突然打开，在村里刮起的小型飓风，村里所有男人的关系，在那扇破烂榆木门对外开启后，突然由原来因为一贫如洗而显得特别开诚的无遮无拦，变得微妙而紧张，加之对鲁家本来就深入骨髓的敬畏和恐惧，几乎使整个村子像腐朽的房子一样崩溃。随着时间的推移，最初神秘新鲜感和好奇心的消失，女人因为精神刺激而由内到外产生的巨大变化，原先曾经还暗自得意觉得荣耀的经历，就彻底变成一种不可告人、害怕被发现揭开的丑恶行径。似乎谁要被发现与那个女人有染，就如头上生着疮子在大街行走一样使人恶心，变为被自家女人用来当做嘲笑和咒诅的把柄。原先由男的独享的集体失眠症逐渐扩散到了女人身上，使得过路的人都能够听到晚上睡不着觉在炕上翻动时皮肉与炕席摩擦时让人厌恶的声音。

现在，那个引起这一切的女人死了，大家都解脱了，不用再担心可能出现的一切，可以安心地睡一觉了。

但现在高兴显然为时过早，女人死了，但她的灵魂并没离开这个让她热爱痛恨的村庄，第一个被恐慌的，当然是鲁家。

第一个看到马小玉灵魂在院子里游走的是大奶奶，大奶奶在小玉埋葬的当天晚上，起来给孩子换尿布时，无意中扭头往院里一瞥，看见一个女人穿着件亮红的绸衫，头梳得水光水光，悄无声息地推开堂屋的门，进屋去了。大奶奶吓了一跳，以为自己出现了幻觉，揉了揉眼细看时，院里黑咚咚的，什么都没有。大奶奶就愣了愣，扭头看看炕上，大爷睡得正香，呼呼地往外送气。大奶奶的心稍稍平静了些，就吹了灯，躺进了被窝。这时，本来关着的屋门无声开了，那个穿红衣的女人从大开的门里走了进来，眼光在屋里游走，似乎在寻找什么东西，看人分明就是老二家的。大奶奶当时头发就直在了头上，整个人成了一个木头，呆滞地看着女人出不了声。在紧张的对视中，大奶奶甚至觉得，女人还向自己笑了一下，那神情，似乎为自己打扰人家的好梦有些不好意思，而后就转身出去了，大奶奶一头就倒在了炕上。

第二个看见马小玉灵魂的是黑驴，不过他看见马小玉时不是在院里，而是在大门外的水塘边。那天天黑不久，人们刚喝过汤，就要上炕睡觉的时候，黑驴临睡前，看见槽头供牲口饮水的大缸空了，担心晚上牲口要喝时没水，就挑起水桶去了涝池。他圪蹴在老槐树盘伸在涝池边粗壮的根须上，把桶伸进水了，先左右摆了摆，荡去浮在水面上的树叶草稍，然后用力把桶按进水里，打满提起，放到树下的平处。等另外一桶打满，就拿起靠在树上的水担，挑起水桶想要走时，突然发现前面的水桶翘得老高，后面的水桶却重得像坠了块石头，说啥也起不来。黑驴心中惊异，扭头一看，就见一个女人，穿着红袄，头发亮亮地盘在脑后，用手拽着水桶，脸上带着孩子似顽皮的笑着看他。分明就是向明媳妇。黑驴“妈呀”一声，扔了桶就跑了回去，从那以后，天一黑就蜷缩在炕上不敢出门。

还有一个看见的，是曾和小玉睡过的麻五。麻五有天晚上从镇上办事回来晚了，走到村口向明过去和小玉住过的窑畔上时，心里发虚，忍不住就往窑畔上看了一眼，结果就看见向明婆姨穿着红袄，挺着奶子，坐在硷畔上的酸枣树旁寻酸枣吃，看见他还冲他勾了勾手指，好像在唤他到硷畔上去。麻五当时吓得险些尿了裤子，回去就病倒了。

尽管马小玉善良的灵魂并不因为这个村庄和鲁家的伤害报复过任何人，一如从前和他们和谐相处，但鲁家庄的所有村民还是因为这个幽灵的存在而感到无比的恐慌，一再给大爷提建议，要大爷为全村人的安危考虑，请法师来禳治，或者干脆把小玉的尸骨挖出来，埋到一个较远的地方。对于金子和母亲的唠叨，村上人的说道，大爷一开始是绷着脸不言传，说得多了就发了火，把跑去向他建议的人骂了个狗血喷头，此后就没人敢在大爷面前再说什么，但心里的疙瘩并没放下。后来明里的议论就变成了偷偷的背后阴谋，几乎全村的男人女人，包括黑驴在内达成了一种共识，在大爷去河南的那段时间，村里人在村外各个路口都派人放了哨，防止大爷突然回来，或者三爷无意间跑到村外来。在几个长者的指挥下，把小玉的墓刨了开来。将尸骨殖在太阳下暴晒了一上午，没有装殓就塞进墓坑，用实土掩压，堆起一个坟包，并在坟顶上揳上桃木镢才算完事。打那以后，马小玉的灵魂就再没有在鲁家和村里出现过。

大爷那段时间被这事骚扰，早忘了二爷的事，直到岳父杨先生寻到门上。

弟弟才走没几天，就又被抓进了牢房，大爷着实吓了一跳，对杨先生说，我这就去城里寻杨大宝。

家里没钱，所幸今年收成不错，打了不少荞麦杂粮。大爷就粜了粮，到城里去寻大宝。大宝看着那一堆白花花的响洋，犹豫着说，向明是共党要犯，怕不是花钱能赎出来的，没人敢拿你这钱。

大爷说："向明纵使参加了共产党，也是受了别人的诱惑，他年轻，不懂事，又没有啥底子，咋能救不出来？"

大宝说："那我给你试试看，成不成我可不敢给你打包票。"

大爷说："你一定要给想想办法，钱要不够，我再去卖粮。"

大宝收起那堆洋钱想走，杨先生却说："大宝，你看能不能让向前先见见人，他大老远来总该放心一下。"

大宝说："这不行，上面有令，任何人不许接近他。"

杨先生说："人关在哪，是死是活也总该让人知道一下。"

大宝说："就在县监狱里。"

杨先生说："就关在县监狱里，可见事情并不严重啊！"

大宝说："你懂个啥，共产党如今在鄜州活动得挺厉害，这是上边的高招，谁能想到他会被关在县监狱里。"

大宝走后，大爷问岳父说，你看杨大宝能不能把向明救得出来？

杨先生说，很难说，这小子不是个好东西，谁知道他怀里揣着什么心。

大爷听了这话，心里更沉重了。

杨先生走进付记麻花店，胡中玉正爬在床沿上写东西，杨先生说："老胡，有新情况。"

胡中玉放下手中的笔说："咋了？"

杨先生说："据杨大宝讲，向明同志就关在县监狱里。

胡中玉说："消息可靠吗？"

杨先生说："应该没问题，这正是敌人的狡猾之处，将向明同普通犯人关在一起，使我们无法预料。"

胡中玉说："要是这样的话，营救起来就容易多了，县监看守刘正帮就是我们的人。"

杨先生说：'那赶紧通知刘正帮同志，让他摸清情况，只要属实，立马救人，免得节外生枝。向明出来让刘同志也撤离那儿到游击队去。"

胡中玉说："鲁家这头有什么消息，若无必要，最好不要动这根线。"

杨先生说："向明他哥已带了不少钱到了城里，杨大宝答应帮忙，但我看他是在耍花腔，想骗人家的钱，我们还是早作准备，不要指望他。"

胡中玉点点头说："你说得对，刻不容缓，我这就去安排。向明同志一旦出狱，就立刻找个机会将杨大宝干掉，为王树锋同志报仇，这人是个祸害。"

第五十八章

借枪

经过组织上的极力营救，经受住了非人折磨的二爷终于顺利脱险。中共鄜州地下党负责人胡中玉对他说，最近革命形式非常严峻，但刘志丹同志要将陕北发展成坚固革命根据地的目标不能变，要将鄜州变为最活跃的游击区的目标不能变。洛河川老林子的西门成亮是你和王树锋同志负责收编的，现在树锋同志牺牲了，这个担子要由你来挑。你要尽快找到西门成亮，联系其他进步力量，配合骑兵团攻打县城。打得下就打，打不下就将队伍拉进山里打游击，积极配合主力红军和兄弟部队作战，争取实现陕甘宁边区革命根据地的尽快形成。

当天晚上二爷就被送出了城，他不敢走官道，抄小路进老虎沟，过葫芦河，翻老爷岭进入了洛河川，西门成亮的老营就在洛河川的老林子深处。

民国十九年，年馑刚过，出门逃荒快两年的马明奎又回到了洛河川。

洛河像一条蛇，一路蜿蜒，穿过开阔的河川地，由东往西奔流而去，沿岸散落的村庄星星点点，依着河流开阔地势比较平坦的山根坐落在河的两侧。翻过紧挨中指塬的红崖崾岘，第一个看见的村子就是庙头村。马明奎像当年他父亲马占祥那样，背着个破褡裢子走进村上时，村里静悄悄的，连狗叫都没听到一声，村巷如同被人遗弃的寡妇，寂静没落。人家的墙根下，道路的两旁，窑顶脑畔，甚至院落里，荒草如同多年未理的头发一样蔓延，羊幺梗有指头那么粗，沿着墙根一直攀上墙头。瓦房的房顶，蹲在房脊上的望兽残缺不全，瓦片上落满黑干腐烂的树叶，积攒着好像千年未扫的灰尘。牵穗谷如同生在地里般疯长，把覆盖在屋顶的瓦片挤离了原来的位置。明奎沿着村巷，拐过一道被滚山水毁坏的路渠，上了硷畔，走进自己窑院，更是被这种触目惊心的破败吓了一跳。两年多不在，土窑顶上裂开了怕人的裂缝，一枞酸枣在那里喷薄生长。黄蒿有一人多高，从墙根下一直长到了院中，几乎遮挡到窑口，要不是还留有一条细细的，可能是白马氏日常出行的小路，明奎几乎不相信这个院里还住有人。明奎站在院门口，嗓子里像堵了个啥。穿过荒草丛生的院落，走到窑门口，看见母亲白马氏蔫蔫坐在窑屋门槛上，敞着怀在那捉虮子，一只乳房如同被人挤干果肉的葡萄皮吊在胸前。明奎叫了声妈，白马氏抬头见是儿子回来，鼻子一酸，眼泪就流了下来，扑过来叫了声："奎子啊，你可回来了！"就把明奎抱住了。明奎用手抚摸着母亲摸得见脊骨的脊背，眼里一热，说不出话来。

杜炳言这天站在自家硷畔扶着阳物撒尿时，看见对面的马明奎家院里起了火，一股黑烟升腾在脑畔上，灰尘直飘到自家这边来，就呐喊了一声，回院里摸了把铁锨向对面跑去。麦勤和水仙在屋里听见炳言叫喊，不知发生了什么事，跑出来看见是明奎家起火了，也跟着往对面跑去。明奎出门逃荒，一走两年，白马氏一个人住在窑上，平日就靠杜老太爷隔三差五给点粮食过活，在饥荒年月，没有饿死，算是把福享了。这几乎已经是庙头村无人不知的秘密。饥荒年里，各人连各人的肚子都填不饱，谁还有心管这种咸淡事。鉴于公公与明奎妈有这层关系，麦勤平日无事，就往白马氏窑里去得勤了，去了偷偷摸摸，就给她带些吃的。毕竟明奎和自己一起长大，他不在，自己照顾一下他母亲也是应该的。

炳言扛着铁锨在前边跑，麦勤和水仙手在胸前划拉着，如同一对鸭子在水里刨。三人跑上硷畔，掠过柳条编成的，已经被太阳暴晒得干裂一碰就碎，歪倒在一边的扎脸门，冲进院子，看见马明奎精赤着上身，轮着一把多年不用，锈迹斑斑的镢头，在砍院里的黄蒿。被砍倒的黄蒿被拢成一堆，放火点燃，霹雳啪啦燃烧，窜起几丈高的黑烟，几乎把院子罩住。几个人松了口气，说，明奎你回来了？吓人一跳！明奎说，两年没在，黄蒿把院都罩实了。炳言就问明奎这两年去了哪达。明奎说自己上榆林去了。麦勤问他在外面好不。明奎说总算没饿死。麦勤说回来了就好。

明奎砍倒院里的黄蒿，连同窑脑上的枣刺，一起在院里烧了。挑着两只木桶，去河里担水上来，把院里的土润湿，推着墙脚碾场用的碌碡，把院子压得如同过去一样平展。拔掉墙头上的牵穗谷，咪咪草，丢到了院外的地塄下。把家里的坛坛罐罐，锅碗家具都搬出来，将两孔土窑窑顶和墙角上的蛛网和灰土扫除干净，去山脚挖了些白土，和着水齐齐刷了一遍。用烂砖碎瓦，把窑地上，墙角随处可见的老鼠洞填紧、夯实。白马氏在儿子做这些时也没闲着，用抹布把这些东西的里里外外齐齐抹净，问麦勤要了点麻纸，把窗子糊了糊，不知从哪翻寻出几年前剪的窗花，贴在窗上。儿子不在时，她是一天缓一天等死，儿子一回来，白马氏如同化了萝卜的心，又复苏了过来。

明奎安排好家里的第二天，就扛着镢头去了地里。

荒年刚过，荒废了不少田地，马明奎一回来就重振旗鼓，从头打熬自己的日子光景。趁着秋冷还未入冬，起早贪黑开垦荒地。到了冬冷落雪，竟开出了十多亩台硷地，都打抹得平平整整，只等来年开春下种。十冬腊月无事干，别人都猫在屋里，他却每天粪叉子不离手，村里村外扫浮尘，拾大粪，一冬下来，竟将十多亩地齐齐铺了一遍。好几次麦勤早上起来，磕睡打盹去上茅房，都看见马明奎夹着粪叉子挽着柳条筐出村而去。等到别的男人从被窝里爬起来，明奎已做完一晌的活回到村里。看见明奎的身影，麦勤不知为啥，心里就有一种酸酸的失落。自打马明奎回来，那次自己和炳言到他家院里去见了一次面，说了几句话，明奎就再没跟自己招过言，也一次没上杜家来过。好几次麦勤看见他，想和他拉几句话，他都像没看见似地走开了，让麦勤心里觉得很不是味。麦勤心里知道明奎想啥，见了他也就不再往跟前凑。

就在这一年秋天，五交镇济民诊所的杨先生领着一个穿长衫、戴礼帽、面容清瘦的中年汉子从五交镇到洛河川来寻马明奎。第二天杜文生老太爷从镇上回到家里时，明奎打逃荒回来第一次进了杜家。

杜老太爷望着这个昔日给自家拦羊的揽工小子，指了指对面的椅子说："坐。"

明奎在椅子上坐下来，望着杜老太爷却不说话。

明奎不说话，杜老太爷也不问他，他知道马明奎到家里来肯定有事，所以他不问，等着明奎开口。

透过洞开的屋门，明奎看见麦勤在院内洗衣服。天碧蓝瓦净的，麦勤正伸着腰，把洗好的衣服往竹竿上晾晒。杆子有些高，使得她不得不掂起脚来，素花布衫子就向上缩去，腰身拉细变长，露出圆圆的屁股来。一只浑身纯白的大猫立在她脚边，仰着头看她，村巷上不知哪个野汉在唱：

羊肚子手巾三道道蓝，

咱见个面面容易拉话话难。

明奎看着麦勤晾晒好衣物收回身子，暗暗吐了口气，回头看着杜老太爷说："有个人想见你。"

"谁？"杜老太爷问。

"刘志丹。"

杜老太爷猛地坐正了身子，将水烟锅子从嘴里拔了出来，双眼瞪着明奎，目光像两把锥子，似乎要看到明奎的五脏六腑中去。他做梦都没有想到，马明奎出外逃荒几年，昔日的拦羊娃竟和刘志丹打起了交道。

"是刘志丹要见你。"明奎面色平静地说。

杜老太爷在太师椅上再也坐不住，走到明奎面前说："全省都在通缉他，他竟敢到鄜州来？"

明奎淡淡一笑说："他那样的人，哪儿不敢去？"

杜老太爷突然撩起袍子，从衣襟下抽出手枪将冰冷的枪管顶在明奎额头上，厉声说："你竟敢私通共产党？"

明奎坐着没有动，不知几时，屋顶上传来一阵猫叫，一团黑影掠下屋顶，院内的白猫突然骚动起来，哧溜一下上了枣树，屋顶上下来的黑猫也上了枣树，两只猫狠着声在树上嘶叫。麦勤不知为啥就害了气，扬起手中的捣衣槌就向树上扔去，两只猫下了树又一齐上了墙头，掠过墙去不见了。

明奎用手轻轻拨开杜老太爷的枪，嘴角一弯说："你敢参加国民党，我又怎么不敢参加共产党呢？"

杜老太爷依然将枪对准他说："你要知道，如今是民国，是国民党的天下，刘志丹他没好下场。"

明奎说："今天是，明天就不是了。刘志丹、谢子长很快就要在鄜州起义，一起义这天就要翻过来了。"

杜老太爷脸色一连变了几变，脸上每一个麻坑都涨红了。

明奎站起来看着这个昔日的东家说："杜保长，这人你见是不见？"

杜老太爷重新坐回椅子上说："他找我有甚事？"

明奎说："他想跟你借几支枪。"

杜老太爷说："他就不怕我把他抓起来送保安队？"

明奎说："他要怕他就不来了。"

杜老太爷说："我要是不借呢？"

明奎说："你是个明白人，如今这世道是城头变幻大王旗，你可不敢一条道跑到黑，在一棵树上吊脖子，靠上共产党，有利无害。"

杜老太爷盯着他看了半晌说："他人呢？"

明奎说："就在我屋里。"

杜老太爷说："那你让他过来。"

明奎说："好，我这就去叫他。"站起来起身就向外走去。

出了屋门，麦勤依旧坐在院子里垂着头捣衣服，跟没看见他似的。明奎抬头瞅了下天，出门走了。

明奎一走，杜炳言就从屋后转出来说："大，刘志丹一会和明奎来了，你先想办法将他俩诱住，我这就去镇上叫人。"

杜老太爷看着他说："叫人干啥？"

炳言说："刘志丹可是共产党的头面人物，抓住他，赏大洋一万哩，活该咱家发财。"

杜老太爷瞥了儿子一眼，说："还发财呢，我看你是连命都不想要了，刘志丹是咱们能惹得起的主吗？抓了他，共产党不血洗了洛河川，把你五马分尸才怪！"

炳言头上就冒了汗，低下头没敢再言传。

杜老太爷说："马明奎的话不无道理，靠上共产党也是好事。如果刘志丹只是借枪倒好办，就怕他醉翁之意不在酒。"

炳言说："想不到马明奎狗日的耍得大，竟和刘志丹混上了。"

杜老太爷说："这小子不是凡人，以后少招惹他。"

杜老太爷后来庆幸的是，那次在马明奎的安排下，他借给了刘志丹的鄜州游

马明奎
友良乡土

击队十支步枪，一百发子弹。后来三边闹红，共产党拿了鄜州的世事，自己才没跟上带拐。

第五十九章

叛逆

杨大宝那次走进盛茂粮行的大门时，是鄜州还没有易手大雪后的浓冬，他的王八盒子斜挎在屁股上，随着他脚步的移动，一下一下地拍打着他干瘦的屁股，但他很喜欢，他喜欢王八盒子拍打屁股的感觉，这种感觉让他觉得自豪而踏实。他看见狗日的继成注视他时脸上变了颜色，阴晴不定，他的心里暗自得意。狗日的继成，狗日的老八，我杨大宝回来了，体体面面堂堂正正地回来了，睁开你俩的狗眼看看吧，如今的大宝再不是那个因为爱赌博经常被债主追着屁股满街跑的大宝，被你个死老八打得满地乱爬的大宝。我如今当了官，发财了，谁敢把我咋？谁敢把我咋我拿王八盒子毙了他狗日的。

“你回来了！”

他看见继成腰弯得像一只虾，脸上堆满讨好巴结的笑。他的鼻子红得就像一只刚出土的胡萝卜。他一看见继成这个样子心里就来气，咋能没有气？我大宝被打得如丧家之犬时你狗日的心里乐得不像啥，你当我不知道？我被杨老八打，全是你狗日背地里煽风点火。你如今咋就不能了？他这么想着就不声不响照那弓起的腰眼狠狠捣了一拳。他看见继成一下子咬住了牙根子，捂了腰，脸扭曲成一只难看的倭瓜。他忍不住哈哈大笑起来，伸手拍拍他的脸说：乖！

这时候，老八坐在圈椅里将身子缩得像一只猴子，因为天冷，他的酒糟鼻子看上去特别的红。杨大宝发现自打自己进来，老八就将眼睛闭上了再也不肯睁开来，他打了继成那一拳，打得他忍不住哼出声来，老八也没将眼睛睁开。这使他很恼火！他绷着脸绕着椅子转，他听见自己皮鞋踏在砖地上的响声很重，想象这声音会给这个行将就木的老头造成的压抑，大宝一想起他当初赶得自己像狗一样在街上流浪时就恨得牙痒痒。他发现老八放在桌上的那只干瘦的失了相的手像只被针扎在窗纸上的飞蛾一般在抖动。他就说，我是大宝，你认识我不？我就是你那不争气的儿子杨大宝，我如今回来了！你睁开你那两颗黑豆眼看看，你精明了一辈子算计了一辈子老来却瞎了眼，你睁眼看看，我如今再也不是从前的杨大宝了，我如今当官了，是县保安队的大队长呢！我有枪，我想抓谁就抓谁，想把他咋就把他咋，可我却不是你的儿子，你想跟我到城里去享福，门都没有！你死了连个烧纸的人都没有，你说你可怜不可怜？不过你死的时候我一定会回来的，我咋说都是你打大的。

老八依旧一动不动坐在那里，脸上变颜变色，放在桌上的手不安分地磕击得桌面轻轻地响。

大宝望着老八死灰色的干枣脸，多年来郁结在他心里的怨恨终于得到了宣泄，这使他觉得很满足。

大宝又说：“你以为我是回来给你光宗耀祖，显赫门楣来了？你错了，你别指望，你这不是个粮行吗，粮食有的是，正好县保安团在扩编，供给一直跟不上，每村每户都得捐，你捐不捐？不捐也得捐。你放心，征完这次粮，我又会升官的。兄弟们给我装！”

立刻就有一队兵丁冲进了粮行。

老八听了这话，一直紧闭着的双眼一下子睁大了，人也从椅子上跳了起来，手指哆嗦地指着大宝说，你……你……你个忤逆……

大宝却不再理他，仰起脖子吹着口哨带人向粮仓走去，他斜挎在身后的王八盒子一下一下拍打着他的屁股，这使他觉得很得意。

老八顿觉眼前发黑，一个站不住仰天跌倒了。

老八醒来时，大宝早已带人离去，粮行里像遭了匪抢一片狼藉。老八望着这一切，心痛如绞，一股浓痰涌上来，又晕了过去。

老八病了，病得不轻，一连几天高烧不退，口里说着胡话。继成请了杨先生来看，杨先生号过脉后说是受了气，郁结在心，人又上了年龄，只能用药维持，怕是难以根治。

老八下不来炕，粮行里的事只好交给继成打理，每日煨在炕上，手里抱着个算盘，药吃得比饭还多。直到后来鄜州易手，杨大宝带人跑往白区，老八听到消息，病才好了一点。

到了民国二十七年，继成已成了盛旺粮行名副其实的当家人，各地的商贩和客商来粮行已不记得老八，而只认得继成。

继成已换了个人似的不再是以前的嘴脸，他扔掉了瓜壳小帽留起了分头，解下腰上的老布腰带扔到了墙角，脱下短衣换上了长袍，每日坐在老八以前坐过的圈椅上，手里拿着烟壶绷着脸看伙计们忙进忙出。许多事他早已不再亲自去做，如今他用不着怕谁，他觉得自己这么多年来，为了能坐在这把圈椅里勤把苦做忍气吞声。

老八如今已下不了炕一日不如一日。

胡玉芹已被儿子从马房接出来住到了老八原先住着的宽畅明房里，过她从来未体验过的幸福生活。而老八两口子却早已被搬到后院一阴暗的小房里，每日供给一日不如一日。

胡玉芹一日看不过去就对儿子说，你给他吃好些，待他好些，咱这一切都是他给的，做人要有良心。

继成听了这话心里就掠过一丝怨毒，说，我已经很不错了，我没把他扔到街上已经很不错了。这几十年来我忍气吞声，狗一样夹着尾巴做人我图的什么？打小时候我就发誓，总有一天我要将他踩在脚下，叫他永世不得翻身！

胡玉芹的嘴突然就张大了，一股不祥的阴云罩住了她，她想给儿子说点啥，可最终啥也没说。

二爷和西门成亮会合后，曾率领洛河川游击队联合黑水寺游击队两次攻打县城没有攻破，撤离时杜文生老太爷接到情报，在红崖腰里埋伏打了游击队的伏击，游击队伤亡惨重，潜回了老林子。经过两个多月的休整，年底又卷土重来，配合红十二师骑兵团一举攻克县城，杀了县长权尔汉，拿了鄜州的政权。向明被委任为鄜州县临时县长，西门成亮成了驻防部队的连长。

第六十章

种子

这年过年，大爷和三爷把老爷的灵位请回了家，在家里摆供设祭，供族人拜祭（当地风俗，老人死后三年之内每年除夕都得请死者的亡灵回家）。年三十晚上，一家人给老奶拜罢年，围着桌子吃饭，二爷突然风尘仆仆地赶了回来，进门就到老爷的灵位前，拿起供桌上的香在灵前的蜡上点燃说："大，不孝儿向明回来了，给你老人家磕头了。"双手抱香，对着老爷的灵位拜了三拜，趴下磕了三个响头，转身又给老奶趴下磕头。老奶看着这个过去令人十分闹心，今日却让家里门楣生辉的儿子说，算了吧，你如今是县老爷了，这头就别磕了。

二爷趴在地上说："妈，我官做得再大，到几时都是你的儿啊，这头咋能不磕？"

老奶就没再言传，看着二爷磕了三个头说："起来，难得今天一家人团聚到一达，好好过个年，都坐吧！"

二爷就挨着老奶坐了下来，一家人开始吃饭。吃饭的时候，二爷就问大爷说："哥，我听说你今年准备把盛茂重新开起来？"

大爷说："嗯，盛茂是我们家的命脉，祖宗的基业不能丢！大死的时候一再叮咛我，以后无论多艰难，都要把粮行再开起来。咱家的粮行是在我手上毁掉的，我就是挣破脑袋，也要把粮行重振起来。

二爷说："话是这么说，可时过境迁，今非昔比，谈何容易啊！"

大爷说："我也知道困难很大，可再大也得干。"

二爷说："哥，你有甚打算吗？"

大爷说："粮行的店面我已经张罗好了，过去的老人儿也一个个打了招呼。这年馑刚刚转过，今年开春，种子肯定非常吃紧，我已经在河南联系好了种源，只要把这趟种子拉回来，就能赚一笔钱。有了这笔钱垫底，咱们一定可以重振旗鼓，把粮行再开起来！"

二爷一听，兴奋地说："大哥，你已经联系好了种源，这是真的？"

大爷说："嗯。"

二爷拉住大爷的手说："这可太好了，大哥，你可帮我大忙了！"

大爷不知道二爷为何这么高兴，看着他问："帮你大忙，帮你啥大忙？"

二爷说："可不是，我这几天正为这事发愁呢！我们刚刚占领鄜州，革命政权能不能巩固，今年的生产至关重要；要是没有种源，鄜州的稳定就毫无保障。年馑刚过，百废待兴，农民的利益至关重要，只有让他们安心生产，根据地的老百姓才能安居乐业。哥，你真帮我大忙了！”

大爷说：“我可没想这么多，我就想这事能不能赚钱。”

二爷说：“大哥是个精细的人，看来你是早就胸有成竹了。”

大爷叹了口气说：“计划我是早就计划好了，可人算不如天算，如今要做成这事，难啊！”

二爷说：“大哥有什么困难吗？”

大爷说：“你也知道，咱们家这两年事出得没停，接二连三，把家里的积存都折腾光了。大死的时候，是给我留了一笔钱，准备用来翻本，可那次为了救你和我丈人，把大留下的十八根金条全给了杜文生。如今家里除了这院地方，哪还有做生意的资本？”

二爷听了这话，半晌没言传。三爷却有些气不大顺，看着二爷说：“二哥，你如今当着鄜州县的县长，还拿他杜文生没办法吗？你去把咱家的东西要回来，他敢不给？”

二爷说：“三弟，你说的这叫啥话？我当的是共产党的干部，不是国民党。共产党有共产党的纪律，我怎么能公报私仇？杜文生虽说当过国民党的伪保长，干过不少坏事，可他暗中也为我们出过力，刘志丹同志亲自指示，不准批斗他，我咋能去问人家要东西呢？”

大爷说：“向明说得对，即使能去咱也不去。过去咱家为向华的事，和杜家闹出了多大的事，流血死人，教训还不大吗？旧怨未解，不能再结新仇。”

三爷说：“难道咱们就这么忍气吞声便宜了他，这也太窝囊了！”

二爷说：“别说这个了，大哥，那你准备咋办？”

大爷叹了口气说：“没办法，看来只好分一杯羹给别人了，找人合作吧！”

二爷说：“有合适的人吗？”

大爷说：“五交镇的杨老八和我们是同行，知道这里面的行情，又有钱，我想跟他商量一下，一块做这笔生意。”

二爷说：“杨老八，他会同意吗？”

大爷说："杨老八虽然吝啬，唯利是图，但他是这方面的行家里手，我想他一定愿意合作的。"

老奶听了这话，不高兴地说："跟谁合作，也别和杨老八那样的人合作，他那人铁算盘都能打烂，你交得过吗？他是你二爷要下的儿，得了你二爷的家产，却不给顶门立户，让咱家二门绝了门户，断了香火，没信义，没廉耻，忘恩负义，与这种人合伙做生意，你也不怕丢了我们家的人？"

大爷说："妈，生意场上没有永远的仇家，如果不跟杨老八合作，我们就会失去这唯一的机会，以后再想翻身，那就困难了！"

老奶说："我们家在粮界这么多年，有如此的规模和成就，靠的是人老几辈建立起来的良好信誉，靠的是诚信。你大在世时，就从不和不三不四、无信义不地道的人打交道。他刚强了一辈子，见了杨老八、杜文生那种人，连眼皮都不想抬一下。亏你们还是鲁家的子孙，自己没本事，倒要看别人的脸色。寻这种人合伙，也不怕坏了我们家的门风！你二爷诚实倔强了一辈子，到了老八手里，他大斗进，小斗出，弄虚作假，短斤少两，克扣下人血汗，挣了一辈子的昧心钱，把我们家的德行败坏殆尽，我们怎么能和这种人打交道？"

老奶一席话，说得几个儿子一个个把头低到裤裆里，一声不吭。大爷半晌才说："妈，你老人家教训得是，但此一时，彼一时，我们家现在的情况你又不是不了解，不寻求与人合作，到手的生意也做不成啊！"

老奶说："郿州这么大，有钱人多得是，你为甚偏找杨老八？"

大爷说："妈，这事我早就考虑了，连着几年年馑，许多过去的有钱人都和我们一样，成了外强内虚的空壳子，如今又是共产党当了政，想寻个有钱人合作，难啊！妈你放心，只要做完这笔生意，我保证再也不与他合作了。"

老奶叹了口气说："儿大不由娘，你自个的事，怎么做我不管，但我给你把话说清，祖宗的规矩到几时都不能坏了。"

大爷说："妈，这我知道。"

老奶说："知道就好。"

大爷没有想到，事情远没他想的那么简单。

大爷走进盛旺粮行时，继成正在柜台里打算盘，看见大爷就满脸堆笑站起来说："呀，鲁大少爷，你这大掌柜咋跑我这小庙来了？"

大爷说："我来找杨掌柜，他在吗？"

继成说："掌柜的病了，行里的事交给我了，有甚事你给我说就是。"

大爷说："我今个来，是专门找杨掌柜的，你最好带我去见他！"

继成就有些不大高兴说："我说过我干大他病了，有甚事你给我说。咋，大少爷看不起我杨继成？"

大爷说："你别误会，这事我必须和你们老掌柜的面谈，麻烦你还是进去给我通报一声。"

继成说："那好吧，你在这等着，我进去给你说一声，老掌柜见不见你，我就做不了主了。"扭身向后堂去了。

友良乡土

第六十一章

资金

大爷跟着继成走进盛旺后院，见老八围着个被子坐在后屋炕上，脸色似不太好。见大爷进来就用手一指炕下的椅子说："来了，坐。"

大爷在椅子上坐下，看着老八说："这大天白日的，老掌柜怎么窝在炕上？"

老八吸了下鼻子说："老了，骨头酥了，浑身说疼就疼，找我有事吗？你们鲁家人可是很少到我这来的。"

大爷开门见山说："我是无事不登三宝殿，有个买卖想跟杨掌柜的合作。"

老八眼睛在眼眶里骨碌一转，看着大爷说："合作，大少爷开得什么玩笑，你们鲁家财大气粗，一向是单打独斗，有钱自个赚，今个咋想起跟人合伙来了？"

大爷听出老八语气里的揄揶，没理他："杨掌柜，我们家这两年的情况你又不是不知道，大事小事，事出得没停，家底早折腾光了，要不是这，我还真不会找你。"

老八没再多说，问大爷找他到底甚事。大爷说我想和你合伙贩卖种子。老八一听就坐了起来说，你说甚？种子！大爷说，对，就是种子，连着几年干旱，养种的人少了，种子都被当作粮食填了肚子，今年的种子不用说肯定奇缺，我已经在河南联系好了种源，可手头没钱，拉不回来，所以来寻你，你要有兴趣的话，咱们可以合作。老八不动声色地说，我听说你在城里张罗门面，准备把盛茂再开起来，有这事吗？大爷说，盛茂是我们家的祖业，怎么能在我手上毁掉呢？我已经张罗好了门面，等做完这笔生意，就将粮行重新开起来。老八说，你连买种的钱都没有，咋把盛茂再开起来？大爷说，做完这笔生意，我不就有钱了。老八说，我明白了，大少爷这是要借鸡下蛋啊！大爷说，就是。老八眨着眼说，大少爷不愧是鲁尚文的后人，眼里瞅下的，都是能挣大钱的买卖，但这个忙我恐怕帮不了你。大爷说，杨掌柜不愿与我合作？老八说，大少爷瞅下的是个能挣大钱的生意，杨某怎会不想与你合作，可家家有本难念的经，一家照不见一家的难处。我们盛旺可比不得你们鲁家，我们本小利薄，做的都是小买卖，挣不了几个钱。本来这手头就不宽展，这几年政府又是赈又是捐的，我自个的儿子也不争气，实在是拿不出这么一大笔钱做这个生意，你去找别人吧。

大爷满以为老八听了这事后，会毫不犹豫地和自己合作，没想到老八一口给回绝了，心里反倒一下子没了底。他站起来看着老八说，杨掌柜，真人眼里不揉沙子，我之所以来找你，一来，你是干这行的，知道这里面的行情；二来同在一条塬上，谁不了解谁？生意人讲一利字，这明明挣钱的事你不干，到时可别后悔！老八笑了下说，不后悔，有啥后悔的，我做了半辈子粮食生意，能不明白这里面的渠渠道道，可实在是势单力薄，鼓不起这个劲啊！大爷被杨老八愁眉苦脸的假象一时迷惑，以为他真的不想与自己合作，就抱拳向老八一拱手说，既然杨掌柜不愿合作，向前只好去找别人，告辞！抬腿就向外面走去。老八却拉住他说，别急，先坐下，我还有件事想要和你商量。大爷扭头疑惑地看着他说，甚事？老八说，你这不是没本钱吗，我倒有个主意，能解你的燃眉之急，不知大少爷肯不肯听？大爷说，什么主意，你说说看。老八说，大少爷如果真想做这笔生意，要是能将盛茂的牌匾让给杨某的话，我倒愿意帮大少爷这个忙。大爷愣了一下，看着老八说，你说啥，把盛茂的牌匾让给你？老八说，嗯。大爷说，盛茂这块牌匾是我们家人老几辈挣下来的，是我们鲁家的脸面，怎么能让给别人！老八说，这么说，大少爷是不肯了？大爷语气坚决地说，我就是不做这笔生意，一辈子受穷也不会把祖宗的牌匾让给别人！对不起，告辞！转身就向外走。老八在后说，大少爷，别走啊，咱们再商量商量啊！大爷头也不回，摔袖出门而去。

继成望着大爷出去的背影，有些惋惜地叫了声干大，老八扭头看着他说：“咋？”

继成说：“干大，鲁向前谋下的这个生意，倒真是个能挣钱的大买卖，你为啥不跟他合作呢？

老八说：“和他合作，为啥？”

继成说：“干大，生意人讲得就是利润，有钱不赚，人叫瓜子。我们何不利用他缺乏资金这一点，三七或者四六开，我们吃肉，给他点汤汤水水喝，为啥不干呢？”

老八看着继成说：“亏你跟了我这么多年，咋一点见识不长呢？同行是冤家，千古如此。鲁家在鄜州粮界，那是一大字，鄜州的粮食生意，这些年都让他们家做了，留给我们这些人的，只是些残汤剩水。这些年鲁家泼出去的钱有多少，你算得过来吗？换了别人，早就血尽毛干，死翘翘了，看着就让人害怕！从这一点上，你就知道他们家挣了多少钱，家底有多厚！这几年鲁家倒了灶，走了背道，我们刚吃了几天饱饭，这一旦让他们把盛茂重新开起来，还能有我们的好日子过吗？”

继成点头说：“干大说得对，可咱们不和人家合作，人家会去找别人，如果那样，咱也挡不住人家发财啊！”

老八说：“说你见识少你就是见识少，现在年馑刚刚转过，各行各业还都没有缓过劲来，处于疲软状态，你当找这么个人容易吗，如果能找到，鲁向前他会来寻我？”

继成说：“那你老人家的意思是？”

老八老谋深算地说：“打蛇要打七寸，这一回，鲁向前是把睡着的人往醒叫呢，我给他来个釜底抽薪，让他们家跌倒了再也爬不起来！你这几天把柜上所有现金都给我拢起来，我要出门去趟河南。

继成说：“去河南，你是要……”

老八老奸巨滑地笑着说：“我要趁他们家还没有凑下本钱，亲自去河南收购种子，他鲁向前即使以后能凑到钱把种子拉回来，钱也早让咱们赚了，他就等着赔本吧！啊哈哈哈……”

继成五体投地地说：“干大，还是你老人家见识多，点子高，盛茂这次非栽在咱们手里不可。往后咱就掀他们的下坡碌碡，逼他们把盛茂的牌匾让给咱们，到时咱也往城里发展去。”

老八得意地笑着说：“到时候，他们鲁家不让怕也扛不过去。”

继成说：“干大，这件事能否成功，关键在时间，谁抢在头里谁就赚了！你老身子骨不好，就在家里呆着，让我去河南。”

老八说：“你去，那可不行！你这么年轻，接手行里的事还没几天，河南那些老客户大多都不认识你，你去谁会买你的账，还是我去。”

继成说：“那你老这身子？”

老八说：“放心，不碍事。”

大爷闷闷不乐回到家中，大奶奶问他吃了没，要去给他端饭。大爷让她别忙乎，说他不想吃。大奶奶见他不高兴，就问他是不是与老八的事没谈成。大爷低着头不说话，大奶奶就说，那咋办？没有资金再好的事也办不成，往后别说开粮行，一家人的生活怕都要成问题。大奶奶的话，就让大爷再次想起自己上次去河南的事。

大爷是荞麦开花那阵去的河南。

陕北有两种作物的花，庄稼汉最为喜欢。一种是春里的油菜花，一种就是秋天的荞麦花。油菜花春天地醒就开了，金黄的油菜花随风摇曳，散发出醉人的浓郁香味，引得蜂蝶在花海里翩翩飞舞。圪蹴在地头上，眯起眼睛闻着这醉人的花香，就好像在品味丰收的希望，谁见了都心旷神怡。荞麦花秋天八九月才开，一开起来，就是满山遍野粉白色的花海，花叶间结着一兜兜已经成形的麦籽儿。荞麦花没有香味儿，或者说它的香味儿很淡，没有油菜花那么浓郁沁人心脾，但好看的荞麦花一样能使人感受到丰收的喜乐。大爷就是在荞麦花迎风开放的秋天，怀着丰收前的愉快心情去的河南。

商界时至今天还流传着一句老话说："会馆最多数陕西。"陕西商人在历经几千年的坎坷经商过程中，创建了无数形形色色的会馆，天长日久，这些散布在各地的会馆，不但成为在外漂泊、孤独寂寞的陕西商人行脚打尖，愈寄心灵，洽谈聚会的的场所，而且成为当地独具特色的建筑。所有陕西会馆都有一个与别的会馆截然不同的标志，铁旗杆。这些全部用熟铁打成的旗杆，高高耸立在会馆门前，顶部顶着一个巨大的方斗，仿佛在向所有世人诉说、昭示着什么。"郁孤台前清江水，中间多少行人泪，西北望长安，可怜无数山！"过去交通不便，信息闭塞，商人们在追求财富和梦想的过程中，多少人暴尸荒野，客死他乡，唯一能让他们宣泄孤寂、挥霍银钱的地方，就是会馆。会馆对于在外漂泊的商人来说，就是家，就是故乡，就是妻子儿女。

老爷到了河南，在河南著名的大秦会馆见到了河南那些过去曾经跟父亲和他打了无数次交道的老客户们，大家听说盛茂老掌柜过世，无不痛惜天妒英才；闻听鲁家散尽家财救济灾民的壮举，无不感慨万千，为老爷的豪气叫好。大爷说明来意，平日和鲁家最为要好的仁和行许大掌柜说，大少爷想把祖业重新开起这当然很好，鲁家不做粮食生意，对谁都是大损失，但现在养种的人少，种子十分紧缺，大少爷要的量又很大，怕不好办。大爷说，所以种还没下来，我就来找你啊，叔你可一定要帮我这个忙。许掌柜就把几家大号的掌柜聚到一起，商量给鲁家集种的事。大家闻听大爷是来集种，想把鲁记重新开办起来，都表示一定会大力支持。大爷非常感动，对大家的支持表示感激。冯记的少东家说，大少爷，咱们都是生意场上的人，交情归交情，该说的话我还是要说到前头。大爷说冯掌柜有啥话请直言无妨。冯少掌柜说，生意场上有句老话，叫做"人情一匹马，买卖争分毫"，这种子我们大伙可以给你留着，无论明年行情如何，我们都会按今日商定的价钱给你，决不涨价，但这种钱可是一分不能拖欠，大家都要做生意，明年开春二月初二之前，大少爷来拉种，过了二月二，我们可就不再等你了。大爷说，这个当然，过了二月初二如果我还不来，集下的种子就随各位处理，但我有句话也要说明白。

众掌柜说有啥话你说。大爷说，冯少东家的心思我明白，担心我们鲁家如今倒了灶，拿不出这么多本钱，到时候会拖欠大家种钱，大家放心，我们鲁家还没有完全落魄到那种地步。种钱我是一分不会拖欠诸位，但这种子的质量，各位可都得给我保证好了。一年的庄稼，二年的性命，我们鲁家老辈儿能把生意做到这个份上，靠的就是货真价实。如果种子质量出了问题，赔钱事小，砸了我们盛茂的牌子，咱们以后就没机会再合作了。大家都说，这个大少爷尽管放心，跟你们鲁家做生意，没人敢日鬼捣棒槌。大爷就向大家抱拳作揖，表示感谢。

大爷当时说这话时，底气十足，有老爷留下的家底撑腰，他怕什么。可现在，钱没了，又找不到合作的伙伴，眼看拉种的日子将到，大爷心里哪能不急？

第六十二章

法子

大爷心里虽急，大奶奶又一个劲地在边上唠叨，嘴上却说："怕甚？车到山前必有路，活人还能让尿憋死？我就不信，离了他杨老八这根红萝卜，还不做席了。"

大奶奶说："今年节气来得早，这正月一完，人都忙咧，时间不等人，说定的时间马上就要到了，凑不到钱，河南那边的人能等咱？"

大爷还没来得及回她的话，三爷推门走了进来，一进来就说："哥，你今个去镇上了？"

大爷说："嗯。"

三爷说："老八他答应合作吗？"

大爷看着三爷，摇了摇头。三爷说，哥，我倒是想了个法子，不知成不成。大爷说，你有法子，说给哥听听。三爷说，大哥为啥不去找当铺，我们可以典当啊！大爷说，这事我不是没想过，可如今我们家除了这院宅子，又拿什么抵押呢？三爷说，地啊，我们有地，可以用地做抵押。大爷说，地，如今年馑刚刚转过，撂荒没人种的地到处都是，用土地做抵押，谁肯要啊？三爷本想为大爷分忧，见自己几天苦思冥想的结果行不通，心里非常失落，看着大爷说，那咋办？大爷站起来，用手拍着三爷的肩膀说，三弟，你这主意虽说不行，可倒把哥提灵醒了！我有办法了。三爷一听，又高兴起来，说，有啥办法了？大爷看着三爷和大奶奶说，这个我暂时还不能告诉你们，别急，到时你们就知道了，我饿了，给我端饭去。大奶奶一听大爷要吃饭，知道他是真的有了办法，高兴地答应一声，给大爷端饭去了。

大爷坐在桌前吃饭，三爷转身想走，大爷却叫住他说，三弟你坐，哥跟你说个话。

三爷扭身看着大爷说："哥你有啥话？"

大爷停住筷子说："三弟，水仙回了娘家，我看她是不会回来了，前几天小拇指原上有人来家给你说媒，你……"

三爷好像早有准备，说："大哥，你啥也别说了，和妈别再操这闲心，我不会再要女人、再害人了，我打光棍！"

大爷说："你的事，人家对方了解，人家不嫌弃，那女子我见了，人长得好，又灵巧，可就是不会说话，是个哑巴，你看是不是先见一下人再说？"

三爷脸色就变得非常难看声音颤抖地说："不要说了，我求求你，不要再说了！不要再操心我的事了，让我打一辈子光棍好了！"转身就跑了出去。

大爷叹了口气，把碗就放到了桌上。有一次他从外面回来，远远看见三爷坐在门口的台阶上，看一公一母两只狗在门前游儿子，两只狗兴致勃勃，全神贯注，对三爷的观赏毫无顾忌。三爷好好的不知为啥竟害了气，站起来摸了个砖头就向狗砸去。两只狗受了惊，想挣脱身体跑走，结果下体连在一起，谁也跑不脱，汪汪汪汪乱叫，离开了门口。三爷看着狼狈不堪的狗，狠狠吐了口口水，骂了声："狗日的，一点场都不顾！"脸红脖子粗扭身进院去了。那时候，大爷的心情和现在的一样，说不上来是啥滋味。

鄜州闹红后，马明奎成了村上的红人，带头分了杜家的地，公开身份，明目张胆为共产党跑起事来，成了五指塬的治保主任，拿了这一带的大权，欢势得不得了。

杜老太爷躺在自家上房的炕上，胡子拉碴，人瘦了一圈。鄜州变天后，他就很少再出过门，每日躺在炕上，药罐子不离口。如今马明奎成了五指塬的治保主任，拿了塬上的大权，每日里催粮要款，公开身份，明目张胆为共产党干起了事，欢势得不得了，带头分了他杜家的地。要不是他杜文生见机得早，脚踩两只船，老谋深算，当初帮过鄜州游击队的忙，这次只怕也是在劫难逃，跟上带了大拐。

杜老太爷把手伸到炕边的桌上，想摸烟锅子，抽一锅水烟，摸了半晌没摸到，这才想起上次马明奎来家，把他的烟锅子拿走了。

杜老太爷正在害气，炳言双手袖在袖筒里，低头从外进来。杜老太爷见儿子进来，就问他外面现在怎么样了。杜炳言说，鄜州解放了，成了红区，国民党全跑光了，没世事了。还是大你灵醒，见机得早，要不如今共产党当了家，咱一家都玩完了。杜老太爷说，就这当初你还想抓刘志丹领赏呢，如果当初真抓了他，到了这会，还想有咱父子俩的命在？亏得我当时没听你的瞎瞎主意，给了刘志丹十石粮，十条枪，才没跟上招大祸，你看其他地方的几个保长，死的死，斗的斗，哪一个有了好下场？马明奎狗日的这几天在干啥？

杜炳言说："这几天领上人在地里分地哩。"

杜老太爷咬着牙根子说："我早看出这小子不是个东西，想不到当年给咱家揽工的拦羊小子，如今竟骑到咱的头上，带人分我的地，叫人真咽不下这口气。”

炳言说：“十年河东，十年河西，风水轮流转，我就不信他马明奎把共产党能靠下一辈子。准有一天，还得我们家在洛河川说了算。”

杜老太爷说：“话说得再硬有什么用，人要把事干到那个份上，就你这吊样，我几时能争上这口气？”

杜炳言被父亲说到了要害，低着头不吭气儿。杜老太爷叹了口气又说：“听说鲁家二小子鲁向明如今成了鄜州的县长？”

炳言说：“嗯。”

“人强不如命强啊！”杜老太爷叹着气说，“鲁尚文生了三个儿子，个个吃人咬老鸦，都是好样的。如今鄜州又成了鲁家的天下，鲁家祖上到底积了啥德，祖荫这么深厚！可惜你妹妹福薄命浅，进了门，也成不了人家的人！”

杜炳言说：“我妹妹让鲁家给祸害了，这仇我迟早非报不可！”

杜老太爷看了儿子一眼，没说话，下炕去穿鞋子。

炳言说：“大你干啥去？”

杜老太爷说：“我出去走走。”

杜老太爷一出屋，早春的阳光刺得他不由眯了下眼，他在屋檐下站了好一会儿，才背着手向大门外走去。出了大门，对面斜坡上就是马明奎家的窑院，白马氏的身影在硷畔上出出进进。杜老太爷望着女人已不再年轻的身影，在大门口思谋了半晌，就往明奎家窑院走去。

白马氏正端着食盆子在院里喂鸡，见杜老太爷突然走了进来，愣怔了半晌，红着脸说，你，你咋来了？自打明奎回来，杜老太爷就再没有上过她的门，今天大白天突然过来，白马氏竟有些手足无措。

杜老太爷四下看看说：“咋，我还不能来？你如今成治保主任他妈了，就不兴老相好来看看你？”

白马氏老脸通红，不大高兴地看着杜老太爷说：“你咋越老越没正行了，大天白日的，当心让人看见说闲话。”

杜老太爷没脸没皮地说："看见又咋，洛河川谁不知道我杜文生串着治保主任的妈？"

白马氏听他语气不对，转身想向屋里去，见杜老太爷跟在脚后，就又站住了。杜文生见她站住，也就站住，看着她说："明奎呢？"

白马氏说："说是组织人拥军，帮队伍上的人做鞋子，出去了。自从他当了这治保主任，一天忙得脚不沾地，难得见上人影。"

杜老太爷说："看把你能的，你儿子才当了几天治保主任，你就能成这样，要是你儿子再像鲁家二小子当上鄜州县长，你晚上怕都睡不着觉了！我还当过五指塬保长呢，我还不是我？我告诉你，别手抬起都摸不着鼻疙瘩，说不上哪一天国民党又打了回来，第一个挨枪子的就是你儿子。到时我看你再能，哭都没有眼泪。"

白马氏就又没了声色，低着头不言语。一丝快意掠过杜老太爷心头，好些日子压在心里的那股浊气好像得到了释放，杜老太爷心里就舒畅了些。看着白马氏略略还有些儿风韵的身子，老太爷日渐衰老的身体就有了一些儿反应，涎着老脸说："这么长时间没来了，也不请我进屋喝口水？"

白马氏脸一下红了，瞥了杜老太爷一眼说："明奎不在，有话还是在外面说吧，跑屋里干甚？"

杜老太爷说："干甚，干甚你不知道？这长时间没来憋不住了！"

白马氏脸更红了："我不去，都这把年纪了，老眉老脸的，让人看见脸往哪搁？"

杜老太爷说："我都没觉得老呢，你把啥老了，你回不回？不回我抱了。"伸手就来搂白马氏的腰，说："怕人看见就快点！"

白马氏扭着身子不进去，说："别，别，你咋越老越不要眉脸了。"

杜老太爷说："我老了我怕甚，你要怕就赶紧！"强拉硬扯，把白马氏拉进屋里关了门。

杜老太爷一进门，就把白马氏压在了马家六合土基子盘成的土炕上，动手撕扯白马氏的衣服。白马氏涨红着脸，两只手死死护在胸前，扭动着身子，不让杜文生得逞。窗外院墙上的打碗碗花正在绕着墙头开放，讨厌的蜜蜂落在花心里，翘着屁股叮咬着花心，翅膀扇动空气的嗡嗡声震人耳膜；猪在槽上拱食，吭叽吭叽的拌嘴声，就像正大口喘着气的杜老爷子。上了年纪的杜老太爷，在他走了样的进攻中，显然体会到了一种久违了的振奋和快乐。他的血液，很久没这么快流过了。白马氏的抵抗，如果有人在场，明显能看出言行不一的虚假，这跟多年以前，马占祥出去要饭不在的那个晚上没有什么区别。今天正在发生的事，不过是那天晚上的情景再现。当时他们就这样，一个在上面进攻，一个在下面反抗，粗重的呼吸和巨大的喘气声，像两头被人驱赶、拉着重物上坡的牛。战斗是无声的，但却异常激烈，整个过程足以让猪吃完整槽的猪食。最后，杜老太爷的手，不知挠到了女人什么地方，白马氏突然就笑了，样子妩媚，像新婚晚上第一次被新郎骚扰的女人，让杜老太爷早已不年轻的心，在这一刻忘了自己今天要做这事的初衷，变得真正亢奋起来。而后他们就解除了客套，达成了和解，把刚才的争持变成了相互间的抚摸。

事毕，杜老太爷心满意足下炕穿鞋，白马氏在炕上扣着纽扣说："老二杆子，往后你还是少来，万一让明奎碰上了，你说我可咋办？"

杜老太爷说："碰上就碰上，碰上又能咋，我就不信他娃儿有日天的本事，还能为他妈捉奸不成？往后我天天来，看他能咋？要没我，他娃早就饿死了，还有今天？"

白马氏脸上还没完全退尽的红潮一下子消失不见，嘴张得老大，半晌合不拢来。

第六十三章

诡计

杜老太爷在马家六合基子盘成的土炕上与白马氏旧梦重温的时候，明奎正带着工作组在塬上四处奔走，统计人口，计算土地，丈量面积，解决纠纷，为驻军筹措军鞋、粮饷，帮工作组宣传政策。自打鄜州闹红，成了五指塬治保主任，他就忙得昏天黑地，焦头烂额，从没有过消停的时候。昨天，拇指塬一个过去和明奎一块共事的人，在处理一户姓马的财东家的事时，瞅空子把马财东儿媳妇压到草房糟蹋了。马财东一家如丧考妣，哭得昏天黑地。明奎劝不下，把那个人拉到院子里，当着一村人的面，剥了衣服，拿柳条打得皮球一样乱滚。本以为这事就这么完了，谁知太阳落山的时候，工作组组长不知怎么给知道了，来到村里二话没说，掏出盒子枪一枪就把人给毙了，召集全村人在村里的打麦场上开会，吹胡子瞪眼说，谁以后再干这种猪狗事，就同样对待，决不姑息！明奎当时很受刺激，把中午吃到肚子里的食物全吐到了墙角。今天往回走时，头重脚轻，心里像吃了苍蝇屎一样。

早春的气候乍暖还寒，太阳软软地，像一个白烙饼浮在山脊上。正是牛羊快要回村的时候，山洼河滩，不时能听见拦羊汉放牛娃的吆喝声。明奎袖着手，缩着脖子，踏过洛河通往中指塬的桥面，远远看见自家阳坡上走着一个人，那个人低着头，背着双手，从坡上下来，绕过沟硷，往对面窑院去了。明奎的心里，就如同被猫爪子抓了一下，在桥头上愣怔了半晌，才迈步向村里走去。明奎穷，但明奎活得刚硬，就是给杜文生拦羊的那些年，明奎也没觉得自己窝囊。昨天那人吃枪子，明奎尽管心里觉得队伍上的人做得有些过火，但也不是没有道理。法不容情，做事要有分寸，都像那人一样，世上的事还不乱套了？做这猪狗事，吃枪子活该！明奎没做啥丢人事，走到哪都气昂昂的，但母亲白马氏和杜文生的事，却让他的心里很纠结。虽然他在很小的时候，就知道了母亲和杜文生之间的事，可他那时毕竟还小，没有能力管大人的事。后来他虽然长大了，但杜老太爷串着自己母亲的事，在洛河川已成事实，不是什么秘密，人们对它的关注，早从原来的窃窃私语变成了公开的谈论，平淡得如同一碗白开水，再去揭它的伤疤，无疑是自找羞耻。明奎对杜老太爷的芥蒂，也就转变成一种暗中默默的较劲。唯一能使他挽回颜面的，就是把光景过到人头里，超过那个刀疤脸男人。现在，这一天来了，他原以为，这个男人该像乌龟一样缩起脑袋，夹起尾巴，没想到杜文生竟然还敢到他家，明奎心中对这个男人的怒火，如同被风吹着的余灰，重又燃烧起来。

杜老太爷眼见昔日的拦羊娃得势，心知自己明里已斗不过人家，就想在白马氏的事上压他一头，出入马家更是无常。他明知道马明奎无法为母捉奸，反将此事四处张扬，闹得一条塬无人不知无人不晓。马明奎羞愧难当，却又无可奈何，心里暗暗地想要瞅个机会把杜文生放翻，以报杀父奸母的大仇。

也该杜老太爷倒霉！这年黑水寺民团头子谢双印有一晚趁黑偷偷溜进了杜家，把两把折腰子手枪交给把兄代为保管。谢双印进村时，马明奎吃坏了肚子，正蹲在自家窑院前的场畔拉屎，突然听见杜家大门被人敲了两下，有人轻声叫杜老太爷的名字，杜家大门打开就又关上了。马明奎立刻警觉起来，拾了个土疙瘩擦了屁股，系上裤带下了场坪上了杜家院后的山坡，趴在一棵杜梨树下一望，只见杜家院里亮起一盏灯，烟筒上冒出袅袅炊烟，心想杜家来了不寻常的客人，就不顾秋寒露重，在杜梨树下守了一夜。

鸡叫头遍，杜家窑院再次亮起了灯，院门被打开来，一阵轻微的脚步声从窑畔出村而去。明奎心中了然了，连黑打夜前往驻军的营地去报信。

第二天黄昏，牛羊刚进村，一对骑马挎枪的军人进了村。杜家大门被撞开，家里被翻了个底朝天，但却什么也没找到，当兵的就把杜老太爷五花大绑驮在马背上带回了驻地。杜老太爷在被队伍上的人带出村时，觅见马明奎站在自家窑院的场坪前，嘴角挂着冷冷的笑，他当时就什么都明白了。

杜老爷被带回驻地关了一个多月，他明知自己为马明奎所害，咬紧牙关死不认账，反谓明奎诬陷，驻军实在问不出什么，加之西门成亮背后暗中通关，就通知杜炳言去赎人。

杜炳言接到驻军的通知，苦于没有钱赎他大，麦勤就让他盘了四口袋麦子去粜，自己到村里去借牲口。

麦勤到村里去借牲口，杜炳言独自一人在下房盘麦子。

拔开塞囤眼的麻团，麦粒儿下雨一样夹着呛人的尘味从囤眼里泻出来。杜炳言张开口袋去接，一袋麦子没装完，囤眼却给啥堵住了，伸手进去一掏，却摸到圆溜溜一个冰冷的物体。炳言心中一动，跳进囤里三扒两扒，取出来看时，却是一个大肚子铜壶，壶口已被焊死，提在手里沉甸甸的，放在耳边摇一摇，就传出金属碰击的声音。才知是父亲藏了私钱。他正熬煎到了城里被那些债主和窑姐碰见，会堵了自己讨债，这两天又断了烟，难受得不行，就不声不响将壶装进袋子，将麦子装满扎好了袋口。刚刚收拾停当，麦勤借了毛驴回来，套了自家的大车，铺了些麦杆儿在车厢里，又抱了床被褥放在车上，将粮抬到车上，叮嘱丈夫到城里哪也别去，就去鲁家的盛茂，鲁记做事厚道，秤上不亏人。粜了粮赶紧到城里去救人，别在街上乱逛。炳言嘴里答应着，赶了毛驴往城里去了。

杜炳言中午时分到了鄜州城，将驴拴在盛茂门口，就到鲁家新开的粮店里去问行情。

大爷刚过罢年那阵，为到河南去拉订下的种子，差点没为钱的事熬煎死，幸亏被三爷一句话提醒，第二天大爷就提着个包裹儿进了城，找到了城里最大的当铺。当铺的老板姓崔，听说鲁家大少爷来了，快步走出后堂，请大爷在客室坐下，让伙计献茶招待。崔掌柜笑着说，“大少爷，今儿啥风把你这大忙人吹我这来了？”

大爷笑着说："缺钱的风啊！"

崔掌柜说："听说大少爷最近在城里张罗门面，准备重整旗鼓，把盛茂重新开起来？"

大爷说："你咋知道？"

崔掌柜说："城里都吶了喊了，说鲁家粮行要重新开业，我能不知道？"

大爷说："我是有这打算，可谈何容易啊！"

崔掌柜说："你们鲁记粮行，在鄌州那可是独占鳌头的大买卖，丢了实在可惜，我敢说，以后你们就是不做粮食生意了，单就盛茂那块老牌匾，也价值百万啊！大少爷能子承父业，那是全城父老的荣幸啊！事情准备得咋样了？开业那天可别忘了给崔某发个请帖啊！"

大爷说："忘不了，忘不了，忘了谁也忘不了你崔大掌柜啊！"

崔掌柜笑了笑说："有啥要帮忙的地方，大少爷招呼一声，崔某一定尽力！"

大爷说："我今个来，就是有事求你的。"

崔掌柜见大爷真的有事，就坐直了说："什么事，大少爷不妨直言。"

大爷说："店面我已经看好了，准备工作已基本就绪，过去那些行里的老人儿，也都一个个请了回来，就等着开门营业了，可是……"

崔掌柜说："甚事让大少爷这么难肠？"

大爷说："我们家的境况你也了解，这几年几场事折腾下来，原先那点家底儿已折腾得精光，如今要把祖业重新开起来，资金缺乏啊！去年冬里，我在河南定购了几十车种子，今年种子吃紧，拉回来就能赚钱，可如今眼看说定的日子就要到了，拉种的钱却还没凑齐，所以就寻你来了。"

崔掌柜说："这……"

大爷说："崔掌柜很为难吗？"

崔掌柜说："家有家法，行有行规，我们典当行的规矩你是知道的，不是崔某不愿帮你的忙，但我不能坏了规矩啊！"

大爷说："崔掌柜误会了，我来不是向你借钱的，我不会让你作这个难，我是专门典当来的。

崔掌柜说："典当，不知大少爷要当什么东西？"

大爷说："我们家如今除了那院宅子和一些地外，实在无什么值钱的东西可当，我也知道，如今拿这些做抵押也没人要，所以只好把我们家压底儿的传家宝带来了。"

崔掌柜双眼一亮说："传家宝，甚传家宝？"

大爷拉过身旁的包裹打开，露出一只古色古香的红木小匣儿，匣儿上贴着封条，挂着把小铜锁。大爷指着小匣子说："崔掌柜，你看！"

崔掌柜用手摸着小匣子说："这里面是甚东西，怎么还贴着封条？"

大爷说："你别动！"

崔掌柜说："甚东西这么神秘，动都不能动？"

大爷说："这是我们家如今唯一仅存的宝物，弄坏了可不得了。"

崔掌柜看着那个描金绣凤，古色古香的小匣说："到底是什么值钱的东西，我得看看呀，不然我怎么给你估价？"

大爷样子神秘地说："看是不能看的，但我可以告诉你，是一方印，金印！"

崔掌柜说："金印，什么金印？"

大爷说："贵妃印。"

崔掌柜眼里放光看着大爷说："贵妃，哪个贵妃？"

大爷说："杨贵妃。"

崔掌柜说："杨贵妃印，世上真有杨贵妃印？那可值老鼻子钱了，你怎么会有这东西？"

大爷说："我说过了，这东西是祖上传下来的。"

崔掌柜说："那你得把匣子打开，让我看看啊！"

大爷说："咋，崔掌柜信不过我？"

崔掌柜说："大少爷说哪里话，你们家别说有金印，就是你说有皇上的玉玺我也信啊！可你不让我看，我怎么给你估价？"

大爷说：“价你不用估，够我做成这笔生意就行；生意做成后，我连本带利还你。”

崔掌柜说：“大少爷得多钱？”

大爷伸出两根指头说：“两万，两万现大洋。”

崔掌柜说：“两万！”

大爷说：“掌柜的如果有难处，那我上别家去了。”说着抱起小匣要走。崔掌柜忙拉住他说，别，两万就两万，我让柜上给你开票去。大爷扭头看着他说，崔掌柜真信得过在下，不怕我骗了你？崔掌柜笑着说，大少爷真会开玩笑，你们鲁家我要信不过，那鄜州我还敢信谁？别说二少爷如今还是咱县上的县太爷，就是你们鲁家以前没人当官，凭你们家在鄜州的地位和威望，我还怕大少爷骗我吗？大爷就转了身说，那行，你给我开票去！不过我得给你把话说明白，东西我放你这了，你可得给我看好了，如果我到时候来还钱，发现这匣子被人打开过，我可不会给崔掌柜面子。崔掌柜拍着胸口说，大少爷放心，东西在我这儿，保证万无一失。大爷就将匣子交给崔掌柜，跟他到柜上去开票。

大爷凑到钱后，马不停蹄就去了河南。但他没有想到，杨老八先他一步到了河南。

老八不顾身体欠佳，先大爷一步先到了河南，住在大秦会馆。但他没有想到，他还是来迟了。因为这几年养种的人实在太少，种子需求十分紧缺。去年冬天种子一下来，就被人订购一空，老八到时，已根本收不下货，等于白跑了一趟。老八不甘心，找到许大掌柜，想高价把大爷去年定购的种子抢过来。但各粮行的掌柜无论他出多高的价，就是不肯把种子给他。老八无耐使出杀手锏说，你们别等了，鲁家来不了了。众人问为什么？老八说，鲁家曾找他借过钱，要跟他合作，他没答应。鲁家来不了了，你们别等了。各粮行的老板听了，顿时慌乱起来，说什么话的都有。有人就说，看来鲁家是真的倒灶了，没有钱了，还是趁早把种子脱手，免得到时蒙受损失。许大掌柜力排众议，说，各位请冷静，鲁家跟我们打了这么多年交道，素名昭著，从未有过失信的时候，鲁大少爷即使不来，也一定会提前派人来给我们打招呼的。现在还未到拉货的时候，大家还是再等等吧！大家想了想，都觉得许掌柜的话有道理，就都不顾老八的怂恿，又等了大爷几天。眼看原定拉货的日子越来越近，大爷一点消息没有，大家又焦急起来，有人就说看来鲁家是真来不了了，把种子给杨八爷吧。许大掌柜挡住大家说，鲁家不来，是他们家失信，我们现在把种子给了老八，万一鲁大少爷来了，我们岂不就成违约？今年种子这么抢手，又不怕卖不出去，我们还是再等等吧！大家只好硬着头皮再等下去，结果就在离原定再有最后两天日子时，终于把大爷等来了。

大爷靠了从当铺筹到的资金，终于将种子拉回了鄜州，不但解决了当地生产问题，而且赚了个盆满砵满。靠了这笔钱，大爷重整旗鼓，把盛茂重开起来。盛茂一开张，就垄断了鄜州几乎所有的粮食生意，其红火程度，比以前更盛，毕竟，老爷的壮举给他的儿孙积攒了很好的人气。

第六十四章

轮回

杜炳言走进盛茂粮行时，大爷正坐在行里看着伙计们出出进进忙活，炳言一进来他就看见了。大爷就问炳言来粮行干啥，炳言说是粜粮。大爷看着杜家大少爷颓废萎靡的潦倒相，心中感慨万千，世事真是无常啊！杜家过去曾是多么地风光，如今竟也落到要靠粜粮度日的地步，怎能不让人感叹！就叫伙计帮着将麦子抬进了粮行。过罢秤，算了账，炳言拿了钱要走时，才想起那把壶还在口袋里，忙叫住伙计，打开口袋取出壶来。大爷坐在圈椅里，见炳言从口袋里取出那把壶来，一眼认出那把壶正是自家为救老二向明送给杜文生的那把，心里一动，就将炳言喊住。

“这是甚啊？”大爷问。

“是壶银元。”炳言说。

“银元？”大爷心里明白这壶一定是炳言从家里偷出来的，看来他并不知道这壶里装的是啥，就说；“你拿它干甚？”

“我要拿它到城里去赎我大。”炳言说。

杜老太爷的事，大爷早就听说了，脑子一转就要过壶在手里摇了摇说“听响声不像是银元，从家里偷出来的吧？”

炳言被大爷说破，脸上一红，抢过壶说：“你又不要，管它是甚！”

大爷不动声色地说：“要是银元的话，你直接拿去赎人就是，还用得着粜粮。”

炳言说：“你又不要，管那么多干甚！”转身就向门外走去。

大爷忙叫住他说：“你既是要拿去典当，不如一并卖给我。”

炳言听大爷想买，就站住说：“既然你想要，给我一百大洋就行。”

大爷将壶摇了摇说：“你口气蛮大，你说里面是银元，谁知道是些啥，我是喜欢你这壶，又不是要买壶里的东西。口袋里卖猫，瞎卖瞎买，要是一壶生铁疙瘩，岂不让我亏了大本，放着话好好说。”

炳言说：“这是我大的藏物，肯定不是贱东西，要不是急着等钱用，我才不敢动它呢，我大知道了会日捣我的。”

大爷就伸出巴掌说：“五十块，不能再多，你卖不卖？”

炳言寻思了半晌说：“八十，少了我不卖。”

大爷说：“七十块，不能再多了，你这壶最少多过了我十几斤秤，我也不和你计较。”随即叫伙计去柜台上取了钱来。炳言见了白花花的银洋，就没再争执，接了钱走了。

大耳子铜壶从杜家转了一圈，又阴差阳错回到了鲁家，大爷感慨万千，就去崔计当铺把那只红木匣子赎了回来。三爷和大奶奶早就听大爷说过用传家宝抵押从崔计筹到两万大洋的事，以为家里真有什么贵妃金印，结果匣子回来打开一看，匣子里只有一秤砣，哪有什么金印。三爷就说，大哥，你这不是骗人吗？拿一生铁疙瘩骗了人家崔计两万现大洋！大爷说，这咋能叫骗呢，其实我押给崔掌柜的东西比金印还值钱。三爷和大奶奶一头雾水看着大爷问，是甚，甚比金印还值钱？

大爷说：“信誉，我押上的是我们家的信誉。”

第二天下午，炳言牵着毛驴将他大从城里拉了回来。麦勤和水仙出门看时，一个多月不见，一向身子硬朗的杜老太爷瘦成了一只仙鹤，胡须眉毛皆白，眼窝深陷，形如枯槁。两人忍不住鼻子一酸，眼里就有些潮红，叫了声：“我的大呀！”就说不出话来，忙过来将老太爷扶进屋内，安顿他在炕上躺下来，又去灶上下了碗热汤面伺候老人吃下。

杜老太爷吃完这碗热气腾腾、飘着油花葱香的热汤面，额头上渗出细密的汗珠，眼里有了些儿生气，喉结动了动对儿子说：“我在麦囤里藏了把铜壶，你去把它取出来，我有话给你说。”

炳言听了这话，心里一咯噔，脸上就不自然起来，支支吾吾去了下房。杜老太爷环视着屋内，声音凄凉地对麦勤说：“我怕是熬不过几天了！赶紧给我准备后事，炳言他不是个材料，我只有靠你了。”麦勤心里难过，声音发涩地说：“好我的大大哩，炳言他不成材，你可不敢走啊，你要一撒手，我和娃今后靠谁去？”

水仙早已泣不成声，趴在他大身上，哭成了个泪人。

一辈子刚强的杜老太爷听了这话，眼睛一红，忍不住老泪横流，喘息着说：“想不到我杜文生刚硬了一辈子，今日竟落到如此下场，栽到在一个拦羊娃手里！娃你俩不要怕，大还藏了些私钱留给你们和娃娃。你嫂子是个过日子的人，不比炳言大手大脚惯了。麦勤啊，你要手头捏紧，细水长流。”

麦勤含着泪说："大你放心，我会的。"

杜老太爷点点头，喘息了半响又说："我也不指望你们给我报仇，好好过自己的光景。马明奎，我到阴曹地府也饶不了他！"

三奶奶说："大，你可不能死，你要走了，我可咋办？"

杜老太爷拉住女儿的手，说："水仙，大对不住你，鲁家不是人，把我娃亏了！我死之后，鲁家若来人接你，你就跟上他回去，瞎好有个落脚处。他要休了你，你也可以另寻下家，娘家门上不是常呆的地方。"

三奶奶叫了声大，忍不住哭出声来。

这时杜炳言从外进来，空着手说："大，麦囤里甚都没有嘛！"

"甚？"杜老太爷猛地向上一挺身子，又重重栽倒了。麦勤惊呼一声，手中的碗掉到地上，摔得粉碎，和三奶奶同时扑上去把老太爷扶住了。杜老太爷浑身颤抖，指头哆哆嗦嗦指着儿子，牙咬得咯吱咯吱响，说："你……你……你……"眼里就突然射出两点怕人的寒光。杜炳言心中害怕，扑通一声跪倒在炕下。

杜老太爷喉咙里痰响得一进一出，喊叫了声："十八根金条啊！"哇地吐出一口血痰，像一抹彩虹喷溅到对面的窗户上，在窗纸上打出一朵成放射状的红花，杜老太爷瞳孔猛然放大，人就轰然倒了下去。

杜老太爷风风光光了一辈子，过去当五指塬保长时，走马铜镫，盒子枪墨镜，骑着骡子回家，到各村去催粮要款，走在路上的行人，听见骡子过来时脖子底下銮铃的响声，都会早早躲到路边，向他行注目礼，看得他走远，才敢迈脚。就连他的儿子杜炳言逢集上街，那些饭馆的老板、伙计，街上摆摊设点的小商小贩，四野八乡的百姓，也都无不点头哈腰，没人敢不恭敬。没想到短短一两个月，天翻地覆，风水轮回，往日不可一世的杜家，就彻底沦落为一个彻头彻尾的穷光蛋。局势到了这种地步，杜老太爷不管心里有多么的憋屈，多么的不服气，但也只能自叹造化弄人，毫无办法，就连想平衡一下，都要付出这么大的代价，当真让他觉得有些死不瞑目。

杜老太爷死后，可让儿子杜炳言作了大难。杜炳言到了这时，才发现家里竟然沦落到一贫如洗，连一块棺材板都给老太爷置办不起的地步。无奈之下，卸了厢房门上几合门扇，好歹打了个匣子，把老太爷装殓了，安葬在村外的阳坡上。炳言做完这些事，筋疲力尽，本打算好好睡上几天，休息休息，谁知只要一合眼，就看见他大形如枯槁，两眼血红，垂着袖筒站在他睡觉的炕前。他就给惊醒了，坐起来说，大你不到阳坡坡上守你那一撮土，跑回家里做甚？他大不言传，两眼红红似要滴血。炳言醒后把梦里的情形说给水仙和麦勤听。水仙就说她也一样，好几次半夜醒来，看见父亲在院里走动，把各个房间的门开开，出出进进。麦勤说，人都入了土了，还这么不安然，一定是哪里没埋合适（土话，好的意思），不如请个先生看看。第二天，就打发炳言去镇上，请了个风水先生来。炳言带着风水先生到埋着父亲的阳坡上转了几圈，先生看见有个石头瓦块堆成的坟包，坟包上长满一人高的荒草，就问这坟是谁家的。炳言勾着脖子，想了半天没想起来，最后是麦勤告诉风水先生说，这是明奎他大马占祥的坟。风水先生就问马占祥是几时死的，生前与杜老太爷可有什么过节，末了说："两冤家埋在一块还能安生，这坟得搬。"炳言当时听了风水先生的话，就和麦勤商量，想趁晚上没人，把马占祥墓给刨了，移往别处。麦勤吓了一跳，说，你不要命了，别说明奎正得势，就是放从前，刨人家老子的坟，他能依你？炳言听了，才没敢胡来，选了个好日子，把父亲的坟搬到了别处，屋里晚上桌椅移动的声音才没了。

大爷听说杜老太爷去世，就对三爷说，我到洛河川给你把媳妇接回来吧！

三爷早已从三奶奶走后的痛苦中恢复过来。他把自个与三奶奶的事在心中滚了个无数遍，早已拿定了主意。听了大爷这话，就拿出了一纸早已写好的休书对大爷说："不要，你把这个给她就成。"

二爷望着下巴上已长了胡子的三爷一眼，接过休书说："老三，你可要想好。"

三爷说，我早就想好了，我不能让她在我这棵树上吊死！

大爷说："你再想一想？"

三爷说："不用再想，我都想了一千遍了。"口气中充满了少有的决绝。自从经历了这件事，大爷发现三爷连性格都变了。

大爷握着那纸休书没再言传，那薄薄的纸在他的手里很重。第二天，他就骑着骡子去了洛河川。

大爷骑着骡子到了洛河川时，在村外的麦田边碰到一个身体矮胖的男人，坐在麦田边唱歌，男人其貌不扬，但声音很有磁性。大爷在麦田边站了半晌，听他唱得是首《七妈妈上楼台》：

七妈妈上楼台，
七妈妈上楼台，
上了楼台碰见了张奶奶。
奴男人不在家来，
谁把那金莲爱？
奴男人不在家来，
谁把金莲爱？

看见大爷在注意自己，男人就站起来走了。大爷看看男人坐过的麦田，见田里有一座新坟，坟头上插着纸幡，一只老鸦呆头呆脑立在纸杆上。坟前有一石板，一个鞋面上蒙着白布的年轻女人跪在坟前，一张张往一只瓦盆里焚烧纸钱。一股轻烟从盆中升起来，被风吹拂着，飘飘荡荡散去了又升起来。

大爷见那女人的背影有些像三奶奶，就在地头停住了牲口，仔细看看，果真是三奶奶。三奶奶还是那么俊，可是瘦多了。大爷忙跳下骡子走过去说："水仙，叔殁了？"

三奶奶抬头看了看大爷，又低头去烧纸钱，没搭理他。

大爷尴尬地站在麦田里，一时不知说什么好。冬天的日头白惨惨挂在头上，四下里静悄悄的，只有风冷冷刮着，盆里的火苗一会儿窜高一会儿又暗淡下去。

三奶奶终于开口了："你来咋？"

大爷说："水仙，我对不起你，我们鲁家对不起你，我把你害了，我不是人。"

三奶奶说："说这有啥用，是我自己命苦！"

大爷犹豫着，从怀里掏出那纸休书递给三奶奶说："这是向华给你的，你另寻下家吧！"

这时他看见，两颗豆大的泪珠从三奶奶的眼里蹦了出来，顺着脸颊"咕咚"一声掉到了地上。三奶奶的眼睛睁得很大，眼里显出一片轻蔑，一片愤怒，一片恼恨。大爷在这目光下顿觉自己突然变得那么渺小，他无地自容地把头低下了。

三奶奶眼泪哗哗地把那休书看了半晌，向着坟头说："大，你瞎眼了，你灵灵醒醒一辈子咋就瞎眼了？你说你给我寻下了相好，你说，鲁家没麻达，这就是你给女儿寻下的好人家呀？"

三奶奶的话，鞭子一样抽在大爷身上，一种恨不能找个地洞钻进去躲起来无地自容的羞愧，使大爷满脸通红，火烧火燎。

"大，你看下的就是这样的人品啊？"

三奶奶依旧在哭，突然"呸"地一声，把一口痰吐到了大爷脸上。

大爷觉得脸上顿时有如爬了一只毛毛虫，一点点啃噬着他的脸皮。他没有动，也没有用手擦那痰，自从二爷的婆姨和村里的男人乱搞后，大爷觉得自己的脸就变厚了。

三奶奶把那休书揉成一团，一同扔在了大爷身上。

大爷抬头望了望日头爷，日头爷依然白惨惨挂在天上，坟头上的乌鸦早已不知去向，一群婆姨正从村子走来。

大爷掏出随身带着的几块大洋放在三奶奶身边，起身向骡子走去。

三奶奶说："你向哪走，你就这么走了？"

大爷站住了，木呆呆看着三奶奶不说话。

三奶奶用手抹了把脸，从地上拾起揉成一团的休书说："我是你给兄弟说下的媳妇，把我领进门的是你，把我踢出去的也是你，你让我一个寡妇女子往哪里去？"

三奶奶走到骡子前说："把我扶到骡子上去！"

大爷看着三奶奶，三奶奶的眼睛里有一种坚强的让他心动的东西在闪烁。大爷没有再说话，伸手揽住三奶奶的腰，把她扶到骡背上。三奶奶身子很轻，轻得像一团云，大爷觉得三奶奶的腰是那样的软，那样的细，在自己的一握下几乎可以握碎。

六月的日头腊月的风，
老祖先留下个人爱人。

三奶奶回来了，骑着骡子回来了。

远远望见娘家的门，
好像坐在莲花蓬；
远远望见婆家的门，
好像阎王一座城。

三奶奶回来了，骑着骡子又回来了。大爷为她牵着牲口，上了洛河川，回到了五指塬。

杜炳言
友良乡土

第六十五章

男人

三奶奶随着大爷回了塬上的那天，麦勤正独自在院里搂柴，杜炳言突然慌慌张张跑进院子，摸了放在墙根下的铁锨就往外跑。麦勤吓了一跳，以为炳言又跟村里谁执气，就拉住他说，你干啥？失惊着火的，又发啥神经？炳言说，不好了，水仙让鲁家的人给抢走了。麦勤听了也吃了一惊，说，你听谁说的？炳言说村上人都呐了喊了，三胖子亲眼看见鲁向前用骡子把水仙从大的坟上驮走了！麦勤脸上就变了颜色，扔下柴就向门外跑去，炳言提着铁锨跟在婆姨后面。麦勤跑到门口，想想不对，又站住了，回头看着炳言问，鲁家来了多少人？炳言说，就鲁向前一个。麦勤心一松，说，一个人，那咋会是抢呢，把锨放下，跟我去地里看看。妹子去地里她是知道的，自打杜老太爷下世，水仙天天就这样，麦勤知道妹子心情不好，就由了她去，没想到今日却出了事。

麦勤和丈夫来到地里，见地里空空如也，坟前的纸灰盆里还留着没有烧尽的残纸，氤氤冒着烟气，地上扔着几个银元和一团烂纸，不见水仙的人。麦勤拾起地上的纸，问炳言是啥？炳言看了看说是休书。麦勤思了半晌说，鲁家人来是送休书的，水仙却跟上人家去了塬上，这到底是咋回事，我也给弄糊涂了。炳言说，不管咋说，我得带人去鲁家把人抢回来。说着就要去寻人。麦勤叫住他说，娘家虽好，不是久站的地方，妹子是迟早要嫁人的人，这不明不白回来，如今又跟上鲁家的人回去了，依我看，水仙从头至尾就没忘过鲁家那三小子，你别急，等我把事情打问清楚再说。拉着丈夫想往回走。炳言不走，拧着脖子说，等你问清了，黄花菜都凉了，我叫几个人去塬上。麦勤说，你逞啥能？还当你大在世那会，谁都能叫动？给我往回走！说着就连拉带扯，把炳言拉了回去。

大爷拉着骡子，驮着三奶奶上塬走进家门时，三爷正在院里扫院，老奶和金子围着石桌捡豆。看见大爷领着三奶奶进来，一家人的嘴就张大了，像被施了魔法一样定格在院中。三奶奶低头走到老奶面前，叫了声妈。老奶没言语，转身就进屋去了。随后，大爷听见她在正屋声音严厉地叫自己进去。大爷看了三奶一眼，给大奶使了个眼色，跟着进屋去了。大奶愣了愣，看着大爷的背影，向三奶不大自然地一笑说："回，回来了？快，快进屋。"一手抱着孩子，一手拽住三奶，就往自己屋里拖去。走到门口，扭头看见三爷还泥猴一样站在院中，就向他喊了声说："老三，愣着干啥？快！"拉着三奶进房去了。

大奶的一声"快"，把本来脑子乱成一团不知道咋办的三爷喊得更糊涂了，三爷不知道大奶说快是要让自己干甚，将扫把靠在墙角就跟着往大爷房中而来，走到门口觉着不对，扭头又往自己房中而去，没走几步想想也不大对，又折过了身，在院里转起圈来。

大爷走进正厅，见母亲坐在老爷过去坐着的八仙桌边的太师椅上，怒容满面，心里一阵打颤。刚想张嘴说话，老奶手在桌上突然用力一拍，对大爷喝了声说："跪下！"大爷腿一弯，就跪在了老奶面前。老奶看着大爷说："你是咋搞的，把她领回来干甚？"

大爷跪在地上说："妈，我……"

老奶不等他开口，怒气冲冲说："你个记吃不记打的狗东西，怕我们鲁家男人没女人咋的，咋把她又给我领了回来？"

大爷说："妈，杜文生不在了，事情已经过去，老三也没媳妇，就让她回来吧！"

老奶说："杜文生不在了是他的报应，说来就来，说去就去，当我们家是甚？"

大爷说："妈，你的心情我理解，可你得为老三想一想啊！"

老奶就叹了口气，站起来说："儿大不由娘，我如今管不住你了，你爱咋弄咋弄！向华愿意我不说，向华要不愿意，你立马把她给我送走，我嫌败兴！"

大爷说："妈你放心，向华的事有我，我看得出，他放不下这个女人。"

老奶没再说话，阴着脸回了自个屋里。大爷见她走了，才敢站起来，擦了擦头上的汗，起身来到院中。到了院中，见三爷像驴子拉磨，在院里转着圈子，过去一把拽了他，拉回自己房中去了。

三奶奶回到鲁家，一如从前地过起了自己的日子，好像什么事情也没有发生过。三爷也慢慢恢复过来，把她当婆姨敬着，三奶奶的话对他就是圣旨，三爷从不敢把三奶奶安排的事放到地上；而大爷，更以一个兄长少有的热情，关心、照顾着三奶奶三爷，以此来减轻自己良心上的愧疚和对鲁家所造成的罪孽。

到了此时，鲁家真的就像回了春的大地，重新生机勃勃起来。二爷忙他的公干，大爷在城里经营粮行；三爷领着长工伙计们在家里抚弄庄稼，看起来忙忙碌碌，红红火火，五指塬没有不羡慕的。但大爷自个的心里，却一点也轻松不起来。别看二爷现在风光，可他所干的营生，大爷总是有些担心；尤其让大爷跟全家对二爷不满和觉得纠结的是，二爷竟和鲁家的仇人西门成亮在一块共事。尽管大爷和老奶背后一再劝说，甚至威胁二爷，二爷却总拿一些大爷和老奶都不明白不能接受的大道理来搪塞大爷和老奶，让老奶和大爷都很恼火。还有三爷，也让大爷放心不下。有一天夜里，大爷晚上起来上茅房，刚一出门见老三房里亮着灯，屋里传来一阵奇怪的吧嗒声。大爷心下好奇，忍不住蹑手蹑脚走过去，爬在三爷窗台上一望，就见三奶奶靠着被垛，伸开雪白的双腿，三爷趴在那腿中间，伸长舌头舔着什么。大爷当时就觉胃里一阵翻腾，差点没把晚上吃下去的东西给吐出来。

杜老太爷的死，就像大房抽走了中檩，杜家的光景一下子塌陷了。杜炳言从小养成了好吃懒做的习惯，油锅溢了不急，油瓶子倒了不扶，脸又金贵，凡事不肯求人，里里外外全靠麦勤一个人维度，光景不到一年多，就吃了上顿没下顿，背了一屁股的烂债。

秋冬交季时，杜家孩子阿毛突然患了重感冒，一连几天高烧不退，家里没有看的个麻钱，麦勤急得跟啥似的，骂炳言不顶个男人使唤，要他背孩子到镇上去看病。杜炳言推脱着不肯去，说，那诊所是鲁向前丈人开的，鲁家和杜家有仇，向前他丈人岂肯赊药给自己。没钱看病，不是寻着拿热脸去蹭人家的冷屁股吗？麦勤说，你没棉袄穿还受不得冷，到了这时脸还比娃的命重要。骂归骂，心里也知指靠他不上，就自个到村里去借钱。跑了一条村，求爷爷告奶奶，好话说了一箩筐，一分钱也没有借下，实在没办法，她就把牙一咬，拉下脸去马家求明奎。

麦勤进了明奎家窑院，明奎正在给一外村人配牲口。那外村人拉着马站在院中，明奎牵着自家的叫驴往马屁股子上赶。叫驴腾起前踢上了马背，明奎伸手托住驴的阳具向马的阴处触去，一触没插上，驴就掉了下来。明奎骂了声笨驴，又去赶驴。叫驴打起精神再次扑上马背，明奎刚托得驴进入马的身体，马却屁股一歪被压趴在地上。明奎气得直跺脚，那外村人却忍不住哈哈大笑起来。这时麦勤走进院来，看到这情景脸就红了，想要转身走开，明奎却已看见，就叫住她说："呀，你今咋敢到我这窑院来？"麦勤站在院里不言语，明奎知道她一定有事，就说："咋，有事啊？"

麦勤低着头说："娃病了，我想跟你借点钱。"

明奎说："炳言呢，他咋不来？让你一个婆姨抛头露面。"

麦勤眼红红的，说："他那人，没棉袄穿还受不得凉，脸贵。"

明奎说："炳言把你亏了。"

麦勤低头不看他。

明奎不敢再说什么，回屋拿了一块银元给麦勤，问够不够？

麦勤接过银元说，缓过劲我就还你。

明奎说不急，不够你再来。

麦勤说，我会还上的。

孩子的病见好后，麦勤就对丈夫说，这次多亏了人家明奎，要不就把娃耽搁了，你去把他请家来，咱好歹把人家谢一下。

炳言说，我不去，你忘了咱大是咋死的了？

麦勤就知道男人还记着仇，劝他说，事情都过去了，你还记那仇干什么，其实事情也不能全怪人家明奎，咱老人要不串着人家的妈，弄得他在人面前抬不起头来，他也不会告咱大。

炳言咬着牙说，不怪他怪谁？别看娃他今天得势，总有一天我要报这个仇。

麦勤心里一咯噔，说，冤家宜解不宜结，放着自己家的光景日子不好好过，倒整天想些没名堂的事，如今明奎当着塬上的治保主任，咱求人家的时候多，你去把他请来，咱好歹把人家谢一下，也给你俩和一和脾气。

炳言说，面子上的事我知道咋办，我这就去请他，但我不会念他娃的好。说罢跳下炕提着鞋出去了。

第六十六章

旧情

初冬的天白刷刷的，太阳像一个干红薯，有气无力地挂在天上，风刮过来又硬又冷，从袄领和袖口直往身子里钻。杜炳言缩着脖子，双手袖在袖筒里，走在落满黑褐色树叶、垃圾和牲畜粪便冻得硬梆梆的村巷上。一路走，寻思着见了明奎该怎么说。对于炳言来说，马明奎就像一只讨吃的狗，靠着他老子和自家的残汤剩水而苟延残喘，才没有饿死。但随着岁月的流逝，这只狗靠着自家的荫蔽，一天天壮实，变得越来越不听话，并且对昔日的主人呲牙裂嘴起来，这让杜炳言内心深处，感到一种无言的愤怒和鄙视，同时也滋生出一种深深的悲哀。是啊，王八有钱出气粗，侄儿有钱不叫叔！炳言觉得自己就像一个没落的贵族，虽然现在很落魄，但骨子里，他从来就看不起这个过去给自家拦羊的揽工小子。马明奎打小时候进入杜家，到民国十六年离开，挣了杜家多少钱，吃了杜家多少粮食，没见这小子说一声杜家的好。如今，他，杜炳言，洛河川过去最富有的杜家大少爷，人见人敬的杜文生老太爷的公子，竟然因为区区一块大洋的恩惠，在这寒冷的冬日的下午，要到昔日的奴仆家，去请一个曾经对自己奴颜婢膝的人到家吃饭，谢人家的大恩大德，杜炳言的心里，实在有些不是滋味。

绕过沟畔，用石头砸了一只冲着自己叫的狗，杜炳言上了马民奎家窑院。他在走进明奎家院子时，踩在了门口一堆牛粪上，险些被滑倒，这让他本来就有些郁闷的心里，更加有些不爽。人要倒了霉，走路踩牛屎，狗都欺负。炳言对这一真理，现在有了切身的体会。这让走进马家院门的他，不愿再向前迈进一步。炳言袖着手站在院子里，犹豫了半晌，冲屋里喊了两声明奎。随后，他就看见窑门被打开来，马明奎头上裹着羊肚子手巾出现在门口。

明奎听到叫声，走出屋里，一看炳言站在院里，很明显愣了一下。杜炳言平时很少到他院里来，尤其这两年，自打自己当了五指塬治保主任后，来得就更少了。明奎一时不知道炳言找自己有什么事，看见他就愣住了，站在门口说：“是炳言啊？回屋，回屋坐。”

“不了，”炳言说，“我找你有点事。”

明奎说：“甚事？”

炳言说：“亏了你那一块大洋，娃没事了，到我屋走，娃他妈想把你承谢一下。”

明奎说：“娃没事就好，谢甚谢，不用！”

炳言说：“走，走，娃他妈把菜都弄好了。走可！”

明奎说："不用，真的不用，碎碎个事，谢甚，不用！"

炳言说："咋，如今牛逼了，看不起我？"

明奎脸上一红，讪笑了下说："看你，说甚哩，我去，我去还不行？"

明奎向屋里喊了一声，跟着炳言向杜家去了。

明奎跟着炳言进屋，麦勤正解开棉袄扣子给娃喂奶，明奎一眼看见麦勤中衣上补丁连着补丁，心里就寻思炳言把麦勤亏了。

麦勤见丈夫领了明奎进来，忙将奶头从娃嘴里抽出来，把娃放在炕上，跳下炕掩起怀就去灶上忙活。炳言一边招呼明奎上炕坐，一边要女人快炒菜，取了自家酿的玉米酒，大呼小叫，说自己酒量特大，某年某月谁家过事放翻了一桌人。

不多时，女人缩手缩脚端上两个菜来，一碟洋芋片片，一碟萝卜片片，炳言就嚷着要与明奎划拳。

明奎坐在杜家烧得滚热的盘掌大炕上，望着蒸汽缭绕中的麦勤忙碌的身影，想起自己在杜家打工那些年的恓惶岁月：磨房里的磨声雷一样滚过他的心头，麦勤梳着粗大麻花辫子的身影不时在他眼前晃动。如今，这个已有了孩子的女人不再有往日的风韵，蓬头垢面，心力交瘁，被生活折磨得不成人形。他的心不由得毛躁起来，忍不住就多喝了几杯，结果两个男人都醉倒了。

半夜里明奎醒来，窑内一片漆黑，杜炳言睡在炕的那头，鼾声大得跟猪一样。麦勤搂着孩子睡在两个男人之间，悠悠地叹着气。身下的土炕热得烫人，散发出一股热烘烘的气息。明奎的心不安分得跳动，试探着用脚抵住了麦勤的脚。麦勤悠悠的出气声戛然而止，但却没有躲避。明套心里就大胆起来，伸手抓住了麦勤的手。麦勤的手粗燥干硬，挣扎了一下没有挣脱，就静下来让他握着，手心里一片汗渍。

曾经是杜家少奶奶的麦勤心中，对生活的期望和大多数农村妇女其实并没有多大区别，嫁个好男人，生一堆儿女，有吃有喝，平平安安过一生，这就足够了。至于荣华富贵，她根本没想过，那不是她所能企及的。能成为杜家的童养媳，别人都说她掉进了福窝，可她却一点也高兴不起来。杜家唯一给她的，是让她不再为肚子的饥饿而经常感到恐慌，除此之外，她的生活并没有什么特别的变化。相反，倒是比从前更加的劳累、忙碌了。杜炳言身上沾染了许多富家子弟的恶习，赌博、逛女人、抽大烟，玩起来花样百出，一个顶俩，可一到正经事上，却一点指望不上。过去有杜老太爷罩着，不显得啥，麦勤照样有心有劲。老太爷一死，麦勤以为男人没了依靠，会有所收敛，帮她扛起家里的担子，可炳言不但没有像个男人一样帮她任何的忙，反倒变得怨天尤人，龌龊下来，把一切都推给了自己，这让麦勤彻底地失望了。女人的脾气变得越来越坏，对男人的抱怨，也一天天变成恶毒的诅咒，时不时想起明奎，拿他和自己的男人作比较，心中更是哀叹自己的命苦。

叫明奎到家吃饭，麦勤心里就是想把明奎感谢一下，让他和炳言走近一点，别的她真没想。明奎如今是塬上的红人，自家的光景却成了这般模样，女人心里总觉得有些酸溜溜的。昔日杜家甚势派，马家甚境况？可如今，换谁谁心里也难受。睡在两个男人中间，麦勤心中百感交集，加上炕烧得太热，咋也睡不着。明奎的脚抵住她脚面时，她的心不由得激灵了一下，但却没有把脚移开，直到他抓住了她的手，她挣了一下没有挣脱，就安静下来，让他抓着。

夜很静，静得窑顶上落一粒尘土都听得见。杜炳言是真醉了，呼噜打得山响，在静静的夜里有如雷鸣。麦勤的心在腔子里跳得很厉害，手心的汗不断往外送。她感觉到，明奎的身子在慢慢地、一点一点往这边蹭，挤得自己浑身冒汗，身子像被炭火哄烤着的皮胶，软得都要化了。这时睡在一旁的炳言突然翻了个身，把两个人都吓了一跳。直到如雷的鼾声重新响起，明奎松开麦勤的手，下炕寻着鞋穿上，开门走出窑去。麦勤听见屋门开启又关上的声响，心一松，忍不住默默叹了口气。

这一夜，两颗疏隔了多年的心又黏在了一起。明奎压抑在心底十多年来对麦勤的情感，如同快要熄灭的灰烬，被风一吹，燃起了难以节制的火苗，继而变成熊熊大火，炙烤着他的全身，让他产生一股压抑不住的冲动。过去，他只是一个为杜家拦羊的揽工小子，无法和杜家的强势抗衡，杜老太爷的刚硬，让他的心里自小就对这个满脸麻子的人物有一种说不出的敬畏。但现在，情况变了，风水倒了过来，过去在洛河川无人看得起的马占祥，在他的儿子手里改换了门楣，成了五指塬上举足轻重的人物。杜家不行了，心短气硬的杜老爷子，被难言的世事和窝囊的儿子活活气死，带着一身的遗憾和愤懑埋进了黄土，心病无法驱除。至于杜炳言，明奎打小就没把他在眼里放，他没有必要再掩饰什么，一种对潦倒了的杜家儿媳妇强烈的占有欲望，让他的心里有如得了便秘一样，有一种拉不出来的难受。连日来，明奎只要一看见麦勤的身影在对面硷畔上出现，就立在门外的场坪上冻住了身子，眼神热烈望着对面。而女人，可能明显感觉到了这点，一看见他在对面看自己，就躲开了。女人心，海底针，麦勤的态度，让本以为水到渠成的明奎，心里又有些茫然，没有了底。

麦勤越是这样，明奎心里的想法越是热烈。有一天，当他发现麦勤一个人提着篮子去山里打猪草，就跟着去了。结果那一天，明奎把麦勤压在开满山丹丹花、野草疯长的山洼上，经过一阵紧张但不激烈的博斗，女人最终屈服于男人力量的强悍，由开始时的徒劳反抗到最后与男人达成了和解和共识。男人和女人那点事，就如同一张薄薄的窗户纸，不捅破它，即使离得再近，永远一个站在窗子的里边，一个站在窗子的外边；一旦这层纸被捅破，爱情和性欲就会像漫山遍野的野草，无节制地疯长。从那以后，麦勤和明奎就瓜葛不断，没有断绝过来往。

明奎和麦勤来往久了，自然就被炳言看出了些蛛丝马迹，炳言就往死里打婆姨。打过几回，女人就死了心，索性就破罐子破摔，闹着要离婚，寻死觅活不过了。麦勤这么一闹腾，炳言却又软了下来，心里充满无奈和怨恨，就决心要收拾马明奎。有天晚上谢双印摸黑进村来寻枪，准备到白区投奔国民党，杜炳言就撇下婆姨娃娃，从烟筒里寻出那两把折腰子手枪跟上他干大跑了。

第六十七章

日子

鄜州刚攻克后，大爷听说二爷竟和西门成亮在一起共事，曾到城里去寻二爷。二爷被捕时，大爷为救他白送了大宝几袋粮钱，后来听说二爷在城里当了官，大爷就到城里去寻他。

大爷寻见二爷时，二爷正和西门成亮在一起说事，大爷一见气就往上冲，过去拉住二爷就说："你给我回。"

二爷侧着身子说："大哥，你这是咋，有话好好说嘛。"

大爷瞪着西门城亮说："你个没血性的，你不知道他是咱家的仇人？"

二爷说："我知道，国难当头，我们要团结一切可以团结的力量，现在不是解决私人恩怨的时候。"

大爷说："你要是鲁家的子孙，你就跟我回。"

二爷说："大哥你听我说。"

大爷说："我听你说甚？你把咱家的人丢尽了，你给我往回走。"

二爷说："县城刚解放，事多得很，我哪能抽得开身。"

大爷说："妈病了，难道你不回去看看她？"

二爷闷了半晌，说："等我忙过这一阵，我就回去看她老人家。"

大爷说："你回不回？"

二爷向后缩着身子说："哥，我确实没空闲，你回吧！"

大爷不由得火起，抬手狠狠扇了二爷一耳光，骂他："你个瞎熊，大咋逢得下你这么个儿！"

二爷被大爷一耳光打闷了，捂着脸蹲到地上不吭气。西门成亮在边上见大爷闹得太厉害，虎起脸一拍桌子喊了一声，来人。立刻有两个当兵的应声走来。西门成亮黑着脸指着大爷说，把这个大胆的狂徒给我捆起来！两个当兵的就冲上来一人扭住大爷一条胳膊，大爷挣扎着说，西门成亮，你狗日的土匪，爷和你的账还没算呢，总有一天爷会把你杀了，你算什么东西，我打自个兄弟要你管？

西门成亮青光的脑袋上立刻突起了一条条蓝色的血管，正要向大爷发威，二爷忙站起来说，哥，你回些，我如今已经把一切交给了党，忠孝难两全，纵有不是，等革命成功后我再向你忏悔。

大爷脸色铁青，一跺脚回去了。

六月里，麦子熟了，黄澄澄、沉甸甸的麦穗儿在风中摇曳，泛着诱人的金光。这是连年大旱后，最让人感动的场景，快要忘记麦味的人们，终于在干旱过去的第一个年头，看到了丰收的景象，闻到了醉人的麦香。陕北多是沟洼地，麦黄先从畔上黄，一圈圈向里渗透，被六月火辣辣的太阳一照，暴晒上一上午，早晨看上去还青黄参半的地里，就全是一片迷人的金色。有经验的老农，烟袋搭在脖子上，站在地头，舒展眉头望一望满塬的金黄，眼里满含着收获前的幸福喜悦。捋一把麦子在掌心里揉碎了，撮起嘴来吹去麦芒，捻几颗麦粒放进嘴里嚼嚼干湿，就回去收拾搁置了几年没有派上用场快要散架的木镰。端一盆水，把生了锈的镰刃卸下来，在磨刀石上一遍遍磨擦，让它褪去红锈，闪出亮亮的光来。木杈多年不用，捆绑杈头和杈把的牛筋早已干裂松弛，起不到牢固的作用，得把它换下来在温水里泡软，再绑上去。公中的麦场是村民聚会、祭祀、碾打公用的。每年到了这时，无一例外是最为紧火热闹的地方。麦子还未上场前，各家各户都会有一个壮劳力前来，挑着木桶，拿着扫把铁锨，一起齐心协力把场边因为长期闲置而蔓延生长的野花野草铲除干净；把因为太阳晒烤而卷起泥皮和天阴下雨时蚯蚓在地下拱起裂开的土层用脚踏实；从涝池里担了水来，一桶挨着一桶浇到场上，推动压场用的青石碌碡，碾压得又白又光。孩子们这时候是最开心的，欢蹦乱跳，在忙碌的大人之间跳来窜去，翻着跟斗，打着车轱辘。当然，最让他们开心的还是，偶尔在麦场的边沿或者墙角，发现了一处屎壳郎的洞穴。一个孩子解开裤子，对着洞儿憋住气把一泡热尿浇到洞里。如果没有动静，就会呼朋唤友，叫来其他伙伴，一起对准洞穴开火。几泡热尿下去，就会有一只浑身乌黑，穿盔带甲威威武武的屎壳郎将军顶着泥浆从洞里跑了出来。孩子们就欢呼雀跃，围着自己的战果争抢起来。所有的人脸上都洋溢着平日难得一见的笑，把那些苦难和让人心烦的事暂时抛到脑后，准备投入紧张忙碌的收割阶段。

其实在这些忙碌的村民中，很多人纯粹就是白忙活，为他人做嫁衣裳。这些人大多都是一穷二白的农民，根本就没一分土地，就是有地的，能种麦子的也没有多少。麦子是个精细的作物，对土壤的要求很高，不说别的，单是种麦前的两个月，就得利用下过雨后土地松软的时间，将人和牲畜的粪便运到地里，铺上一层，把地翻耕两遍，耙耱得平平整整，让地歇足了劲，才能期待它来年长出好的庄稼。过去人们种地不像现在，农药化肥啥都没有，灌溉，人工降雨根本就不可能，一切都得看老天爷脸色吃饭。老天爷不顺心，一年辛苦全白搭。唯一能让自己安心的，就是把地待好。地不亏人，你下多大苦，它就会给你多少回报。鲁家庄在塬上虽是个大村子，有地种麦的人家也没有几户。但即使一分土地没有的人家，在收麦的时候也必须到麦场上来，不单纯是给别人帮忙，重要的是体验丰收的喜悦。

但今年的情形和往年有了很明显的区别，相对于那些还处在国统区的人们，鄜州的老百姓和贫苦农民切实感受到了共产党给自己带来的巨大变化，第一次摆脱繁重得如同山一样压在身上比牛毛还多的苛捐杂税，感觉到共产党减租免息给自己带来的快乐，准备在打麦场上碾打麦子。

往年的这个时候，鲁家毫不例外就能引得一村人羡慕的眼光。不说别的，只就麦场上五六个高耸入云的麦秸垛，和麦场上其他零星的低矮麦垛一比，就能看出鲁家土地的多少。

大爷在这时候，最为怀念的就是已经死去的鲁三。人常说，一辈子学不下个好庄稼汉，这句话毫无一星半点夸大的意思。三百六十行，行行出状元，但不管提起哪个行当，都不能跟种庄稼这一行相提并论。耕、种、耙、耱、碾、打、锄、搂、提篓下籽铡麦秸，扬场赶车喂牲口，哪一行看似独立却又一脉相通。气候的变化、时令的把握、节气的掌控、土质的了解、技术的操作，学到甚都会，甚都精，谈何容易？当一个庄稼汉是再容易不过的事儿，但要成为一个好的庄稼把式却绝不是一件容易的事。鲁三在这一点上，受人敬重那是必然的。鲁三自己没有地，但对鲁家的地，他却比自己的手指都清楚。每年一开春，哪块地种麦子，哪块地种油菜，哪块地种糜子，哪块地种土豆，鲁三都安排得井井有条，根本不用太爷操心。老爷打小就爱跟着鲁三屁股后跑，用一种研判的目光，关注鲁三干活时的神态、姿势。他觉得鲁三做事时的专注神情，有一种让人羡慕的美感。而鲁三，也乐于教导老爷做事，自己在边上看着，时不时指导一下。那个时候，老爷和鲁三之间就有了种相互欣赏、惺惺相惜的默契。现在鲁三死了，老爷也离开了人世，虽然大爷在很早以前就早已担起了鲁三当年充当的角色，但每当这个时候，他的心里总会对这个已经故去的老人充满一种深深的怀念。

鲁三
友良
乡土

第六十八章

变天

比起晋商徽商，陕西商人的历史更为悠久。远在秦王统一六国，建都咸阳，迁徙天下三十二万富户集聚咸阳，使八百里关中成为全国的政治商贸中心时，陕西商人就异军突起，得以长足发展。但陕商跟晋商徽商比起来，有明显的区别。陕商是从黄土地走出去的农民，他的根系在农村。

虽然大爷在父亲去世，灾年转过的时候，凭借他的聪明才智和过人胆识，重振往日雄风，把已经倒闭和衰落的盛茂粮行重新开办起来，使祖上赖以生存的产业没有在自己的手上塌陷下去，但精明的他早就看到了这条路不会再走多远，必然跟着整个社会的脚步不可逆转地走向衰亡，这就更加让他坚信了拥有土地的安全和踏实。所以看着是两头忙，其实大爷的心在地里。

麦子收完后不久，刚刚耕完头遍地的时候，形势突然变得紧张起来，各村各寨都有队伍上的人走动。一条消息说，远在西安的张学良东北军已经到了鄜州临近的洛河县，正在调集军队，准备进攻解放区。人心顿时慌乱起来，家家户户有点余粮的，都把粮食和家里值钱的东西，埋藏转移。没有什么可埋的，有的人就干脆做好准备，一旦鄜州沦陷，就跟上刘志丹的军队到老区去。

马明奎这一向特别的忙，他的母亲白马氏死了，他在匆匆忙忙办完母亲的丧事后，一方面要到各村稳定人心，让人们不要相信谣言；一方面还要为驻军筹措粮草。前几天他和其他几个塬上的治保主任一起在城里开会，鲁向明县长要大家不要相信谣言，说国民党正在忙着围剿中央工农红军，对付日本，根本没有精力向红区进攻，让大家不必惊慌，切实做好革命成果的巩固稳定。明奎从县里回来，心里有了底。晚上麦勤来向他打问情况，他就让麦勤放心，说胡宗南就是来了，那也是进攻县城，不会跑洛河川来，让麦勤明日就跟自己去区政府，和炳言离婚。麦勤说炳言不在，人家怕不给办。明奎说放心有他哩。鄜州现在是红区了，妇女都解放了，自由了，到区里办离婚的天天都有。麦勤说她和别人的情况不一样。老太爷在世时，对她不错，虽说炳言不成器，但她还是想等他回来，当面把事情说开，往后大家也好见面。明奎说麦勤你说甚哩，心眼咋这么实的。杜文生甚人，你不知道？地主，恶霸！他对你好，那是要你给他们家当杠客，怕他儿子没老婆。杜炳言这么多年，害你还不够深？和他有甚好说的。他不在正好，借着现在正搞运动，赶紧把事情一办，等他回来，生米做成熟饭，他就是闹也是白闹。要不然，运动一过去，想离也来不及了！麦勤低着头，半晌没说话。明奎见她不说话就有些急，说麦勤我这么多年没给自己找婆姨，为的甚，还不是为你！你能等，我不能等，明天咱们就去区政府，我是一天都拖不下去了！麦勤架不住他的请求，就点了下头，说那好吧，明天我跟你去。

七月传说国民党军队要来，七月却没有来。一开始还有些慌乱的人，心渐渐安定下来，开始往地里运送粪便，准备翻地种麦。到了八九月份，形势突然又转紧张。明奎接到县里通知，到县里开会，向明在会上告诉大家，杨大宝纠集了国民党黄龙防区一五八团团长孙兆义，准备对鄜州展开进攻。形势危急，大家要做好思想准备，把档案图册、筹措的军需物资隐藏掩埋，不要落到敌人手里。一旦鄜州坚守不住，各人要做好自我隐蔽和自救，准备开展艰苦卓绝的游击战争。明奎回去后就犯了愁，望着压在自家窑里满满当当的物资不知道咋办。自己是五指塬治保主任，目标太大，这些物资放在家里很不安全。连日来，明奎在村里转来转去，甚至连村外的山峁沟岔都转了，也没找到一处可以存放物资的保险地方。

到了第四天，鄜州周边已经听得见零星的枪炮声。明奎晚上睡在杜家的掌炕上，听见枪炮声坐起来披上衣服蹬着梯子爬上房脊往县城方向一望，就看见县城方向上空一明一灭的火光在闪动，枪炮的响声越来越紧密。下房进屋急得在地上团团转。麦勤裸着怀，坐在炕上看着他说："打开了？"明奎"嗯"了声说："这不能呆了，我得回去。"麦勤就说："你往哪去，就住这！万一他们寻来，后院有地窖，到时我给你送饭。"明奎听了眼睛一亮，看着麦勤说："地窖，地窖在哪？"麦勤说："就在牲口棚底下，老爷子早些年做的，防盗用的，我给你打扫一下，呆那比哪儿都安全。"明奎就问窖大不大。麦勤说："一砖窑哩，还怕藏不下你一个人。"明奎说："藏甚人，我一个活蹦乱跳的汉子，院后就是川道大山，还怕他们抓住？不等他们进院，翻墙就上山了，到哪抓去？你这窖我另有用场。"麦勤说："另有用场？你要用它干甚？"明奎就把嘴凑到麦勤耳朵上一阵叽咕。麦勤看着他说："这能行吗？"明奎说："行，咋不行，我这几天正为这事熬煎呢，放你这儿，谁也想不到。"麦勤说："那炳言回来咋办？"明奎说："你咋一说啥事就炳言炳言，能不能不要提他。炳言走了这么长时间，活不见人，死不见尸，早不知死哪达了，他能回来？东西暂时放这，过段时间就会有人来取，不怕。"麦勤就没再言传。明奎说了声："我去找人，趁黑转过来。"就开门出去了。

东西转到杜家后院地窖埋好后，明奎叮咛麦勤，不要对任何人说起这事，万一自己要是遇上啥不测，往后游击队会有人主动找她联系。麦勤听了这话，意识到事情的严重性，抱住明奎不让明奎走。明奎安抚了半晌，才脱身回了自家窑上，往后就没再到杜家窑院去。整天躲在家里，侧耳听着县城方向的动静，心急如焚，不知事情现在到底发展到了哪种地步。连日来，晚上睡觉连衣服都不敢脱，一有风吹草动就从梦中惊醒。

一五八团进攻鄜州时，枪声传到塬上，大爷在老庄上急得团团乱转。黑驴前天被他派去城里，通知粮行里的人关门歇业，到现在还没回来，县城和粮行的消息一无所知，大爷很是心焦。铺子倒不是什么大事，二爷的安危，却让大爷十分担心。鲁家人老几辈，都是本分老实的庄稼人，即使这个身份在太爷手上已经有所改变，但大爷一直认为，自家就是个种地的农民，要说与别人有啥不同，不过就是有几个臭钱罢了。可到了自己这一代手上，出了二爷这么个牛犊子，真让大爷有操不完的心。谣言在塬上传播，说国民党要打回来收复鄜州的时候，全家人都很为二爷担心。老奶却显得非常平静，说有甚好担心的，历朝历代，朝代更迭，哪有不死人的。他能，就让他能去！各人命在各人身上，谁也替代不了谁，听天由命吧！照样如同当年的鲁常氏一样，这屋走到那屋，多嫌老大婆姨不抹桌子，老三家的做饭时面采得太多，根本看不出她有什么操心的东西。

枪炮声响了几天，不但没有停息，反而好像越来越热烈了。到了第四天，许多过去闹红时把头缩着藏在家里见不上面的和被批斗过的人物，都突然像躲在石岩下冬眠的乌龟，从水里冒了出来，领着一些背着枪的军人，到村里来要东西。床单被子，车子牲口粮食，见什么拿什么，甚至连有气力的男人一块抓去，说是要支持国军光复城池，把红匪赶出鄜州。闹闹腾腾两天，就没见再来。城里的枪炮却停了，变成了零敲碎打，就像人吃坏了肚子放屁一样，偶尔间啪地响一两下。后来那些活跃分子就再次进村，带着人开始搜捕过去给共产党干事的，跟着起哄的刺头，把村里的青壮年叫上去了城里，三爷也在其中。

三爷到城里去了两天，回来时脸色蜡黄，跟害了场病似的。大爷问他被叫到城里干甚去了，他说自己是被拉去抬尸首去了。城里的尸首塞满了巷巷道道，就连城头的砖墙上，也伏挂着尸体。城墙上的血，一片一片的，脑浆和人的肠子肚子沾在一起，满城都是让人作呕的血腥味。人挨着人，人叠着人，连下脚的地方都没有。大爷问他二爷呢，有没有二爷的消息。三爷说没有，他没有打问到二爷的任何消息，也没看见二爷的尸体。粮行里的几个伙计也在城里抬尸体，他问他们，他们说他们也不知道。大爷说："粮行呢，粮行怎样？"三爷说，他抬尸体经过时，看见粮行门关着，门上贴着封条。大爷问三爷，有没有见到黑驴。三爷说没见。

一家人听了三爷的话，心里空落落的，谁也没说话。老奶却恼了，拉着声骂三爷，说他屁也不顶，不当个男人使唤，人到了城里，却没带回一点消息。三爷还没来得急争辩，门口突然进来一帮子人，骑马挎枪，把院子围了起来。走在前面的，竟然是五交镇盛旺粮行杨老八的儿子杨大宝。

杨大宝长得同他大一样廋小，衣不惊众，貌不压人，整个人就像一只营养不良的仙鹤，细脖子上挑着个枣核似的小脑袋，但却把巴掌宽的牛皮带系在肚脐上，挺胸凸肚，摆出一副小人得志的骄横，带人走进鲁家，指挥一帮人在屋里乱翻起来。大爷挡住他，问他干甚，大宝翻着眼皮看着大爷说："干甚，干甚你不知道？"

大爷说："我知道，我知道个甚？"

大宝说："你别给我装糊涂，鲁向明人呢？藏哪了，赶紧交出来，甚事没有，要让搜出来，可别怪我连你一块带走。"

大爷一听是这事，心里不但没紧张，反倒放下心来。既然保安队到家来搜，看来弟弟没死，可能还活着，不管咋说，这是好事。大爷脸上松弛了些，看着大宝说："你们是在找向明啊，那我咋知道。打他跟上共产党干事那天起，我大就跟他划清了界线，把他赶出了门，这塬上人都知道，再说你们这几天不正打着吗，他咋会跑家里来呢？"

大宝瞪着眼珠说："划什么划，你别给我耍心眼，我告诉你，也就是你们家，放别家，这通匪的罪名早给你按头上了，神甚神你。"

大爷把手一摊说："我说你不信，那你搜，搜出来我担着。"

大宝冷笑了声，没再说话，挥挥手，命令同来的保安队员在屋里乱翻起来。保安队把所有房间，甚至院里一切可能藏人的地方齐齐翻了个底超天，也没搜出什么。大宝就悻悻地站起来，冲大爷说了句："如果鲁向明回来，及时通知我们，要是隐瞒不报，后果自己承担！"说罢，他带着保安队离开了鲁家。他一走，大爷才一屁股坐到了地上。

第六十九章

神钟

大宝带人来家当天晚上，大爷心情烦躁，为了减压，和大奶奶干了一回。精疲力尽干完那事后，大爷和大奶奶彼此都像又完成了一次任务似地获得了暂时的轻松。大爷就出屋到院里去上茅房。到了院里，隐隐听得有人在门外哭泣，大爷心中疑惑，就打开大门去察看。到了门外，见一人跪在门口的槐树下嘤嘤而泣，样子很像二爷。大爷心中纳闷，走过去想看个究竟，那人却突然不见了，村道里静静的，笼罩在一片淡淡的星光中。

大爷回到屋里，大奶奶正用手不停地抚摩着自己平坦的小腹，大爷问她可曾听见人哭。大奶奶说没听见，大爷心里就愈发不安。

第二天晚上，杨先生摸黑进了村子，告诉大爷说，国民党反动派向人民开刀了，西门成亮叛变投敌，二爷已被杀害，尸体挂在城楼上，他也受到通缉，只好到女婿家来躲一躲。大爷听了，啥话也没说第二天一早，就独自去了城里。

中午时分，大爷浑身是汗来到城里，还未到城门口，远远就看见城楼上的吊钟上，绑挂着一个人。那人穿着件白色的衫子，双手展开，头垂在胸前，像只被人拎着翅膀的大鸟，浑身鲜血绑挂在钟上。大爷当时就觉得一阵头晕，城门楼在眼前晃动，双腿突然像灌了铅，软得迈不动脚步，一股腥咸的东西从牙根渗出。

城门楼上的这口钟大爷知道，相传是盛唐时所造，据说是太皇山静佛寺的。

当年静佛寺的主持觉知大师为了铸它，四十多年，化遍了鄜州和邻近县府的所有村庄，才集够所需铜铁，在寺院里建起炉子，历经九九八十一天，终于将大钟铸成。传说这口大钟快要铸成时，铜汁短缺，怎么也和不了龙口。觉知大师大叫一声说："缺一我补！"纵身跳进了炼炉，以身补天，才将大钟铸就。试钟那天，寺院里的和尚手执木槌，刚一碰撞，一声洪亮的钟声，带着颤悠悠的铜音就传遍了鄜州各塬，一直传到了千里之外的唐王朝都城长安。唐太宗李世民当时正在宫中宴饮，听见钟声一愣，就问是何方大钟，声音这么浑厚恢宏。袁天罡在侧，告说是鄜州静佛寺新铸大钟一口，今天正在试钟，这声音是从鄜州传过来的。太宗听了吃了一惊，就说这钟声音如此洪亮，赶紧叫送长安来，挂在钟楼之上。底下的官员就快马加鞭，把皇上的旨意传给了鄜州节度使尉迟敬德。敬德不敢怠慢，命人造了辆大车，把大钟装在车上，派人运往长安。运送大钟的车队浩浩荡荡出了西门，顺着秦时修建的驰道往长安而来。行到鄜州与龙方交界的子午岭边界，突听咔嚓一声巨响，装载大钟的车轴突然断裂，车轱辘散了架，大钟掉到了地上。送钟的官员见车辆不能再用，怕误了时间，就命人抬着大钟赶往长安。谁知大家手忙脚乱，用儿臂粗的绳子捆绑好大钟，要抬着它上路时，那钟却似生了根一般，二十多个壮劳力绳拉肩扛竟丝毫抬不动。折腾到太阳西沉，一点办法没有，有个和尚就建议大家掉转屁股，试着往回抬去。那钟却呼地就离了地，变得轻飘飘没有一点份量。再往回抬，又抬不动。送钟的官员就派人上京，把情形报告给了唐太宗。太宗开始还以为是地方上的官员不愿送钟进京，故意编故事蒙骗自己，就打发人来鄜州专门察看。上边的人来看过后，确是实情，就回京告诉了太宗。太宗感到天意难测，就收回成命，恩准当地将钟抬回，就地供奉。大钟这才免去了远离铸地的苦闷，吊挂在了寺院的歪脖子树上。到了明万历年间，寺院发生大火，毁于一旦。大钟没了去处，被搁置于县衙门外。风吹日晒，雨打霜煞，成了闲人随处大小便的遮挡，蛇鼠隐身的草窝。直到有一年，老天连降大雨，洛河发大水，河水漫上河堤，灌进城里，眼看就要淹没城池。一城百姓惊慌失措，县太爷毫无办法，如热锅的蚂蚁。这夜累倒在衙里，梦见一个白胡子老头，立在自己床前对他说，他是鄜州城的保护神，几百年来保护当地百姓平安。自从寺庙被毁，断了香火，受尽人间疾苦，风吹雨打，再不给他寻找安身的地方，他就让大水冲毁城池。县老爷醒来，思前想后，不明所以，就叫了当地一位百岁老人来问。老人听了县太爷的诉说，心里明了，就说这必是寺庙里的神钟，得赶紧给它安排个住所。县太爷说寺庙已毁，再建已来不及，到哪给它安排？老人寻思半晌，突然一捋胡子说有了，把它抬到城楼上，吊在城门楼上岂不甚好。县太爷一听，连说大妙，忙令人把大钟刷洗干净，抬上城楼，吊在楼上，摆香设案跪拜，并许愿说，若得水退，百姓无虞，以后定当重修寺庙，送神钟回庙。当天夜里，雨停风住，洪水慢慢退去。大钟就被搁置在了城上。后来这个县太爷调离，忘了自己许愿的事，这口大钟就被吊在那里，一站就是百年。

大爷迈着沉重的步子，一步一步挪到城门前，仰头看着城上的大钟，不敢相信，这口曾经被自己和鄜州百姓奉若神灵的大钟，如今竟会成为悬挂自己弟弟尸体的挂钩。一种辛辣的东西，热乎乎堵在大爷鼻子尖上。大爷突然觉得，城头上的二爷动了起来，哈哈的笑声和着钟声在城头的天空轰响。他身子一软，几乎就要倒下。

大爷站立不住，就要跌倒的那一刻，有个人却从后面把他扶住了，并叫了声少爷。大爷醒过来，回头一望，竟然是粮行里管事的六子，扣着个瓜皮帽子，提着袍子站在自己身后。大爷就像见了亲人，眼泪突然涌出眼眶，嘴难看地咧着，就要哭出声来。六子四下一看，用力扶住大爷，压着声说："少爷莫哭，那不是二少爷。"大爷吃了一惊，看了看六子，抬头再向城楼上看时，果然发觉，挂在钟上的人身样虽像，但的确不是二弟，心一下狂跳起来，扭头再看六子，六子却拉了他，低头向城里走去，一直把大爷拉进了向阳胡同自己的家。这才告诉大爷，人一挂到城头，他就去看了，城头上挂着的不是二爷，是国民党为了愚弄百姓，稳定人心，故意弄的替身。大爷缓过一口气来，就问六子说："那向明呢，他人在哪儿？"

六子说："你问我，我哪知道？"

大爷说："你不是在城里吗，你咋能不知道？"

六子说："我是在城里，可攻城那会，我呆在家里，门都没敢出去，怎么知道向明的情况。"

大爷说："那城里的事，你多少该知道点啊！"

六子说："知道是知道点，可跟不知道没啥两样。开战前几天，城里就戒严了，里面的人不准出去，外面的人不准进来。后来开了火，炮弹枪子乱飞，不但队伍上的人在城上打，就连城里的所有男劳力，也被叫去抬了伤员，送了弹药。开始几天，他在帮着往下抬人时，好几回还看见二少爷头发乱着，浑身是血，跟个野人似的，提着盒子枪在城头上跑来跑去。后来自己因为年纪大了，体力不支，累倒在街道上，被婆姨拖着腿拽回了家，就再没出过门，二少爷到底怎么样，自己就不知道了。"

大爷说："咋会这样呢？开战前向明来粮行，我问他，他说没事，正规军过不来，来鄜州的是黄龙那边的一些小部队，这才几天，城就破了？"

六子说："谁知道，开始几天，虽然打得紧，可城守得好好的，外面的队伍根本进不来，谁知道会弄成这样？队伍上的事咱不懂，说不了。"

大爷说："胜胜败败，与咱没关系，我也不想知道。可向明是我的弟弟，我妈在屋里，听说他被抓住，尸体挂在城门楼上，哭得死去活来，让我进城来看，我刚到城门口，看见钟上吊的那人，你不知道我当时……"

六子叹了口气，从嘴里拿出烟锅，把烟嘴在袖口上揩了揩，递给大爷说："我也是，一听城里人传说，向明被抓住了，尸体吊到了城楼上，就跑到了城门口。后来发现不是，才把心放了下来。"

大爷接过烟锅，把烟杆伸进烟袋装着烟沫说："看这样子，向明可能还没有死，你说，他会不会跑出去了？"

六子说："很难说。"

大爷说："粮行，粮行咋样了？"

六子说："粮行没事，暂时被封了。就是……"

大爷说："咋？"

六子说："就是后来几天，城里粮跟不上，我把几桶麦子捐出去了。"

大爷说："那没事，这年头，打仗哪能不受损失？"

走的时候，大爷就叮咛六子，多注意城里的动静，一旦有二爷的消息，就通知他。六子说这个不用你安顿，我知道。大爷说知道就好，见时间不早，就起身回去了。

大爷从城里回来，对母亲说，他到城里看了，城楼上挂的不是二爷，可能是杨先生听了讹传。老奶听了，和全家人都松了口气，暂时放下心来。大家在老奶房里，猜测议论了半天，也没人能说出二爷现在的生死去向，就各自回屋里睡觉去了。半夜里，三奶奶在睡梦中，突然听见院里咚的一声，好像什么东西掉在了地上，就连忙伸手，推醒睡在一边的三爷。三爷懵懵问三奶奶咋了，三奶奶压着声说："听，院里好像有人。"三爷一激灵，翻身坐起，侧耳一听，院里果然有声响，好像人的呻吟声。三爷下炕穿上鞋就出去，打开房门，见一个人趴在院中，身子虫子一样扭动着，努力往正屋的台阶上爬。三爷吓了一跳，跑过去一看，竟然是黑驴，就惊慌失措冲着大爷房子叫了起来。其实大爷也听见了外面的动静，正在穿衣服。听见三爷叫，跳下炕就到了院里，和三爷一块把黑驴抬进屋子，放在炕上。掌灯看时，见黑驴浑身是伤，衣衫褴褛，头发乱草一样，衣服上，脸上净是暗红色的血痂，眼睛瞪得老大，嘴唇煽动着，似乎想说什么，却发不出一点声音。老奶和两个奶奶听见响动也都来到屋里，老奶上前攥住黑驴的手说："他叔，你可回来了，这是咋了，咋成这样了，向明呢，见没见向明？"黑驴嘴张着，喉结在细细的脖子上跳动着，啊啊了两声，却没一个字蹦出来。老奶和大爷把耳朵贴在他嘴边，结果就听见黑驴嘴煽动着说："嫂子，大少爷，我，我对得起鲁家，对得起向明了！"头一歪，咽气了。老奶和大爷相互看看，直起身子，脸上一片茫然，不明白黑驴临终前这句话到底是啥意思。后来大爷和三爷遵照老奶的意思，把黑驴葬在了鲁三坟墓的隔壁。但黑驴临终前那句没头没脑的话，却让全家人猜测了很长一段时间都没弄明白。

第七十章

毁灭

鄜州沦陷后，国民党开始清查倒算，车轱辘转了个个儿，又回到了从前。当初共产党带给穷苦人的实惠和希望，就像云层里的太阳，露了个头又被云给遮住了。大爷意识到，自家的粮食生意可能是走到了头，人不能跟命争，就通知六子，低价处理了粮行的粮食，关门歇业，以免自己的辛苦付出，最终变成为他人做嫁衣裳。过了段时间，局势稍缓，当初鄜州沦陷的种种传闻也由最初的模糊猜测，变成了人人共知的事实。大爷才知道，国民党攻城时，虽然战斗异常激烈，但城池却固若金汤。二爷本来守得好好的，谁知西门成亮见国民党势大，调转枪口投靠国民党，打开城门跟共产党对着干起来，导致了鄜州的最终沦陷，二爷也不知生死，跑到了哪里。大爷听说鄜州失守的原因后，拍着大腿直骂二爷糊涂，说你好好的人，怎么把头狼当成了伙伴，糊涂啊！

老八病恹恹躺在冰冷的炕上。

刚下过一场大雪，气温冷得滴水成冰，外面飕飕刮着小北风，街上空当当难见人影。他觉得肚子里空当当的，肚皮快贴到了脊梁上，这使他更加感到身上被褥的单薄和身下土炕的冰冷来。十冬腊月的风很冷地从破烂的窗洞刮进来，透过那床久不曾洗，满含汗味药味尿味的薄被直达肌肤，他忍不住又一阵咳嗽。眼看天色已晚，还不见继成送饭过来，老八实在饿得受不住，就挣扎着下炕挪到门口叫：继成，继成。

没有回音，

风依旧在刮，夹着雪沫子直直地打到他干瘦的脸上。

老八又叫：继成……

继成此时正操着手坐在火盆旁。

火盆里烧着旺旺的木炭火，冷风被挡在门外，屋内温暖如春。继成微眯了眼，看着那炭火出神。他如今看上去白净多了，身体明显发福，穿着厚厚的棉衣，和过去大不一样。那时候他一年四季住在马房里，闻惯了畜生身上的汗腥味和驴马粪便以及新鲜的青草味，他从来没有像今天这样，吃饱穿暖在火盆旁伸手铐火。他觉得这样真好，人一辈子能活到这个份上他觉得挺满足。他满足的同时就有些欣赏自己，没人能像他这么老谋深算工于心计，将爱和恨藏在心里几十年不显山不露水。从小他就不明白，他管那个躺在炕上不能动弹的男人叫大，而他晚上醒来却常常看见这个小个子男人骑在他妈身上。那时候他的心里就埋下了耻辱仇恨的种子。后来父亲死了，母亲带着他来到了这个小个子男人的家里。刚到杨家时，他竟还有些感激杨老八，他幼小的心里敬佩他的同时，为他同母亲有那样一层关系而暗自庆幸，他以为自己就要过另一种生活了。然而他失望了，虽然他和母亲的生活有了保障，但他从此失去了作为儿童的自由，比父亲在世时更感到了劳累。

每天天不亮他就会被母亲叫醒来，早早出门干活。母亲说小孩子家要勤快，吃人家的穿人家的不干活咋成，懒了会被掌柜的下看的。有许多次他不想干活在院内玩，老八看见了就向母亲发脾气，把脸缩得像只干枣。母亲就打他，骂他不争气，打得他浑身没有一块好皮肉，晚上又搂住他偷偷地哭。慢慢地他终于明白，其实自己在杨家大院里什么也不是，他就是那个瘫子男人的儿。从此他学会了忍让，喜怒不形于色。现在他坐在火盆旁，在冬日的风中伸着手取暖他觉得挺惬意。听到老八的叫声他就起身来到后院。

他到后院后看见老八扶着门框缩头缩脑站在门口，就皱着眉头说，又咋咧？

“我冷，”老八说，“刮这么大的风，我冷得不行。”

“冷就回屋去，站在外面干什么？”

“你给我烧炕，屋里渗人。”

“早上叫刘三给你烧了炕，咋又烧？”

“你哄我哩，你就叫他给我炕里煨了一把虚柴火，哄娃娃哩，冷得跟死人尻子一样。”

“你咋说这话，你人老了越来越糊涂了，我就不信刘三他敢日鬼。”

一阵风吹来，老八又忍不住仰天打了个喷嚏：“我饿，我饿得不行，我要吃饭。”

“天还没黑呢，冬里白天短得一匝长，才吃过饭一晌晌，咋又饿了？”

“你就给我吃些稀饭拌团糊糊，哄肚子哩，清汤寡水的，我咋能不饿？”

“你这人，过光景要细水长流，有了一顿，下顿把嘴缝上呀？”继成说着回屋拿了个早上吃剩的冷馍说，“给，吃了先填填饥，晚上还有饭。”

老八抖着手接过馍来，大概馍的硬度和冷度都使他有些灰心，抖着手不肯向回缩，嘴里说：“硬啊！”

“硬，嫌硬你别吃，这个时候叫谁给你生火做饭？”继成瞪了他一眼，袖着手走开了。

老八望着他的背影，两颗清泪，咕噜滚出眼眶来，半晌才挣扎着摸到炕上。继成的寡情，恍惚又让老八回到多年以前的那个夜晚。那时满定刚死，有天晚上，老八又到杨家和胡玉芹寻欢。正要渐入佳境，胡玉芹突然叫了起来。老八说这刚搭家伙，咋就叫了，这么快？胡玉芹说屁股让席签给扎了。老八就点着灯，扳过胡玉芹的屁股一看，果见雪白的屁股蛋子上扎着根席篾子，几滴鲜红的血珠挂在上面，煞是好看。就给胡玉芹拔了席篾子，随手拉过继成身上的碎被子垫在胡玉芹屁股底下，趴上去又干将起来。那晚两人干柴烈火，相得益彰。完事后，老八从胡玉芹身上下来，准备穿衣服走时，突然看见继成靠墙坐在炕上，眼睛一眨不眨盯着两人，不由得吓了一跳。就问他说，你不睡觉，坐那干啥哩？继成怯生生地说，我要我的碎被子。老八当时心里就一阵咯噔，现在看来，这狗日真是来要他的碎被子来了！继成妈从外抓药回来，他就说，“快去找大宝，快去找大宝啊！”

听到马蹄声，继成扭头向门外看去，见大宝正从马背上下来，挺着肚子向粮行走来，吊在身后的王八盒子一下又一下拍打着他的屁股。一股不祥的阴影掠过继成心头，使他觉得恐慌不安，看着大宝走进来，不由自主就将腰一弯说，回来了！

大宝鼻孔里喷着两团浊气，哼了一声看也不看他直向后院走去了。

继成的恐慌似乎又回到了许多年前，自己住在马房里，每日粗茶淡饭，对着掌柜的和少东家点头哈腰。他听见这一刻自己的心在胸腔里跳得跟打鼓似的，一股热烘烘的东西涌上他的脑瓜，使他热血沸腾难以自制。

大宝走进老八栖身的小屋，他一时适应不了屋内的光线，等他看清屋内的一切，顺着一阵阵咳嗽声望去时，他发现老八横卧在炕上，半截被子拉在炕沿下，一副行将就木的样子，他的心里便不由自主涌起一种无以名状的感觉。他听见老八有气无力地在对他说，把他赶走，赶走啊！他的嘴角向下弯弯，不由自主就浮现出一个嘲讽的笑，用手按了按身后的王八盒子就向外走去。这一刻，他觉得心里像堵着个啥，忍不住想哭又想笑，一股热辣辣的东西凝固在了他的鼻尖上。

他推开屋门走出去时，外面顿然的豁亮刺得他忍不住眯了下眼，这时他突然听到脑后传来一阵棍棒破空的劲风。他本能地向后扭头看去，还没等他看清楚什么，砰地一声闷响，左边膀子一阵巨疼就抬不起来。他来不及叫喊就向大门外奔去，他听见身后传来呼呼的喘息声，有人撵着屁股追来。他跑到大门口时才发现后院的门早已被上死。他转身看见继成一张狰狞恐怖的脸，一种恐惧感像鬼一样擒住了他。他来不及抽出枪来，继成手中碗口粗的槐木棍已夹着劲风照头盖脑砸将下来。大宝魂飞魄散，仰身向后倒去，他听见墙边一排竹竿被自己碰倒，发出哗哗破裂的声响。他还没来得及感觉到疼痛，就看见一股红光喷薄而起，箭一样直射出去，喷溅到对面那张狰狞怨毒的脸上，在雪地上打抹出一片鲜艳的艳红，他的思维就停顿了。

杨老八站在门口，亲眼目睹了儿子被棒杀的全过程，这个触目惊心的杀人场面使他顿觉嗓子一热，一股腥咸的东西从那儿涌上来，他就倒在了门槛上。

继成
友良乡土

此时正是民国二十七年冬天的一个下午，刚刚下过不久的雪，人家的屋舍都掩罩在一片银色的白雪里，五交镇远远看去有如丹青妙手笔下一幅绝美的水墨画。

第七十一章

杀戮

国民党进攻陕北前那年的一天晚上，一股人马摸黑进了洛河川，急行在川道通往庙头村的土路上。山里的夜，总是比塬上黑，穿山风顺着川道呼呼地刮，遇到山崖折回来，巨大的气流就形成一种哨子一样的呼啸。一轮镰刀似的月牙，圪蹴在黑魆魆的山脊上，冷清清的月光静静照着川道。离路不远的洛河水，在寂静的月光下闪着粼粼白光，像一条巨大的白蛇，蜿蜒游动，河水奔流的声响，掩盖了马匹突突的打鼻声，人群行走的脚步声和粗重的喘息声，枪枝偶尔间的碰撞声。路过村庄时，尽管队伍行走的脚部变得更轻，更快，但时时还会引起村上狗的警觉。一只狗叫了，很快就引起一群狗的狂吠，黑魆魆的山脚下，便有了星星点点的灯光，直到队伍行远，狗的叫声在身后渐次平息，这些鬼火一样的灯光也就随之熄灭，寂静的山里重归于无人般的空旷。直到狗声叫过六七回，这对人马就转过一处山湾，过了红崖崾岘，到了庙头村村边。

这伙不知从哪冒出来的神秘人马进村时，明奎正在屋里睡觉，梦见了他母亲白马氏。白马氏不愿和马占祥在一起，嚷着要儿子给她搬家，把她搬到杜文生宽大的窑院。白马氏在杜老太爷被驻军带走后，在人们窃窃私语的议论声中病倒了，而后就再没起来。杜老太爷死后，躺在炕上的她听到对面硷畔上传来的哭声，把儿子叫到自己窑里，问儿子村里出了甚事，明奎说杜文生死了。白马氏听了，脸上就有些伤感，把头扭向炕里，面朝着墙壁，哀叹了一声，什么也没有说。第二天早上，明奎做好饭，给她送到窑里时，见她头梳得整整齐齐的，穿着杜家被抄时，自己从杜家搜到的杜老太爷婆姨杜王氏穿过的一件大襟子袄，打着绑腿，平平躺在炕上，脸上带着昨日自己见过的那种伤感，离开了人世。明奎当时也没哭，把碗放在母亲炕头上，圪蹴到炕栏下，身子靠着窑壁，摸出烟袋装了一锅烟，点着了抽了几口，而后就把烟灰在地上磕净，搭到脖子上，双手扶着膝盖站起来，开门走出了窑院，找了几个人来，把母亲的尸体装殓，埋在了父亲马占祥的坟里。

马明奎当时还在训斥母亲，让她安生，少给他再丢人！他说你当我还是过去的拦羊小子啊，我现在是五指塬的治保主任了，我……

明奎从睡梦中被惊醒，刚刚从被窝里爬起身子，窑门已哐当一声被撞开，几个人举着松明火把一起闯了进来。明奎在燃烧的火把下看得明白，当先一个瓦刀脸男人正是冤家对头杜病言。

杜炳言穿着一身破烂不堪的棉衣裤，腰里系着根草绳子，戴着只不知从哪弄来的棉帽子，一只帽耳朵耷拉着，怀里抱着把短把子铡刀，恶狠狠站在门口，瞪眼看着明奎。巨大的身影被火光投照在窑壁上，如同一只怪兽。三四个面目狰狞的彪形大汉端着枪，举着火把站在他的身侧，一齐把枪口对着炕上的明奎。这伙人进屋，谁也不说话，就这样用眼睛盯着马家后窑掌的土炕和炕上的明奎，似乎在等待村上狗吠声的终结，让手上的火把子燃烧的黑烟有足够的时间把过年时明奎用白灰水刷过的窑壁熏黑，让呼呼的穿山风把糊在窗户上已经被风雨吹破但还吊着的麻纸连同纸上贴着的窗花一齐吹落到院外的粪坑。

一股冷嗖嗖的寒气，从马明奎的沟壕子窜上来，顺着脊梁慢慢向上游走，让明奎觉得自己的脊髓骨如同初春的开花土，一节节软化，酥松，变得有如腐朽的椽头，快要支撑不住自己的身体。脊椎骨碎裂的咔嚓咔嚓声，震得他的耳朵嗡嗡作响。响声直接影响到他大脑的正常思维，使他的括约肌失去功用，当场把一泡稀拉到了被子里，散发出一股刺鼻的臭味。胡宗南要来，他是知道的，但来得这么快，他却没有料到。更让他没料到的是，带着还乡团回来的，竟是冤家对头杜炳言。尽管杜炳言回来，在明奎的意料之外，也在意料之中，但他带着还乡团来，并且是在这样一个月光清冷的夜晚，以这样一种方式突然出现在自己的土窑里，还是让明奎觉得十分吃惊。看来，自己过去是低估炳言了，虽然杜家过去的富有和娇惯，养成了杜炳言好吃懒做、不学无术的浪荡习惯，但龙生龙，凤生凤，老鼠生来会打洞。骨子里，这个在生活中几乎半残的、过去让他很是有些瞧之不起的公子哥儿，还是从他的老子那里，继承下了一些有用的东西。明奎不傻，他很清楚自己目前的处境，所以他并没有惊慌，什么也没说，就那样双手拄着炕沿，盯着杜炳言和他在火光下亮闪闪泛着寒光的铡刀，脑子里紧张地思谋着应付的法子。他看见，杜炳言双手慢慢垂下，紧握铡把，拖着铡刀一步步向炕边走来，脚踏的地面微微抖动，铡刀在地上拖出一溜火苗。快到炕边时，猛地一个箭步，抡起铡刀，劈头盖脑就剁了下来。

明奎在铡刀劈头盖脑砍将下来的那一刻，听见院外猪圈里的老猪婆和一窝刚刚生下不久的猪仔如同狼进了圈，发出撕心裂肺的干嚎。过去，这个圈里养了三四头大肥猪，除了县政府庆祝会时他杀了一头，自己留了头蹄下水，把肉卖给了县政府，其余的都在谣言传说胡宗南要来之前，连同槽头上的黄牛一道，低价卖了。把钱和自己这两年积攒的一点积蓄，一同装在一只腌菜用的小瓷瓮里，窖到了南墙下的香椿树下。国民党要来，鄜州保住保不住很难说，自己辛辛苦苦忙活几年，不能到头来猫给老鼠攒食，给守军和政府筹集的饷银和物资，数目庞大太危险，放在家里不安全，就全埋在了麦勤家里。如今看来，一切都很有必要。明奎在铡刀剁将下来的劲风中，裹着被子往后一滚，躲开了杜炳言狠命的一击，光着身子跳起来蹦下炕栏就往门口闯去。炳言一刀撲空，铡刀剁开天长日久被人的肉体磨得亮光的炕席，连同炕席下的土炕基子一同砸得塌陷下去，掉进了炕塘。一股由冬天风干的落叶，没有了水分的包谷杆，芦蒿烧化而成的炕灰，突地从塌陷的炕洞里冒出来，升腾到了屋顶，又落了下来。啪啪的子弹带着火星打在窑顶窑壁上，碎裂的土屑散落得到处都是。明奎就像一只光猴，在四溅的火花下乱窜，最后不得不靠着墙壁站住了。帽子上落了厚厚一层土屑和炕灰的杜炳言，拔下铡刀，返转身一刀照着明奎头顶剁下。

明奎在铡刀挨上头皮时，看见杜炳言的脸扭曲狰狞，如同厉鬼，接着他就发现自己两眼间的间距突然变大，他甚至看见几个堵在门口朝他端着枪的汉子眼里惊惧的神色，在剥剌剌燃烧的火光下没有一点血色。随后，猪在圈里嚎叫了一声，他的思维就停顿了。

马明奎的头从正中分开来，喷溅而起的血光如同燃放的烟花，有几滴溅落下来，落到了杜炳言脸上，热辣辣的，使杜炳言浑身一阵哆嗦，惊得向后一跳，噔噔噔退到了门口，连同几个受惊的大汉一起倒在了门板上。

第七十二章

后话

这天晚上，麦勤在睡梦中被一片狗咬声吵醒，随后听到啪啪啪啪几声枪响。她从被窝里直起身子睁大眼睛倾听着外面的动静，不知村里发生了什么事。枪响过后好一阵子，她突然听见自家院子传来“咚”的一声轻响，好像有人翻进了院子。她还没有从惊疑中清醒过来，一阵脚步声已到了窗台下，接着有人在用手敲击窗棱。麦勤被子裹在身上，惊恐地问：“是谁？”门外传来一个熟悉的声音说：“是我。”麦勤一听是丈夫回来了，忙穿上衣服下炕去打开了窑门。

门一开，杜炳言夹着一股冷风挤进门来，反手又把门关上了。

麦勤摸索着点燃炕头上的油灯，见杜炳言腰系麻绳，头上扣个瓜皮帽子，胡子拉渣一身的灰尘，心就不知为啥咚咚咚地跳得厉害。

杜炳言撇下老婆娃一走几年，音信全无，麦勤只当他死了，带着孩子勤把苦做，苦苦打熬自家的日子光景。年前马明奎劝她干脆和杜炳言把婚离了，堂堂正正嫁到马家来，麦勤顾虑重重，一直没敢答应。后来被明奎缠不过，才到区里和杜炳言办了离婚手续。

拿着盖了区政府大印的红本子，麦勤心里却一点也轻松不起来，没有答应马明奎立刻搬到马家去，心里谋划着过了春节心里安稳了再说。谁料出门两年多音信全无的杜炳言突然又回来了，麦勤心里翻江倒海，不知该不该立刻跟他把话挑明，也不知这样会引起怎样的惊涛骇浪。

杜炳言脱鞋上了自家的盘掌大炕，靠着窑背蹲在炕上，看着正在扣袄扣子的麦勤说：“这两年你过得咋样？”

麦勤扣上袄扣子，从灶堂里抱了把麦草塞进炕里点燃了，说：“能咋样，你一个大男人撇下婆姨娃娃屁股一拍跑的不见了影影，我和阿毛没有饿死就沾天光了。”

炳言不阴不阳地说：“谁饿死你还能饿死，你有马大主任撑腰呢！你还能饿死？”

麦勤见男人回来不问自己的死活，就提起明奎和自己怄气，心里不由得冒起火来，狠着声说：“他替你养活了婆姨娃娃还有罪了？”

杜炳言猛地从炕上站起来，抽出把折腰子枪拍到炕席上又蹲在炕上说：“没准我还要谢他的大恩大德呢！”

麦勤慌忙扑到炕上护住孩子说："你咋？"

"我把狗日的拾掇了！"杜炳言凶巴巴地说，"他以为他把共产党能靠一辈子，三十年河东，三十年河西，老子又回来了。明天晚上队伍就要攻打县城，共产党在鄜州没世事了。"

"你把他杀了？"麦勤看着杜炳言凶狠而得意的脸，跳下炕就向窑外扑去。她怎么也不相信，那个壮实得如马驹子的马明奎，那个亲亲的马明奎就这么轻易被杀了。突如其来的消息使她忘记了悲伤忘记了害怕，她要去马家看看，她不相信他真的就死了，打死她她也不相信。

杜炳言望着疯了一样的女人，心里涌过一阵愤怒和悲哀，这个女人已死心塌地不再将自己当回事了，这让他恨得牙痒痒的。他光着脚跳下炕冲过去抓住女人的头发将她向回扯，女人的发夹被扯掉在地上，头发散开来像一只疯狼，拼命挣扎，撕咬，狼一样悲怆嚎叫。炕上的孩子被惊醒，睁着惊恐的眼睛看着撕打的两人木然无语。结果麦勤的手把杜炳言的脸抠出了两道血淋淋的口子。火辣辣的疼痛使杜炳言突然疯狂起来，那刚刚降下来的血腥又充塞了他的大脑。他抬手狠狠扇了女人一耳光，打得女人在地上转了个圈，撞在锅台上，跌倒了。

案板被撞翻，放在上面的瓦盆、擀面杖、切菜刀一齐掉了下来。杜炳言扑过去又狠狠用脚在女人肚子上乱踢，嘴里婊子、烂货地骂。女人在挣扎中突然摸到了掉在地上的切菜刀，扬手就向男人扔去。菜刀在空中闪了个亮光，咔地一声钉在了男人的脖子上。男人的喉结突然"呃"地响了一声，头一歪，一股血雨天女散花般洒下来。

杜炳言倒下去时，有几滴血溅下来，落到了呆若木鸡的麦勤脸上，使她神经突地惊悸了一下，用手在脸上一抹，抹出几道血印子。麦勤木呆呆靠着案板瘫坐在地上，望着那具兀自突突冒着血泡的尸体，脑里空当当的，半晌没有了思想，直到孩子哇地一声哭出来，她才突然惊醒过来，爬起来用被子将孩子包好绑在背上，打开窑门，摸黑出了村子，向鄜州城的方向奔去，孩子的哭声在夜色中一声接一声地响彻。

关于二爷的死，有两种版本。一种版本说，那个吊在城楼大钟上的，真的是二爷。二爷死后，老奶哭得死去活来，哭着要大爷无论如何也要把二爷的尸体给弄回来，千万不能让野东西给糟蹋了。大爷费尽心机，没有打通关节，就在一个月黑风高的晚上，和三爷冒死爬上城楼，打死看守，把二爷的尸体背回村子，葬在老爷边上的祖坟里。过了段时间，老奶觉得二爷是个小口，这么年轻就早早死了，连个媳妇也没有，一个人躺在地下孤孤单单。就按当地的风俗，要大爷找个女人给二爷配个阴婚。大爷找了几天没找上，就从村外把小玉的尸体搬回村子，和二爷葬到了一处。可怜的小玉生前没能进入鲁家，终于在死后两年多葬进了鲁家的祖坟，这对于躺在她不远处的老爷来说，简直是莫大的讽刺。

另一种版本说，二爷根本没死，他被人救了，救他的人就是亏欠了鲁家的长工黑驴。鄜州被围时，黑驴被大爷打发到城里给粮行送东西，被困在城里没有出来。后来形势严峻，所有城中军民都加入了鄜州城的保卫战，黑驴也被调到城头上运送弹药。再后来西门成亮见共产党倒势，就调转枪口判变投敌，打开城门放敌匪进城。鄜州沦陷，黑驴从死人堆里救出二爷，藏到了城里一个远房亲戚家。那个挂在城门楼大钟上的，其实不是二爷，是国民党为了恐吓群众，制造舆论，找了个死人冒充的。城中稍松后，黑驴在一天晚上，用绳把二爷吊下了城头，偷偷送出了城外，自己却被发现，乱枪打死在城上。那个埋在鲁家祖坟的，其实是他。是大爷念他在鲁家多年，为救二爷死得又如此凄惨，才把他葬在了老坟里。后来中央红军到达陕北，为斩断尾追不放的胡宗南部，毛主席和朱总司令决定在鄜州西南的直罗镇打个埋伏，发动了著名的口袋战。勘查地形时，有人看见有个深眼勾鼻的年轻人领着中央首长在直罗一带的山峁转悠，这个人就是二爷。后来延安保卫战中，有人还见过他。

但不管怎么说，马小玉在死后两年多进入鲁家的坟地，却是不争的事实。

鄜州解放后，伪县长西门成亮被抓获，处以死刑。处决西门成亮这天，天气晴朗，万里无云，鄜州城里万人空巷。大爷和三爷早早就守在了刑场上，一人手里提了个瓦罐儿，罐里装满了大粪。

正午时分，人山人海的菜市口突然骚动起来，人群咒骂着，砖头瓦块唾沫子直往车里砸，止都止不住。

多少年从未出过远门的老姑被她的儿子背着到了城里，站在一处断墙上。她看见那个光头老汉，人虽在囚车中，但依旧横眉张目，一副凶蛮样，被押着进了刑场，从囚车里拉出来押到南墙下，兀自立着不跪。一个当兵的上前用枪把在他腿弯上狠狠捣了一下，才使他扑通一声跪倒尘埃，粗大的脖子依旧树桩般挺着，青光的脑袋在阳光下刺目地闪亮。就在西门成亮跪倒的那一刻，老姑看见大爷和三爷冲过兵丁围成的人圈，把两罐粪便扬手摔打在他的脑袋上。瓦罐儿碎裂的脆响惊天动地，老姑几乎闻到了那刺鼻的臭味。随后老姑看见有几个当兵的冲上去，将大爷和三爷拉开了。一个兵照大爷屁股上踢了一脚，一个用枪把在三爷脊背上砸了一下，将两人带走了。

五时三刻，一个官儿似的胖子皮带系在肚脐上，拿着张纸出来在讲什么，毕了将拿着纸的手举起来，用力在空中挥了挥，人群就喊起了口号。一浪一浪怒涛似的口号声中，一个头包红巾的赤臂大汉，持一把亮闪闪的大刀片，快步走到西门成亮跪着的南墙下，双手握刀，举过头顶，用力向下一挥。老姑看见刀片儿在阳光下亮亮地一闪，一抹红光喷溅起来，在南墙上书写了一个大大的惊叹号。人群马蜂一样嗡地一声，潮水般向后倒泻过来，差点把老姑挤下墙去。

这时，城皇庙戏楼的戏开锣了，鄜州著名须生段小锋在戏台上扯开嗓子唱开了：

我站在城头上看风景，

只觉得城下乱纷纷……

后记

我是一个土生土长的陕北人。自古以来，陕北的贫穷、落后和荒凉闭塞为世人皆知，生在这片贫穷落后的黄土地是我的不幸。但同时，陕北又是个历史文化积淀丰厚的地方，陕北人在千百年来与恶劣的自然环境和封建压迫不屈的斗争中，从来没有低下过高昂的头颅。地域荒凉，但陕北人的心不荒凉，他们在这块古老而贫瘠的土地上，照样活得热气腾腾，有心劲有风采。这些头扎羊肚子手巾，反穿山羊老皮袄的乡党们，善良淳朴、勤劳勇敢而富有智慧。有人说，毛泽东之所以在陕北把革命闹红火，与陕北人的淳朴、勇敢、个性张扬是分不开的。不管怎么说，陕北人是一群活得最真实、敢爱敢恨、从不委屈自己的人。生活在这一群热气腾腾的人中间，乃我之大幸。

从刚刚懂事起，到成长为一个五大三粗的汉子，我一再被一些人和事感动着，被一种文化熏陶着，被一种气魄震撼着。它们使我心灵悸动、震撼不安。很久以来，我就有一种想要把这种让我不安、感动、震撼及心潮澎湃的情绪写下来，诉说出来，说给世人知晓的冲动，可是我却不能。我的笔描绘不出那一群人心灵最底层、最直接、最原始的东西，我的语言苍白，我的笔笨拙而缺乏灵性。无数次，面对洁白的稿纸，我默然写不出一个字来；无数次，我写了却又全都撕揉了。我满头大汗，疲乏而又无力。我真的表达不出陕北人那不同于任何地方，任何人种那种固执，狂放略带偏激最本质的东西。

但我的欲望却从未熄灭过，随着岁月的流逝，反倒日益炽烈起来。许多年来，我都在苦苦寻觅。我相信，功夫不负苦心人。

时间进入上个世纪九十年代，我们身处的这个世界日益浮躁，人们的价值取向、行为观念发生了翻天覆地前所未有的变化，许许多多过去一直让我们感到畏惧、抵触、丑恶的东西滋生蔓延出来，像汹涌的江河不可遏制；而许多美好的、让我们曾经视为法典感觉欣慰和荣耀的东西却在被践踏抛弃，日益丧失；就连我身处的被认为极度闭塞落后的陕北，也被迅速感染，变得浮躁。我徨然了，不知所措。我怀念那些正在一天天丧失的一切，渴望人与人之间能真诚相待，不再一切都奔着钱，回到那种坦诚和质朴中来。这使我想要表达、诉说的欲望变得更加强烈，然而我还是找不到一种合适的方式。

1994 年的一天，我偶尔在这年《当代》第三期读到张林同志的一篇描写陕北民歌起源和挖掘的散文《情歌情种》，我被深深打动了。我这才知道，在这块古老而魅力无限的黄土地上，有像王克文、浏阳河，以及那么多像我一样固执偏激的陕北人，和我一样做着同样的努力；同时，我就有了一种踏破铁鞋无觅处的感慨。是啊，还有什么比陕北民歌更直白、更准确、更真切地刻画出陕北人的神韵，表达出陕北人的精神，抒发出陕北人情怀的东西呢？“你是我的哥哥你招一招手，哎哟你若不是我的哥哥走你的那个路。”“生铁炉子化不开金，铁锯子锯不开咱们二人。”“五十里路上看妹妹我跑断了腿，谈了一回恋爱没亲过妹妹的嘴。”……瞧，多么直白，多么自然，一语中的，一点都不拖泥带水。这就是陕北，这就是陕北人，这就是陕北民歌！看着这一句句滚烫的、让人耳热心跳的词句，那苍凉、沙哑、声嘶力竭充满渴望和诉求的曲调，一声声地在耳朵边轰响；我的祖先们，我的大大爷爷们，一个个都活转过来，走进我的心里，与我述说他们的艰辛，他们的不幸，他们的奋斗，他们的喜悦，他们的耻辱，他们的荣耀。我激动，想要呐喊、歌唱。我思如泉涌，终于提起了我无数次拿起却又放下的笔，写下了《五指塬》三个大字。感谢张林，感谢他的那篇散文，他让我打破禁锢，找到了想要表达最准确的方法。文中在第三章节部分套用了原著一段文字，是一种借用，但绝不是抄袭，这里一并谢过。

近些年来经历了生意场上的起起伏伏，家庭结构的剧烈变化，似乎人生的所有苦难，全在这期间降临到了我的头上，使我像一头负重而又伤痕累累的牛，都要载不动这山一样的沉重。我一度精神萎靡，情绪低落，所有的快乐与激情都一下离开我，跑到一个不为人知的所在。在那些难熬而苦闷的日子里，我对文学的挚爱并未因生活的沉重而熄灭；相反，它倒成为我那段时间排遣苦闷，宣泄忧愤，支撑精神的巨大支柱。我想把一切对生活的感悟，对世事的洞察，对人性的理解，用文字记录下来，宣泄出来。

我生活在一个祥和平安的时代，但中国却是一个有着几千年封建传统的国家，至今，那些封建残留思想依然在影响着相当大的人群，左右着他们的行为生活。我想，至少在很长一段时间内，它可能不会消亡，还会继续产生影响。生活在这样一个新旧交替、变革剧烈的年代，无疑会引发我许多关注和思考。我的家族是一个大家族，在我身处的鄜州那片地上，曾经有过相当辉煌鼎盛的时期。打小，我就爱爬在冬日暖暖的土炕上，听父亲讲诉上辈人那些覆盖着岁月灰尘的陈年往事，也曾试图用我幼稚的智慧，抹去岁月的灰尘，还原那些虚虚实实的故事，让它们像我家碗架上那些装面的瓦罐，被母亲不断擦拭，发出铮亮的光来。据父亲讲，我们家最初的确是由山西逃荒迁移到鄜州来的，老家的那里有棵几个人手拉手才能合抱过来的大槐树。到了我爷爷这一辈，老弟兄四个，大爷在外经商，三爷在外公干，二爷和我的爷爷在家务农，在我所身处的五指塬上，站稳了脚跟，闯下一片曾经让父亲那辈人觉得无比自豪的新天地。父亲告诉我，我爷爷是一个绝对男人的人，有一年他在集市上卖小米，东北军张学良的队伍从街上开过，有一个当官的不小心马蹄子踩烂了爷爷的米包，年轻的爷爷二话不说，一把把当官的从马背上扯下来就煽了对方一个耳光，结果东北军为了追爷爷，士兵们竟然把临街一家人家柴摞上的柴禾都拉光了。父亲每次说起这事时，脸上都充满无限的骄傲与自豪；而我，也是每次听得热血沸腾，觉得我爷爷真是个了不起的爷们，对他充满无上的敬畏与爱戴。可惜爷爷去世得早，我只是在记忆里残留了一点点有关他的模糊的印象。而我的奶奶，我却是知道的。小时候，她经常盘腿坐在家里的掌炕上，紧绷着脸，手里夹着纸烟，样子矜持且充满威严。在我的记忆里，父母亲和我的其他长辈都很怕她，在她面前做事都小心翼翼，就像我在他们面前做事一样。我不知道奶奶身上到底有什么神奇的魅力，能使得她的儿子媳妇们对她如此。每当我在村里看见有媳妇和她们的婆婆顶嘴吵架，我就会不由自主地想起我的奶奶。听父亲讲，奶奶的出身相当高贵，她的父辈在榆林曾经是个尽人皆知很有影响力的人物。奶奶跟着他的哥哥逃荒到五指塬的时候，家族虽然没落破败了，但瘦死的骆驼比马大，依然赶着两挂胶轮子马车，几百号山羊。据说奶奶嫁给爷爷，还是件连我们这样的人家都觉得脸上有光的事呢。

而我的母亲出身同样不一般，据说她是我爷爷用一担麦子作为礼聘给父亲换到家里来的。她的娘家是和我们鄜州隔邻洛川塬上很有名望的大户，三辈的财东。她的父亲，我的外公曾经在他们那条叫作菩提梁一带当过很长一段时间的保长，走马铜镫，盒子枪墨镜，威风过相当一阵子。就连上会赶集，走在路上的男男女女，听见他那头走骡子脖子下的銮铃响，也要早早躲在路边，看着他过去才会继续走动。据我的母亲讲，土改时分她家的财产，外公的积存被从院子的磨盘下挖出来，一盘底白花花的银锭，用钢锯从中间锯开了，梁上的人家每家每户都有份。小时候我以为母亲说假话，有意夸大家族往昔的风光，用来博得父亲的爱戴和我们的尊敬。后来随着我一天天长大，去舅舅家多了，这段传说就不断地被她们梁上一些相识的人所证实。母亲还告诉我，有八根金条，外公把它藏在一把锡壶里，焊了口，藏在炕洞里，躲过了工作队的搜查，可惜后来被我的大舅发现，偷去当废铜买给了废品收购站，差点没将外公气死。为此外公把大舅赶出了家，一辈子不再相认。而巧的是，当时在废品收购站当收购员的，是我的一个远房老子，他后来的光景确实过得相当滋润，可惜他的三个儿女，有两个相继得病暴毙。我的母亲说，那是因为得了她家外财的结果。

我从小耳濡目染，听我的父辈们讲过许多关于家族的人和事，这些人事不管是污浊的，还是让人荣耀的，在我心里都留下很深的烙印，甚至影响到了我的成长。我对那时的祖先们充满莫名其妙的敬畏和好奇。他们那固执、偏执的行为和一丝不苟的做事为人，的确让我敬佩而又不肖。我很想知道，他们那一代人，在那样恶劣的环境和那样动荡的年代里，究竟是怎样生活的，而且活得那么辉煌精彩。这中间，宗族的力量究竟起了怎样的作用？而它在我们当下的生活里，又有着怎样的作用和价值？我竭尽全力，想要挖掘我们当下正在一天天丧失的善良、担当和责任；我也想看清他们光明背后的阴暗一面和人性中的两重性。尽管我的笔笨拙，做得艰难而吃力，但我总算做出来了！尽管因了我能力的问题，它可能不是一部完美的作品，并且没能完全表达出我所追求的东西，但它毕竟犹如婴儿般呱呱坠地了！至于它今后会长成什么样，或许就不是我能掌控的，那就等待时间和世人的检验吧。

感谢我的大大爷爷们，是他们的人生成就了这本书的故事；感谢那些认同和给了这部作品批评、肯定和支持的专家前辈，是他们让这本书得以更加厚重完美；同时还要说的是，希望我的叔伯兄弟和族人们，不要因为书中所有人物有迹可循而对号入座，那可就大大违背了我创作的初衷。

图书在版编目（CIP）数据

五指塬：一个关于吃和爱的故事 / 鲁万宏著. --
上海：文汇出版社, 2014.2
ISBN 978-7-5496-1048-8
Ⅰ.①五… Ⅱ.①鲁… Ⅲ.①长篇小说—中国—当代
Ⅳ.①I247.5
中国版本图书馆CIP数据核字(2013)第319129号

五指塬
—— 一个关于吃和爱的故事

作　　者 / 鲁万宏
责任编辑 / 乐渭琦
绘　　画 / 王友良
装帧设计 / 薛晓萍

出 版 人 / 桂国强

出版发行 / 文匯出版社
上海市威海路755号（邮政编码200041）
经　　销 / 全国新华书店
照　　排 / 上海典森广告有限公司
印刷装订 / 江苏省常熟大宏印刷有限公司
版　　次 / 2014年2月第1版
印　　次 / 2014年2月第1次印刷
开　　本 / 890×1240　1/32
字　　数 / 300千
印　　张 / 12.25

书　　号 / ISBN 978-7-5496-1048-8
定　　价 / 26.00元